ROMANZI E RACCONTI

Dello stesso autore
nel catalogo Marsilio

Millennium
Quello che non uccide
L'uomo che inseguiva la sua ombra

Romanzi
La caduta di un uomo

David Lagercrantz

Il cielo sopra l'Everest

traduzione dallo svedese di Carmen Giorgetti Cima

Marsilio

Editor Francesca Varotto

Titolo originale: *Himmel över Everest*

Prima edizione: aprile 2018
ISBN 978-88-317-2897-3
www.marsilioeditori.it

IL CIELO SOPRA L'EVEREST

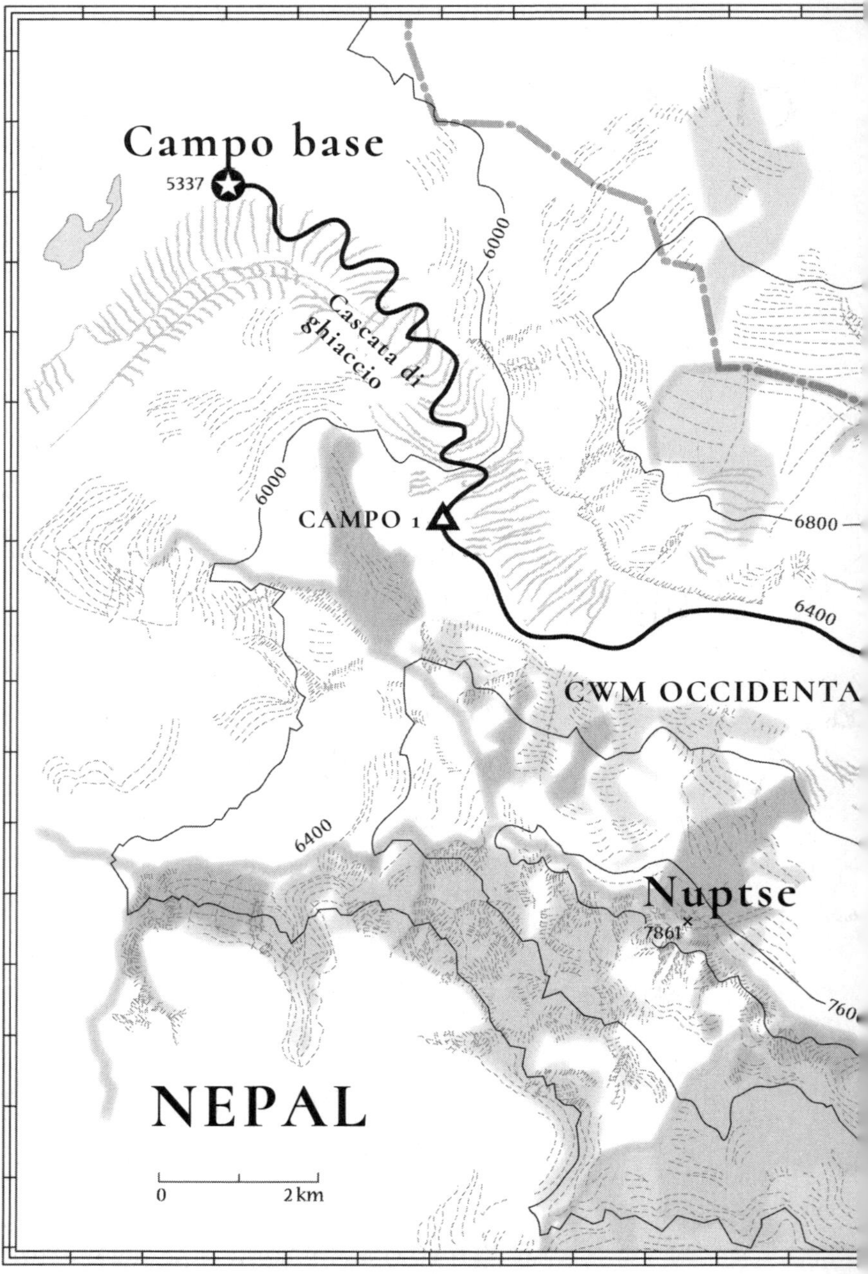
Campo base
5337
Cascata di ghiaccio
6000
6000
CAMPO 1
6800
6400
CWM OCCIDENTA
6400
Nuptse
7861
760
NEPAL
0
2 km

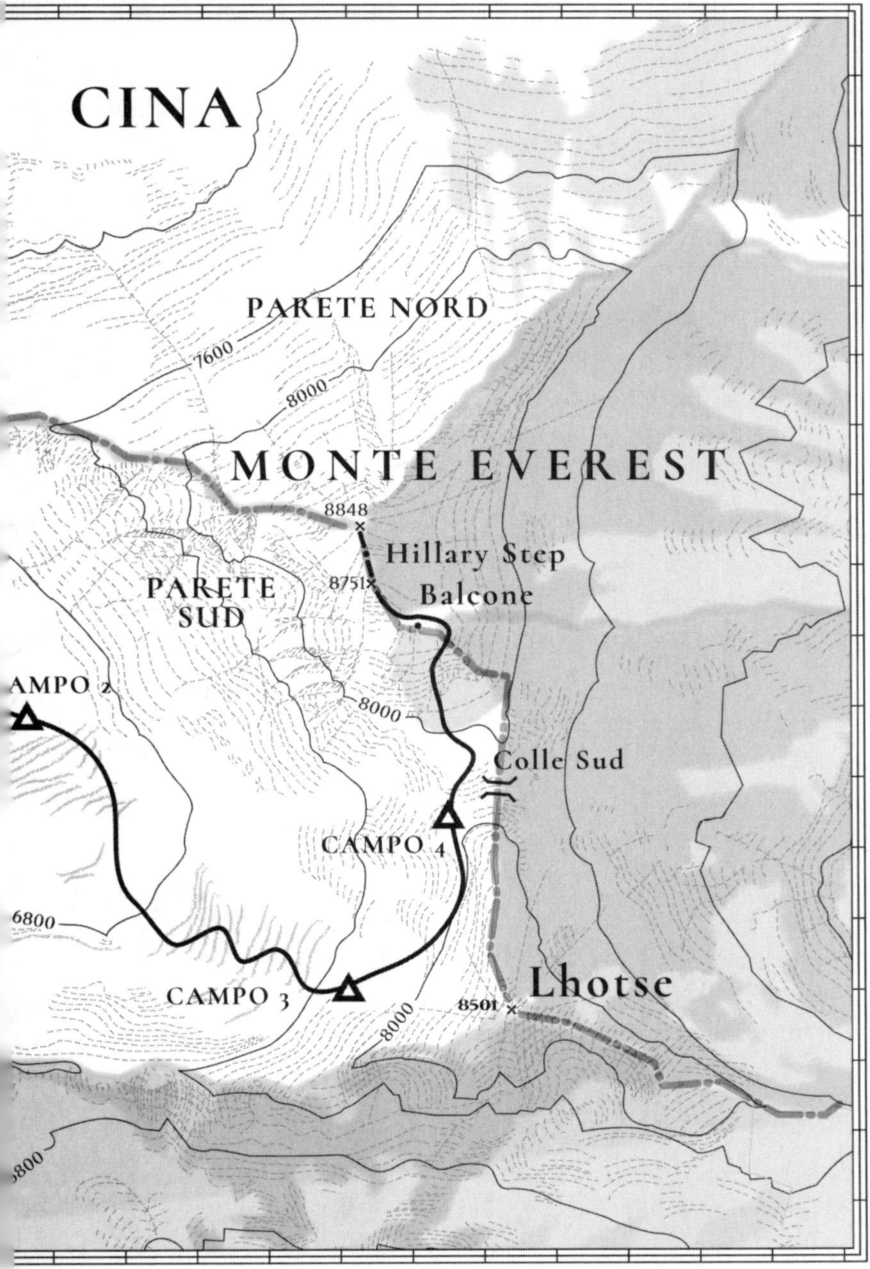
CINA
PARETE NORD
7600
8000
MONTE EVEREST
8848
Hillary Step
8751
Balcone
PARETE SUD
CAMPO 2
8000
Colle Sud
CAMPO 4
6800
CAMPO 3
8000
Lhotse
8501

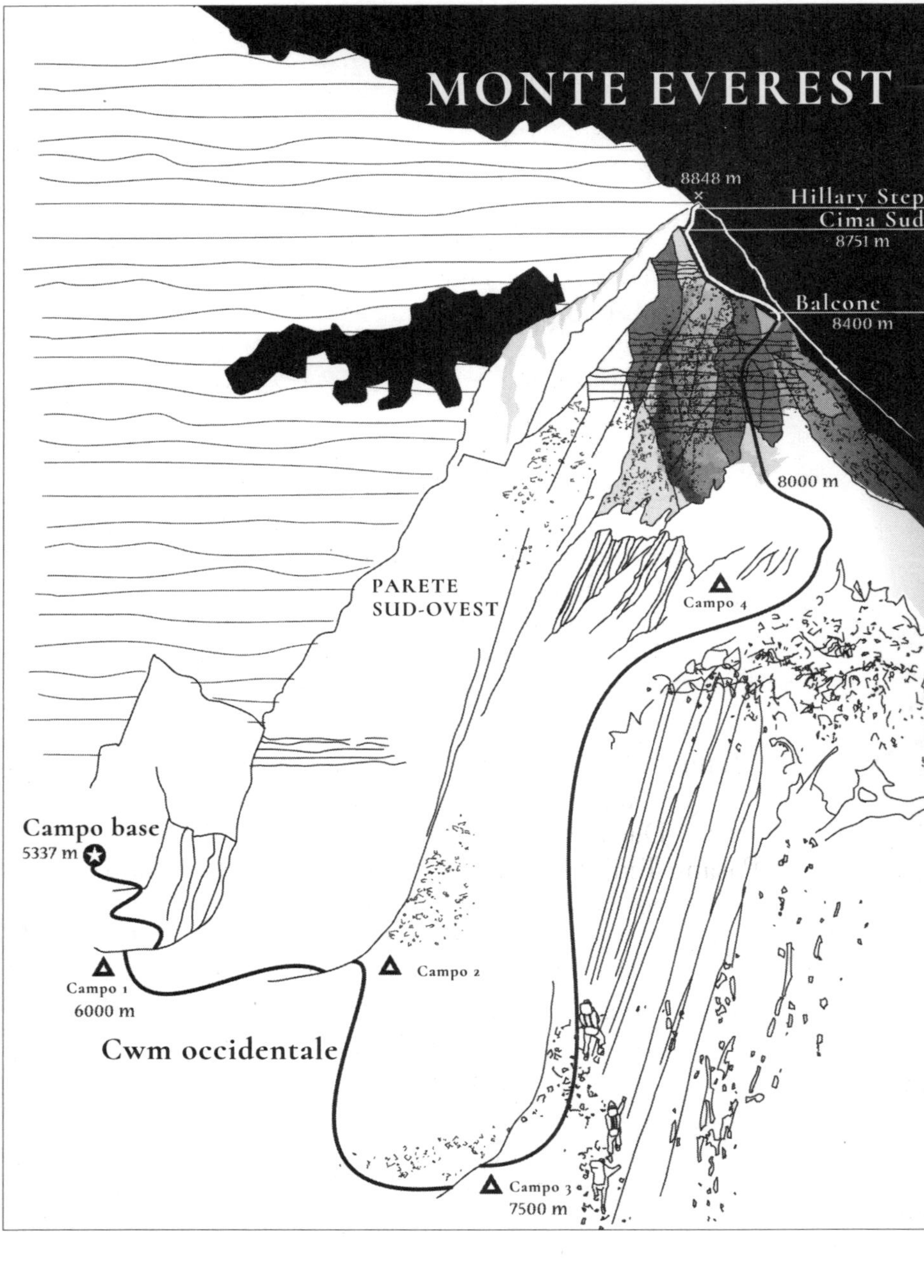

MONTE EVEREST
8848 m
Hillary Step
Cima Sud
8751 m
Balcone
8400 m
8000 m
PARETE
SUD-OVEST
Campo 4
Campo base
5337 m
Campo 1
6000 m
Campo 2
Cwm occidentale
Campo 3
7500 m

THE VILLARI EVEREST TOUR,
aprile-maggio 2000

Giuseppe Cagliari, guida, responsabile della spedizione, Italia
Ang Nuru, guida assistente, Nepal
Martin Christal, guida assistente, Usa
Toni Grassi, medico della spedizione, Italia
Karin Torshede, responsabile del campo base, Svezia
Paolo Villari, cliente, finanziatore, Italia
Sharon Wilson, cliente, Usa
Rick Waterfield, cliente, Australia
Birgit Lamont, cliente, Francia
Natalie Aubrey, cliente, Francia
Federico Ferro, cliente, fotografo, Italia
Pietro Broglio, cliente, Italia
Peter Stjerne, cliente, giornalista, Svezia
Sten Jörgensen, cliente, Danimarca
Chris Riverton, cliente, rimasto al campo base, Inghilterra
Temba Norbu Sherpa, sirdar, campo base, Nepal
Ang Kami, sirdar scalatore, Nepal
Dawa Sange, sherpa scalatore, Nepal
Pasang Tenji Sherpa, sherpa scalatore, responsabile per la persona di Paolo Villari, Nepal
Jangbu Chiri Sherpa, sherpa scalatore, Nepal
Lobsang Dorje, sherpa scalatore, Nepal
Ang Dorje, sherpa scalatore, Nepal
Nima Rita, sherpa scalatore, Nepal
Tendi Sherpa, sherpa scalatore, Nepal
Lhakpa Thering, cucina campo base, Nepal
Mingma Nuru Sherpa, cucina campo base, Nepal

THE SWEDISH SOLO EXPEDITION,
parete sud-ovest

Jacob Engler, Svezia

1

Giuseppe Cagliari era seduto sulla cresta sudorientale dell'Everest. Il viso dai tratti un po' rozzi era coperto da cappuccio e occhiali, mentre la mano destra stretta a pugno spiccava bianca e nuda, e già questo era un problema serio. Ma la cosa non lo preoccupava più. Era impegnato con tutto se stesso a seguire uno dei buoni consigli di suo padre, anche se veniva naturale domandarsi se quei consigli fossero davvero così buoni. Suo padre gli aveva suggerito di farsela addosso: «Almeno ti scalderai, ragazzo mio.»

Ma quando Giuseppe lo fece, si ritrovò con le mutande bagnate, mentre la figura del padre si dissolveva nella tormenta e la vita tornava una nebbia compatta. Non vedeva nulla. Niente stelle, niente spazi enormi, nemmeno il Lhotse. Un nulla così schiacciante che perfino lui lo percepiva, benché si fosse staccato dalla realtà e dal dolore. Erano rimasti la solitudine e i fantasmi, oltre al suo boccheggiare nell'aria rarefatta. Al diavolo. Era finita, eppure... Non molto tempo prima le montagne più in basso, Makalu, Cho Oyo, Kanchenjunga, avevano brillato di una confortante luce arancione e lui aveva creduto di farcela. Poi era arrivato il buio e si era massaggiato la mano, ovviamente in maniera alquanto maldestra.

Le correnti a getto gli avevano strappato il guanto imbottito e dopo tutto era diventato vago: i suoni, la vista, l'intera montagna. La forza della tempesta doveva essere aumentata. Il frastuono era assordante. Solo la sua lampada frontale brillava nell'oscurità, e lui era rimasto lì seduto a mormorare «povero me, povero Giuseppe Cagliari», finché la calda coperta delle allucinazioni non l'aveva avvolto, e a un certo punto doveva essersi levato anche il guanto interno. Ma adesso era sera inoltrata, oppure notte. Forse stava già albeggiando.

Il giorno sull'Himalaya arriva di colpo, e come sarebbe stato bello se il cielo si fosse improvvisamente acceso, regalandogli un po' di calore almeno nei piedi. Non che questo l'avrebbe salvato. In teoria avrebbe già dovuto essere morto. Ma non era forse un ronzio quello che udiva? O delirava soltanto? No, qualcosa stava davvero crepitando. Rovistò nella neve con la piccozza. Intorno a lui c'era una quantità sorprendente di arnesi, una bombola d'ossigeno, corde, uno zaino, qualcosa di molto ingombrante... Non un cadavere, si augurava. Non trovò nulla. Il taschino della giacca ricominciò a gracchiare. La sua ricetrasmittente, quel dannato walkie-talkie, voleva qualcosa.

Se la sentiva di rispondere? Non sopportava proprio gli idioti del campo base. Per tutto il pomeriggio avevano cercato di convincere lui e Paolo a scendere fino al Campo Quattro, alle maledette distese del Colle Sud. Ma certamente adesso non potevano più sperarci. Era finita, e forse volevano solo dargli un po' di conforto. L'estrema unzione. Con la mano sana afferrò il walkie-talkie, mentre anche il cielo rumoreggiava. Sembrava un temporale. Allora sarebbe stato l'inferno per davvero...

«Campo base, passo!»

«Pronto!»

«Giuseppe, sei tu? Passo!»

«Sono io.»

«Grazie al cielo. Non sai quanto sono felice di sentirti!»

Gli sembrava di riconoscere la voce.
«Chi sei?»
«Karin.»
Karin, ovviamente, la svedese dall'abbraccio avvolgente e dalla voce materna e delicata come una carezza.
«Come va? Passo.»
«Sono vivo.»
«E Paolo?»
Valutò se chiudere la comunicazione, e intanto gettava occhiate infastidite alla sua mano, diventata stranamente dura e legnosa.
«Morto, credo» senza sapere se si riferisse al suo arto oppure a Paolo. Lei non rispose subito, ma lui percepì il terrore paralizzato del suo silenzio.
«Tu credi...»
«Io credo» ripeté lui solenne, come se fosse in Dio, e non nella morte di Paolo, che credeva.
«Puoi dirmi qualcosa di più?»
«Preferisco di no.»
«Stai bevendo abbastanza?»
«Mangio la neve.»
Come in una nebbia, una nebbia diversa da quella della montagna, vide Karin nuda dentro un bagno caldo e avrebbe voluto dirle proprio questo, ma capiva che sarebbe stato sconveniente, anche se non era sicuro di non averlo già fatto. Vita e sogno si mescolavano. Il suo io più profondo fu nuovamente divorato dalle distese sconfinate e dal buio, e come la neve tutto si disperse nella notte.
Ricordò la folla cattolica della sua casa a Napoli, la bicicletta rossa che aveva una volta, il bastone da passeggio d'argento del padre, che batteva contro il marciapiede a Eboli, e si commosse. Sollevò la mano sana verso gli occhiali come ad asciugare una lacrima lì, a 8400 metri, ma il guanto esterno strisciò qualcosa di duro sopra le sopracciglia e per un istante pensò si trattasse di un'escrescenza, di

un corno. Poi capì. Era ghiaccio. Stava per essere ricoperto dal gelo e dalla notte eterna.

«Voglio...» cominciò.

«Che cosa?»

Non lo sapeva di preciso.

«... il perdono» mormorò.

«Di cosa stai parlando?»

«Dei miei peccati!»

«Ma tu hai fatto tutto quello che potevi, no?»

Perfino lui colse il dubbio nella voce di Karin.

«Ero arrabbiato.»

«Non sprecare il fiato, Giuseppe. Cerca di riposare adesso.»

Perché non lo voleva ascoltare?

«A uno come Paolo» continuò, «viene voglia di fare del male. Per dimostrare che è umano. Passo!»

«Ti prego, Giuseppe, dimentica queste cose!»

«Paolo sembrava così invulnerabile – come se nulla al mondo potesse attaccarlo. Ma quassù è cambiato, e questo mi piaceva. Ci siamo scambiati i ruoli.»

«Mi preoccupi.»

«Io non ho fatto niente» seguitò lui. «Almeno non credo. Non lo so.»

Eppure mi pento...

Si sentiva addosso una sonnolenza paralizzante, ma nonostante provasse un desiderio sempre più forte di stendersi sulla neve e dormire, aveva anche voglia di parlare, o addirittura di confessare, se qualcosa da confessare c'era poi davvero.

«Ne ho discusso con mio padre. È tornato così giovane, capisci, nonostante il bastone. Il suo bastone da passeggio d'argento.»

«Hai lì intorno qualche bombola d'ossigeno?» gli chiese lei.

«Decisamente sì... è pieno.»

«C'è ancora dell'ossigeno dentro?»

«Abbastanza...»

«Cerca di respirarne un po'. E vedrai che presto sarai di nuovo qui con noi» disse lei un po' incerta, facendolo infuriare.

«Bugiarda» sibilò. O forse lo pensò solamente, e in ogni caso Karin non lo sentì.

Gridò un angosciato «pronto, pronto?» mentre la radio crepitava monotona, finché un'altra voce maschile ansimante non s'intromise sulla frequenza, evidentemente inconsapevole di essere udita.

«Dannazione» imprecò lei, fissando il buio compatto.

Un paio di lampade a petrolio erano accese sulla scrivania, e fuori sul ghiacciaio l'irrequieta seraccata nota come la "cascata di ghiaccio" era momentaneamente silenziosa. Solo un'ora prima, un'enorme slavina aveva rumoreggiato lassù in alto, diffondendo nel campo una nebbia fine di polvere e neve. Ma adesso i rumori erano molto pochi, niente passi sulla morena, nessun vociare o gracchiare di radio, solo il vento che mormorava contro la tela delle tende e tra le bandiere di preghiera. Tutta l'energia sembrava concentrata lì, intorno a lei. Almeno quaranta persone si erano riversate sulle sedie e sui materassi stesi sul pavimento, tutti rispettosi come se fossero in una chiesa, e la cosa le dava sui nervi. Non sopportava la solennità del loro sconforto, anche se la capiva. Non potevano fare niente. Tutti i piani più temerari, gli schizzi sui blocchi, le comunicazioni radio, non erano altro che terapia, e tanto valeva pregare come facevano tutti gli sherpa: «O Chomolungma! Possa la tua ira placarsi!»

Ma lei non poteva permettersi di rimanere paralizzata. La spedizione – con quel suo nome idiota, "The Villari Everest Tour" – si era già trasformata in una catastrofe. Almeno due scalatori erano morti, e il capo della spedizione, quel Giuseppe Cagliari che pareva così sicuro di sé, si era mosso verso la cima troppo tardi nel pomeriggio, conducendo i suoi amici verso la bufera e la morte. Adesso se ne stava seduto sotto la Cima Sud a delirare. Concentriamoci su quelli che forse è ancora possibile salvare, pensò. Su Rick, Natalie, Sten, Lobsang, Sharon, Birgit e Ang Nuru; dove diavolo si trovavano, adesso?

«Che cosa ti ha detto?»

Una voce che suonava al tempo stesso irritata e irriverente era uscita dal buio, e benché la toccasse nel profondo non si voltò a guardare di chi fosse.

«Devo cercare di mettermi in contatto con Ang Nuru» si limitò a mormorare, e notò ancora una volta che la tenda somigliava ben poco a un campo a 5200 metri.

C'era una desolazione flagellata dal vento, ma c'erano anche l'armadio per il vino bianco di Paolo, la macchina per il caffè, i computer Apple, il forno a microonde, il telefono satellitare e il televisore, e lei fino a poco prima era stata così orgogliosa di tutto quanto. Adesso le sembrava tutto sfarzoso, come l'arredamento di lusso di una nave che sta affondando.

«Che imbecille!»

La stessa voce roca di prima, lo stesso tono inquietante indirizzato più a se stesso che agli altri nella tenda; lei si voltò e vide che era Jacob Engler, e allora fu percorsa da un brivido, non proprio di piacere, ma comunque accompagnato da una sensazione che nulla aveva a che fare con una catastrofe. Karin si rammaricò perfino di non aver curato il proprio aspetto, e anche se era felice per tutti i chili che aveva perso durante la marcia di avvicinamento e la lunga permanenza al campo, si sentiva scialba, e come se non bastasse in preda ai postumi della sbronza. Non era passato molto tempo da quando aveva bevuto champagne per festeggiare l'arrivo di tutta quella gente in vetta.

«Jacob, non puoi cercare di convincerlo a scendere?» chiese, ovviamente senza contarci troppo. Eppure la ferì che Jacob si limitasse a contorcersi puntando lo sguardo attraverso l'apertura della tenda, sul semicerchio di montagne che svettavano là fuori, immerse in un funesto chiarore ultravioletto.

«Parlagli, almeno» continuò Karin, e allora lui annuì. Era maledettamente stravagante, e lei fece un sorriso forzato che riuscì solo a rinfocolare la sua disperazione.

Si sentiva gelare, in pari misura per il disagio e per il freddo che saliva dalla morena, penetrandole fin nelle ossa. Quando era cambiato tutto quanto? Subito dopo pranzo, al campo c'erano venti gradi e quella piacevole atmosfera aleggiava ancora nell'aria. La gente prendeva il sole e i ruscelletti primaverili tracciavano solchi nel terreno. Poi erano arrivati i primi inquietanti rapporti. L'ascensione stava procedendo troppo lentamente. La spedizione avanzava a passo di lumaca e dopo le due del pomeriggio si era aspettata che il gruppo facesse dietro front scendendo di nuovo al Colle Sud e al Campo Quattro. Ma non era successo.

Giuseppe Cagliari era andato avanti nonostante le proteste delle guide assistenti Ang Nuru e Martin Christal, e molti nel gruppo avevano incontrato grossi problemi. I dettagli non li capì mai, le comunicazioni radio si erano fatte sempre più confuse, e anche se tutti i membri della spedizione alla fine avevano raggiunto la vetta e lei aveva bevuto quel maledetto champagne, non riusciva a essere davvero contenta. La situazione era dannatamente preoccupante. Il vento aveva spinto lì nubi scure dal Pumori e dall'Ama Dablam, e poco dopo la tempesta si era abbattuta sulla montagna, provocando la catastrofe e lasciando lei smarrita. Erano tutti consapevoli che probabilmente qualcuno avrebbe perso la vita.

Avevano fatto il possibile per minimizzare i rischi, ma questo inferno era qualcosa di cui lei non aveva mai nemmeno sentito parlare. Era qualcosa d'inconcepibile. Personaggi come Jacob Engler li accusavano di essere inesperti e arroganti, ma era una critica ingiusta. Si erano allenati tutti duramente ed erano guidati da professionisti come Ang Nuru e Giuseppe Cagliari. Giuseppe! Si sentiva così stanca, stanca e sfinita. I suoi pensieri annaspavano, e si ritrovò a pensare a Jörgen, suo fratello maggiore, e a ricordare quella giornata estiva di mille anni prima, quando lui l'aveva condotta in una piccola radura nascosta, non lontano dalle sponde del lago di Hornborga.

Vi cresceva una quantità incredibile di trifoglio, ma dall'espressione del fratello aveva capito che c'era dell'altro, e infatti sembrava che vi fosse stata una mutazione, un piccolo capriccio della natura. Dal terreno spuntava un'enormità di quadrifoglio, e lei, che aveva forse dieci o undici anni, aveva pensato che un posto del genere può assicurare fortuna per tutta la vita. Più tardi, a casa, aveva infilato molti di quelli raccolti nei suoi libri d'avventura.

«Tu hai bisogno di riposare, Karin. Sei pallidissima.»

«Come?»

Guardò con aria assente verso la sagoma indistinta del Nuptse, giù nella valle.

«Lascia che Jacob parli con Giuseppe, io cercherò Ang Nuru.»

Era stato il collega Chris a parlare, e Karin annuì riluttante, mentre vedeva Jacob Engler avvicinarsi alla ricetrasmittente come circondato da una nube tempestosa.

2

Mentre passava davanti alla desolata compagnia, Jacob Engler sembrava muoversi all'interno di un invisibile campo minato, e questo naturalmente scatenò le reazioni più diverse in quel giorno di catastrofe sulla montagna. Solo pochi sapevano che Engler gestiva meglio le situazioni di crisi che la quotidianità.

Capiva il linguaggio della tragedia come nessun altro, mentre l'ordinaria conversazione rafforzava solo la sua inquietudine e stimolava comportamenti a suo giudizio infantili. Spesso metteva paura. Aveva cicatrici sulla fronte e sulla guancia destra, dita mutilate, un'andatura a tratti claudicante e occhi così profondamente malinconici da suscitare apprensione.

Ma anche se era abituato a incontrare sguardi sospettosi, si trovò impreparato alla reazione nella tenda. L'appello muto e smarrito negli occhi dei presenti lo infastidì. Per qualche secondo desiderò intensamente andarsene via. Pensò al monte Khumbila, che aveva visto durante la marcia di avvicinamento. Poi capì: quegli sguardi chiedevano aiuto. La gente credeva che lui potesse salvare la situazione, raggiungendo senza sforzo la zona di crisi a 8500 metri d'altitudine.

Faceva parte della sua maledizione. Era sopravvalutato come alpinista, così come si sentiva sminuito su altri piani.

Guardò l'orologio. Mancavano dieci minuti alla mezzanotte e fuori c'era un nero compatto. Nel cielo non si vedeva una stella. Una tempesta si stava abbattendo sulla montagna, oltre quindici persone erano in pericolo di vita e nessuno laggiù poteva fare nulla per loro. Era questa la verità.

«Jacob!»

«Sì.»

Gli uscì un tono inutilmente stizzoso e Karin, la fragile compatriota che non molto tempo prima lui aveva carezzato sulla nuca, sobbalzò come se le avesse dato uno schiaffo. Povera donna, il suo mondo era crollato, ma solo con uno sforzo riuscì a indirizzarle un cenno d'assenso.

«Dopo che gli avrai parlato, puoi andare su?» gli chiese lei, con negli occhi lo stesso appello muto di tutti gli altri.

«No.»

«Perché no?»

Sembrava inquieta.

«Non posso andare su adesso» rispose Jacob.

«Però ci aiuterai?»

«Non lo so.»

Sguardi di ostilità lampeggiarono nella tenda e lui fu tentato di rispondervi urlando, ma non disse nulla. Si limitò a guardare Karin e il walkie-talkie, con quel suo fare severo così difficile da interpretare, e anche se non l'avrebbe mai ammesso, era meno preoccupato per quei poveracci lassù in alto che per la sua stessa avventura. Aveva investito così tanto che non sopportava l'idea di veder sfumare il suo sogno. Un'azione di salvataggio avrebbe consumato le sue energie, soprattutto adesso, con quel maledetto veleno nel corpo, mentre aveva bisogno di tutte le sue forze per diventare il primo al mondo ad aver scalato la parete sud-ovest in solitaria. Inoltre, il tempo stava volando. La stagione dei monsoni si avvicinava e i bollettini meteorologici avevano perduto i loro toni ottimistici. Avrebbe dovuto mettersi in moto prima.

«Pensi di poter parlare con lui?»

Engler annuì.

«Allora ci accontenteremo di questo.»

Dette da Karin, queste parole contenevano una silenziosa protesta, e senza volerlo Engler tornò a pensare a tutti quelli che erano lassù. Una folla di volti gli passò rapida davanti agli occhi, diversi personaggi ridicoli che non aveva sopportato lì al campo base ma che adesso... Scacciò il pensiero, e nella tenda il mormorio crebbe. Non colse alcuna frase, alcuna parola, ma nel borbottio generale indovinava una corrente sotterranea di smarrimento che nella sua condizione disorientata interpretò come una serie di preghiere incrociate e contraddittorie. Senza crederci granché afferrò il walkie-talkie.

Il contatto radio era pessimo, nella tempesta. Giuseppe Cagliari era sembrato sfinito, probabilmente non aveva nemmeno forze sufficienti per rispondere e ancor meno per raccontare perché aveva condotto la sua spedizione dritta all'inferno – non che dovesse esserci necessariamente una spiegazione. A quelle altitudini la pazzia è sempre in agguato. È parte integrante dell'aria rarefatta.

«Cagliari.»

La voce dell'italiano gracchiò nell'apparecchio con inattesa rapidità e la sorpresa sbilanciò Jacob, che chiese con tono eccessivamente duro: «Giuseppe, che cosa è successo?»

Le sue parole si propagarono come un urto attraverso il folto gruppo raccolto nella tenda. «Cerchi di mostrare un po' di riguardo» sussurrò una donna, e il commento lo irritò. Se proprio doveva dare una mano, gli era necessario anzitutto capire, e poi Giuseppe in realtà gli piaceva. Avevano sempre avuto un rapporto molto diretto, perciò la domanda era meno dura di quanto sembrasse. Ma forse avrebbe dovuto dire anche qualche parola di conforto. Non ne ebbe mai la possibilità.

«Li ho portati su troppo tardi» rispose Giuseppe.
«Tu che di solito sei così scrupoloso.»
«Ho avuto pietà di Rick.»
Di Rick!
Il povero australiano, che aveva perso il suo compagno sull'Everest molti anni prima e che poi, per elaborare il lutto, aveva cercato invano di scalare la montagna quattro volte. Adesso, alla quinta, ce l'aveva fatta, ma troppo tardi. Dopo le due del pomeriggio nessuno doveva più trovarsi sulla cima. Ma per qualche motivo, Giuseppe Cagliari aveva permesso ad alcune persone del suo gruppo di raggiungerla alle cinque, se non più tardi.
«Volevi portarlo su a qualsiasi costo?»
«Era disperato.»
Disperato?
Engler sussultò. Nessuno deve raggiungere la cima dell'Everest perché è disperato, e anche se i sentimenti possono offuscare la logica, gli pareva inverosimile che Giuseppe avesse messo a repentaglio un'intera spedizione per un tizio che con la montagna non c'entrava nulla. Da quanto ricordava, Rick aveva già perso diverse dita dei piedi, come lui del resto, ma l'australiano non era fatto esattamente della sua stessa pasta, e dopo la disgrazia in cui era morto il suo compagno sopportava male il freddo.
«Eri arrabbiato con Villari, hai detto.»
Nel microfono la tempesta ululava come se la buia desolazione della montagna soffiasse giù fino alla tenda, e Jacob credette di averlo perso. Non udiva più né un respiro né un rantolo, solo l'urlo del vento che si confondeva con il crepitio della comunicazione. Poi arrivò una risposta gracchiante, che nasceva dall'amarezza più profonda: «E chi diavolo non si arrabbiava con Villari? Perfino a te capitava, ogni tanto.»
«Stronzate» pensò di rispondere Jacob. Ma tacque, non solo per riguardo. Ricordava gli anni di scuola e la sua

invidia per quelli come Villari, persone disinvolte che sembravano dispensate dal dolore.

«Che cosa gli è successo?» chiese.

«Non era poi così forte, nonostante tutto.»

«Cosa vorresti dire?»

«L'ho condotto nelle tenebre e all'inferno. Hai visto la mia mano? È dura come pietra.»

Jacob si toccò la fronte. Non sapeva come gestire quella conversazione.

«Davvero?» disse.

«Eppure riesco a muoverla. Non è strano?»

Jacob guardò fuori attraverso l'apertura della tenda. Un paio di tende gialle e blu illuminavano il paesaggio come piccoli lampioncini. Qua e là c'era neve sul terreno, per il resto solo pietra e ghiaia, niente verde. Per la prima volta da quando era arrivato lì aveva nostalgia di casa, della sconsolante vita di Stoccolma.

«Tu puoi farcela anche solo con una mano» disse.

Non ci credeva neanche lui.

«Non c'è bisogno. Ho i monaci qui.»

«I monaci?»

Jacob sospirò, ma non era stupito. Sapeva come fosse facile avere le allucinazioni a quelle altezze, soprattutto quando il corpo comincia a gelare. L'aveva sperimentato di persona e si era reso conto che le visioni hanno spesso un effetto consolatorio. Non sono come i sogni, che di solito terrorizzano. Le allucinazioni accarezzano. Ti tendono una mano premurosa.

«Andrà tutto bene. Sarà un viaggio piacevole» disse con sorprendente franchezza, anche se le sue parole risultavano ambigue.

«Li senti come cantano?»

«Li sento» rispose. «Li sento.»

3

Giuseppe Cagliari i monaci li vedeva veramente; tondi monaci con il cranio rasato, drappeggiati di rosso e con i polpacci nudi, monaci che recitavano in coro un canto accompagnato dalla tempesta, o che forse era la tempesta stessa. Tra le note strideva un gemito desolante, che al suo orecchio si trasformava in un canto funebre per la montagna e il paesaggio.

«Lo senti?»

«Hai gli altri sotto controllo?» chiese Jacob Engler.

Certo che no, dannazione. Non voleva nemmeno pensarci e si sforzò di ascoltare i suoi monaci senza curarsi di Engler. Il solo pensiero di estremisti come lui, scalatori così puri, accresceva i suoi tormenti.

«Non lo so» disse.

«Vogliono che io salga sulla montagna domani all'alba. Ho bisogno di capire com'è la situazione.»

«Parla con Ang Nuru.»

«Non sappiamo dov'è, purtroppo. È tutto un gran caos.»

Un gran caos.

Un'ondata di disperazione fece breccia nella sua apatia e Giuseppe Cagliari puntò gli occhi nel buio, dapprima indifferente, poi sempre più smarrito. I monaci erano spariti, e forse intuiva di che cosa si trattasse veramente. Pensò alla grotta azzurra di Capri e alla ragazza con i capelli biondi che quella volta gli aveva accarezzato la clavicola. Frammenti della sua vita vorticavano come fiocchi di neve nella tormenta e di nuovo abbassò gli occhi sulla sua mano e su una zip che aveva sulla coscia. Dalla gamba saliva un dolore remoto, una sorta di pressione incandescente che considerò come un buon segno, un soffio di vita, ma nemmeno su quello riuscì a concentrarsi. Era tutto così strano. *Un gran caos.*

«Come?»

Jacob aveva ripreso a parlare con un tono melodico, non più così duro, paterno piuttosto, e Giuseppe dimenticò il suo viso serioso e la severa morale della montagna e ripensò di nuovo al bastone, il vecchio bastone da passeggio d'argento che batteva contro i marciapiedi di Eboli, e scrutò l'oscurità alla ricerca di suo padre. Il vecchio era stato lì subito prima dei monaci. Ma adesso quelle ampie distese erano di nuovo prive di vita. O forse lassù c'era qualcosa? Uccelli? Era possibile? Oppure... non volavano forse anche lì i corvi, quei neri e malvagi mangiatori di cadaveri? Non lo sapeva. Nel walkie-talkie Jacob parlava del Gasherbrum, gli ricordava vagamente qualcosa e cercò di ascoltarlo, ma era scomparso di nuovo: meglio così, forse. Lui se la cavava meglio da solo, soprattutto adesso che i monaci erano tornati. Li sentiva. Ora non cantavano più. Mormoravano, e lui avrebbe voluto chiederne il motivo, ma gli uscì di testa mentre con il pensiero tornava a Rick, il povero Rick che aveva mandato giù con Pasang Tenji e Nima Rita.

Chissà se era sopravvissuto. Giuseppe lo sperava con tutto il cuore. Perfino ora, nella nebbia dell'apatia, e se ne vergognava. Aveva insistito ostinatamente per portare su Rick, ma gli altri... sì, certo, gli dispiaceva anche per loro, per Natalie, Ang Nuru, Peter e tutti gli altri. Ma forse si preoccupava per Paolo, l'unico del gruppo del quale credeva di avere notizie sicure? Neanche per sogno! Considerava un trionfo essergli sopravvissuto, un'ultima rivincita per tutta la sofferenza che gli aveva inflitto negli anni, non tanto con i suoi successi, quanto con la sua volontà di umiliarlo. Quasi senza accorgersene, Giuseppe picchiò la mano nuda sulla neve. Non sentì nulla, ma in quel momento gli tornò in mente una delle scene sulla montagna. Era come riaccendere un proiettore rotto. Immagini rimaste impresse nella memoria comparvero danzando, nebulose e spezzettate, e vide se stesso risalire la Cima Sud.

Il tempo era ancora decente, sotto di loro si stendevano le montagne e le nuvole e l'orizzonte che si curvava in lontananza, ma nessuno aveva avuto la forza di rallegrarsene. Erano pericolosamente in ritardo e la colpa era sua. Avrebbe dovuto fare dietro front con il gruppo già da un pezzo, ma era rimasto intrappolato in una serie di decisioni sbagliate, forse determinate dal fatto che era alla guida di una spedizione di cui si era fatto un gran parlare. La gente aveva sborsato settantamila dollari per un posto, e Giuseppe aveva voluto avanzare ancora un po', anche se aveva cominciato lui stesso a esitare. Ma a un certo punto Villari si era tolto la maschera per l'ossigeno e gli occhiali, rivelando un viso così terrorizzato che avrebbe dovuto suscitare la sua compassione.

Invece era successo l'opposto. Nel suo animo si era fatta strada strisciando una gioia maligna seguita da un desiderio di rivincita. Che Dio potesse perdonarlo! Aveva lasciato che l'ombra del passato oscurasse le montagne, ben prima che lo facessero le nubi nere.

Giuseppe fissò il suo walkie-talkie, felice che non crepitasse più, e di nuovo si sfregò gli occhiali per liberarli dalla neve e puntò lo sguardo su quell'inferno sferzante.

Trecento metri più giù, Natalie Aubrey, Sten Jörgensen e Lobsang Dorje erano seduti ad aspettare aiuto. Nessuno di loro aveva nozione del tempo né sapeva a che ora Ang

Nuru fosse scomparso per andare a chiamare rinforzi, o che cosa avrebbe fatto. Ma sembrava già trascorsa un'eternità. Natalie stringeva spasmodicamente il fornelletto a gas e il walkie-talkie con cui chiamava il campo base con frequenza eccessiva, e anche se il contatto con Karin significava tutto per lei, si irritava per le sue esortazioni: «Resistete! Continuate a lottare! Tenetevi caldi!»

Lei faceva quello che poteva, maledizione. Il piede destro era infortunato, probabilmente una frattura all'altezza della caviglia: Dio solo sapeva quanto stava lottando, cosa che non sempre si poteva dire di Sten.

«Sono troppo vecchio per queste cose» continuava a mormorare il professore, che sembrava apatico, desideroso di trovare la morte.

Non solo le persone, ma anche la terra e quelle ampie distese sembravano averla abbandonata, e per quanto si sforzasse di sperare, dubitava che sarebbe arrivato un qualche aiuto. Si chiese se Ang Nuru avesse davvero creduto alle sue stesse parole. Come avrebbero fatto i soccorsi a trovarli?

Non c'erano punti di riferimento, solo turbini di nebbia e tenebre, e il gelo pungente che le ghiacciava le palpebre e i pensieri. Il suo unico desiderio era chiudere gli occhi e scomparire, ma sapeva di non doversi arrendere, mai e poi mai, così cercò di formulare pensieri positivi e di ricordare il suo letto a Parigi, il guanciale di piume, l'orologio a cucù rotto – ma perché poi proprio quello? Non aveva mai significato nulla per lei. Piuttosto, allora, la coperta avvolta intorno al corpo, le mani che le accarezzavano i capelli, i croissant la mattina.

Doveva bere. Era fondamentale. Prima della partenza aveva dovuto ascoltare fino alla nausea che a quell'altezza si perdono circa otto litri di liquidi al giorno, se non si beve come idioti ci si disidrata, e allora aumenta il rischio di mal di montagna, danni da congelamento, coaguli e altre diavolerie. Con gesti febbrili tirò fuori la sua borraccia, dentro c'era ancora qualcosa, ma perché non usciva niente? Anche quella maledetta bevanda sportiva era congelata, pazzesco.

Era davvero il colmo. Per scaldarsi un po' si alzò e cominciò a saltellare sul piede sano, una scena davvero ridicola. Ma Natalie andò avanti per un bel po', finché la lampada frontale non decise di spegnersi. Dapprima ammiccò. Poi morì e non ci fu niente da fare. Lo vide come un segno: *adesso morirò anch'io! Adesso succederà davvero!* E anche se aveva diverse pile di riserva nella giacca, si arrese. Si stese sul terreno per scomparire e in quel momento si accese una stella, o almeno così le parve, e più in alto echeggiò un solitario ululato lamentoso. La montagna vomitava il suo dolore, e lei sentì il gelo crescerle dentro, come una creatura viva che si faceva strada verso il cuore.

Jacob Engler era ancora lì con il walkie-talkie in mano e capiva che avrebbe dovuto dire qualcosa. Ma non aveva niente da aggiungere, niente che loro avrebbero voluto sentirsi dire. Era un rottame. L'astinenza si faceva sentire e lui non poteva né voleva portare aiuto, per cui si limitò a scuotere il capo e uscire a passo di marcia.

«Pensi di arrenderti?»

Neanche per sogno, pensò lui, e si fermò sulla soglia della tenda voltando le spalle all'adunata.

«Salirò domattina presto» rispose, e forse sin dall'inizio aveva saputo di non poter dire di no, oppure era influenzato dalla figura nervosa di Karin, che non vedeva ma percepiva come una pressione sulla nuca.

«Puoi prendere in prestito l'attrezzatura per l'ossigeno da noi.»

Ossigeno! Avrebbe voluto sputare quell'orrenda parola. S'incamminò senza però dire nulla e nei pressi di uno dei cumuli di pietre buddisti si fermò ansimante. Un'ondata di calore lo attraversò facendolo vacillare. Si afferrò alla lunga corda che legava le bandiere di preghiera sopra le pietre, e in quel momento il diavolo s'impadronì di lui. Tirò giù tutto, e lì nella terra degli sherpa quella non era un'innocente ragazzata. Era più o meno il gesto più malaugurato che uno potesse compiere. Confuso, vide le bandierine multicolori veleggiare verso terra e disporsi in una funesta figura di serpente.

Dopo, nella sua tenda, frugò nella scorta di medicinali senza trovare nulla di adatto. La sua ascesa in solitaria sarebbe stata impossibile. Ora se ne rendeva conto. Qualcun altro, forse Franz Mosel, l'avrebbe compiuta al posto suo. Maledisse tutti quelli della tenda, tutti gli idioti e i pivelli che avevano lordato la montagna con le loro piume di pavone, e guardò il proprio equipaggiamento disposto sul pavimento con rabbia, anziché con il consueto amore. La vecchia piccozza con il manico di bambù, l'ancora da neve, le corde, i sacchetti con il cibo liofilizzato, e lentamente cominciò a fare il bagaglio.

Poco dopo incrociò le mani sul petto. Pareva stesse pregando o meditando. Ma un'angoscia paralizzante gli strisciava dentro, dalle braccia verso il cuore, e anche se normalmente riusciva a gestirla abbastanza bene, negli ultimi tempi era peggiorata, forse perché non era più sicuro che fosse l'anima a chiedere aiuto. Forse era davvero malato, e quando ci pensava i sintomi peggioravano. Come poco prima nella tenda grande, sognò di essere a casa a Stoccolma, una di quelle mattine nella sua cucina con le piastrelle blu.

La sua nostalgia era strana, allora come adesso. Nella realtà quei momenti raramente erano piacevoli. A Jacob capitava spesso di cadere vittima dell'inquietudine, che a volte arrivava al punto di paralizzarlo. Le montagne erano casa sua, molto più di quell'appartamento. Tese nervoso l'orecchio verso l'accampamento, la cascata di ghiaccio rumoreggiava.

Le numerose giornate calde prima della tempesta avevano causato lo scioglimento di buona parte del ghiacciaio, e dappertutto si sentiva il gracchiare della radio. Voci o sussurri concitati. Nonostante l'ora tarda, l'intera tendopoli era sveglia, e senza nemmeno cercare di dormire Jacob guardava fuori dallo spiraglio nella tenda. Terminò di impacchettare l'attrezzatura a notte avanzata. Non molto dopo, fuori si udirono dei passi.

4

Nelle settimane che avevano preceduto la catastrofe, Karin era stata tormentata da un feroce mal di testa che le arrossava gli occhi. Per la prima volta in vita sua soffriva di dolori reumatici, e la mattina una sgradevole tosse secca le sconquassava la gola. Non si poteva proprio dire che sopportasse particolarmente bene le alte quote.

Eppure si sentiva allegra e piena d'energia, e forse dipendeva dalla libertà in mezzo a quella natura incredibile, o più probabilmente dalle persone straordinarie che aveva intorno. Paolo Villari in primo luogo, e la sua corte, che avevano portato nella tendopoli un delizioso tocco glamour. Certe sere, quando il gruppo si riuniva nella grande tenda adibita a mensa per giocare a carte, bere birra e guardare il paesaggio fuori, si sentiva fiduciosa. La vetta dell'Everest non era visibile dal campo base, ma il Pumori a ovest e il Nuptse a sud-est svettavano magnifici, circondati di aureole di foschia che svelavano le tempeste sulle loro cime e trasmettevano sensazioni vertiginose.

C'erano giorni in cui sentiva di non essere mai stata così felice, e a volte pizzicava la sua chitarra e cantava con una voce resa ancora più pura dall'aria rarefatta. Naturalmente non mancavano i momenti d'inquietudine. In qualità di responsabile del campo base, Karin aveva parecchio da fare e non sempre era facile gestire tutti gli sherpa che venivano ingaggiati come portatori e cuochi. Erano sempre gentili e disponibili, gli occhi dei più giovani le piacevano immensamente, con quel brillare di una mite luce scura, e le loro bocche non sorridevano mai in modo remissivo o adulatore, ma genuino e caldo.

Eppure non tutti erano così allegri. I più anziani, che venivano da Namche Bazar e Gorak Shep, disapprovavano il modo di vivere lì al campo, anche se non lo dicevano apertamente. Gli scalatori avevano portato benessere nella valle del Khumbu. Ma Karin era sensibile ai moti più intimi degli esseri umani e si accorgeva dello scontento, soprattutto nei confronti del comportamento delle donne, e la cosa la irritava – anche se, da brava svedese liberale, era educata al rispetto delle popolazioni locali. Giuseppe faceva spesso notare che senza quegli instancabili sherpa, che non di rado sacrificavano la loro vita sulla montagna, la spedizione era destinata a fallire. Lei però lo giudicava un moralismo sciovinistico. Perfino la gamba nuda di una donna suscitava indignazione, una silenziosa ma risoluta condanna.

Ne parlò con il professor Sten Jörgensen, il vecchio ed eccentrico studioso, e lui le raccontò della fede buddista del popolo sherpa, e anche se già ne sapeva abbastanza, imparò che sull'Everest, o Chomolungma come la montagna veniva anche chiamata, abitava Miyolangsangma, dea dall'indole generosa ma capace di grande collera. Perciò bisognava proteggerla dagli odori cattivi, come quello della carne grigliata e dei rifiuti bruciati, oltre che dai comportamenti indecorosi. Le donne poco vestite irritavano Miyolangsangma, ma la cosa peggiore era fare sesso sulle sacre distese ai piedi della montagna. Questo spiegava i mormorii dei più anziani.

«Molto male fare la salsa al campo» dicevano, strane parole che sembravano uscite dalla bocca di un bambino e richiamavano maliziose associazioni con quella "salsa", ma che significavano che tutte le relazioni a sfondo sessuale nell'accampamento irritavano lo spirito della divinità, ed era così che la pensava anche lei.

Sull'Everest non c'era mai stato così tanto amore. Dappertutto si flirtava, e non era poi così strano, dopo che la dolce vita era stata portata lì sulla morena, che insieme all'amore arrivassero anche gli intrighi. Nel bel mezzo dell'atmosfera rilassata si creavano tensioni e gelosie, e questo a Paolo Villari piaceva. Sollecitava sempre i turbamenti dei suoi sottoposti, e sebbene Karin il più delle volte lo difendesse, vedeva come lui giocasse con il suo potere e lanciasse offese che spesso sul momento non sembravano avere molta importanza, ma poi con il tempo penetravano in profondità come lance. Fortunatamente lei se la cavava sempre piuttosto bene. Erano soprattutto Giuseppe e quella checca di Rick a rimanerne feriti.

La competizione regnava anche fra le trenta e più spedizioni che affollavano la tendopoli. Era chiaro che ci sarebbe stato da sgomitare sulla montagna, per quanto suonasse paradossale considerati gli ampi spazi che si aprivano lassù, ma tutti si preoccupavano di doversi contendere lo spazio con altre squadre ed essere magari costretti ad azioni di emergenza. Si faceva un gran parlare dell'alternanza dei giorni in cui ciascun gruppo si sarebbe mosso verso la cima. Si confrontavano le previsioni del tempo. Si discuteva delle valanghe e delle condizioni lassù in alto, e a volte la lunga attesa al campo base rendeva la gente nervosa. Ma in generale l'atmosfera era positiva. Il tempo sembrava fin troppo buono, in particolare considerando che si avvicinava il mese di maggio – il periodo in cui le nuvole monsoniche provenienti dall'India spingono via le correnti a getto che normalmente rumoreggiano implacabili intorno alla vetta.

Una luna piena salì in cielo. Di notte il firmamento si accendeva di stelle mentre l'aria fresca e limpida, in aperto contrasto con il caldo del giorno, portava un senso d'attesa e di speranza. Erano in molti a essere tormentati dal mal di testa d'alta quota. Perdevano rapidamente peso e dormivano male. Nelle dita dei piedi e delle mani si aprivano fessure che s'infettavano facilmente. Karin non era stata la sola ad abituarsi al sapore sanguigno delle labbra screpolate quando si mescolava al tè dolce degli sherpa. Il campo sorgeva a 5200 metri. Il tasso di ossigeno era solo la metà di quello che c'era sul livello del mare. Eppure tutti si erano acclimatati bene, le sembrava. Gli scalatori della spedizione avevano superato più volte la cascata di ghiaccio e trascorso la notte al Campo Uno nel Cwm occidentale, la Valle del Silenzio. Anche davanti al Lobuche, una cima piuttosto difficile, si erano dimostrati tutti forti, soprattutto le ragazze. Karin era orgogliosa.

La stagione era iniziata con i migliori presagi. Dall'Everest non arrivavano notizie di decessi o danni da congelamento e i giapponesi, saliti fra i primi in vetta, erano tornati esultanti e in buone condizioni, notizia che aveva offerto un ulteriore motivo per festeggiare. C'erano molti gruppi al campo base quell'anno, e nella loro spedizione si respirava una certa frivolezza. Gli umori però potevano cambiare in fretta. Quando Pumori, Lho La, Lhotse e Nuptse assumevano quell'aspetto insolitamente ostile nella luce del crepuscolo e dalla cascata si sentivano precipitare interi blocchi di ghiaccio, anche la persona più serena provava un moto d'inquietudine.

In quei momenti Karin cercava con lo sguardo Jacob Engler, così come chi ha paura di volare fissa le hostess quando l'aereo traballa, ma ne traeva ben poca forza. Il leggendario scalatore solitario appariva brusco e scontroso, e a volte le faceva montare la rabbia. Quell'uomo non si lasciava mai contagiare dalla vitalità della loro spedizione? Se ne stava sempre lì accigliato, con davanti i suoi bollettini e il suo maledetto blocco da disegno, intenzionalmente lontano dagli altri.

Anche se di persona Engler non raccontava mai nulla, si faceva un continuo parlare delle sue provocazioni, soprattutto di questo suo ultimo progetto di diventare il primo scalatore in solitaria della parete sud-ovest, un'impresa disperata, si mormorava, secondo alcuni impossibile. La guida assistente Martin Christal sosteneva che avesse deciso di morire sulla montagna. Di certo erano sciocchezze. Ma tutti ne parlavano. Lo svedese era come un vecchio fantasma, mai parte della compagnia, ma sempre presente.

Una volta Natalie e Sharon Wilson cercarono di trascinarlo a una festicciola e, anche se Jacob ovviamente rifiutò l'invito, Karin poté vedere in lui un tratto nuovo – una goffaggine che cozzava con la sua arida freddezza, e che le piacque. Ma intuiva anche che disprezzava quelli come loro, agiati dilettanti che sborsavano un sacco di soldi per essere condotti in vetta da guide come Giuseppe Cagliari e Ang Nuru, e ovviamente in parte lo capiva. C'erano stati un paio di scandali. Per avere il permesso di scalare la montagna, le autorità nepalesi esigono un attestato emesso dalla federazione nazionale di ogni membro della spedizione, e quell'anno non tutti ne erano in possesso. Secondo il *Los Angeles Times*, un paio di americani nel gruppo di Freddie Wells si erano procurati un attestato allungando delle bustarelle, e si diceva che ormai l'unico merito che occorreva per scalare l'Everest erano i soldi; la gente si comprava un posto in vetta, esattamente come si compra una macchina o un gioiello.

«L'Everest è diventato un prodotto commerciale» scriveva Edmund Hillary, e si parlava del paradosso che la montagna più alta della terra fosse quella visitata dal maggior numero di scalatori inesperti. Di sicuro in questo c'era qualcosa di vero. Eppure Karin trovava l'atteggiamento di Jacob eccessivamente snob. L'Everest non apparteneva soltanto all'élite.

Giuseppe Cagliari l'aveva dimostrato. Nel corso degli anni aveva guidato in vetta all'Everest quarantuno persone, molte delle quali scalatori alle prime armi, e l'unica disgrazia aveva colpito il compagno di Rick, morto molti anni prima. Giuseppe era uno tosto. Non accettava chiunque, per quanto alto fosse il compenso. Poneva delle condizioni, e anche se Paolo Villari lo scherniva, Karin vedeva quanto gli alpinisti lo rispettassero, perfino Jacob, che parlava spesso con Giuseppe mentre per lo più evitava gli altri.

Talvolta Karin parlava di Jacob con Peter Stjerne, svedese come lui e suo migliore amico lì al campo. Peter era giornalista e aveva un paio d'anni più di lei. Dopo la lunga marcia per raggiungere il campo base era diventato ridicolmente magro. Eppure la luce nel suo sguardo irradiava forza e vitalità. Karin lo considerava il più intelligente della spedizione, anche più di Villari o del professor Jörgensen. La capacità d'osservazione di Peter sembrava a Karin quasi femminile. Dietro arroganza e presunzione riusciva come nessun altro a scovare incertezza, complessità e dolore. Più di tutto si interessava a Jacob. Su di lui si raccontavano molte storie, quasi sempre sulle sue peripezie in montagna, che la annoiavano. Benché si trovasse ai piedi di una montagna mitica, non trovava divertenti i racconti di eroismi maschili, non quando si esaurivano nell'elogio di imprese fisiche. Ma Peter conosceva anche altri lati del celebre alpinista. Una volta lo aveva incontrato in Hornsgatan a Stoccolma e sembrava un vagabondo, puzzava d'alcol. La sua figura decadente non era certo piacevole, ma arricchiva l'idea che Karin si era fatta di lui, e benché non fosse insensibile al suo fascino cupo, ne era anche intimorita. Non era solo per via del corpo muscoloso. I suoi lineamenti avevano una severità sacerdotale, solo parzialmente contrastata dalle labbra piene e segnate dalle screpolature, e anche se gli occhi brillavano di una luce delicatamente malinconica, vi scorgeva un odio che a volte esplodeva con forza inesorabile.

Karin si chiedeva che cosa lo scatenasse. Sperava fossero demoni interni piuttosto che eventi esterni. Non voleva che fosse dovuto alla loro spedizione. Ogni giorno capiva qualcosa di più dell'abisso fra il loro mondo e quello di Jacob. Non era un semplice scontro culturale. Mentre loro facevano tutto in grande stile – nessuna spedizione al campo aveva così tanti sherpa e così tante comodità – Jacob era un purista, un professionista ortodosso che scalava da solo senza portatori e non seguiva mai i percorsi noti. Si creava le proprie vie, e se casualmente s'imbatteva in una corda di qualche altra spedizione, non la toccava neppure se ne aveva necessità. Tutte quelle vaste distese selvagge dovevano rimanere pure e intatte.

Fra Paolo Villari e Jacob Engler si percepiva una tensione che non era facile interpretare. Erano opposti, antitetici, o forse no. Forse in qualche modo erano uguali. Certo era che si odiavano – anche se occorreva uno spirito di osservazione come il suo o come quello di Peter per capirlo. Non c'era stato alcun vero incidente. Paolo si era solo fatto avanti in un'occasione lanciando un paio di battute all'apparenza amichevoli e lusinghiere, ma che di certo contenevano sottintesi poco chiari, e Jacob aveva risposto seccamente.

Altro non c'era stato, non che si sapesse. Eppure da quella volta Paolo si era dato da fare a sparlare dello svedese, con la conseguenza che ora tutta la sua corte faceva lo stesso, e anche se Karin sapeva che Jacob poteva risultare inquietante, trovava la cosa alquanto strana. Paolo lo odiava. E lei non capiva perché. Che cosa poteva importargli di Jacob? Di uno strambo svedese solitario?

Ovunque Paolo Villari andasse, si trascinava dietro la bella vita. Intorno a lui tutto sfavillava. Quando scompariva lasciava il vuoto dietro di sé, e qui sulla montagna la sua già incrollabile fiducia in se stesso era stata rafforzata dalla capacità di sopportare così bene le alte quote. Lui e Giuseppe avevano scalato insieme fin dall'adolescenza, ma pochi si aspettavano che un uomo tanto abituato alla vita del jet-set potesse mostrarsi così forte lì, sull'Himalaya. Era immune sia alla tosse sia al mal di testa. Beveva il suo borgogna bianco con lo stesso fervore di sempre, e a volte, la sera, quando le montagne sembravano benevole, lui la cullava in un falso senso di sicurezza. Era come se un uomo così vincente potesse garantire il successo dell'impresa. Vicino a Paolo, Karin si sentiva una prescelta, sollevata dalla quotidianità. La risata tonante l'avvolgeva in un abbraccio protettivo, e anche se sapeva bene di non poter contare sulla sua paterna benevolenza, quell'uomo le dava un senso di invulnerabilità. Sembrava avere la fortuna sempre dalla sua parte e lei aveva visto la sua facciata incrinarsi soltanto una volta, in una situazione del tutto inattesa.

Era successo quando dovevano fare la foto di gruppo. Giuseppe li aveva radunati tutti, clienti e guide, davanti allo *stupa*, l'altare buddista di pietra che ogni spedizione deve erigere secondo il costume locale. L'atmosfera era spensierata. Sharon e Natalie imitavano pose e gesti delle modelle e tutti ridevano, anche Karin, benché trovasse quel teatrino stupido, ma voleva fare buon viso. Aveva notato, a mo' di consolazione, che Sten Jörgensen aveva un'espressione critica, o quanto meno poco indulgente. Era seduto a sinistra nella fila dietro, proprio sotto le bandiere di preghiera, con la giacca nera di Villari e il berretto a visiera blu a nascondere i capelli radi e sottili. Quando Federico Ferro aveva scattato una serie di foto, il volto del professore si era aperto in quel vago sorriso che di solito precedeva le sue battute.

«Speriamo che le immagini facciano un'impressione altrettanto allegra sul pubblico» aveva detto, e sembrava che nessuno l'avesse capito.

Sharon l'aveva preso come un insulto mascherato: «Perché non dovremmo sembrare allegri? Abbiamo un aspetto magnifico no? O vuoi forse dire che non siamo abbastanza belli?»

Sharon si era portata una mano all'orecchio con un gesto civettuolo.

«Non si tratta delle nostre facce, ma del contesto» aveva risposto il professore.

«Quale contesto?»

«Il punto è quale titolo ci sarà sopra la foto, se per caso dovessimo finire sul giornale» aveva continuato Sten, ed era stato allora che l'espressione di Paolo Villari si era come pietrificata.

Karin l'aveva colto con la coda dell'occhio. L'aura di invincibilità era sparita, e questo forse non era poi così strano. In una persona qualunque sarebbe stato interpretato come un attimo d'insicurezza. Ma nel suo caso era un'impressione che stordiva. D'altra parte Villari aveva ripreso molto rapidamente il suo atteggiamento consueto, e così erano trascorsi i giorni, luminosi e scintillanti come prima.

5

Quell'anno, mentre le quotazioni di borsa raggiungevano livelli eccezionalmente alti, Karin Torshede aveva compiuto trentaquattro anni. Laureata in economia, aveva studiato all'Università di Stoccolma e dopo un paio d'anni all'azienda di abbigliamento Tiger of Sweden era stata assunta presso la sede di Villari a Stoccolma. Allora, il Villari Group era un piccolo, esclusivo concorrente di famosi brand sartoriali come Canali, Brioni e Corneliani, ma non molto tempo dopo l'arrivo di Karin, nell'azienda si verificò un cambiamento. Fu lanciata una nuova strategia. Il taglio esclusivo della ditta sarebbe stato conservato. Al tempo stesso però il marchio sarebbe diventato più mainstream grazie ad altri prodotti, ponendosi in diretta concorrenza con Armani, e di conseguenza somme importanti furono dirottate sul marketing.

Karin non aveva mai creduto che sarebbe rimasta a lungo da Villari. Non aveva né il fisico né le fattezze da modella delle altre ragazze dell'azienda, ma era efficiente e capace di prendere decisioni. Non si era mai considerata creativa, ma con il tempo il suo giudizio era diventato indispensabile, e non ancora trentenne era stata scelta come direttore del marketing per il Nord Europa. Per molto tempo non era quasi riuscita a capacitarsene. Nel mondo della moda, che durante l'adolescenza le era parso così irraggiungibile, era diventata un'autorità, e non molto tempo dopo era stata addirittura convocata a Milano per un incontro con il fondatore. Un bel colpo, ma l'idea non la riempiva solo di trepida attesa: nel gruppo di aziende che facevano capo a Villari, si era sviluppato intorno alla sua figura un culto quasi da setta, e durante il viaggio verso Milano Karin aveva provato un certo disagio. Quante storie aveva sentito sulle cattiverie di Paolo Villari!

Si diceva che fosse capace di annientare i dipendenti con una parola o una semplice occhiata, e le donne con cui si faceva vedere in giro non erano esattamente tipi come lei. Ma quando infine lui si degnò di riceverla, con un ritardo di quaranta minuti, fu meraviglioso – anche se all'inizio la spaventò a morte. La fissò con uno sguardo che la fece sentire piccola e miserevole, ma non aveva ancora capito che era tutta scena.

«Dunque tu sei Karin Torshede. Devo chiederti di aspettare» le disse, elegantissimo nel suo completo di lana grigio con camicia di lino bianca e una sciarpa stravagante avvolta intorno al collo.

Poi tacque. Rimase seduto a guardare distrattamente alcune carte, finché arrivò la segretaria con due bicchieri di champagne, uno per lui e uno per Karin. Villari non sembrava in vena di festeggiare. Le volse la schiena, guardò la città e sospirò, e a dispetto dello champagne lei si preparò a un rimprovero. Invece, lui fece ruotare la poltrona e le scoccò un sorriso ampio e affascinante, illuminandosi. Con il suo riflettore puntato su di lei, dalla bocca gli uscì una voce raschiante e solenne che riempì di calore l'intera stanza: «Karin Torshede... Mi piace come suona il tuo nome. Mi pare di aver capito che sei uno dei nostri più grandi talenti. Sei anche sexy, nel tuo modo morbido. Brindo alle tue qualità. Fra parentesi, voglio mandarti a Londra, per convincere quei dannati froci bevitori di tè a vestirsi in maniera decente.»

Karin non l'avrebbe mai dimenticato. Era appena stata promossa e stava succedendo di nuovo. Lui l'aveva scelta come responsabile del marketing a Londra, e nei giorni in cui rimase a Milano la trattò come una principessa. Non era adatta a situazioni del genere, eppure crebbe con lui. Paolo Villari toccava zone sconosciute dentro di lei. Era fantastico, ne era davvero convinta, e nonostante ne vedesse anche i lati meno affascinanti, gli rimaneva leale.

Come tutti quelli di cui Villari si circondava, imparò a odiarlo. Era capace di discutere per ore della sua arroganza, ma quando lui le volgeva il suo viso luminoso, era ogni volta come ritrovare un padre troppo spesso assente. Sempre a disposizione, qualsiasi cosa le chiedesse, finì per accettare perfino la volta in cui la pregò di assumere la gestione del campo base sull'Everest.

«Sull'Everest?»

Karin credeva che scherzasse o che stesse parlando di una marca d'abbigliamento, ma quando capì che si riferiva alla montagna più alta del pianeta rimase semplicemente a bocca aperta. Non aveva idea di che cosa facesse il responsabile di un campo base.

«Che cosa intendi?»

«Io e un gruppetto di membri dell'azienda scaleremo l'Everest, e abbiamo pensato che tu potresti mandare avanti la baracca. Tutto qui. Saliremo in cima a quella dannata montagna e poi scenderemo.»

«Perché?» aveva chiesto lei ingenuamente.

Si era vergognata della propria domanda, ma proprio non capiva. Nella sua immaginazione, a scalare l'Everest erano solo professionisti e avventurieri, non pezzi grossi della finanza o della moda come Villari. Si sarebbe stupita di meno se lui avesse voluto affittare una nave spaziale. Sarebbe stato più nel suo stile. Ma quella montagna, la più alta della terra, era una follia. Il suo "perché?" suonava forse sciocco, ma era sincero, e per fortuna lui si limitò a sorridere.

«Perché? Bella domanda. Nessuno è mai riuscito a dare una risposta. Ecco perché la risposta di Mallory è diventata così famosa. "Perché è lì" disse. Scaliamo queste maledette montagne perché sono lì. Semplicemente per quello.»

Karin continuava a non capire. Poi lui cominciò a spiegare e presto non le parve più così assurdo. Villari era persuasivo, e a quanto pareva aveva un amico d'infanzia, un tipo che "per molto tempo era stato un fallito" ma che una cosa la sapeva fare: arrampicare, soprattutto ad alte quote. In quello era un campione. Un'autentica roccia! E quel tale, Giuseppe Cagliari, lui l'aveva aiutato a diventare una delle guide più famose dell'Himalaya.

«Ti verrà da ridere quando lo vedrai. Ma sull'Everest è il re. Ha portato in cima ogni genere di imbroglioni, e devi sapere che noi abbiamo un gruppo fantastico, un paio di modelle, alcuni designer, un fotografo e anche dei personaggi estranei al nostro ambiente, fra cui un ricco professore di storia. E poi tu, Karin. Che sei una che sa organizzare. Ecco perché vogliamo averti con noi. Ti adoriamo, molto semplicemente» disse, e come faceva di solito quando lui le chiedeva qualcosa, Karin rispose: «Senz'altro, certo, che bella cosa, lo farò.» Solo dopo arrivò il panico.

S'informò, scoprì che almeno centosettanta persone avevano perso la vita su quella montagna, imparò tutto sugli edemi, sul mal di montagna, sui danni da congelamento, su come si sopravvive nella "zona della morte" – sopra gli 8000 metri – e poi cominciò ad allenarsi. Lo faceva duramente, senza per questo riuscire a perdere un grammo, e intanto approfondiva le sue conoscenze sull'Everest e sull'arrampicata sportiva. Fu allora che s'imbatté nel nome di Jacob Engler, che aveva anche lui in programma di scalare la montagna.

Decise di imparare qualcosa da lui, ma Engler si dimostrò inavvicinabile. Sapeva che teneva delle conferenze e tramite un amico si fece invitare alla General Bank, dove

Engler avrebbe parlato di fronte a un gruppo di analisti e mediatori dell'istituto. In quel periodo le banche si battevano per ingaggiare individui avventurosi che erano riusciti a superare dei limiti. Era una moda che Karin giudicava in realtà ridicola, una faccenda legata al rialzo della borsa. I responsabili erano probabilmente convinti che questi scalatori ed esploratori della natura selvaggia avrebbero ispirato i loro dipendenti a raggiungere, se non quelle delle montagne, almeno le vette finanziarie.

Si diceva che Jacob Engler fosse diverso dagli altri. In lui non c'era nessuna tendenza alla seduzione, almeno secondo gli amici. Lui era un "uomo del dolore". Parlava sempre di sofferenza. Ma non era facile da capire. Molti, come Peter Stjerne, avevano un'alta opinione di lui. Altri chiaramente lo disprezzavano e lo guardavano più o meno come si guarda un pugile di successo – affascinati, ma con un certo senso di superiorità intellettuale. Le opinioni erano curiosamente contrastanti. Mentre aspettava in una sala di Sveavägen, Karin sentì dire che doveva soffrire di disturbo bipolare.

Intorno al podio, un giovane stava trafficando con un proiettore, lo ricordava con molta chiarezza. Ma i minuti passavano e la gente si agitava sulle sedie. Engler non compariva e a un certo punto una donna corse fuori a telefonare. Quando tornò, scuoteva la testa e tutti se ne andarono delusi.

Più tardi Karin sentì dire che Engler era sparito. Nessuno sapeva dove fosse e non c'erano né una moglie, né figli, parenti o amici degni di tal nome a cui chiedere, solo un agente dai capelli rossi che era perplesso tanto quanto gli altri. Per diverse settimane, Jacob Engler non si presentò a nessuno degli incontri cui avrebbe dovuto presenziare. Cominciò insistentemente a circolare una voce secondo cui era morto, cosa che lei riteneva possibile. In molti sembravano essersi segretamente aspettati quella notizia. Alpinisti del suo livello tendono a non vivere a lungo. Ma d'un tratto Engler ricomparve, e in un trafiletto apparso sul *Dagens Nyheter* spiegò di essere stato malato, senza specificare di che cosa.

Karin aveva visto Jacob Engler per la prima volta al campo base dell'Everest. A quel punto aveva raccolto ancora più informazioni su di lui. Peter Stjerne le aveva raccontato molte cose, altre le aveva trovate in rete e ora, lì al campo, era proprio verso Engler che si indirizzava la sua aspettativa. Ci volle del tempo prima che s'incontrassero. I giorni passavano, lei si era assuefatta alla sua routine e si compiaceva della fiducia che ispirava alla gente, sebbene la sua conoscenza del mondo dell'alpinismo fosse così lacunosa. Ma stava imparando. Era sempre stata ricettiva e leggeva molto. Agli scalatori esperti, in primo luogo ovviamente Giuseppe Cagliari, chiedeva dei pericoli che si correvano in montagna, e imparò nei dettagli le caratteristiche della via che la spedizione aveva scelto – attraverso la parete del Lhotse, il Colle Sud e la cresta sud-est, su fino al Balcone, l'Hillary Step e poi la vetta.

Studiava anche gli occhi degli scalatori, soprattutto quando si nominava Engler. Allora succedeva sempre qualcosa. O si accendeva un bagliore, oppure sulle pupille passava un'ombra amara. Questo l'affascinava, e un pomeriggio verso la fine di aprile finalmente lo vide. Quel giorno il sole scottava. Una miriade di ruscelli primaverili prodotti dallo scioglimento delle nevi scorreva sul terreno, rilasciando un vago sentore di ginepro e d'incenso. Lei indossava una t-shirt nera e un paio di pantaloni antivento grigi, e nonostante l'aria rarefatta che da tanto tempo la teneva in perenne paralisi, si sentiva leggera. Non era mai stata così magra, come il nuovo foro nella cintura di cuoio testimoniava, e per una volta non aveva nemmeno mal di testa.

Si sentiva piena di energia e senza riflettere gettò un'occhiata verso la tenda che ospitava la mensa della spedizione. Non molto distante ce n'era piantata un'altra dalla forma spigolosa, molto più piccola e modesta. Accanto era seduta una figura muscolosa, china sopra un blocco da disegno. Karin aveva visto Jacob Engler solo in fotografia, eppure capì subito che era lui. Il suo corpo irradiava una forza rude, primitiva, ma non si poteva dire che fosse bello. C'era qualcosa di strano nel suo viso. Aveva sentito dire che se l'era congelato. Sembrava rappezzato e asimmetrico, e sopra il sopracciglio destro correva una cicatrice pallida e deturpante, anche se discretamente compensata dagli occhi, che brillavano malinconici e pensierosi.

Indossava un maglione di lana grigio, troppo caldo per quella temperatura. Lo vide trasalire con un moto d'irritazione. Karin l'aveva disturbato, e in realtà lei per prima era stupita di avere osato avvicinarsi. In un qualsiasi altro giorno sarebbe stata meno audace. Ma in quel momento si sentiva frizzante, o forse semplicemente l'altitudine la tormentava meno del solito.

«Volevo solo presentarmi» disse. «Veniamo tutt'e due da Stoccolma. Mi chiamo Karin Torshede.»

«Ah ecco» rispose lui, niente di più, non una parola su Stoccolma o altro.

Sembrava considerare già conclusa la conversazione e lei sentì tornarle addosso tutta l'incertezza. Abbassò lo sguardo sulle dita mutilate di lui. Disse ancora qualcosa, non ricordava più cosa, aveva solo continuato a blaterare e chiaramente doveva avergli chiesto "Va tutto bene?" perché lui rispose con un'espressione ironica che tradiva il suo apparente distacco: «*Tutto?*»

Aveva perfino sorriso, ma non con la bocca: un intrico di rughe sottili si era formato intorno agli occhi scuri. Le si affacciarono alla mente mille domande ma riuscì a trattenersi.

«Non mi riferivo esattamente all'intero universo» disse, segretamente felice di quel tono un po' leggero, e per un istante valutò se azzardarsi a domandare della famosa conferenza.

Fu interrotta nei suoi pensieri. Natalie, la famosa modella che all'inizio aveva detestato ma che aveva lentamente imparato a trovare tutto sommato simpatica, uscì a piccoli passi dalla sua tenda, ramponi ai piedi, inciampando nella poltiglia di ghiaia e acqua. Dopo un secondo di silenzio, ridacchiò. Karin sospettava che fosse tutta una recita. Quelle come lei pretendono attenzioni continue. Karin si chiese se la ragazza non si fingesse sciocca e maldestra solo per indurre gli uomini a circondarla di premure.

Ed effettivamente Giuseppe si precipitò subito verso di lei, con la commovente goffaggine che spesso il terreno privo di pendenza conferiva ai suoi gesti. Con cautela, quasi amorevolmente, sfilò i ramponi a Natalie e scoprì che le ghette da arrampicata si erano lacerate. La aiutò ad alzarsi e una certa allegria si diffuse intorno a loro. Anche se lo spettacolo era una farsa, emanava tenerezza. Dimostrava come tutti nel gruppo avessero a cuore il benessere degli altri, e perciò Karin reagì indignata quando sentì un bisbiglio rabbioso dietro di sé.

«Come?» disse.

«Principianti» sibilò Jacob Engler. Probabilmente nessun altro colse il commento, ma a lei diede fastidio.

L'attimo dopo si girò arrabbiata, con lo sguardo tagliente.

«Sei ingiusto» disse.

«Davvero?» rispose lui, e sorrise gelido mentre si massaggiava il collo robusto.

«Sì. Natalie non è una principiante. Ha fatto molte scalate sulle Alpi» disse, e avrebbe tanto voluto essere in grado di menzionare una montagna specifica, ma non ricordava esattamente dove Natalie avesse arrampicato.

Inoltre, sapeva che era stata una ginnasta professionista e che, come molte modelle, era ancora una fanatica dell'allenamento. Non era anoressica, e in quel mondo era un'eccezione. Natalie mangiava quasi con ingordigia. Non era eccessivamente magra, nemmeno dopo la marcia per il campo base, e lassù questo era un chiaro vantaggio. Senza un po' di grasso sottocutaneo aumenta la predisposizione ai danni da congelamento.

«Davvero promettente» rispose Jacob sarcastico.

Di nuovo nella testa di Karin prese forma una domanda, se lui credeva che potessero davvero farcela, ma non osò pronunciarla, e mormorò invece che era stato in ogni caso un piacere conoscerlo.

Poi si allontanò. Come primo incontro non era stato un granché. Ne aveva ricavato solo cattivi presentimenti che parvero trovare conferma poco dopo. Martin, Giuseppe, Ang Nuru e un gruppo di sherpa avevano allestito un accampamento nel Cwm occidentale, a 6500 metri, per far acclimatare ulteriormente i clienti. Molti avevano avuto problemi anche gravi. Il designer Pietro Broglio era stato probabilmente colpito da edema cerebrale – una malattia spesso mortale che causa l'espansione del cervello nell'aria rarefatta per l'aumento del numero di globuli rossi nel sangue e un peggioramento nell'apporto di ossigeno.

Pietro aveva cominciato a barcollare, lamentava mal di testa e disturbi visivi. Era diventato apatico e confuso, e Giuseppe aveva fatto in modo di riportarlo velocemente al campo base, dove lui era rimasto per due giorni in coma. Era stato terribile. Il medico della spedizione, Toni Grassi, l'aveva curato con l'aiuto di Karin. Avevano anche preso in considerazione l'idea di noleggiare un elicottero per trasferirlo a Katmandu, ma si era ripreso, anche se per lui la stagione alpinistica poteva dirsi conclusa.

Il sollievo era stato enorme e la speranza era tornata. L'aspetto positivo dell'abituarsi all'altitudine al di sopra della cascata di ghiaccio era che l'aria del campo base poi non sembrava più così rarefatta e opprimente. Messa a confronto con la povertà di ossigeno della Valle del Silenzio, diventava quasi rinvigorente. Molti soffrivano ancora di mal di montagna. Sten probabilmente aveva un distacco della retina. Le piccole ferite sulle mani di Sharon non volevano guarire e la tosse di Peter era così lacerante che Grassi temeva che gli si sarebbero incrinate le costole. Ma in generale il gruppo sembrava in forze.

«Abbiamo una squadra forte quest'anno. Se devo essere sincero, sono davvero sorpreso» continuava a ripetere Giuseppe.

Una sera – dopo che Paolo e Jacob avevano avuto un breve scambio di battute – erano tutti seduti nella mensa a bere vino e birra e ad ascoltare Villari mentre raccontava una storia allegra su Salvador Dalí, che aveva incontrato quand'era giovane. Paolo aveva conosciuto un po' tutti, a volergli credere, cosa che Karin non sempre faceva. Eppure se ne stava lì seduta, accoccolata fra Martin e Natalie, a stupirsi e a ridere di gusto, e non solo perché il suo ruolo lo imponeva. Paolo la divertiva davvero, e negli ultimi tempi si era presa un po' più di confidenza.

«Non so se sia proprio tutto vero» disse all'improvviso.

Aveva praticamente interrotto il racconto, e percepì un moto d'inquietudine nella tenda, ma Villari sembrava più pensieroso che arrabbiato, e il suo silenzio era un buon segno. Con gesti affettati agitò le mani in aria. Karin era molto tesa.

«Karin, tesoro, a noi non importa che la storia sia vera oppure no. Vogliamo solo svagarci» disse, non senza calore.

«Ah, be', allora» disse lei, rinfrancata.

La tensione si sciolse e Villari attaccò a raccontare di Picasso, che aveva pagato una cena per quaranta persone firmando semplicemente la tovaglia del ristorante, ma presto Karin smise di ascoltare. Aveva imparato a mantenere un'espressione affascinata mentre si perdeva nei suoi pensieri – una capacità indispensabile nel suo mondo pieno di ego smisurati. Dopo un momento fu però coinvolta di nuovo nella conversazione.

«E quel pazzo di Engler che crede di essere un dannato Picasso» diceva Martin.

«Perché parli così?» domandò lei fissando il viso tozzo e ordinario di Martin. In lui c'era qualcosa di militaresco, non solo nella testa rasata, ma anche nel portamento e nel linguaggio.

«Ho sbirciato nel suo blocco. Disegna un sacco di robaccia. Figure strane» rispose lui.

«Lui è uno scalatore bravo, molto bravo» s'intromise Ang Nuru un po' a sproposito, mentre per un istante assumeva un'aria solenne.

«Ma è un idiota» continuò Martin.

«No» replicò Ang Nuru con un ardore del tutto insolito per lui. «Ha un grandissimo rispetto per le montagne. È un grand'uomo.»

«Balle» insisté Martin. «È un imbecille.»

«Tu sei solo invidioso, Martin!»

Tutti la guardarono. Karin non sapeva perché si stesse immischiando di nuovo. Il commento le era semplicemente sfuggito. Le parole cattive di Martin la irritavano, anche se lei stessa si era fatta delle domande su Engler.

«L'ho incontrato in un hotel a Islamabad qualche anno fa» continuò Martin, non prima di aver sbirciato verso Villari in cerca di approvazione. «Doveva scalare l'Ultar, mi pare. All'epoca nessuno l'aveva ancora fatto. Io avevo con me Rachel e i ragazzi, e quando lo vidi alla reception pensai: perché non presentarmi? In fondo siamo alpinisti tutt'e due, mi faceva piacere scambiare due parole. Avevo letto molto su di lui, anche se già allora capivo che la maggior parte delle cose che si dicevano erano inventate o esagerate.»

«Vorresti forse dire che la nostra onorevole corporazione di giornalisti scriverebbe qualcosa di falso? Impossibile» disse Paolo Villari con il solito tono sarcastico, e le sue parole incoraggiarono il giovane Martin.

Prese lo slancio e continuò: «Non si tratta di chissà quale storia, ma la trovo piuttosto eloquente. Mi avvicinai, comportandomi come un perfetto adulatore. Dissi che l'avevo sempre ammirato, ma lui... lui sembrava completamente annebbiato. Mi chiedo se non fosse brillo già di mattina. Annuì indifferente alle mie parole. Poi il mio piccolo, Tom, s'incuriosì. Dal nulla se ne uscì con un "papà, chi è quello lì?" e io lo trovai scortese, gli spiegai che non si parla così delle persone che non si conoscono. Ci vuole rispetto. Mi sembrò un gesto di cortesia nei confronti di Engler. Ma sapete invece come reagì?»

«Come?»

«S'infuriò. Mi afferrò per il braccio, facendomi un gran male, e disse che non avrei più dovuto rivolgermi a mio figlio in quel modo. "Conserva i tuoi dannati elogi per i tuoi ragazzi" disse.»

«Voleva difendere tuo figlio» azzardò Karin.

«Bel modo! Tom si spaventò a morte. Stava quasi per piangere. Ma a Engler ovviamente non importava. Mi fissava solo infuriato. Mia moglie disse che era la persona più rozza che le fosse mai capitato d'incontrare, e avreste dovuto vedere il mio braccio. Mi uscì un livido enorme.»

«Ohilà!» esclamò Karin quasi canzonandolo, e anche se dopo se ne vergognò – non voleva apparire una viscida leccapiedi al pari degli altri – guardò inquieta Paolo per vedere la sua reazione, ma lui sembrava già immerso in altri pensieri, e questo le bastò.

Si scusò e uscì nel gelo della notte. Qualcuno passeggiava lì intorno. Sul terreno i rivoletti primaverili erano coperti da una patina di ghiaccio, e dalle montagne sentiva soffiare un brivido: non il solito terrore, ma piuttosto una malinconia penetrante, che non era del tutto sgradevole.

Sopra al cumulo di pietre della spedizione ondeggiavano le bandiere buddiste, simbolo delle preghiere che il vento, si diceva, avrebbe portato su, verso le cime e gli dèi. A Karin tornarono in mente le parole di Lobsang Dorje: «Le bandiere non devono toccare terreno. Grande sfortuna. Mai toccare terreno!»

Sorrise malinconica e pensò a suo fratello, che giaceva immobile nel suo letto, al giorno in cui era arrivata la notizia della sua malattia, e all'uccello che aveva deciso di cadere o tuffarsi nell'attimo esatto in cui tutto il mondo le crollava addosso. Dopo una breve passeggiata entrò nella tenda che divideva con la designer Birgit Lamont. Non riuscì a prendere sonno per quel che le parve un'eternità.

Il mal di testa la tormentava, rimase stesa a lungo supina con la mano sul ventre o fra le gambe, a pensare agli uomini dell'accampamento. Molti di loro le avevano rivolto occhiate piene di desiderio, non come quelle che rivolgevano a Sharon e Natalie, ma era comunque un inizio. Karin era single da molti anni e a volte si stupiva di aver avuto così pochi uomini. Tutti dicevano che era piacevole e intelligente. Se l'era sentito ripetere fino alla noia, e avrebbe volentieri scambiato tremila "piacevole" con un unico "carina". Eppure, nei suoi momenti migliori, non pensava di essere solo piacevole. Per lo meno, poteva contare su delle forme abbastanza sensuali.

Eppure era prigioniera della sua stessa bravura. Si sforzava sempre di essere premurosa, e si sentiva decisamente repressa. Gli uomini probabilmente la vedevano solo come una figura materna. Rifletté per ore su questo e su un sacco di altre cose, e solo a notte inoltrata cadde in un sonno agitato. Fu svegliata dallo sherpa Mingma Nuru con il suo «buongiorno, il tè è pronto» e non molto tempo dopo arrivarono su dalla valle gli arruffati yak con i loro carichi di pane fresco e verdure.

Mentre andava verso la mensa, passò accanto a Jacob, seduto sulla morena intento a disegnare sul suo blocco, e ripensò alla storia di Martin del giorno prima e a un po' di altre cose che Peter le aveva raccontato. Era convinta che non avrebbe avuto il coraggio di chiederglielo, ma si fermò. Lui alzò gli occhi. Indossava una t-shirt blu, pantaloni da allenamento neri e scarpe da ginnastica.

«Posso aiutarti?» le disse, sorprendendola con il suo tono benevolo.

«Non so» rispose lei a disagio.

Non osava fidarsi del suo sguardo. Temeva che da un momento all'altro potesse fulminarla di nuovo.

«Si parla molto di te» disse.

«Lo immagino.»

Fissava il terreno e voltò il suo blocco a faccia in giù. Karin non fece in tempo a guardare il disegno a cui stava lavorando.

«Scusami» attaccò. «Forse non dovrei chiedertelo. Ma ho sentito dire una cosa interessante, ieri. Che hai difeso un bambino, se così si può dire.»

«Devi aver capito male.»

«Perché, non ti piacciono i bambini?»

«Non credo» rispose lui piuttosto tagliente, spaventandola.

Che cosa ci faceva lì? Era evidente che era un tipo strano.

«Tu *credi* che non ti piacciano» azzardò, e per un attimo lui rimase in silenzio. Karin decise di andarsene, convinta che non avrebbe mai più avuto il coraggio di rivolgergli la parola.

Con suo stupore, negli occhi di Jacob apparve un bagliore che le sembrò, se non allegro, amichevole.

«Non posso certo dire di detestare i bambini del tutto, ovvio.»

«Speriamo» disse lei.

«È probabile che non mi sia mai veramente interessato della loro esistenza. Che storia è, cos'hai sentito?»

Karin si chiese se ci fosse modo di riportare il racconto di Martin in maniera meno diretta. Decise di cambiare argomento.

«Ce l'avrai pure un bambino dentro di te?»

«Certo. Un poveraccio che bussa a intervalli regolari» rispose Jacob, e del tutto inaspettatamente la invitò a sederglisi accanto. Lei ne rimase così stupefatta che lo percepì come un invito intimo, e pur mormorando un «devo lavorare», fece come le era stato detto.

«Tu hai figli?» chiese lui.

Non era qualcosa di cui avesse mai sentito la mancanza, e poi c'era ancora tempo per averne, ma in quel preciso momento il suo «no» aveva un che di sofferente, non capiva come mai, forse era per il modo in cui lui aveva formulato la domanda.

«Già, tu hai Villari e i suoi cuccioli» disse Jacob.

«Prego?»

Il polso accelerava. Cristo santo, com'era fragile.

«Riesci davvero a sopportarli?»

Sopportarli! Non sapeva che cosa rispondere. Non sapeva nemmeno quanto dovesse considerarsi offesa. Lui in fondo sembrava comunque escluderla da quel gruppo di "cuccioli".

«*Io* sì.»

«Generoso da parte tua.»

«Ho sentito parlare molto della tua spedizione. Sono tutti incredibilmente impressionati» disse Karin, più che altro per cambiare argomento.

«La gente è assurda.»

«Ma non sarà certo un gioco da ragazzi, da quanto ho capito.»

«Una specie di gioco lo è comunque. Non so. Il pezzo difficile sarà superare la roccia nera che comincia a 7900 metri. Sto cercando di scoprire come fare.»

«Dunque non lo sai ancora.»

«Dovrò improvvisare un po'. Come forse saprai, non mi fermo mai negli accampamenti. Mi porto sempre la mia casa appresso.»

«Tu sei un vero scalatore» disse lei, più che altro per mostrare che qualcosa sapeva.

«Mi complico un po' le cose, sì. Ho questa cattiva abitudine.»

«Il nostro gruppo sale lungo la via facile, o sbaglio?» continuò Karin.

«È comunque abbastanza difficile da poterci lasciare la pelle» disse lui in tono frivolo, come se parlasse del bel tempo, e lei volse a disagio lo sguardo verso la cascata di ghiaccio e il semicerchio delle montagne.

«Abbiamo delle guide esperte» disse.

«Non sempre è sufficiente.»

Jacob sorrise, e nei suoi occhi Karin non colse soltanto quel dolore così evidente, ma anche una profonda stanchezza, e la cosa la stupì. Si era aspettata uno spirito più bellicoso, qualche imprecazione. Nonostante tutto era pur sempre un uomo che stava per affrontare una sfida inaudita. Ma in lui vedeva solo rassegnazione.

«Le guide possono darsi da fare, aiutare, somministrare ossigeno, controllare che i clienti bevano adeguatamente» continuò Jacob. «Ma non possono arrampicarsi al posto loro né proteggerli da tutto. La morte gioca a dadi, lassù in alto.»

«Ovviamente sappiamo che ci sono dei rischi.»

«Di sicuro avrete letto un sacco di manuali. Solo che c'è il rischio di dimenticare tutto quanto.»

Karin aveva già avuto molte volte conversazioni simili. Di avvertimenti e consigli sia lei che il resto della spedizione ne avevano ricevuti in abbondanza, ma non si era mai sentita afflitta o ferita come adesso.

«Che cosa vorresti dire?»

«Lo saprai già. La ragione è spesso la prima cosa che si perde, lassù. La mancanza di ossigeno e lo sfinimento mostrano la realtà distorta. E questo favorisce la presunzione. I vostri vip possono diventare ancora più pazzi, sulla montagna.»

«Giuseppe dovrebbe essere la guida migliore dell'Everest» azzardò lei, e notò con soddisfazione che lui si soffermava a rifletterci.

Annuì pensieroso un paio di volte.

«Probabile» disse poi, come se la cosa gli fosse del tutto indifferente.

«Corre dieci chilometri in trenta minuti» continuò Karin, quasi a voler insistere sulle qualità di Giuseppe.

«Una buona condizione fisica non significa poi così tanto, lassù» ribatté Jacob, irrimediabilmente fedele alla sua posizione; ma poi aggiunse, forse mosso da cattiva coscienza: «Anche se lui è certamente forte e meticoloso. L'ho incontrato a Gasherbrum. Sembra possedere un'eccezionale forza di volontà – come ogni vittima di mobbing che è riuscita a sopravvivere.»

«Vittima di mobbing?»

«È pur sempre cresciuto con Paolo Villari.»

«Credevo che si fossero aiutati a vicenda.»

«Forse» disse lui con una nota un po' vaga nella voce, e poi le sorrise come se non fosse del tutto presente. Dopo qualche altra frase distratta, Karin si alzò titubante e mormorò un «grazie della piacevole conversazione», di cui si pentì subito.

Era troppo servile, soprattutto considerando che si rivolgeva a un uomo che pareva ignorare qualsiasi forma di etichetta sociale. S'incamminò attraverso la morena diretta verso la mensa, per occuparsi dei suoi doveri. Riordinò quanto era rimasto della festa della sera prima e mandò il personale di cucina a buttare la spazzatura, diede una scorsa alla posta e controllò le previsioni del tempo per i successivi cinque giorni, senza tuttavia smettere un attimo di pensare a Jacob. Non era soddisfatta della loro conversazione, ma neanche del tutto scontenta. Di solito era così scontroso, non era forse già un successo sedersi accanto a lui? Scelse di vederla così. Fuori risuonò una voce: «Molto male. Montagna arrabbiata. Male per tutti.»

Karin uscì e vide Nima Rita che discuteva con Peter, chiaramente del solito vecchio argomento, il peccato che si consumava sui sacri fianchi della montagna, e Peter che allargava le braccia rassegnato, pur irradiando la stessa benevolenza di sempre.

«Capisco» stava dicendo. «Molto interessante.»

«Molto male fare la salsa. Tu scrivi su tuo giornale che male per tutti. Montagna molto arrabbiata.»

«Lo farò. Lo farò» rispose Peter, forse un po' triste, dopo tutto.

Non aveva vita facile, pensò lei. Fin dall'inizio Paolo Villari aveva voluto avere un team di reporter nella spedizione. Faceva parte della sua strategia di marketing e aveva personalmente ingaggiato il fotografo Federico Ferro, che vantava collaborazioni con il *National Geographic*. Era stato anche in trattative con un altro reporter, ma la cosa non era andata a buon fine e perciò aveva chiesto a Karin di trovargli «un giornalista di prim'ordine». Karin aveva saputo subito a chi chiedere.

All'inizio ne era stata contenta. Peter era intelligente e modesto, e si erano subito intesi. Poi era nato il dubbio, e si era quasi vergognata. Il povero giornalista, noto per la sua integrità, era stato umiliato. Prima della partenza l'avevano convocato per dirgli che, se avesse scritto una sola riga inopportuna, Villari avrebbe fatto in modo che non scrivesse più neppure per il vecchio giornalino della sua scuola.

Eppure, con stupore di Karin, Peter non aveva rinunciato. Di sicuro era dipeso in parte dall'autorevolezza di Villari, che faceva presa anche sui più smaliziati, ma anche dal fatto che Peter era un appassionato scalatore che da sempre desiderava risalire l'Everest. Oltretutto, aveva già ottenuto sostegno economico da diversi giornali, fra i quali *Outside*. Purtroppo i problemi con Villari c'erano ancora, e molti nella spedizione vedevano Peter come una spia. Erano terrorizzati da quello che potesse pubblicare, e il fatto che fosse molto accondiscendente non bastava.

Se solo domandava «allora, come va?», la gente credeva che la risposta servisse al suo reportage. Quando un giorno Sharon aveva protestato, Villari aveva dichiarato solennemente: «Quel giovanotto mi appartiene. Potete stare tranquilli!»

La frase era arrivata all'orecchio di Peter, e tutti ovviamente si chiedevano come avrebbe reagito. I più credevano che avrebbe lasciato correre. Ma con intima soddisfazione di Karin, Peter si era precipitato furioso da Villari: «Non divulgherò nulla che non sia il caso di divulgare. Lo prometto. Per il resto, scriverò esattamente quello che mi va di scrivere. Io non appartengo a nessuno» aveva detto deciso.

Paolo aveva sorriso divertito e pure scherzato: «Be', non fisicamente in ogni caso, io non ho nessuna propensione per mucchietti d'ossa come te.»

Dopo la marcia dal villaggio di Lukla a 2800 metri – la spedizione vi era giunta in aereo evitando di percorrere a piedi il primo tratto – Peter era calato fortemente di peso. Guance incavate, occhi infossati, ma sguardo luminoso. Dietro la sua benevolenza, che forse in parte era una maschera professionale, Karin intuiva il lato ribelle, e a volte si domandava se non si preparasse a vendicarsi di Paolo in futuri reportage. Aveva letto diversi suoi pezzi senza trovare traccia di quel giornalismo cortigiano che Villari pareva aspettarsi. Peter scriveva con spigliata sfrontatezza e adesso, in quella mattinata di sole, stava parlando con Nima Rita dei peccati del campo: non tanto dei loro, le era parso di capire, quanto di quelli dei russi, gli ubriaconi del campo base, che chiaramente non solo facevano sesso anche se era proibito, ma avevano anche rovesciato il tronco d'albero del loro altare di pietre, il luogo dove si teneva il *puja*, l'obbligatorio rituale che si diceva fosse un presupposto per il successo sull'Everest.

«Molto, molto male. Molti segni quest'anno. Montagna arrabbiata.»

«Capisco» rispose Peter, scarabocchiando un paio di righe nel suo quaderno con la copertina di tela cerata, e promise che ne avrebbe scritto. Di sicuro era sincero.

Peter era interessato davvero alla cultura locale. Aveva trascorso una notte con i monaci del monastero di Tengboche e aveva tenuto una lunga conversazione con il lama. Adesso però sembrava rattristato, ma forse dipendeva anche dalle sue condizioni di salute. Soffriva di una tosse davvero spaventosa.

«Karin» disse. «Come andiamo?»

«Bene» rispose lei. «Davvero, tutti sembrano essere in ottima forma. Sono solo un po' preoccupata per te, Peter.»

«Smettila con questa storia! Io sono a posto.»

«Ma sei così magro.»

«Sono sempre stato uno scheletro. Ho visto che parlavi con Engler.»

«Mi è stato concesso l'onore.»

«Credo che tu gli vada a genio» disse lui, e anche se capiva che lo intendeva in senso generale, lei arrossì e abbassò gli occhi.

«Tu credi?» rispose stupidamente.

«Sembrerebbe. Sai, ho letto molto su di lui, ma, diavolo... spesso mi vergogno della mia categoria professionale.»

«Davvero?»

«C'è così tanta approssimazione. La gente non s'informa, riempie solo le pagine di cliché e idiozie. Ma non è solo quello...»

Esitò e si grattò fra i capelli arruffati.

«Ci sono anche tante contraddizioni. Prendi il suo passato.»

«A che cosa ti riferisci?»

«Io non mi ci raccapezzo» continuò Peter. «A volte ha dichiarato che la sua infanzia è stata "felicissima". Altre l'esatto opposto. Quando gli è stato chiesto come avesse imparato così tanto sul dolore, ha risposto sul *Sydsvenskan* "da mio padre". Si può interpretare in molti modi, si capisce, ma suona inquietante, non trovi? E quando io stesso parlai con il padre...»

«Tu hai parlato con il padre di Engler?»

«Purtroppo. Era molto amareggiato. Mi rimase addosso una tremenda tristezza quel giorno. E in rete prosperano un sacco di dicerie, alcune sul fatto che avrebbe mentito su certe scalate, anche se in questo caso probabilmente si tratta di invidia bella e buona. Uno come Engler fa sempre irritare i mediocri. Ma...»

Peter alzò lo sguardo verso la montagna, come per farsi forza prima di affrontare una faccenda delicata.

«Come saprai, ha perso alcune dita dei piedi e delle mani sul Mount Logan in Canada. Si dice che su quella montagna abbia vissuto un'esperienza terribile, e che da allora non sia più stato lo stesso. Alcuni sostengono che l'anno scorso sia stato trovato fuori da un hotel a Stoccolma dopo una specie di overdose. Pare sia sopravvissuto solo con l'aiuto dell'elettroshock.»

«Scusa, Peter, ma mi sembrano tutte cazzate.»

«Tu credi? Hai visto la cicatrice che ha sul polso?»

Lei l'aveva vista, ma non le era sembrato niente di così drammatico. Era solo una riga più chiara che correva sopra le vene, e forse avrebbe dovuto trarre altre conclusioni, considerato il dolore che così spesso Engler aveva negli occhi, ma c'era passata sopra immaginandola una ferita di montagna.

«E forse ricorderai che ti ho raccontato di averlo incrociato sull'Hornsgatan, a Stoccolma» continuò Peter.

Karin annuì.
«Era in uno stato veramente pietoso!»
«Che cosa vorresti dire, Peter?»
«Semplicemente che è un ottimo pezzo. Il ragazzo non ha scritto libri come gli altri alpinisti famosi. Eppure sembra avere più cose da raccontare di tutti loro messi insieme. Non è convenzionale sotto nessun aspetto, è lui e basta.»
Tutt'a un tratto Karin si sentì irritata.
«Intervistalo, allora.»
«Lo farei. Ma lui si rifiuta. Non vuole dire una sola parola prima di essere salito e sceso dalla sua parete sud-ovest.»
«Intervistalo dopo, allora.»
«Se ci sarà un dopo.»
Quelle parole la infastidirono. Per un attimo temette che Jacob potesse averle sentite e lanciò uno sguardo nervoso verso la sua tenda. Non lo vide.
«Smettila, Peter. Lui sa quello che fa. Sono molti anni che si sta preparando per questa impresa.»
«Il ragazzo corre rischi, calcola rischi. È la sua vita. Prima o poi qualcosa succede. Non è mica più così giovane, no? Quaranta, o giù di lì. E ogni anno vuol fare di più. Non percepisci quant'è nervoso sotto quella scorza dura? Guarda anche solo come cammina, batte tutto il tempo il pugno contro la coscia. Sembra poter esplodere da un momento all'altro.»
«Secondo Sten è giudizioso e molto competente» protestò lei, annoiata dalla sua stessa uscita.
Metteva sempre in evidenza i tratti buoni delle persone, e benché quel lato del suo carattere in realtà non le dispiacesse, la faceva sentire fin troppo accomodante e inibita. Trovava invece grandiosa la capacità di dare dell'inetto a qualcuno come niente fosse.
«Non voglio dire che sia stupido, ma solo interessante» continuò Peter. «Voglio veramente mettere insieme un pezzo su di lui e spero...»

«Speri...»
«Che tu metta una buona parola per me. Che gli dica che sono una persona seria.»
Karin allargò le braccia. Era il genere di cose che non avrebbe mai fatto. Eppure, le sarebbe piaciuto tantissimo leggere un reportage su Jacob Engler scritto da Peter. Lui aveva un dono particolare. Era per questo che l'aveva scelto. Sportivi e personaggi famosi che in altri articoli risultavano piatti e noiosi, nei suoi prendevano vita. Riusciva a toccare le loro corde più profonde e a cavar loro confessioni inattese, forse perché si preparava con cura e perché la sua personalità ispirava fiducia.
«Ci proverò» disse lei, senza sapere esattamente la ragione.
«Splendido» rispose lui. «Digli che potrà leggere tutte le sue dichiarazioni. Non potresti passargli il mio ritratto di Messner uscito sull'*Esquire*? Oppure... il mio reportage su Norman Mailer per il *Dagens Nyheter*, magari è più il suo genere. Non sembra apprezzare molto gli altri scalatori. Si sente il solo in grado di farlo. Anche se, diavolo! Io non so nulla di certo su quell'uomo. È per questo che devo scrivere di lui. Devo, assolutamente!»
«Che cosa credi che dirà Villari?»
«Me ne infischio, di Villari. Fra parentesi, sarebbe solo un vantaggio per la sua spedizione se la vita in questo campo dimenticato da Dio riuscisse a sembrare interessante. Potrei perfino essere gentile e menzionare Mister Primadonna nel mio reportage su Engler.»
«Se si realizzerà. Vedi piuttosto di mangiare qualcosa adesso. Farò in modo che Mingma infili un po' più di burro nel tuo piatto.»
«Ti ringrazio della premura, Karin. Sei una roccia. Incrocio le dita» disse, e lo fece davvero.
S'illuminò in una smorfia vivace e scomparve con passi più leggeri del solito, mentre Karin si dirigeva a sua volta

verso la mensa e tornava a sedersi davanti al computer. Uno dei suoi compiti consisteva nel leggere la corrispondenza di Villari e riportargliene i contenuti. Quando aveva accettato, non si era resa conto della mole di quel lavoro. Già a Katmandu aveva intuito il lato negativo di essere ai vertici di un'azienda come quella di Villari.

Non appena lui era sparito, era scoppiata la confusione più totale. Tutti si erano tirati indietro. Nessuno osava prendere decisioni, né importanti né di poco conto, e arrivavano fiumi di mail con domande preoccupate, proprio come quella che Karin aveva ora sotto gli occhi. Imprecò. C'era un'agitazione folle per la collezione autunnale. Era quasi tutto pronto, anche il marketing, ma come al solito c'erano degli imprevisti. Evidentemente Paolo aveva appena messo alla porta l'ennesima agenzia di pubblicità a Parigi, senza che lei potesse capire dove diavolo avesse trovato il tempo, e il suo collega in Francia, Filip Rodin, sembrava completamente perso, ma lei non se la sentiva di farsene carico, né adesso né dopo. In confronto alle montagne e alla tensione che si respirava al campo, le pareva un problema così futile. Doveva assolutamente alleggerire il suo carico di lavoro. Era già più che sufficiente occuparsi della spedizione ormai alle porte. Aveva così tanto da fare, e adesso sentiva anche la pressione di Peter – anche se difficilmente poteva aspettarsi che lei riuscisse nell'impresa.

Jacob Engler non si faceva certo convincere così facilmente. D'altra parte, non poteva saperlo, e anche se la terrorizzava l'idea di approcciarlo di nuovo, era contenta di avere un pretesto. Ma c'era tempo. Adesso doveva occuparsi delle mail e dei servizi per gli scalatori che presto sarebbero saliti ancora una volta in quota per acclimatarsi. Aveva di nuovo difficoltà a concentrarsi. Pensava a Jacob, alle sue braccia, alla cicatrice sul polso, alle pieghe profonde nelle spalle che aveva indovinato sotto la t-shirt, e poi lo sguardo cupo, tutto quel suo essere dannatamente misterioso, e si domandò di quali argomenti si sarebbe potuta servire, se poi di argomentare valesse veramente la pena. Magari Engler molto semplicemente non sopportava Peter Stjerne.

In Hornsgatan era successo qualcosa di delicato, questo lo capiva. Peter era stato evasivo, e da quanto lei aveva visto, non si salutavano mai, neppure con lo sguardo. Forse non aveva senso, sì, probabilmente era un'impresa impossibile, pensava; come avrebbe potuto immaginare che sarebbero state pagine su un viaggio diretto all'inferno e che un giorno avrebbero anche vinto un premio?

6

Un mattino Jacob Engler accompagnò Natalie Aubrey alla mensa dei russi. La loro conversazione aveva un tono cordiale. Engler addirittura accennò un sorriso. Karin lo notò da lontano con un pizzico di gelosia. Poco dopo, le guance di Natalie si fecero rosse di colpo e lei si allontanò a passi indignati. Nessuno riuscì a scoprire che cosa fosse accaduto. Jacob non si fece più vedere per tutta la giornata e il racconto di Natalie sembrava un po' confuso. Era arrabbiata, ma aveva anche l'aria di vergognarsi per qualcosa. Non voleva parlare dell'accaduto e si nascose a lungo nella sua tenda a controllare le attrezzature. Provò perfino la maschera per l'ossigeno, e rimase ore a leggere *Everest* di Walt Unsworth. Ogni volta che la conversazione toccava Engler, lei lo liquidava con uno «squilibrato» o in alternativa: «Dannatamente sgradevole!»

«Perché sgradevole?» provò a chiedere Sten con voce dolce.

«Perché è un imbecille» gli rispose Natalie, e anche se ovviamente si rendeva conto che come motivo suonava un po' debole, soprattutto alle orecchie di un professore, non riuscì a dire altro. Solo verso sera, dopo che ebbe bevuto un po' di vino, si cominciò a capire come erano andate le cose.

Natalie era seduta nella mensa in compagnia di Karin, Rick, Birgit e Peter. Si pettinava i capelli color miele e si carezzava delicatamente le labbra con la punta delle dita. Aveva lo sguardo fisso. Presto però cominciò a ridacchiare, e da lì iniziò a sciogliersi. Per fortuna, né Paolo né Giuseppe erano nelle vicinanze. Avevano infatti un ruolo in quella storia.

Risultò che aveva incontrato Jacob per caso, e poiché l'aveva sempre trovato «carino» non aveva potuto fare a meno di dirgli qualcosa. Non ricordava che cosa, o almeno così sosteneva, e chiaramente lui aveva risposto rimanendo un po' sulle sue, ma non in modo scortese, assicurò Natalie, piuttosto civettuolo o «ammiccante». Poi si era fatto serio, come se su di lui fosse scesa una nube nera.

Aveva messo in guardia lei e gli altri membri della spedizione dallo sfruttare troppo gli sherpa. «Non dovete fargli scalare la montagna al posto vostro» aveva detto, e quando lei aveva ribattuto «ma noi lottiamo con tutte le nostre forze lassù!», Jacob aveva protestato che Giuseppe e Paolo li facevano lavorare troppo duramente. «Devono trasportare le vostre attrezzature, preparare gli accampamenti, sistemare le corde, occuparsi della cucina e delle scorte di ossigeno. Voi non dovete stare a guardare e basta. Avrete bisogno delle loro forze. È gente molto disponibile, ma sono già arrabbiati con voi» aveva detto.

«Perché facciamo vedere le gambe e irritiamo la dea della montagna» aveva risposto Natalie ridacchiando, e quando Jacob non si era unito alla risata, lei si era «un po' imbronciata» e tutti nella tenda sapevano quanto le venisse facile. Era abituata al fatto che gli altri si adeguassero. Spesso, quando la conversazione prendeva pieghe che non le andavano a genio, gli occhi di Natalie si svuotavano e le parole cominciavano a rimbalzarle addosso. Invece di rispondere, si limitava a frasi che erano un'eco della superficialità che la gente amava attribuirle. «Splendido» poteva dire. «Fantastico! La cosa più importante è che uno stia bene con se stesso!» e via di questo passo. Frasi del com’è-bello-che-splenda-il-sole, come le definiva Sten. Anche se non le sopportava proprio, Karin intuiva che non dipendevano tanto da stupidità, quanto piuttosto da un timore per le cose serie. Jacob doveva aver avuto l’aria così stanca che «pareva non dormisse da anni», e per questo gli aveva raccomandato – di sicuro con troppo entusiasmo, questo era disposta ad ammetterlo – una bella vacanza su qualche «spiaggia meravigliosa». «Sei mai stato alle Maldive?» gli aveva detto.

«E sapete che cosa mi ha risposto?» chiese al pubblico nella tenda, e naturalmente nessuno lo sapeva.

«Che cosa?»

«Ha detto: “Che importanza ha una spiaggia meravigliosa se ho investito e ucciso un bambino?”»

«Un bambino!»

«A che cosa si riferiva?»

«Non l’ho capito» continuò lei. «Mi ha solo fissato domandandomi se credevo che il cielo delle Maldive sarebbe apparso altrettanto bello a uno che stava soffrendo le pene dell’inferno.»

«E tu che cos’hai risposto?» volle sapere Birgit.

Natalie non lo sapeva. Ma apparentemente Jacob le aveva detto che su quella spiaggia si sarebbe sentito grossomodo come si sarebbe sentita lei sulla cima della montagna, vale a dire malissimo; dopodiché si erano separati.

7

Jacob Engler non aveva investito e ucciso nessun bambino, ma solo perso il buonumore. Detestava ricevere consigli sulle vacanze e probabilmente stava solo filosofeggiando, anche se aveva scelto il momento sbagliato e non si era espresso granché bene. Se si fosse calmato e avesse avuto voglia di condurre una conversazione più sensata, avrebbe potuto dire che il punto non era il mare o il cielo delle Maldive, ma i propri pensieri: «Con un passato decente e un po' di speranza in più, la spiaggia meravigliosa può anche andare bene, ma con i soliti demoni no.»

La sua vita non cambiava semplicemente con la geografia. I suoi dolori non erano così lievi da volare via con il vento dei mari del Sud. Come poteva immaginarsi senza i suoi pensieri cupi, senza i suoi fantasmi interiori, che facevano ormai parte del suo corpo tanto quanto braccia e gambe?

Era felice solo quando portava se stesso al limite. Anche se era considerato un salutista e un difensore della natura selvaggia, il suo era un cuore dopato. In palestra e sulle piste si scatenava con la follia del tossicomane, senza contegno né rispetto alcuno per la sua salute, e per questo il suo corpo possedeva una durezza informe, una brutalità trattenuta e rafforzata dall'ardore cupo del suo sguardo, mitigata tuttavia dai tratti introversi e malinconici del suo carattere. Era, insomma, una creatura piena di contraddizioni.

Jacob Engler aveva quarant'anni ed era nato in un brutto palazzone a Vällingby, nella periferia occidentale di Stoccolma. Da ragazzino, quando frequentava le scuole della capitale, aveva ottenuto ottimi risultati nella corsa. Era il più veloce del suo anno ed era stato perfino menzionato sul giornale locale. Per il resto era stato giudicato ingestibile e inserito in una classe speciale; faceva a botte, commetteva atti di vandalismo, e un giorno avevano dovuto portarlo al pronto soccorso con una grave commozione cerebrale dopo che si era lanciato a testa bassa contro la porta di un ascensore.

In un paio di cartelle cliniche si constatava che «la situazione famigliare era instabile» e che probabilmente Jacob soffriva di Dcm, Disfunzione cerebrale minima, come si diceva allora, ma nessuno se n'era curato, e forse la commissione d'inchiesta era stata tranquillizzata dal padre di Jacob, il fotografo Sten Engler, che aveva assicurato di avere la situazione sotto controllo. Beveva tanto, eppure veniva descritto come un uomo «disorganizzato ma affettuoso», e nessuno aveva pensato, e perché poi avrebbero dovuto, che un tempo era stato un attore. Era ben capace di mostrarsi civile – perfino Jacob a volte vedeva il barlume di questo suo lato nascosto.

Per il resto, il ragazzo viveva in una condizione di terrore latente, anche se non era facile descrivere in effetti in cosa consistesse. A volte veniva picchiato, in un'occasione il padre gli procurò un profondo graffio sul petto con una bottiglia rotta, ma il vero problema stava su un piano diverso e affondava le radici – almeno in parte – nell'amarezza profonda del padre per la sparizione della moglie e i propri fallimenti professionali. Durante l'infanzia di Jacob, le ambizioni artistiche del padre non riuscirono mai a staccarsi da scene di incidenti e di crimini. Il padre aveva una radio della polizia come compagnia costante. Quella scatoletta era il suo pane quotidiano e la sua fonte di divertimento, e i ricordi infantili di Jacob erano indissolubilmente legati al suo gracchiare inquieto.

Quando il padre riposava dopo pranzo, Jacob aveva il compito di ascoltarla, ma anche se cercava di imparare le frequenze, i codici interni e il gergo della polizia, non ci riuscì mai fino in fondo. In qualche modo capiva perché il padre ne fosse affascinato. La città vibrava dentro quella scatola, la sua parte malata, violenta, funesta, ed era una sorta di pungolo nella quotidianità. Anche se a volte veniva catturato dal dramma, vedeva più che altro il lato meschino del suo servizio e spesso si distraeva. I suoi pensieri vagavano. Non riusciva a concentrarsi – non solo sulla radio della polizia, ma su niente. Era un animale inquieto e agitato, incapace perfino di guardarsi per intero un poliziesco alla tv o una seconda manche di Ingemar Stenmark, per non parlare di compiti o libri. La vita gli passava davanti senza tregua.

Si fece scappare perfino il doppio omicidio di Bromma, una tragedia che fece scalpore nella Svezia di quei tempi: un giovane uomo giustiziò due amici al campo sportivo di Stora Mossen con un fucile a canne mozze. Jacob aveva intuito che era successo qualcosa di grosso, per un po' c'era stato un gran casino alla radio, ma lui non era riuscito a capire dove fosse successo e perciò aveva lasciato perdere, nella speranza che il padre non ne sarebbe mai venuto a conoscenza. Fu un errore. Il padre si teneva aggiornato su ogni piccola disgrazia, ogni singolo accoltellamento. Era inevitabile che lo venisse a sapere. Non passarono più di un paio di minuti, e lui era già fuori con la sua macchina fotografica, ma sul luogo del delitto era già pieno di reporter.

«Ti rendi conto di cosa hai fatto, dannato imbecille?» gli aveva detto quando era rincasato quella sera e aveva trovato Jacob raggomitolato in un angolo.

«No, papà. Non proprio.»

«Mi hai fatto perdere diecimila corone. Se fossi stato là per tempo avrei potuto vendere le immagini a ogni singolo giornale» aveva continuato il padre, attaccando con le sue solite tirate, i suoi monologhi che con tutta la loro amarezza erano la cosa più vitale che gli usciva, e che molto tempo dopo Jacob avrebbe ricordato come la cosa peggiore di quei momenti.

Il padre era creativo nei suoi assalti, nell'impeto della sua collera furibonda si nascondeva puro sadismo.

«Guardati, Jacob. Tu non sei bello. Ma non importa. È quello che abbiamo dentro che importa. È questo che v'insegnano a scuola, no? Peccato però che tu abbia pure la zucca vuota. I poliziotti, capisci, sono dei tali imbecilli che hanno settato la loro radio in modo che anche un idiota possa capirla. Per questo credevo...»

«Scusami, papà!»

«Scusarti? Ma non cogli l'ironia!»

«L'ironia?»

«Tu sei mio figlio. E io sarei potuto diventare veramente grande. Come attore, come fotografo, come scrittore. Qualsiasi cosa. Ma poi ho avuto te, e Ulrike se n'è andata – non che io non la capisca. Eppure... È stato veramente brutto, e poi guarda cosa mi ha lasciato: un bambino completamente privo di talento. Nessuna dannata qualità ovunque uno cerchi. Capisci l'ironia?»

«Capisco, papà. Che ironia» rispose Jacob, e batté le ciglia, una strana abitudine che aveva a quei tempi. Batteva le ciglia come una bambola, con lentezza ed esasperazione. In quegli anni Jacob si sentiva chiuso in uno spazio vuoto, in una grotta senza luce, e naturalmente cercava ancore di salvezza, soprattutto nei sogni a occhi aperti, ma nemmeno lì riusciva a scorgere una via d'uscita. Anche le fantasie erano senza lieto fine, quasi fossero dotate di una volontà malvagia. In realtà c'era solo un pensiero che lo consolava:

avrebbe trovato un posto remoto, lontano da tutto, anche dalla vita, dove avrebbe potuto raggomitolarsi e piangere. Nelle sue notti insonni non fantasticava sulla felicità, impossibile da abbozzare perfino in astratto, ma su un angolo dove sottrarsi al buio compatto e potersi abbandonare del tutto alla tristezza.

Una sera però si aprì uno spiraglio. Aveva quindici anni. Era seduto nella sua stanza e dalla cucina giungeva l'eco di voci. Bicchieri e bottiglie tintinnavano, la radio della polizia si sentiva solo sullo sfondo. Erkki e Sinikka, una giovane coppia con cui il padre beveva, erano venuti a trovarlo, e Jacob ne fu sollevato. Se solo se ne fosse stato tranquillo, non ci sarebbero stati problemi. Ma lo stomaco doleva e lui si rannicchiò sul letto. Sul lenzuolo giallo erano appoggiati un paio di giornali che aveva rubato, tra cui un numero del *National Geographic* che fra le altre cose parlava delle quattro montagne più alte del mondo – Lhotse, Kanchenjunga, K2 ed Everest – e senza pensarci più di tanto cominciò a sfogliarlo, prima distrattamente, ma poi il suo corpo si tese. Le immagini dell'Everest non lo affascinavano particolarmente, ma il K2, quella cima spoglia e minacciosa... la montagna lo attirava a sé con una forza imperscrutabile e nella sua mente tormentata diventò l'arma da poter usare contro suo padre, anche se non capiva ancora come. Sapeva solo che la desolazione di quella vetta lo attraeva come un punto estremo, un luogo lontano dalla sua ripugnante quotidianità. Forse era proprio quell'angolino che aveva sognato, nonostante la cima non fosse esattamente un posto per essere tristi. Si trovava ai confini della vita.

Eppure decise che l'avrebbe scalata, molto semplicemente: vide un'immagine del K2 e da quel momento la sua vita s'indirizzò verso quell'unico obiettivo, per quanto fin dall'inizio ne fosse terrorizzato e non fosse nemmeno convinto che lo scalare in sé gli sarebbe piaciuto. Sentiva che avrebbe dovuto raggiungere le vette per guarire le sue ferite, e anche se quella fotografia fu il fattore scatenante, il suo amore per le montagne nacque, quel giorno, dal suo desiderio primitivo, disperato di allontanarsi dal padre, da se stesso, da Vällingby e da tutto il mondo.

A quel tempo Jacob Engler non leggeva libri e non studiava. Era troppo irrequieto per le attività sedentarie. Ma già il giorno dopo andò in biblioteca e chiese libri che parlassero del K2 e, poiché non ce n'erano, tornò a casa con *The Ascent of Everest* di John Hunt, e con il complesso lavoro appena uscito di Chris Bonington, *Everest: the Hard Way*. Una lettura certamente non ideale per un ragazzino inquieto e dall'inglese zoppicante, ma lo sforzo stesso, la resistenza offerta dal testo accesero in lui un entusiasmo che nient'altro gli aveva mai suscitato prima. Leggeva ammaliato, come se decifrasse una nuova lingua, e non passò molto tempo prima che nella sua testa si formasse un nuovo sogno a occhi aperti, una fantasia a cui riuscì a dare un finale vagamente lieto, dove ritornava da grandiose scalate e cadeva in una sorta di meritato torpore al calore del quale nessun problema al mondo poteva raggiungerlo. A quei tempi lo sfinimento rappresentava per lui il massimo dell'attrazione, una fusione di trionfo e stanchezza che immaginava fosse la meta finale di ogni scalata.

Cominciò a correre, mattina e sera, non più con la velocità e la rabbia di prima, ma a lungo e con ostinazione, a volte fino a vomitare, con il sangue che martellava nelle vene. Gli allenamenti diventarono un'alternativa agli attacchi di violenza contro se stesso e gli altri, che prima erano stati la sua unica valvola di sfogo, e presto cominciò ad arrampicare su case, baracche, rocce, e sui pericolosi tralicci dell'alta tensione a Råksta. Poi comprò una corda, un'imbracatura e un discensore, e si mise a calarsi da una vecchia quercia. Ma non gli bastava. Dopo aver letto un articolo nell'annuario *In Montagna*, si iscrisse al Club Alpino di

Stoccolma e a un corso sulle rocce di Häggsta, fuori città. Era il 1977 e in Svezia c'erano appena trecento scalatori attivi, un'accolita assai singolare. Eppure Jacob si fece notare già nei primi giorni del corso. I più esperti erano attratti da lui e se ne faceva un gran parlare.

Esagerava sempre nell'attaccare le rocce con raro furore, trascurava la sicurezza e spesso mancava di concentrazione. Non sembrava sufficientemente preciso per un'attività così seria come l'alpinismo. Ma c'era dell'altro, una qualità indefinibile: una leggerezza sorprendente e un modo non ortodosso di risolvere i problemi durante le arrampicate. Anche se molti lo consideravano una dimostrazione del fatto che il ragazzo ragionava a caso o ignorava le istruzioni, altri vedevano in lui un vero talento. Un uomo di nome Ragnar Block ne era particolarmente affascinato. Gli riconosceva un virtuosismo puro, «una sorta di assenza di peso» diceva, e un giorno decise di prendersi cura di lui. Forse si potrebbe dire che gli salvò la vita.

Ragnar Block era un personaggio di spicco dell'alpinismo svedese. Era anche docente di filosofia pratica e un appassionato oppositore dell'utilitarismo e del comunismo, tanto da aver scritto un attacco furioso contro il vecchio Jean-Paul Sartre per il quale aveva ricevuto una risposta, ancorché sprezzante.

Aveva quasi cinquant'anni, era un tipo allampanato con i capelli cortissimi e acuti occhi celesti, e bisogna proprio dire che non ebbe davvero un compito facile. Per molto tempo il giovane Engler rispose con monosillabi e viso imbronciato, benché Block avesse già allora intravisto il dolore nel suo sguardo e fosse determinato a sbrogliare quell'anima aggrovigliata. Alla fine ci riuscì.

Con Block, Jacob fece i suoi primi discorsi seri; così come avrebbe fatto Jacob in età adulta, il filosofo non sopportava le chiacchiere vuote. Le parole dovevano avere sostanza altrimenti era meglio non usarle affatto, in quello erano fatti della stessa pasta. Condividevano una grande serietà e una spontanea predilezione per la solitudine. Ma il giovane Engler rimaneva un soggetto difficile, e non si capirono mai fino in fondo. Il ragazzo era uno scavezzacollo che causava molta preoccupazione, ma anche – era sempre più chiaro – il più grande talento in cui il filosofo si fosse mai imbattuto. *Bouldering*, *free-climbing*, *trad* e arrampicata artificiale, tutte le discipline gli riuscivano con singolare facilità. Durante i loro viaggi in Svezia – Välseröd, Möhättan, Rösås, Utby, Kullaberg e Kebnekaise – fu Block ad accollarsi tutte le spese.

Nel loro primo e ultimo viaggio all'estero avvenne un fatto sconvolgente che fece ripiombare Jacob in un nuovo isolamento. Fino a quel momento non aveva mai amato la scalata in sé, la vedeva più che altro come una faticosa prova di forza che veniva ripagata da un senso di sfinimento e trionfo. Aveva avuto buone esperienze di controllo e libertà, ma di quando in quando, proprio come in altri momenti della sua vita, era ricaduto nello scoramento. A quei tempi, nemmeno le montagne lo proteggevano dalle tenebre.

Ma un giorno sul massiccio del Monte Bianco tutto cambiò. Jacob e il filosofo erano saliti in funivia al ghiacciaio dell'Argentiere e avevano affittato un rifugio, una minuscola baita a 2700 metri d'altezza, non lontano dalla parete nord del Les Courtes. Quella sera soffiava un vento furioso e in cielo la luna e le stelle erano sparite dietro una scura coltre di nubi.

A causa del maltempo rischiavano di non poter scalare la montagna come programmato, e la cosa irritava Jacob, che durante la notte era rimasto sveglio in preda a una martellante inquietudine. Aveva diciassette anni, e anche se la vetta nascosta nel buio lo spaventava, voleva affrontarla subito. Block, che aveva notato la sua eccitazione febbrile, l'aveva ripetutamente ammonito: «Se non ti calmi finirai per metterti nei guai!»

Ma il filosofo non aveva capito la natura dell'impazienza del ragazzo. Jacob non voleva scalare quella maledetta montagna. Voleva solo mettersela alle spalle, come l'ennesimo processo di purificazione. Le classiche pareti nord delle Alpi, tra cui quelle del Les Courtes – con la sua Via degli Svizzeri –, lo affascinavano da un pezzo, e fin qui niente di strano. Le pareti nord affascinano tutti gli alpinisti. Danno le spalle all'equatore, perciò ricevono meno sole e diventano più ghiacciate, più fredde, più difficili da scalare rispetto agli altri lati della montagna. Ma per Jacob Engler c'era più di questo. Le pareti gli davano la stessa sensazione del lato oscuro della luna, la stessa immagine solleticante di un luogo maledetto abbandonato dalla vita e dal sole, e anche se non l'avrebbe mai ammesso, si vedeva come una parete nord, un corpo duro nel quale qualcosa si era irrimediabilmente congelato. Lo percepiva come una callosità, un nodo nervoso subito sotto il petto.

Passò la notte a rivoltarsi sempre più inquieto sulla sua branda, non lontano dal Les Courtes, mentre sul ghiacciaio la tempesta imperversava e il filosofo rantolava nel sonno. Una desolazione dolente si stava impossessando sempre più del suo corpo, ormai non sperava più di addormentarsi, ma agognava solamente l'alba, come tante volte a Vällingby, quando la radio della polizia e il russare del padre lo tenevano sveglio. Da un'apertura nella parete della capanna si vedeva la parete di roccia grigiobiancastra là fuori, e questo alimentava la sua irrequietezza. Sul pavimento erano sparsi gli indumenti, nell'angolo c'era lo zaino con le sue attrezzature, e pensò a quello che Block gli aveva raccontato sulle tempeste delle Alpi: che il più delle volte arrivano dal Mediterraneo in forma di aria calda. Le tempeste sono venti tiepidi che, spinti in alto dalla barriera delle montagne, si trasformano in nubi temporalesche, e questo è molto pericoloso.

Visto che il temporale proviene da sud, un alpinista che stia scalando una parete nord non lo vede arrivare. Le bufere di neve sono un fendente inaspettato, uno schiaffo improvviso, e nel cervello surriscaldato di Jacob questo divenne un ulteriore sottinteso nascosto, un messaggio al padre. Senza capire veramente perché, si mise a sedere sulla branda e si vestì in silenzio. Poi sgattaiolò fuori con la sua attrezzatura. Se qualcuno l'avesse visto in quel momento, si sarebbe meravigliato dell'espressione solenne e risoluta sul suo viso. Jacob guardava la sua piccozza come uno che avesse pianificato un crimine orrendo.

S'incamminò già prima dell'aurora, sapeva che doveva partire presto se voleva riuscire a salire prima che il sole scaldasse la neve, liberando slavine e pietre tenute insieme dal ghiaccio. Per tutto il tempo pensava a Ragnar Block. Al risveglio sarebbe andato su tutte le furie. Pazienza. Il Les Courtes lo attirava a sé e dopo un'ora di camminata di buon passo raggiunse il Bergschrund, la crepa nel ghiaccio subito accanto alla parete nord della montagna. Levò lo sguardo e vide il bianco precipizio uniforme, circondato da nude pareti rocciose, e con un singolare, fremente senso d'attesa si preparò.

Nel vasto paesaggio non si scorgeva anima viva. Sarebbe stata una scalata in solitaria su una pendenza di 55-60 gradi. Non si sarebbe assicurato da nessuna parte, avrebbe solo lottato per superare gli ottocento metri di dislivello con ramponi e piccozze lungo la classica Via degli Svizzeri, e naturalmente non era impossibile, anche se... lui aveva solo diciassette anni, e il cielo era di un grigio inquietante. Nuove nubi scure stavano arrivando da sud e nell'aria vorticavano granelli di ghiaccio, ma lui non se ne curava, fissava la candida parete e si concentrava sulla scalata. Fu tremendamente facile. Con le piccozze che lavoravano all'altezza della cintola e i ramponi che artigliavano con furia la parete, volò verso l'alto in una sorta di danza, innamorato di quella neve: era asciutta, compressa, eppure porosa come una buona crosta di neve gelata, e lui era inebriato dal tremore nei suoi muscoli, dalla sensazione di controllo e dalla vicinanza della montagna. Ogni fibra del suo corpo urlava stremata e per questo si svolse tutto molto in fretta. Dopo un'ora soltanto era già vicino alla cima. Poco dopo si aprì il sipario. La parete bianca finì e fu sostituita da una vista che in una giornata diversa sarebbe stata vertiginosa. Adesso si scorgevano solo i contorni del paesaggio alpino. Il cielo era scuro e l'aria bianca, vorticante. Una bufera di neve lo investì ferendogli le guance. Il tempo era drasticamente peggiorato senza che lui se ne fosse accorto, adesso la situazione era chiaramente critica e lui provò... che cosa? Paura? No, liberazione piuttosto. Fu travolto da una lucidità e una determinazione devastanti, che non aveva mai sperimentato prima. Per tutta la sua vita, senso d'inferiorità e terrore non l'avevano mai abbandonato. Come falene, i pensieri cupi svolazzavano nella sua mente, disturbando la sua concentrazione. Ma adesso, di fronte al pericolo vero, quell'antico dolore si dileguò. Jacob si chiuse in se stesso, tutto si condensò e con grande prontezza cominciò la discesa.

Non pensava ad altro che alla scalata, i suoi sensi si acuirono. Percepiva tutte le irregolarità nella neve con estrema lucidità, proprio come se il pericolo incombente non accrescesse solo le sue capacità fisiche ma anche quelle intellettive, e più tardi avrebbe ricordato ogni singolo dettaglio con una precisione stupefacente.

Una raffica di vento lo sbilanciò. O forse scivolò per conto suo. Non sapeva. Nonostante la concentrazione, perse la presa e cadde a precipizio. Sbatté contro la cresta della roccia e la colpì d'istinto con la piccozza. Dopo uno strappo violento riuscì ad agganciarsi. La spalla bruciava. La vista gli si appannò. Ma anche quel nuovo tormento era puro, un piacere dolente che si mescolava con la felicità che si diffondeva nel suo petto. Mentre si avvicinava alla valle urlò a squarciagola: «Questa è vita!», ed era vero. Lui era fatto per questo, per la solitudine, la fatica, la sfida alla natura e al genere umano.

Da quel momento in poi volle arrampicare da solo. Stare lontano dai tutori e da tutte quelle stronzate sul lavoro di squadra e il contatto con la natura, lontano da ogni forma di moderazione. Vivere solo nel suo ritmo folle e delirante. Nel suo dolore. Nulla avrebbe potuto imporgli dei limiti, se non le montagne stesse, e nessun altro scalatore sarebbe stato più forte e determinato. Lui sarebbe diventato il migliore, non avrebbe accettato nient'altro che questo, ma anzitutto avrebbe dovuto vivere più e più volte la stessa sensazione che aveva sperimentato al Les Courtes.

La stessa sensazione di vita e intensità doveva colmarlo di nuovo e liberarlo definitivamente dalle umiliazioni di Vällingby. Sì, non aveva ancora terminato la sua discesa che già aveva preso la solenne decisione di consacrare la propria vita a momenti come quello. In seguito ruppe con Block e con gran parte del suo mondo, e perfezionò la sua grande ossessione.

8

Ang Nuru voleva essere occidentale, preferibilmente americano. Portava berretti Nike con la visiera e jeans Levi's, ascoltava Bruce Springsteen e Billy Joel e cercava di liberarsi delle sue tradizioni, ma non era facile. Era comunque orgoglioso di essere sherpa e non sopportava gli attacchi contro il suo popolo, se non era lui stesso a sferrarli.

Ang Nuru era cresciuto nel villaggio di Thamo, in una piccola casa di pietra piena di patate, rape, farina di mais e dell'odore pungente di sterco di yak. I genitori erano poveri perfino per la valle del Khumbu, soprattutto perché il padre, Pasang, aveva voltato le spalle all'industria dell'alpinismo per mantenere la famiglia dove il terreno scendeva ripido a Namche Bazar, facendo affidamento sui suoi tre buoi e le coltivazioni di patate. La vita di Ang Nuru era diventata un'unica, lunga disputa con la famiglia d'origine. Eppure suo padre era rimasto il suo eroe, e non lo riteneva affatto strano. Lui era il suo sangue e il suo motivo di fuga, e questo non pareva essere un problema neppure per Pasang. Il padre non era uno che giudicava, ma solo un uomo profondamente religioso. L'industria dell'alpinismo non gli andava a genio, ma non sparlava di chi era attratto da quel denaro. Anche se in segreto borbottava, anche lui come tutti gli altri era soddisfatto del benessere che il turismo aveva portato alla regione.

Da giovane, il padre era stato discepolo nel monastero di Tengboche. A ogni luna piena o nuova abbandonava il lavoro nei campi per recitare le sacre scritture. Come tutti coloro che vivevano in quell'area era convinto che spiriti e divinità abitassero le montagne, e che si potesse recare loro offesa scalandone le vette o comportandosi in modo irriverente, ma a differenza della maggior parte degli altri prendeva la cosa molto sul serio.

«Tu e i tuoi *sahib* avete profanato ogni singola parte del corpo della dea» disse un giorno il padre con una certa solennità, aggiungendo subito in tono più scherzoso: «E perché affannarsi? Noi sherpa siamo comunque costretti a fare su e giù di continuo. Perché arrampicarsi dove non serve? Oppure hai qualche commissione sul Chomolungma, figlio mio? C'è qualcosa che vuoi portarci giù?»

Poi sorrise. Sorrideva sempre con aria mite, spesso sorseggiando il suo tè che preparava dentro la vecchia zangola insaporendolo con burro di Yak e sale. Quella pacatezza, quella sua eterna pazienza lo irritavano. Perché suo padre era sempre contento? Perché non si arrabbiava e non urlava contro le ingiustizie del mondo? Eppure – e di nuovo ecco il paradosso – Ang Nuru aspirava a quella stessa clemenza. Quando i suoi clienti si comportavano male, desiderava avere gli occhi bonari di suo padre.

Quando Ang Nuru da piccolo sognava di stare sulla cima della montagna più alta del mondo e di sentire sul viso i venti freddi del trionfo, Pasang lo provocava con le sue uscite affettuose e indulgenti. Il padre non capiva neppure che cosa ci fosse di tanto speciale nel Chomolungma – usava sempre il nome tibetano della montagna e non, come molti altri nella valle del Khumbu, quello nepalese, Sagarmatha.

«È certamente una montagna sacra» diceva. «La dea Miyolangsangma che ci vive protegge gli yak, ma è soltanto una divinità minore, solo una delle cinque sorelle sopra i cinque laghi.»

Soltanto una divinità minore? Ridicolo. Per il padre la grandezza non aveva molta importanza: «Rispetti forse un uomo solo perché è alto?» era una delle sue frasi ricorrenti. Per il padre, il Chomolungma non era niente in confronto al Khumbila, la montagna che svettava dietro il bosco di betulle e rododendri a est, o alle acque vorticose del fiume Bhote Kosi che si gettavano nella gola. La bellezza del Khumbila era da capogiro, e a volte quando la sua cima piramidale brillava nelle serate nebulose, Ang Nuru ne indovinava la forza, anche se pensava: Il Khumbila è alto 5671 metri, il Chomolungma quasi 9000. Deve pur valere qualcosa, per quanto poco la grandezza degli dèi si possa misurare in metri.

Ang Nuru aveva parlato con il *rinpoche*, il lama reincarnato – che un giorno aveva incontrato – e il monaco, un uomo irrimediabilmente gentile come il padre, gli aveva mostrato alcuni affreschi della dea del Chomolungma. In quelle raffigurazioni, la dea cavalcava una tigre e reggeva fra le mani una ciotola con dentro una scimmia. La scimmia faceva qualcosa.

«Che cosa fa?» aveva chiesto Ang Nuru.

«Sputa gioielli. La dea è una benefattrice» era stata la risposta. Ma perché allora aveva un'aria così orribile e incollerita? Perché nelle antiche religioni, prima di essere domata dal santo buddismo, era stata una dea vendicativa. Per questo in lei rimaneva molta dell'antica ira, che di tanto in tanto si ridestava. Ogni anno la dea si prendeva delle vite sulla montagna, e dietro la maggior parte di quelle morti c'era una storia di mancanza di rispetto. Tutte queste cose, Ang Nuru le aveva da sempre ascoltate fino alla noia.

Nella sua coscienza ronzavano tutti i messaggi e i miti della religione, e come la maggior parte della gente della zona era scettico nei confronti della scienza medica. Come suo padre, aveva apprezzato a lungo i santoni capaci di esorcizzare gli spiriti. Ma giù a Namche Bazar, la piccola capitale del popolo sherpa, aveva conosciuto qualcosa di diverso, un prodotto del turismo. Già nel 1983, quando aveva dieci anni, era arrivata l'elettricità. Seguita a ruota da cinema e televisione. Dalle radio usciva musica pop e in città aprivano sale da biliardo, pizzerie, negozi di dischi. Ma non c'erano motori né automobili.

Nelle zone montuose non si costruivano strade. La possibilità c'era ma lì passava il confine. Gli sherpa erano un popolo nomade. Tutto ciò di cui avevano bisogno lo portavano a fatica su e giù per le valli, e per questo erano facchini ideali per le alte quote. Ma per il resto l'Occidente s'imponeva sempre più, e anche se passò del tempo prima che potesse vedere un'automobile vera, Ang Nuru ne studiava i modelli più audaci sulle riviste nei caffè del villaggio. Leggeva di New York, Parigi, Londra. È lì che succedono le cose, pensava: lì freme la vita. La valle del Khumbu è bella, ma remota... Sì, con rara intuizione poteva vedere la sua casa, la casa che era stata il centro del suo mondo fin dalla nascita, come una zona periferica.

La vita si svolgeva fuori della valle del Khumbu, solo in primavera e in autunno vi passava un soffio del grande mondo. Lui era nato nel posto sbagliato. Da adolescente aveva invidiato tutti gli occidentali, i *sahib*, a Namche Bazar. Anche solo nei loro gesti indovinava i grandi viali e le case di cui aveva letto. Vicino a loro si sentiva insicuro, ma allo stesso tempo provava un senso di superiorità spirituale. Diversamente da loro, aveva capito il segreto profondo di quelle montagne e sotto quell'aspetto era rimasto sempre orgoglioso della propria origine. Ma solo nel suo io più intimo. Il resto di lui voleva irradiare la stessa disinvoltura dei giovani americani che incontrava, e a soli sedici anni si offrì come portatore per una spedizione arrivata da Dallas. Era il meno esperto della compagnia – eppure uno tra i più forti. Era cresciuto a un'altitudine di 4000 metri, i suoi polmoni erano capaci di incamerare più ossigeno di quelli degli altri e lui respirava più in fretta, più facilmente. Era un ragazzo robusto e tenace, fatto apposta per scalare. Eppure anche lui soffriva. La vita lassù in alto era un inferno. Ma lui fece leva su tutto il suo orgoglio per non lamentarsi, e ne fu ripagato. Ottenne rispetto. Veniva ammirato, anche se intuiva una certa indulgenza negli occhi degli americani, una sorta di benevolo disprezzo che lo faceva soffrire, così di sera e di notte studiava la loro lingua e i loro eroi, e un po' aiutava, ma non molto. Quando voleva discutere di Elvis Presley o di Madonna, loro ridevano guardandolo come se fosse stato un mansueto animale da circo.

Si consolava con altre occhiate. Quando i *sahib* si rivelavano più o meno inermi sulla montagna, lo vedevano come uno che poteva risolvere qualsiasi situazione – come se appartenesse a una specie diversa e più forte. Fu così che salì la gerarchia. Portava meno carico e aveva compiti più organizzativi. A soli ventun anni lavorò per la prima volta come *sirdar*, ossia capo sherpa, per una spedizione australiana. Fu quell'anno che conobbe Giuseppe Cagliari. L'italiano gli piacque subito. Era una brava guida. Sapeva di cosa parlava. La sua forza poteva essere paragonata a quella dello stesso Ang Nuru, ma soprattutto... l'italiano non era molto diverso da lui. Certamente era *sahib* ed era cresciuto in una grande città. Sembrava un uomo ricco che aveva viaggiato molto, eppure... In un senso più profondo non era un *sahib*. Era come Ang Nuru. Un individuo che veniva da lontano. Non apparteneva al brusio del mondo, era un eremita, a disagio con i più ambiziosi, e fin dal primo momento Ang Nuru desiderò lavorare per lui.

«Voglio lavorare con te» gli disse.

«Considerati già assunto» rispose Giuseppe, e così fu.

Ang Nuru diventò un alleato e uno degli sherpa meglio retribuiti della regione, in parte perché contribuì a costituire il movimento delle guide. A lungo era stato ingaggiato come manodopera occasionale, un *coolie*, ma dopo qualche anno venne a sapere che avrebbe potuto acquistare una quota nel movimento. Giuseppe l'avrebbe aiutato con un prestito e adesso, nel settimo anno di lavoro con l'italiano, era finalmente riuscito ad accaparrarsi una piccola parte dell'attività ed era avanzato a guida assistente. Era il vice del gruppo. Quando Giuseppe era assente, i clienti dovevano obbedirgli, e questo era un grosso passo in avanti nella carriera di un giovane sherpa, soprattutto quell'anno, quando era arrivato Mister Villari. Ang Nuru aveva letto di lui, e gli aveva fatto un'ottima impressione. Eppure la sua fantasia non era stata all'altezza. Quell'uomo superava qualsiasi aspettativa. Era grandioso, un concentrato di tutto quello che Ang Nuru aveva sognato riguardo all'Occidente, e per di più era anche gentile e divertente. Mister Villari si accorgeva di lui, almeno ogni tanto.

«Sei proprio un demonio, forte e intraprendente. Forse dovremmo fare un discorso, noi due» gli aveva detto, e la cosa l'aveva enormemente lusingato.

Però Paolo Villari non si mostrava altrettanto rispettoso nei confronti del Chomolungma, e questo preoccupava i conterranei di Ang Nuru. Mister Villari si era mostrato perfino indifferente durante il *pudja*, la cerimonia a cui erano tenute tutte le spedizioni prima di affrontare la salita sulla montagna. Quel giorno il sole scottava. Nel cielo non c'era neanche una nuvola. Ang Nuru conosceva il lama che guidava il rituale, un uomo anziano con la sommità del cranio calva, le mani tremolanti e uno sguardo che ricordava quello di suo padre: era l'esatto contrario di Mister Villari, e fin dai primi sintomi d'irritazione Ang Nuru si sentì lacerato fra due volontà.

Era in piedi sulla morena in devoto raccoglimento con la spedizione, davanti all'altare di pietra e allo *stupa* alto tre metri con le sue bandiere di preghiera. Il lama mormorava le stesse nenie che usava recitare suo padre, venne acceso un fuoco in cui gettarono riso e farina e poi mangiarono noci e una raffigurazione del Buddha di zucchero e burro, proprio come era l'usanza. Per molto tempo sembrò andare tutto bene. L'atmosfera era solenne e non si udivano risatine occidentali. Si raccontava un'infinità di storie su gente che se n'era infischiata dei rituali, o che si era comportata in modo irriverente e poi era finita nei guai sulla montagna. La collera della dea si ridestava con estrema facilità. Anche lui ci aveva creduto fermamente per molti anni. Adesso si era liberato di queste convinzioni, almeno in parte. Ovviamente si comportava con il massimo rispetto durante le cerimonie, se non altro per riguardo verso tutti i suoi fratelli sherpa, coinvolti in un numero superiore al solito come concessione ai clienti più importanti dell'anno. Ma quel giorno la pace fu rotta. Mister Villari guardò il suo orologio.

«Il caro vecchietto dovrebbe farci il piacere di accelerare un po'. Io ho fretta» sbuffò, al che Martin, che avrebbe dovuto avere più buonsenso, cercò di sollecitare il povero lama, e la cosa creò una certa inquietudine.

Gli sherpa cominciarono a borbottare, e fu quello il segnale di partenza, secondo Ang Nuru. Si fece largo una silenziosa scontentezza, aggravata dal sesso che a volte si indovinava dentro le tende e dal fatto che Sharon si vestisse e spogliasse platealmente di fronte a tutti. La sera successiva al *pudja* molti dei suoi conterranei accesero incensi per placare la dea della montagna; ci furono proteste e furono espresse funeste profezie. Eppure quella gente non era così inattaccabile. Mister Villari faceva presa anche su di loro. Nessuno era impermeabile al suo carisma. Ma Ang Nuru sapeva che se qualcosa fosse andato storto sulla montagna avrebbe sentito ripetere fino allo sfinimento che era la vendetta della dea per i loro comportamenti blasfemi.

La sera seguente Ang Nuru prese coraggio e si presentò davanti al magnate che con Karin, Giuseppe e Pasang Tenji, la sua ombra costante, stava seduto su un paio di sedie di vimini fuori dalla mensa e mangiava cibo sherpa. C'era profumo di *shakpa*, lo stufato di patate che cucinava sempre la madre di Ang Nuru. Bevevano *chang*, la birra locale ottenuta dal riso.

«Buonasera maestro» lo salutò Paolo Villari.

Maestro. Ang Nuru non capiva esattamente che cosa significasse. Intuiva solo che era lusinghiero, e istintivamente abbassò lo sguardo. Nonostante l'evidente benevolenza di Villari si innervosì, come gli accadeva spesso in sua presenza. Era una situazione che lo riportava all'insicurezza della sua adolescenza.

«Che cosa possiamo fare per te?» continuò Villari.

«Niente, in realtà» esordì lui stupidamente.

«Niente? A cosa dobbiamo allora l'onore della tua visita?»

«Ecco» provò lui di nuovo. «I miei amici sherpa sono molto devoti. Loro, o meglio noi... apparteniamo al *nyingma*, una corrente all'interno del buddismo *mahāyāna*» spiegò, come se fosse fondamentale essere molto chiari.

«Buddismo, sì... I fuochi della passione. Non è di quello, che si tratta? Liberarsi dai fuochi e raggiungere il nirvana?»

Ang Nuru non sapeva esattamente che cosa rispondere. Si limitò quindi ad annuire incerto.

«Ho grande rispetto per questa vostra religione. Purtroppo la mia è un po' diversa, e il desiderio va soddisfatto il più possibile» disse ad alta voce Villari guardando Karin e Giuseppe, come per assicurarsi che ridessero come due seguaci ben addestrati.

Giuseppe tuttavia pareva accigliato, e forse quell'inquietudine era stata nell'aria fin dall'inizio. Ang Nuru aveva intuito prima di tutti le tensioni fra Giuseppe Cagliari e Paolo Villari, ma in quel momento era solo confuso e si domandava se avrebbe dovuto rispondere in maniera scherzosa. Non gli uscì nulla se non un «ah, ma veramente». Si morse il labbro. Riusciva a stento a continuare il suo discorso: «I nostri sherpa sono persone buone e semplici» continuò. «Credono che le montagne siano abitate da dèi e dee e che sia importante mostrare loro rispetto. Il Chomolungma, o Everest...»

«Avete dei nomi così buffi» lo interruppe Villari, del tutto indifferente al fatto che Ang Nuru fosse a metà di una frase.

«Buffi?»

«O evocativi, per carità. Ho letto che Chomolungma significa "Dea madre del mondo". Bello. Voi sherpa sapevate come funziona molto prima che i dannati britannici cominciassero a prenderne le misure.»

«In realtà...» attaccò Ang Nuru. S'interruppe subito.

Non voleva rischiare nulla. Se tutti i *sahib* avevano letto nei loro libri che il nome significava "Dea madre del mondo", perché ribattere? Che cosa gliene importava? E che importanza aveva che suo padre avrebbe riso? Nemmeno lui sapeva di preciso che cosa significasse quel nome – anche se chiaramente non aveva nulla a che vedere con le divinità materne. La montagna era troppo insignificante per quello.

Si diceva spesso che Chomolungma fosse una perifrasi per indicare la dea della montagna, Miyolangsangma, ma quel *lung* nel nome poteva anche alludere alla valle e Chomolungma significare soltanto "la montagna sopra la valle". Sul versante tibetano della montagna, il ghiacciaio del Rongbuk si estendeva in una valle meravigliosa fra il Khumbutse e il Changtse, e come se ciò non bastasse, la madre di Ang Nuru sosteneva che Chomolungma in realtà significasse "gallina grassa", e questo di sicuro sarebbe stato troppo banale per Villari. "Dea madre del mondo" suonava meglio. Che continuasse pure a crederci!

«Quest'anno i nostri sherpa sono preoccupati. Credono che la montagna ci punirà, e degli sherpa impauriti non lavorano bene. Temono che avremo sfortuna. Per questo mi chiedo se non potremmo pensare a qualche piccola accortezza...»

«Sfortuna» tagliò corto Villari.

Sbuffò e fece un gesto con la mano destra, facendo schizzare gocce di birra sulla morena.

«Sfortuna» ripeté. «No, per cose del genere noi non abbiamo tempo. Neanche per sogno. Noi siamo un gruppo fortunato, non è vero, Karin? Diglielo, ai tuoi amici!»

Rise, e si abbandonò comodamente contro lo schienale della sedia di vimini.

«Questa birra» continuò. «Sa come di... A voler essere diplomatici direi che è poltigliosa. Riferisci ai tuoi uomini che tratteremo la Dea madre con tutto il rispetto dovuto. Ci inchineremo davanti all'altare e scoperemo con dignità. Su questo non si discute. Mi adeguo sempre alle usanze dei luoghi in cui vado.»

«Davvero?» s'intromise Giuseppe Cagliari.

«Ad ogni modo è capitato. Avrete letto dei giapponesi che hanno scalato il versante nord e se ne sono sbattuti di un gruppo di poveri indiani. Sapete come si sono difesi, dopo? "Sopra gli 8000 metri non c'è posto per la morale" hanno detto. È una risposta anche quella! Ma non è altrettanto facile dire lo stesso a 5000 metri, suppongo. No, dobbiamo darci una regolata, molto semplicemente. Forse dovremmo abbandonare l'orgoglio. Suppongo che valga per noi lo stesso monito che valeva per i greci. L'orgoglio è un grande peccato. L'uomo non deve sfidare le potenze superiori.»

«Io spero...» cominciò Ang Nuru, ma non andò oltre. Gli ultimi brandelli di autorevolezza l'abbandonarono.

«Assolutamente» continuò Villari. «Tu hai tutti i motivi di sperare. Se i nostri cari sherpa desiderano qualcosa, ci penserò io e farò in modo che siano tutti contenti. Hai la mia parola. Fra parentesi, dovresti alzare il loro compenso, Giuseppe, non credi?»

Villari si rivolse all'amico d'infanzia senza aspettarne la replica, cosa non insolita. Spesso buttava lì domande senza curarsi della risposta, forse per dimostrare che l'importante era la domanda stessa.

«Non sarai mica diventato di nuovo tirchio, Giuseppe?» continuò. «Lo sapete che sarebbe potuto diventare socio della mia azienda, molto tempo fa? Ma non si è arrischiato, ovviamente, anche se a quei tempi si trattava di somme irrisorie.»

«Questa è la cosa più stupida che abbia mai sentito. Non mi è mai stata offerta nessuna quota» protestò la guida con sorprendente durezza.

«Ma sì, ricordati pure quello che vuoi. Tutti noi in fondo amiamo abbellire il passato. Senza le nostre menzogne vitali ci sgretoliamo, o sbaglio, Giuseppe?»

«Oh!»

«*Oh?* Che cosa vorresti dire? Forse di non avere menzogne? Guarda quello svedese. Lui...»

Paolo Villari non terminò la frase, limitandosi a gettare una rapida occhiata d'irritazione verso la tenda di Engler che s'innalzava buia e abbandonata accanto a loro.

«E che cos'ha di male quell'uomo? Forse anche lui è sgradito al nostro Mister?» replicò Giuseppe brusco.

«Accidenti quanto sei acido oggi, Giuseppe! È la vista delle montagne a stuzzicarti? No, lo svedese non mi piace né mi dispiace. Ho solo capito le sue vere intenzioni.»

«Ma davvero!»

«Ecco, noi cerchiamo di fare buona impressione mostrandoci saggi e spirituali. Lui non sembra possedere nessuno di questi doni. Per questo si accontenta di avere l'aria scontrosa, e quando non funziona scompare. Devo riconoscerlo, non è un modo stupido per ottenere attenzione. Provate. Sparite dalla circolazione, e vedrete che la gente comincerà a parlare.»

«Perché, è sparito?»

Era stata Karin a intervenire. Ad Ang Nuru sembrò che fosse preoccupata.

«Lui sparisce in continuazione. Non ve ne siete accorti? Se ne sta via un paio di giorni e quando torna ha un'aria misteriosa e affettata. È una figura patetica.»

Ang Nuru sobbalzò. *Una figura patetica.* Per tutta la sua giovinezza, Jacob Engler era stato tutt'altro che patetico. Engler era il grande scalatore, l'uomo che perseguiva con tanta passione i suoi ideali – perfino suo padre avrebbe potuto intuire la grandezza dello svedese. Ah, quanto aveva letto e sognato di Jacob Engler! Si vergognava quasi a pensarci, e sapeva che avrebbe dovuto dire qualcosa in sua difesa. Ma esitò troppo, e forse nemmeno ne aveva il coraggio.

«In generale sembra estremamente inaffidabile. Karin, non eri stata tu a raccontare che non si presenta nemmeno alle sue conferenze?»

Karin si guardava i piedi con aria incerta.

«È successo solo una volta» disse.

«Una grande sfacciataggine, comunque. Pensa un po' se io guidassi le mie aziende a quel modo.»

«Sì, pensa un po'» ripeté Giuseppe.

«Mio vecchio amico, a volte mi capita di arrivare in ritardo, ma agli appuntamenti mi presento sempre. È una questione d'onore.»

«Balle. Mi hai fatto aspettare mille volte senza degnarti di comparire.»

Ang Nuru si aspettava un'esplosione di rabbia, ma Paolo Villari si aprì in un largo sorriso.

«Ah, come hai ragione. Io sono proprio un campione di ipocrisia. Proiezione – ecco la mia specialità. Accuso gli altri delle mie stesse mancanze. Anche se in assenza di gente dalla doppia faccia la vita sarebbe alquanto noiosa, vero, Karin? Niente è più pericoloso di quelli con l'aureola sulla testa. I santi, quei porci, si tengono dentro troppe cose. I pastori di pecore ligi al dovere come te, Giuseppe, mi rendono inquieto. Chissà cosa t'inventi, quando poi il mondo si sgretola sotto i tuoi piedi! Noi invece, noi seducenti bastardi... Noi ci accontentiamo di fare peccatucci.»

Guardò verso Karin e l'accarezzò sul fondoschiena.

«Gesù santo, donna, non ti ho mai vista così bella. Devi aver perso una quindicina di chili da quando siamo arrivati qui, o sbaglio? Te l'avevo detto che l'Himalaya ti avrebbe fatto bene. Okay, signore e signori, ora devo occuparmi di Sharon. Vi auguro una buona serata!»

Versò ciò che rimaneva nella sua bottiglia sulla morena e poi si allontanò trotterellando con Pasang Tenji alle calcagna, e questo rafforzò il senso di disagio di Ang Nuru. Pasang Tenji doveva rispondere di Villari, ma secondo Ang Nuru il giovane sherpa prendeva il suo compito troppo sul serio. Si lasciava sminuire. Vederlo con l'italiano era come essere tornati ai tempi dello schiavismo, eppure non era quello a disturbarlo di più. A dargli fastidio era il fatto che si riconosceva in Pasang Tenji. Anche lui si era lasciato incantare. Anche lui era stato codardo. Era venuto in mensa per proporre qualche piccolo accorgimento che avrebbe regalato ai suoi amici sherpa un umore migliore, ma non era riuscito a dire quasi niente. Si era lasciato soffocare e adesso era in preda a cattivi presentimenti.

Poi si riscosse. Fu costretto a farlo. Karin lo stava osservando, e anche se quella donna gli piaceva, la trovava fin troppo attenta. Non le sfuggiva nulla: coglieva anche la dissonanza più impercettibile. Ang Nuru mormorò un «buona serata» e si avviò verso la sua tenda.

Quando il grosso della frustrazione fu scemato, si mise a sorseggiare una tazza di tè e cominciò a pensare a Natalie.

Fantasticava sempre su di lei e si chiedeva se l'avrebbe mai avuta, o se prima sarebbe dovuto andare in Europa e in America e diventare un uomo di mondo. Naturalmente doveva guadagnare più soldi e imparare a parlare come Villari, ma in maniera più gentile, decisamente più gentile e più rispettosa – non importa quanto importante fosse diventato. Lo promise a se stesso.

Pensò molto quella sera, e solo a notte fonda, quando nuvole nere cominciarono a solcare il cielo, i suoi pensieri furono interrotti. Attraverso l'apertura della tenda vide Jacob Engler presso gli *stupa* di preghiera. C'era qualcosa di strano nella sua figura. Il corpo pareva teso. Gli occhi ardevano. Stringeva delicatamente le mani l'una all'altra contro il petto, e l'immagine commosse il giovane sherpa. Lo svedese gli appariva per la prima volta vulnerabile. Ang Nuru si alzò deciso. Poco dopo esitò di nuovo. I sogni giovanili gli appesantivano le spalle. Incontrare i propri eroi non è mai facile. Ma poi si fece coraggio e uscì, ritrovandosi quasi a correre verso lo svedese.

«Io mi chiamo Ang Nuru» disse, tendendo la mano. «Faccio la guida nel team Villari.»

Jacob Engler trasalì, ma subito si rilassò. Il suo viso si afflosciò in una vuota mestizia e abbozzò un sorriso che non si completò mai. Forse valutò anche l'idea di presentarsi, ma evidentemente se ne infischiò e attese in silenzio.

«Volevo solo esprimere il mio rispetto» disse Ang Nuru con evidente nervosismo.

«Rispetto!»

In bocca a Engler, la parola sembrava uno strano animale.

«Sì, per le tue ascese e tutte le nuove vie che hai creato...»

«Molto gentile da parte tua» tagliò corto Engler, e accennò ad andarsene.

«Ti ammiro fin da quando ero un ragazzino» continuò Ang Nuru, più che altro per tener viva la conversazione.

«Sono già così vecchio?»

«No, no!»

Ang Nuru si pentì di avergli rivolto la parola. Engler gli pareva scostante.

«Guarda qui» continuò lo svedese, mostrandogli il pugno destro.

Ang Nuru trasalì. Le nocche e il dorso della mano erano insanguinati, il mignolo mozzo sporgeva all'infuori, quasi non fosse neppure parte dell'arto.

«Che cosa è successo?»

«Ho sbattuto la mano.»

«Tu hai...?»

«La mia mano è tutto per me. La mia stessa vita dipende dal suo funzionamento. Ma io cosa faccio? La sbatto contro un masso.»

Ang Nuru si sentiva terribilmente a disagio.

«Perché?» balbettò.

«Ero arrabbiato.»

«Con chi?»

Jacob Engler guardò verso il Lho La a nord e poi il Lhotse a est.

«Non lo so» rispose, e sprofondò nei suoi pensieri.

Sul suo volto si fece largo un lieve sorriso che pareva debole e finto, ma che comunque risultava gentile e restituì ad Ang Nuru un po' di sostegno.

«Perdonami» continuò Jacob, improvvisamente loquace. «Ti chiedo scusa. Davvero. Io sono un tipo strano. Dimentica quello che ho detto. Ang Nuru, dicevi... sì, lo so bene. Giuseppe mi ha parlato di te. Lodandoti molto, si capisce. Ho grande rispetto per il tuo lavoro. Capisco quale responsabilità ti sei preso. Spero solo che non finirai per logorarti con tutti quei pagliacci, lassù in alto. Stai correndo come uno yoyo sulla montagna.»

«Sono tutti molto bravi...»

«Ovvio! Io sono sprezzante per natura. Non è una caratteristica che ispira simpatia, proprio per niente. Ma tu sei una brava persona, Ang Nuru. Io lo so. Tu pensi molto, non è vero?»

Il giovane sherpa non sapeva che cosa rispondere.

«Ci provo» disse.

«Anch'io. Senza riuscirci però molto bene. Be', è stato un piacere parlare con te. Un bel giorno magari scaleremo insieme.»

Scalare insieme! Un'ondata di felicità attraversò Ang Nuru, anche se capiva che era solo una frase di cortesia. Engler scalava sempre da solo. Lo sherpa Ang Nuru e Jacob Engler! Sarebbe stato fantastico. Si perse in quei pensieri e quasi non si accorse che lo svedese si stava già allontanando a grandi passi.

«Grazie!» gridò confuso, e allora Engler sollevò il pugno insanguinato e poi scomparve dentro la sua tenda.

9

Dopo la drammatica avventura sulla parete nord del Les Courtes, Jacob Engler smise d'interessarsi ad altro che non fosse l'alpinismo, e anche se la sua ossessione era in parte una fuga da una vita in frantumi, non desiderava solo allontanarsi dal mondo, ma anche avvicinarglisi: sulle sue pareti rocciose viveva concentrato nel presente ogni singolo momento. Forse c'era di mezzo anche un aspetto religioso, e in ogni caso Engler scelse una vita di tipo monastico.

Si stabilì in una tenda piantata sull'isola di Lovön appena fuori Stoccolma, faceva lavori occasionali di ogni genere, traslochi, turni alle stazioni di servizio, lavori in nero al porto, e non si concedeva nulla oltre allo stretto indispensabile. Ogni singola corona che gli avanzava la metteva da parte per nuove spedizioni, e si perfezionava di continuo. Imparò tutte le tecniche di arrampicata immaginabili e continuò ad allenarsi furiosamente. Non c'era probabilmente sportivo professionista che torturasse il proprio corpo tanto quanto lui.

Era rigoroso con se stesso fino al ridicolo, e anche la minima trasgressione alla disciplina che si era prefissato si traduceva in punizione, sotto forma di nuotate nell'acqua gelida o interminabili corse su e giù per scale e pendii. A volte contattava scalatori che erano stati su montagne che aveva intenzione di scalare anche lui, e li intervistava così minuziosamente che tutti, senza eccezione, finivano per irritarsi. «Un tipo strambo» dicevano, e sicuramente si sentivano minacciati. Lui metteva in discussione i loro metodi e i loro avvertimenti, e non si accontentava mai dell'espressione «è impossibile».

«Perché dovrebbe essere impossibile?» gridava con una voce che saliva in falsetto e occhi così impazienti che parevano quelli di un folle.

Era arso da una passione sconfinata, e a quei tempi non sapeva che questo genere di cose rende le persone nervose e che la maggior parte della gente desidera spegnere ciò che più brilla negli altri. Ben presto incontrò anche aggressività – sarebbero però trascorsi decenni prima che capisse che quella era invidia e non il solito odio, quello con cui era cresciuto.

Non ancora ventenne, aveva scalato tutte le classiche pareti nord delle Alpi – Les Courtes, Cervino, Grandes Jorasses e ovviamente Eiger, che scalò in solitaria a soli diciannove anni suscitando sensazione nel mondo dell'alpinismo. Eppure non riceveva solo lodi. Lo chiamavano testa matta e aspirante suicida, ed è vero che da giovane aveva corso grandi rischi, e che molte volte avrebbe voluto veramente morire, ma mai sulle sue montagne.

Lì voleva vivere con passione, e anche se sceglieva sempre la via più difficile, diventava sempre più scrupoloso. Controllava minuziosamente l'attrezzatura, il percorso, il meteo. Tuttavia continuava a essere combattuto, e paradossalmente il suo più grande talento era anche la sua più grande minaccia. Si arrampicava con troppa facilità. Avanzava danzando senza tenere conto di quante forze consumasse.

La prima volta su un 8000, il Cho Oyo nel Tibet, salì troppo velocemente e patì molto il mal di montagna. Ma imparò. Leggeva tantissimo. Passò al setaccio la biblioteca municipale alla ricerca di libri sull'alpinismo, e per ogni libro che affrontava riempiva di appunti, domande e riflessioni un quadernetto con la copertina di tela cerata, interrogandosi poi da solo, come uno studente che si prepara a un esame. Un po' alla volta, però, la letteratura sull'alpinismo cominciò ad annoiarlo, anche se leggere per puro diletto gli era impensabile.

Ogni riga, ogni azione doveva mirare alla montagna, e così cominciò a studiare filosofia, psicologia, biografie di eroi, descrizioni di sopravvissuti, trincee, isole deserte, inferni d'ogni genere, libri di qualità ma anche di poco valore. Un giorno s'imbatté in *L'outsider* di Colin Wilson, all'apparenza il libro sbagliato – un saggio sulle mosche bianche nella narrativa classica. Ma quel libro avrebbe significato molto per lui.

All'epoca aveva scalato il Cerro Torre in Patagonia e la parete sud dell'Aconcagua, aperto nuove vie su West Buttress, Mount Hunter, Muztagh Tower e Gasherbrum IV. Guadagnava grazie alle conferenze, anche se all'epoca non è che raccontasse chissà quali verità sconvolgenti. Più che altro raccontava storie da macho, che non erano vere e proprie bugie, ma risultavano false nella sostanza. Non approfondivano mai le sue reali esperienze, e così quella mezza verità diventava il presupposto di ogni forma di comunicazione. Credeva che con il tempo la vita sarebbe diventata più facile e più vicina ai cliché. Fin dall'adolescenza aveva fissato immagini di montagne grandiose sentendo nel cuore che quelle cime avrebbero potuto renderlo felice, e non solo occasionalmente. La vita nel suo complesso sarebbe solo potuta migliorare, se lui le avesse scalate. Aveva vissuto quell'anelito con lo stesso strazio di un ergastolano che pensa alla libertà, e ogni volta era rimasto deluso. Le tenebre gli si toglievano di dosso soltanto quando scalava e raggiungeva nel corpo quella stanchezza viscerale. Poi tutto tornava come prima.

La depressione si ripresentava con lo stesso dolore vuoto e gli comunicava una sensazione di promessa tradita, una promessa che non era mai stata detta ad alta voce, ma che la vita e le montagne gli avevano ispirato, la speranza che qualcosa si potesse guarire. Allora lui riponeva la sua fiducia nella montagna successiva, nell'avventura successiva, ma inutilmente – il dolore lo lacerava di nuovo. La ferita era inguaribile. Niente durava. L'ascensione era solo un'ubriacatura, e per molto tempo credette di essere l'unico al mondo a provare queste sensazioni. Nessuno dei suoi colleghi scalatori parlava mai del senso di vuoto e di noia del dopo. Poi lesse Colin Wilson, e già nella prefazione si imbatté nella descrizione di un bel lago che suscitava il desiderio nostalgico dello scrittore.

Sembrava lo stesso genere di sensazioni dolorose che provava anche lui, ma secondo Colin Wilson quella sete non si sarebbe placata con una semplice nuotata nel lago, e nemmeno bevendolo fino all'ultima goccia. Quella voglia era solo un trucco, un espediente dell'anima per spronare l'uomo ad andare avanti, parole destinate ad avere un gran peso su Jacob. La vita era un inganno. Arrivò a questa conclusione. Un seno femminile era capace di farlo impazzire di desiderio, ma nemmeno facendo l'amore notte dopo notte lo avrebbe soddisfatto.

Il mondo mandava falsi messaggi di speranza, e Jacob decise di spostare le sue aspettative dalla meta al percorso per raggiungerla. Aveva creduto che l'alpinismo l'avrebbe condotto a qualcosa di stabile e duraturo, trasformandolo in una persona nuova, lontana anni luce dal misero ragazzino di Vällingby. Ma lentamente si rese conto che erano proprio la fatica e la sofferenza sulle montagne a dargli soddisfazione. Non c'era nient'altro, in realtà, e ricordò una storia che gli aveva raccontato il vecchio Block, un aneddoto sullo sciatore di fondo che giace nella neve con in bocca il sapore del sangue, tutti i muscoli e le vene dolenti.

Sul suo volto segnato si allarga un sorriso beato: quell'uomo è il più felice sulla faccia della terra.

«Perché?» aveva chiesto Jacob.

«Perché il suo allenatore gli ha comunicato che è in testa alla gara e che vincerà» gli era stato risposto, e anche se per Block la storia serviva solo a illustrare la complessità del concetto di felicità, per Jacob era diventata un'immagine di gioia reale.

Per lui la felicità non era il trovarsi su "una spiaggia meravigliosa". Aveva poco a che fare con condizioni esterne, nasceva piuttosto da una combinazione di intensità e senso di presenza. Era più probabile che la gioia s'intrufolasse di nascosto nella sofferenza piuttosto che in uno stato di benessere. Nella lotta trovava il riposo. La sua felicità dimorava nello sforzo feroce che acuisce i sensi e dona oblio e concentrazione. Forte di questa consapevolezza perfezionò un'autodisciplina oltre ogni limite, perfino i più invidiosi riconobbero la sua eccezionalità, era uno degli alpinisti migliori al mondo.

In solitaria e in tempi record scalò Kanchenjunga, Manaslu e K2 – una vetta particolarmente importante per lui – creando spesso nuove vie sulle montagne e perdendo di volta in volta rispetto per tutto ciò che era già stato provato. Trovare alternative era diventata una questione d'onore, e nessuno meglio di lui capiva che prima o poi ne avrebbe pagato il prezzo. A ogni spedizione si avvicinava alla morte, ma non perché volesse davvero morire. Era solo una parte del gioco che aveva scelto.

Come sportivo professionista in quell'ambiente particolare, aveva bisogno di competere verso nuovi traguardi. Si ritrovò a rischiare sempre di più per raggiungere quello stato d'animo che gli permetteva di sentirsi parte del mondo. Fin dai tempi del Les Courtes aveva intuito che era il pericolo a dargli lucidità nell'ebbrezza. I rischi condensavano gli istanti e allontanavano il mondo noioso e sudicio, e anche se erano molte altre le cose che sperimentava sulle montagne, i momenti migliori rimanevano quelli che minacciavano la sua esistenza, o per meglio dire: Jacob amava avere il controllo, ma per essere rapito completamente gli occorreva una crepa, uno squarcio che facesse oscillare la sua sicurezza. Un giorno si arrampicò sul mitico Hummingbird Ridge del Mount Logan in Canada e, anche se ne scese vivo, nulla fu più come prima. L'Hummingbird Ridge fu uno scalpello che riaprì le vecchie ferite e con la sua lama sottile ne creò di nuove.

10

Giuseppe Cagliari aveva deciso che avrebbero raggiunto la vetta il 13 maggio, e non era un caso. Per tutto il mese di aprile le correnti a getto imperversano nella troposfera e nella stratosfera con la forza di un uragano. Ma in maggio si avvicina il monsone dal Bengala che con un po' di fortuna sospinge le raffiche verso il Nord e l'interno del Tibet. Di norma va così, ma è tutt'altro che sicuro. Verso la metà del mese in genere si crea un'apertura, una finestra di tempo bello e calmo, prima che le nuvole monsoniche avvolgano nuovamente le cime con violente burrasche.

«Quando il cielo tacerà, allora saliremo» spiegò Giuseppe.

Era ottimista. «Abbiamo un gruppo forte» diceva, e lo pensava davvero, o almeno così credeva. Aveva rispedito a casa Pietro Broglio ed era preoccupato per Sten Jörgensen, che soffriva di pesanti cefalee e in certi giorni aveva problemi alla vista. Giuseppe aveva preso in considerazione l'idea di lasciarlo al campo base, ma non ne aveva avuto il coraggio. Il professore era così pieno di aspettative, e comunque avrebbe potuto rimandarlo giù con un paio di sherpa se le sue condizioni fossero peggiorate durante l'ascesa. Lo riteneva un problema secondario.

Tutti gli altri si erano acclimatati bene, e Giuseppe si sentiva abbastanza tranquillo. Era il settimo anno che faceva da guida sull'Everest, forte di una consolidata routine e di una serie di risultati eccezionale. L'unica novità di questa spedizione era tutta la pubblicità che si portava dietro, e da quel punto di vista era sicuramente la sua impresa più importante. Sul piatto della bilancia c'era molto prestigio. Paolo Villari attirava i mass media, lui per primo aveva puntato molto sull'avventura himalayana, e anche se non era del tutto chiaro che cosa volesse ottenere con quella scalata, la considerava un'occasione per promuovere il suo gruppo. Tutto l'abbigliamento sportivo della spedizione era stato disegnato dalla Villari Clothing, ma in prima battuta l'avventura doveva consolidare l'immagine di un'azienda che svettava nella moda e nei trend, ma dimostrava di saper superare anche limiti più grandi. Che andasse pure come voleva. Personalmente, Giuseppe si accontentava dello scalpore suscitato. Tornava anche a suo vantaggio: aveva già un numero record di richieste per le stagioni successive. La sua nicchia di mercato così particolare aveva visto un boom, e chi avrebbe mai pensato che la scalata della montagna più alta del mondo potesse diventare un divertimento di massa? Giuseppe cominciava anche a disporre di un discreto patrimonio, e questo gli dava forza nei confronti di Villari. Non sei l'unico ad avere trovato fortuna, pensava. Ma più il D-Day si avvicinava, più lui smise di vantarsi. Divenne nervoso e iperattivo, e questo era segno di razionalità. La presunzione è sempre un pericolo – anche se lui più di altri avrebbe avuto diritto di sfoggiarla. In fondo aveva portato in cima più gente di chiunque altro. Nessuna guida dell'Everest poteva paragonarsi a lui.

Ma nel profondo era un individuo coscienzioso e concreto. Non cedeva mai alla tentazione di sottovalutare l'Everest. Conosceva bene i pericoli – le slavine, le tempeste, i problemi legati all'altitudine, il freddo, la pazzia sempre in agguato, l'avventatezza. Nemmeno per un istante si illudeva che sarebbe stato facile portare su i clienti, e ogni giorno che passava diventava sempre più severo ed esigeva maggiore disciplina. Il giorno precedente la partenza, nell'accampamento ferveva una grande attività e sulla montagna gli sherpa lavoravano all'allestimento dei campi.

Natalie Aubrey e Sharon Wilson si coricarono già alle sette e mezzo, ma non riuscirono a prendere sonno. Chiacchierarono a lungo. A Natalie in realtà Sharon non piaceva.

L'americana faceva la modella come lei e probabilmente era l'amante di Villari – una delle tante. Da parte sua, Sharon si considerava come minimo la fidanzata e s'infuriava quando la gente faceva delle insinuazioni. In generale, Sharon si alterava spesso. Aveva i capelli scuri e le labbra rifatte, e di sicuro non era così felice come fingeva di essere. Si dava un sacco di arie ed era un vero tormento, non solo perché l'autoesaltazione è a lungo andare sfiancante, ma perché così facendo punzecchiava Natalie, ricordandole le sue imperfezioni e sventure. Ma anche se rozza, era comunque divertente. Quella sera tirò fuori un paio di album ricchi di fotografie di feste e viaggi che avrebbero dovuto placare la sua nostalgia di casa, ma che fungevano in realtà da autocelebrazione – almeno secondo Natalie.

Negli album c'erano personaggi più o meno famosi e Sharon lo sottolineava in continuazione. Le volte che per caso non trovava delle celebrità, se ne usciva con fantasiose stupidaggini del tipo: «Purtroppo Sting non c'è in questa foto. Era andato a pranzo.»

Natalie mantenne la maschera e presto la conversazione si fece più seria, spostandosi sul giorno dopo e sulla scalata. Solo verso mezzanotte le due donne caddero in un sonno inquieto. Non riuscirono a dormire a lungo. Alle 2.40 Natalie si svegliò, ubriaca di stanchezza eppure perfettamente sveglia. La testa le doleva e a lungo restò stesa nel suo sacco a pelo a chiedersi perché mai fosse lì. L'Everest era un tormento. Era stata sulle Alpi in precedenza e aveva vissuto dei bei momenti, ma qui l'ascensione era soltanto una tortura e, fatta eccezione per un paio di passaggi sulla cascata di ghiaccio, non c'erano nemmeno tratti di arrampicata divertenti, solo faticose avanzate su pendii interminabili. Anche se la vista di sicuro era meravigliosa, non le restava mai nemmeno la forza di curarsene. L'alta quota prosciugava tutte le sue energie.

Era stato quel maledetto Villari a convincerla ad aggregarsi. Aveva letto su una rivista di moda che arrampicava e lei da brava idiota non aveva esitato, quantomeno all'inizio. Le era parso un sogno, ma adesso... Adesso era tutto così indescrivibilmente faticoso. Con uno sforzo si mise a sedere nel sacco a pelo. In quell'attimo suonò la sveglia con rabbiosa insistenza. Sharon non si mosse nemmeno. Pareva morta.

«Sharon!» disse lei, scuotendo l'americana, che si limitò a mormorare qualcosa d'incomprensibile. Natalie lasciò perdere, almeno per il momento.

Fuori si udì la voce di Mingma e il suo «il tè è pronto». Lei lo invitò a entrare come al solito, ma non c'era nulla di solito, e questo era insopportabile. Vide che anche Mingma era stanco. Sulla sua fronte bruna c'era una ruga nuova. Quando le depose davanti il vassoio della colazione, Natalie batté le ciglia imbarazzata. L'idea di mangiare la disgustava. Non sarebbe riuscita a mandare giù neanche un boccone.

«Tutto bene?» le domandò il ragazzo.

«No» rispose lei laconica.

Il giovane sherpa teneva nelle mani qualcosa. Sembravano due sacchetti di riso.

«Che cos'è?»

«Un dono per la montagna» spiegò lui. «Su in cima metterai questo nella neve.»

Lei socchiuse gli occhi per guardare fuori attraverso l'apertura della tenda.

«Perché?»

«Bene dare alla montagna qualcosa e non solo prendere da lei, soprattutto quest'anno. Dà buona fortuna!»

«Capisco» rispose stancamente Natalie, afferrando i sacchetti di riso con nausea crescente, e d'istinto allontanò lo sguardo dal vassoio della colazione.

«E non dimenticate di fare...»

«Tre giri in senso orario intorno allo *stupa* di preghiera» completò lei in tono inutilmente astioso. «Prometto. Lo farò.»

«Bene» rispose lo sherpa, e se ne andò. Dopo che fu riuscita a svegliare Sharon, Natalie si vestì lentamente – strato di base, abbigliamento esterno, berretto, casco e scarponi.

Intorno alla vita e ai fianchi fissò l'imbrago e a esso le corde e i cordini che sarebbero stati agganciati ai moschettoni, e poi blocca corda, ramponi e piccozze, che soppesò nelle mani nella vana speranza di trovare un po' di entusiasmo. Ma quella maledetta mattina tutto le era insopportabile. Dopo aver controllato il proprio equipaggiamento almeno dieci volte, lei e Sharon uscirono sulla morena. Fuori c'era già molta gente. Insieme alla loro, altre tre spedizioni sarebbero salite verso la cima, compresi quei pazzi dei russi. Giù in fondo, vicino al loro *stupa* di preghiera, Giuseppe le chiamò a gesti.

Sembrava contento, ma in maniera forzata; probabilmente faceva parte del suo lavoro, ma agli occhi di Natalie i denti nel suo sorriso luccicavano pallidi e minacciosi come le montagne. Fece un respiro profondo e ricambiò il sorriso, incantevole come sempre. Il sorriso era la sua arma. Lo scoccava ogni volta che ce n'era bisogno. Si guardò intorno. Tutti i membri del gruppo avevano sulla schiena il minimo indispensabile. Bombole d'ossigeno, provviste, fornelletti e tute imbottite li portavano per loro gli sherpa, che in quel momento stavano facendo tre giri intorno allo *stupa* di preghiera, proprio come aveva raccomandato Mingma, camminando uno per volta con espressione seria e concentrata.

Tutti erano al corrente dell'inquietudine e delle proteste dei portatori quell'anno, e ora più che mai era il momento di tenersi in buoni rapporti con loro, ma Natalie sospettava che per molti il rituale assumesse ben altra importanza. In un momento come quello, di fronte alla maestosità dell'Himalaya, chiunque diventava credente. Si toccò il taschino della giacca. I sacchettini di plastica con il riso erano al loro posto. Per quanto sfinita potesse essere, li avrebbe portati fino in cima. Sì, l'avrebbe fatto, promise silenziosamente fra sé, e si avviò sognante verso la minacciosa cascata di ghiaccio e i suoi sinistri scricchiolii. Guardò l'orologio. Segnava le 4.40, un orario infame, ma inevitabile. La cascata di ghiaccio era una foresta gelata, un paesaggio a brandelli: un ghiacciaio che si era spaccato elevandosi in torri, guglie e colonne. Solo i rumori la facevano rabbrividire, e sapeva che là sotto erano morte almeno diciotto persone. La cascata di ghiaccio pareva una marea pigra e traditrice. Si muoveva lentamente, in qualsiasi momento ponti e torri di ghiaccio potevano collassare, frantumando creature fragili come lei, ma l'orario più sicuro per affrontarla era adesso, prima che il sole cominciasse a splendere riscaldando i blocchi di ghiaccio.

Avrebbero percorso la via già attrezzata, quella che era stata creata da un gruppo di sherpa che incassava cinquemila dollari a spedizione, e che era ritenuta sicura. Eppure... Natalie rabbrividì e fece un respiro profondo. Accese la lampada frontale, fissò i ramponi agli scarponi. Come quelli di tutti gli altri, erano snodati per impedire alla neve di attaccarsi. Si avviò. Camminavano in fila indiana, Giuseppe e Ang Nuru davanti, seguiti dagli altri, lei al centro e Martin Christal e i due sherpa Ang Kami e Nima Rita per ultimi.

Era surreale. Come entrare in un labirinto con passaggi simili a tunnel e spaccature profonde. A tratti dovevano passare su scalette sospese sopra voragini e agganciarsi a corde fisse per arrampicarsi lungo pareti di ghiaccio.

Il percorso era ondulato, si procedeva su e giù, superando bianchi pilastri e ponti di neve, e quando ne aveva occasione Natalie sbirciava verso Villari. In segreto studiava spesso le espressioni del suo volto, alla ricerca di tracce di debolezza. Ne trovava di rado, e anche quando succedeva, sospettava sempre che fossero studiate. Quell'uomo era un serpente. Un serpente irresistibile. Anche lei c'era cascata. Per qualche giorno a Nizza l'aveva amato, ma era stata abbandonata, anche se non l'aveva vissuta come una tragedia. L'aveva messo in conto. Paolo Villari era così. Era un *doer*, un uomo d'azione. Realizzava cose come la scalata dell'Everest, e lei lo ammirava per questo. Quell'avventura era un investimento ardito anche per il gruppo imprenditoriale. Paolo era e rimaneva un giocatore d'azzardo, e nel buio Natalie lo osservava con discrezione. Stava attenta a non abbagliarlo con la sua lampada frontale, e senza dubbio manteneva il contegno di tutti gli altri. Non si lasciava scappare neanche una battuta, un commento ironico. Ma poi tutto cambiò.

Avvenne il miracolo. L'ombra nera della notte si ritirò dalla cascata di ghiaccio. Il sole cominciò a splendere e trasformò il paesaggio in uno spettro bianco e luccicante. La gente s'illuminò. Si tolse berretti e guanti. Tutti scherzavano e ridevano e lei godeva della nuova atmosfera, ma presto avvertì il calore. Cominciò a fare un caldo tropicale. La sua giacca Villari puzzava di bruciato, il mal di testa aumentò e anche la nausea fece ritorno, costringendola a continue soste per bere. Sapeva quanto fosse importante mantenersi idratati. Pensava al suo appartamento a Parigi, alla doccia, al bel pavimento di clinker dell'ingresso. Non molto tempo dopo, il paesaggio si appianò. Le distese infinite del Cwm occidentale si stendevano davanti a lei, e in fondo s'innalzavano le imponenti pareti del Lhotse e del Nuptse, immerse in una luce arancione, mentre in lontananza si sentiva il sibilo di massi che cadevano.

Aveva superato la cascata di ghiaccio.

Rick Waterfield non si sentiva bene. Eppure non diceva nulla. Non voleva lamentarsi. Lo consideravano già un peso. A causa dei vecchi danni da congelamento, sopportava l'altitudine e il clima peggio degli altri. Ma avrebbe resistito. Si rinfrancò. La cascata di ghiaccio, quel posto dimenticato da Dio, aveva il pregio di non concedere una grande visuale sul percorso. Non si veniva scoraggiati dalla distanza, mentre lassù invece era tutto così immenso e desolato. In lontananza si indovinavano i puntini di un'altra spedizione più veloce, e spesso a Rick pareva di restare impantanato e di non avanzare affatto. Cercava di fare dieci passi alla volta. Ci riusciva di rado. La nuca gli doleva. Le articolazioni si gonfiavano. Le dita dei piedi che non c'erano più gli facevano male. Era proprio un disastro. Ripetutamente si fermava e appoggiava il corpo contro la piccozza guardando verso il Lhotse, soffriva per l'altitudine e l'aria rarefatta. Soffriva perché una quantità extra di sangue affluiva al cervello per compensare la perdita di ossigeno, e perché i liquidi passavano dal sangue ai tessuti. Da vecchia volpe dell'Everest qual era, lo sapeva fin troppo bene.

Sapeva che il suo respiro era sempre più accelerato e più profondo, che il corpo riscaldava l'aria fredda e secca che entrava nei polmoni, e che quel processo liberava umidità che veniva espulsa con il respiro. Perdeva liquidi ogni volta che apriva bocca. Ne perdeva circa otto litri al giorno. L'anidride carbonica nel sangue diminuiva. L'emoglobina aumentava. Il sangue diventava viscoso e questo accresceva il rischio di coaguli, danni da congelamento e altre patologie dovute all'altitudine – come l'edema cerebrale, l'Hace, eterno spettro che causa pazzia, coma e morte quando i fluidi filtrano nei tessuti e fanno gonfiare il cervello. Lo sapeva a memoria e non voleva pensarci. Ma la testa gli doleva veramente, e l'edema cerebrale comincia proprio con il mal di testa. L'aveva letto mille volte. L'aveva visto. Il suo adorato David era morto così.

Quando arrivano le allucinazioni, l'edema cerebrale è già in stadio avanzato, e solo poco prima uno strano gioco di luce gli era danzato davanti agli occhi. Forse si trattava solo del sole bruciante, ma lo inquietò. Si sistemò nervosamente l'imbracatura e gettò un'occhiata verso la cima piramidale dell'Everest che adesso finalmente si faceva vedere, senza tuttavia suscitare in lui la solita voglia. La montagna adesso significava solo fatica e stanchezza. Con finta noncuranza si sistemò gli occhiali. Controllò l'altimetro. Indicava 6300 metri. Ne avevano da salire ancora 2500. Come avrebbe fatto?

E perché si esponeva per la quinta volta a questa tortura? La risposta ovviamente la conosceva. Aveva sognato di scalare quella cima. Ogni notte, ogni giorno l'aveva sognato, e questa ossessione era parte di un processo di elaborazione del lutto protratto nel tempo. Eppure non era tutta la verità. Tutta la verità non l'avrebbe mai capita, e più d'ogni altra cosa voleva probabilmente mettersi l'Everest alle spalle, sì, forse lottava arrancando verso la cima solo per poterlo poi dimenticare e guarire dalla sua ossessione. E se invece fosse stato tutto solo una cortina di fumo, un inganno?

Continuò ad avanzare a piccoli passi, lo sguardo chino sugli scarponi e sui ramponi che affondavano nella neve. Era diventata più dura, in lontananza gorgogliava un ruscello, e si sentivano strani rumori fischianti e sgradevoli. Il vento aumentò e lui cominciò a gelare e a muovere ossessivamente le dita. Ripensò a David. Potrò mai dimenticarlo? Certo che sarebbe successo. Il compagno allampanato e bello da far male si stava già appannando nella sua coscienza. Nei suoi pensieri, David compariva vago e indistinto, come se Rick non l'avesse mai conosciuto, non veramente. Più che altro, David continuava a esistere come una sorta di fastidio, un tormentoso memento sotto pelle. David gli faceva male come la sua testa e le sue dita amputate. Era una ferita nell'anima, e anche se il ricordo della sua persona era quasi del tutto impallidito, Rick non avrebbe mai dimenticato le ore trascorse lassù.

Erano già passati sette anni. Giuseppe Cagliari era alla sua prima stagione come guida sull'Everest e Rick e David, che allora stavano insieme da quattro anni, si erano iscritti per realizzare un vecchio sogno. Erano entrambi scalatori dilettanti appassionati, anche se non erano mai stati su un 8000. L'Everest sarebbe stato il primo. Si erano preparati bene e dopo quattro settimane di acclimatamento si sentivano forti, molto più forti di quanto si sentisse Rick oggi. Fino al Colle Sud e alla scalata notturna dal Campo Quattro non avevano incontrato nessun problema evidente. Poco prima di raggiungere il Colle Sud, David aveva cominciato a camminare barcollando. Lassù, superati gli 8000 metri, cotti dalla stanchezza e dalla fatica e con il campo visivo limitato dalla maschera per l'ossigeno, è difficile essere vigili. Ognuno è racchiuso in se stesso e nella propria insostenibile lotta. Ecco perché Rick non aveva capito quanto grave fosse la situazione fino a quando David non era caduto in ginocchio. Solo allora aveva chiamato Ang Nuru, il quale aveva aperto al massimo la sua maschera per l'ossigeno facendogli prendere un'ampia boccata e gli aveva somministrato un'iniezione di desametasone. A lungo non era successo nulla. David rimaneva seduto lì; poi all'improvviso si era alzato e aveva cominciato a camminare a passi spediti ed energici, ma nella direzione sbagliata. Rick non l'avrebbe mai dimenticato. David aveva ritrovato le forze ma non la ragione. Tornò a irrigidirsi mentre i minuti passavano. Il tempo stava peggiorando. Tutta la spedizione aspettava, sempre più impaziente. La vetta era un miraggio. Il tempo scivolava via, più in alto s'indovinavano l'ultima parete, la cresta sottile e l'Hillary Step, e alla fine Giuseppe decise di andare avanti con gli altri. Lasciò due sherpa con David e Rick e una piccola scorta di ossigeno.

L'idea era di riportare David più in basso, ma fu impossibile. David percorse vacillando un breve tratto, poi si accasciò e presto i portatori si arresero. Avevano già faticato parecchio quel giorno e dopo una breve consultazione iniziarono a scendere, nel migliore dei casi per andare a recuperare rinforzi, così Rick rimase solo con il compagno. Lo strinse a sé. Abbracciò il suo corpo rigido e allontanò la maschera per l'ossigeno, sia dal proprio viso che da quello di David. Si guardarono, con amore, con disperazione e confusione. Più volte Rick cercò di rimetterlo in piedi e riprovare la discesa. Ma David stava sempre peggio, mentre cominciava a prendere forma l'idea che sarebbe diventata il suo ultimo pensiero fisso: «Dobbiamo saltare giù» disse. «C'è un modo.» Fu terribile. La pazzia si era impadronita di lui. Parlava di un passaggio, una botola che collegava i campi, e Rick cercava coraggiosamente di cambiare discorso, ma David rimaneva fissato su quell'unica idea: saltare così, nel vuoto. Il suo comportamento amplificava il senso di abbandono, rendendo le montagne e le nubi giù in basso ancora più minacciose. Rick aveva freddo, le sue mani e i suoi piedi iniziavano a congelare. Ma poi cominciò a stare male anche lui. Intanto dalla vetta scendeva gente.

Scalatori di altre spedizioni li superavano mentre Rick tendeva una mano supplichevole. Ma erano tutti troppo stanchi. Quando la bufera aumentò, Rick cominciò a urlare, riuscendo finalmente a farsi sentire da Giuseppe e Ang Nuru, di ritorno dalla cima. David mormorava un incomprensibile e sconclusionato discorso che alludeva alla morte e all'inferno, e Rick capì che per lui era finita. Uno strato di brina gli copriva il viso, il respiro era lento. Senza neanche rendersene conto, Rick cominciò a scivolare, la bufera e lo sfinimento lo mandarono a gambe all'aria, mentre più in su gli altri continuavano a parlare, bisbigliavano che bisognava prendere una decisione importante. A un certo punto, Giuseppe disse con tutta la sua autorità che li avrebbe riportati giù, uno alla volta, prima Rick e poi David.

Rick non capiva. Era David quello che stava male, non lui, e fece resistenza. Non poteva abbandonare lì l'amico in quello stato. Ma Giuseppe fu irremovibile.

«Quassù sono io che do gli ordini» disse, «e voi ubbidite!»

«Ma perché?»

«Perché lo dico io» rispose Giuseppe, e così fu.

Rick accarezzò David e si congedò. «Verranno a prenderti presto» gli disse. David biascicò qualcosa, ma non si capiva niente. Solo la sensazione di impotenza era chiara. Con le mani tremanti, Rick collegò la maschera per l'ossigeno di David a una nuova bombola, poi scomparve insieme agli altri.

Si allontanò nella bufera lasciando il compagno nella neve. Ma che cosa pensava? Se lo sarebbe domandato per anni. Credeva davvero che qualcuno sarebbe tornato su ad aiutare David?

Giuseppe parlava nel suo walkie-talkie. Stava succedendo qualcosa, ma Rick non era più in grado di seguire. Solo quando crollò dentro la tenda al Colle Sud, capì: David non poteva più essere salvato, ed era stato abbandonato. Giuseppe e Ang Nuru avevano soffocato i loro sentimenti e si erano arresi alla regola brutale dell'alpinismo: non sprecare forze inutilmente.

«Ma avevate promesso!» gridò Rick.

«Ci dispiace. Ci dispiace immensamente. Ma tentare di salvare David avrebbe solo messo a repentaglio altre vite, e noi temevamo per te, Rick. Stavi andando incontro allo stesso destino e siamo stati costretti a scegliere.»

«Mi avete mentito.»

«Sì, abbiamo mentito. Non c'era altro modo per portarti giù» risposero, ed era vero.

Li odiò per questo. Odiava anche se stesso. Odiava la vita intera, e presto si ritrovò a dover fronteggiare dell'altro. I piedi intaccati dal congelamento gli causavano un dolore insopportabile, che per un po' annebbiò la sofferenza e i sensi di colpa, ma dopo che tutte le dita del piede sinistro e alcune del destro gli furono amputate, Rick cadde in una depressione profonda. Considerò l'idea di lasciarsi morire di fame, come punizione e penitenza, ma non ebbe mai il coraggio di farlo. Col tempo, poco a poco, nella sua vita tornò la luce, e lui tornò al lavoro – era proprietario di un paio di negozi di articoli sportivi a Sydney. Riprese a parlare al telefono, anche con Giuseppe, di cui cominciava a comprendere le scelte. A volte era perfino contento di essere vivo.

Le risate degli altri non lo trafiggevano più come lance, e le giornate non erano più fatte solo per essere portate a termine. I momenti buoni erano piccoli prestiti, ma i sensi di colpa se ne stavano sempre lì. Giuseppe gli parlava dell'Everest e della valle del Khumbu. «Quello che è successo è terribile» gli disse una volta. «Ma David conosceva i rischi. Sapeva che cosa c'era in gioco. E tu, Rick» aggiunse, «tu dovresti tornare e vedere quant'è bello. L'Everest è un buon posto dove trascorrere l'eternità. David è sepolto in cielo.»

Sepolto in cielo! Che balla pretenziosa, aveva pensato Rick. Eppure in qualche modo ne rimase colpito, e dopo un certo numero di notti insonni abboccò all'offerta di Giuseppe. Naturalmente godette di un ottimo sconto: «Si può benissimo salire anche senza dita» gli aveva detto Giuseppe. «Molti l'hanno fatto. Perfino a Messner mancavano alcune dita dei piedi quando ha completato le sue scalate.» E così Rick tornò di nuovo sull'Everest, e anche se molte ferite si riaprirono, l'esperienza lo purificò.

Tornò a essere ossessionato come prima e il pensiero della vetta lo colmava di un desiderio bruciante, ma non gli riuscì di coronare il sogno nemmeno quella volta. Fu costretto a tornare indietro appena sotto il Colle Sud, il luogo della tragedia, e la prese molto male. Ma dopo aver superato la crisi volle tornare. Doveva assolutamente salire in vetta. Solo allora sarebbe riuscito ad andare avanti. Ritornò più volte sull'Everest, e in tutte le occasioni arrivò vicino alla vetta, forse sarebbe riuscito nell'impresa con un pizzico di sforzo in più.

Ma il suo corpo si rifiutava. Non ce la faceva proprio. Rick esauriva completamente le forze, e con rammarico Giuseppe era costretto a rimandarlo giù al Campo Quattro. Eppure c'erano dei bei momenti. L'avvicinamento al campo base dava sempre a Rick un senso di speranza, ogni volta si convinceva che ce l'avrebbe fatta. In realtà solo adesso, al suo quinto tentativo, aveva cominciato a dubitare molto presto. Sopportava così male l'altitudine e il freddo. Per quanto si preparasse, rimaneva fragile, e in quel giorno di maggio arrancava verso l'alto con passi troppo pesanti. Il Campo Due non è lontano, pensava, e dopo una notte in tenda, chissà. Magari mi acclimaterò meglio, perché non dovrei riuscire stavolta che ho così tanti dubbi? Quando meno ce lo si aspetta, si riesce. *Non è forse così?*

Fece dodici passi di fila. Funzionava. Il respiro era irregolare e rapido. Dentro il petto era tutto un rantolo, ma effettivamente lassù in alto si intravedeva la piccola città di tende che i loro sherpa avevano allestito, e questo gli diede nuova forza. Continuò a lottare. Non molto tempo dopo aveva portato a termine la prima tappa.

11

Giuseppe Cagliari si sedette nella neve al Campo Due, e scambiò due parole con Pasang Tenji, che per una volta non si trovava accanto a Villari. Gli diede una pacca amichevole sulla schiena e gli rivolse un sorriso fraterno, quasi a voler dire che si sentiva di appartenere più alla vallata del Khumbu che all'Occidente. Ma quel sorriso era più che altro tattico. Giuseppe forzava sempre troppo i suoi sherpa, e lo faceva deliberatamente. Dato che i clienti erano così inesperti, voleva risparmiargli qualsiasi fatica extra.

I clienti portavano con sé il minimo indispensabile. Non dovevano montare le tende, occuparsi delle corde fisse, cucinare o sciogliere la neve sul fornello a gas, operazione che richiede un sacco di tempo in quota. Non avevano altro compito che quello di trascinare i propri corpi, e questo comportava un carico di lavoro supplementare per gli sherpa. Il loro numero era aumentato negli anni, ma mai avevano dovuto servire i loro clienti in questo modo, e non dipendeva solo dalla strategia di Giuseppe. Paolo e Sharon andarono oltre. Con la loro naturale arroganza diedero all'avventura uno stravagante tocco coloniale. Eppure Pasang Tenji e gli altri sherpa sembravano soddisfatti. Le vecchie lamentele erano scomparse, nei giorni precedenti i clienti si erano anche sforzati di non violare i tabù religiosi. La situazione sembrava buona. Giuseppe se ne convinse. Tutti erano forti. Il sole splendeva e il rumore del vento su in alto non era troppo preoccupante.

Guardò Rick Waterfield. Se c'era un anello debole, era l'australiano. Giuseppe era stato indeciso se inserire o meno Rick nella spedizione di quell'anno. Le stagioni precedenti, aveva veramente creduto di riuscire a condurlo in cima, ma adesso era chiaro che Rick aveva parecchi problemi sulla montagna.

Era solo che era speciale. Da quando Giuseppe aveva lasciato David indietro, il legame con Rick si era rafforzato, e ormai provava per lui un sincero affetto paterno. Rick non era solo il punto debole della spedizione, ma anche quello di Giuseppe. Con lui lasciava che fosse il cuore a comandare, temeva di dover di nuovo pronunciare le amare parole: «Mi dispiace, amico. Ma ti mando giù.»

Eppure non poteva esitare. Doveva mantenere la stessa fredda razionalità di quando aveva abbandonato David nella neve. Di solito non aveva difficoltà a prendere decisioni sofferte. Non permetteva che il denaro investito dai clienti gli oscurasse la ragione. Badava alla sicurezza e sapeva che la parte difficile dell'avventura era la discesa. Non importava che un cliente fosse in grado di salire in vetta: nel momento esatto in cui non lo avesse ritenuto capace di affrontare il ritorno, era costretto a negargli quel diritto, e a dirgli «Mi dispiace, amico, ma devi tornare giù!».

Se fosse stato necessario, lo avrebbe detto anche a Villari, l'avrebbe fatto perfino con gioia. Ultimamente quell'idiota aveva sfoggiato solo i suoi lati peggiori. Si era dimostrato arrogante, poteva diventare tremendamente crudele, e Giuseppe non aveva di norma nulla con cui opporglisi. Fin da quando erano ragazzi, a Napoli, Paolo l'aveva sempre superato in tutto. Era stato quello brillante, quello dominante. Ovunque tranne che in montagna, dove gli ampi spazi davano autorità a Giuseppe. Lì lui si trasformava. Sulle montagne aveva le ali e si elevava sopra Villari, l'uomo che per tutta la sua vita era stato il sole che lo metteva sempre in ombra.

Condividevano la passione per l'alpinismo e forse era stato questo a far durare la loro amicizia. In verità non potevano essere più diversi, ma alla base del loro rapporto c'era un intreccio complicato di cause che li aveva molto legati. Paolo ama circondarsi di gente come me, pensava a volte Giuseppe – persone sufficientemente grigie da far risaltare il suo splendore. In un misto singolare di rabbia e autocommiserazione, Giuseppe arrivava a vedersi come uno dei cagnolini scodinzolanti di Villari. Al tempo stesso sapeva che non era proprio così. Tutti e due davano e prendevano. Era un parassitismo reciproco. Succhiavano il sangue l'uno dell'altro.

Si erano conosciuti a quattordici anni, un sabato. Giuseppe era a casa di una ragazzina che si chiamava Silvia, davanti a una finestra. Fuori la pioggia crepitava contro una baracca di lamiera, ma nonostante il temporale il sole faceva capolino qua e là fra le nubi. In cortile c'era una rosa appassita accanto a un rastrello. Giuseppe lo ricordava con singolare chiarezza, forse per via dello shock che era seguito, oppure perché più tardi l'avrebbe considerato un momento determinante della sua vita.

Il vetro della finestra era esploso. Un rumore sordo e spaventoso l'aveva fatto indietreggiare terrorizzato e in un attimo di smarrimento non aveva capito nulla. Poi aveva percepito il corpo dell'uccello e i suoi occhi spaventati, e per la prima volta aveva provato una sensazione di angoscia mortale.

Mentre fissava la scia di sangue tracciata dall'ala, avevano suonato alla porta. Paolo Villari, il compagno di scuola della classe parallela, era sulla soglia con una confezione di birre in mano. Per tutta la vita Giuseppe l'avrebbe collegato al botto e all'uccello morto.

Paolo era irresistibile, con i lunghi capelli neri e gli occhi scuri che luccicavano. «Adesso ci divertiamo» aveva detto, o qualcosa del genere, e nella sua voce c'era una nota maestosa, un misto di festa e di sfida. In un secondo l'attenzione gravitò su di lui, ed era proprio quello il suo grande dono. Attirava su di sé tutti gli sguardi. Cresceva a spese degli altri. Per quel che Giuseppe ricordava, erano in cinque nella stanza, fra cui due ragazze. Paolo si prese la più carina e tenne banco per tutto il tempo. La serata era sua, mentre Giuseppe rimaneva bloccato da invidia e disagio e immaginava che Paolo Villari non gli avrebbe mai più rivolto la parola. Ma si sbagliava.

Tre giorni più tardi Paolo gli si era avvicinato nel cortile della scuola e se n'era uscito con un commento perfido: «Non ti sei fatto sentire granché. Sembrava non ci fossi.»

Eppure lo andava a cercare per raccontargli in confidenza cose di cui Giuseppe non parlava mai, sesso, soprattutto. Giuseppe non si sentiva a suo agio con lui, ma era talmente lusingato che sopportava tutte le frecciate, che finirono per diventare il prezzo per quella frequentazione che gli dava comunque anche molto altro, non da ultimo un certo prestigio. Le ragazze più carine cominciarono a guardarlo, e così lui preferiva incontrare Villari quando altri potevano vederli insieme. La loro amicizia aveva soprattutto uno scopo pubblico, anche se a lungo Giuseppe non capì perché Paolo fosse attratto da lui. Era un mistero, una sorta di grazia. Più tardi si rese conto che Paolo non si trovava bene con i suoi simili. Voleva poter primeggiare e, se aveva bisogno di amici, era per utilizzarli come specchi della propria grandezza.

Paolo era innamorato di se stesso, e Giuseppe lo supportò in questa sua storia d'amore. Ovviamente c'era dell'altro. Giuseppe era aperto e sensibile e non privo di talento, e quando Paolo si lanciava in lunghe tirate sui suoi sogni,

Giuseppe completava il racconto. Non era un visionario, ma un Sancho Panza che abbassava quelle ambizioni a un livello ragionevole senza per questo soffocarle. Contribuiva con suggerimenti concreti, con incitamenti e ammirazione, e non di rado era premiato con un posto in queste visioni.

Molto più tardi, nella dolcezza della fama, si diceva che Villari già da adolescente avesse saputo come abbigliare il mondo. Si diceva che possedesse un senso estetico unico. Giuseppe era uno dei pochi a sapere che era una menzogna. Aveva contribuito lui stesso a diffonderla. Paolo non era artisticamente dotato, ma sapeva portare i vestiti come nessun altro. Se si buttava addosso un vecchio cappotto lo trasformava. E lo stesso succedeva con le parole. Ciò che suonava banale nella bocca degli altri, in quella di Paolo appariva grandioso. Migliorava tutto ciò che toccava. Era facile odiarlo in segreto.

In realtà, da giovane Villari non sognava di diventare re della moda, e ancor meno di abbigliare il mondo. Sognava di diventare ricco e famoso, né più né meno. Negli anni della giovinezza, i due amici abbandonarono centinaia di sogni e altrettanti settori. Più che un talento estetico, Villari era un uomo d'affari. Al posto dei vestiti avrebbe potuto vendere maccheroni, computer oppure gelati. Giuseppe ricordava quel carretto dei gelati. Pareva quello di un suonatore d'organetto, dipinto d'argento e cromato, decorato con un motivo circense; si piazzava di fronte allo stadio quando il Napoli giocava in casa, e i gelati erano venduti a prezzi gonfiati. Dove Paolo se lo fosse procurato era un mistero. Paolo riusciva sempre a procurarsi tutto.

Mentiva con sorprendente facilità e non si tirava indietro di fronte ad azioni sporche, ma sapeva usare eufemismi così calzanti che anche chi subiva i suoi torti finiva con il perdonarlo. Tradiva, rubava – anche a sua madre, che faceva scarpe per le ballerine dell'opera – e chiedeva di continuo prestiti che poi non restituiva, abilissimo a presentare qualsiasi stronzata come se fosse qualcosa di superbo e ricercato. Quel dannato gelato, per esempio, era un prodotto scarso, acquistato per due soldi, ma prima delle partite in casa e sotto il sole cocente diventava un prodotto unico.

Prendeva d'assalto le persone e le conquistava, convincendole a lasciargli anche gli spiccioli di resto. «Aiutate un ragazzo intraprendente» diceva, e la gente trovava la sua sfacciataggine incantevole. Le ragazze, poi... Erano attratte da Paolo così come tutti gli esseri viventi sono attratti dal maschio alfa, e Giuseppe lo odiava per questo.

Ammirava Paolo tanto quanto non lo sopportava, sembrava incapace di diventare nervoso, o insicuro. Andava solo all'attacco, e tutti lo adoravano per questo. Con gli anni Paolo affinò i suoi tratti manipolativi, alternando intenzionalmente gelo e calore. In questo divenne un genio malvagio.

Ora, molto tempo dopo, sulla grande montagna, Giuseppe poteva in qualsiasi momento rivivere la sensazione di chi si sentiva condannato agli occhi di Paolo. In particolare ricordava un giorno d'estate, avevano appena finito le superiori. In autunno Paolo avrebbe iniziato a studiare economia a Milano, mentre Giuseppe di piani non ne aveva, sapeva solo che voleva arrampicare e andarsene via dalla città. Quel giorno avevano deciso di fare una gita a Capri.

Erano un gruppetto su una piccola barca. Il mare spumeggiava e Paolo gridava per sovrastare il fragore del motore, chiaramente si stava divertendo. Tutti ridevano, tutti tranne Giuseppe, che fissava le gialle scogliere calcaree dell'isola e desiderava essere da tutt'altra parte, come spesso gli succedeva quando Paolo si metteva in mostra. Di fronte alla disinvoltura dell'amico si sentiva annegare. Ogni parola gli sembrava viscosa e quasi impercettibile, non solo perché parlava sottovoce. Gli mancava la sicurezza, se gli veniva in mente una battuta non faceva nemmeno in tempo a dirla. Paolo lo precedeva sempre. A lui le battute nascevano direttamente sulla lingua e la cosa era semplicemente insopportabile.

Dai risultati scolastici e dalle loro conversazioni notturne, Giuseppe sapeva di non essere meno intelligente. Era solo impacciato nella vita sociale. Mentre Paolo sembrava non conoscere lo stacco fra pensiero e parola, la coscienza di Giuseppe era distratta da nostalgia e ricordi, e la cosa diventava particolarmente penosa quando l'ambiente circostante era magnifico. La bellezza rafforzava l'infelicità, e non aiutava che Capri risplendesse e che loro fossero giovani e avessero tutta la vita davanti. La bellezza gli apriva un buco nel cuore e Paolo lo intuiva.

«Ehi...» bisbigliò quel giorno.

«Sì!»

Un senso d'attesa si ridestò in Giuseppe. La voce di Paolo suonava confidenziale e affettuosa, pronta al racconto di un segreto. Ma il suo era l'affetto di un boia.

«Non riesco a capire» cominciò.

«Che cosa?» disse Giuseppe.

«Come tu faccia a essere così noioso. Sei la persona più noiosa che conosco. Sembri morto stecchito.»

A Giuseppe era mancata l'aria, aveva alzato una mano quasi a proteggersi dalle gialle scogliere che sembravano cadergli addosso. Nessuno poteva ferirlo come Paolo. Dopo non provava neppure rabbia, solo disprezzo di sé. A Capri guardava Paolo nella speranza di scorgere un'occhiata amichevole, un sorriso, qualsiasi cosa. Ma Paolo non chiedeva scusa, era Giuseppe a farlo, Paolo nel migliore dei casi si comportava come se non fosse successo nulla.

A Capri non arrivò nessuna occhiata riconciliante e a lungo Giuseppe credette che l'amicizia fosse finita. Si abituò a quell'idea. Evitò accuratamente l'amico. Sceglieva percorsi diversi in città e, anche se si sentiva liberato da un peso, l'autocommiserazione si trasformò in rabbia, tanto che la notte rimaneva sveglio a sognare vendetta. Di giorno era sopraffatto da attacchi d'ira che lo costringevano a fermarsi in mezzo alla strada, o a tacere lasciando le frasi a metà. Finché accadde il peggio, ciò cui aveva giurato di resistere.

Un giorno Paolo comparve fuori dalla sua porta con indosso una giacca nera dall'abbottonatura alta, splendido.

«Giuseppe» disse. «Sai una cosa? Ce ne andiamo sulle Dolomiti e scaliamo la parete nord della Cima Grande di Lavaredo. Mi sono informato. Deve essere bellissimo.»

Giuseppe annuì e sorrise con tutto il corpo, anche se la sua parte razionale si domandava che cosa diavolo stesse combinando. Ma era così. Non era possibile resistere a Paolo, e lui capitolò. Non riuscì a sfuggire, e provò la cosa più imbarazzante di tutte: si sentì felice. Il sole aveva ricominciato a splendere.

In realtà la parete nord della Cima Grande non la scalarono mai, faceva davvero troppa paura, e invece salirono sulla Marmolada, la montagna più alta delle Dolomiti. Il paesaggio e le rocce ebbero veramente il potere di dissipare la malignità di Villari; niente lega le persone come lo scalare. Era una delle tesi basilari di Giuseppe. Nella scalata metti la vita nelle mani del tuo compagno: sei costretto a fidarti dei suoi appigli, della sua tecnica e del suo senso di responsabilità, e dopo una giornata di ascensione, quando nel corpo si diffonde la stanchezza, si viene a creare anche una confidenza particolare. Ci si sente uniti proprio come poco prima si era stati legati l'uno all'altro con le corde. Forse durante quelle spedizioni lui e Paolo si avvicinarono per davvero. Forse nella loro relazione c'era qualcosa che andava oltre il conveniente rapporto di potere fra un amico forte e uno debole. Giuseppe voleva crederlo.

L'alpinismo era in generale la parte di Paolo che non era possibile spiegare, poiché anche se lui era intraducibile, Giuseppe credeva di averne trovato la chiave di lettura. Paolo non faceva niente che non fosse mirato a rafforzare il proprio potere o a procurargli un vantaggio. Ogni singola frase, gesto, malignità, complimento aveva quello scopo. Solo l'alpinismo rimaneva un elemento inafferrabile. Paolo sembrava amarlo e basta, per quanto fosse irragionevole, e agli occhi di Giuseppe questo rappresentava il suo tratto più simpatico.

L'alpinismo giovava alla sua immagine. Rafforzava la sua fama da eroe e aggiungeva un lato nuovo alla sua personalità, quella dell'uomo che ama la natura incontaminata. Giuseppe aveva visto i suoi occhi mentre scalava. Paolo si trasformava, o per meglio dire: poteva mutare e ammorbidirsi, assumere una nuova luce negli occhi, anche se sull'Everest era stato lo stesso bastardo di sempre.

Dopo l'estate sulle Dolomiti, andarono ad abitare in città diverse e, mentre Giuseppe vagheggiava sull'alpinismo, Paolo mise in piedi la sua attività. Come andarono esattamente le cose Giuseppe non lo sapeva. Certo è che Paolo non si era semplicemente seduto ad abbozzare una nuova linea di moda. Non ne era in grado. Disegnare non faceva per lui, ma aveva un certo interesse per i vestiti ed era capace di combinare stili diversi in maniera ingegnosa.

Era capace di entusiasmare. Trascinava la gente e commercializzava i suoi abiti con la stessa abilità con cui sapeva vendere se stesso. Aveva sempre nuove trovate, anche se Giuseppe non si teneva aggiornato. Quando il marchio Villari volò alle stelle, non ebbe più la forza di seguirne gli sviluppi. Più tardi, imparò a gestire il successo di Paolo, ma allora non lo sopportava proprio.

A Paolo Villari portare a casa la vittoria non bastava. Lui aveva bisogno anche dell'umiliazione del mondo circostante – amici o nemici, non aveva importanza. Le cose gli andavano sorprendentemente bene, ma a volte s'infiammava di una collera selvaggia che scuoteva tutta la sua persona, come lo scatto di un bambino. Quell'uomo era nato fortunato e malvagio.

Per molto tempo Giuseppe era stato senza un soldo. Nessun lavoro, nessuno studio sembrava adatto a lui. Con tutto il suo cuore avrebbe voluto scalare, ma lo sport era costoso e i lavori occasionali che trovava erano anche mal pagati. Si indebitò, e intanto sognava di potersi un giorno mantenere scalando montagne. Le possibilità erano minime. Esistevano alpinisti che vivevano con le sponsorizzazioni, tenendo conferenze e scrivendo libri, e che riuscivano addirittura a diventare ricchi, come Reinhold Messner, ma lui non era abbastanza estremo, né innovativo o intrepido.

A differenza delle nuove stelle come Franz Mosel o Jacob Engler, lui non apriva nessuna via, nessuna magnifica variante, e non arrivava mai agli onori della cronaca. Era destinato alla mediocrità. Mentre Paolo brillava, Giuseppe avrebbe continuato a languire nell'anonimato – o almeno ne fu a lungo convinto. Poi maturò una nuova consapevolezza: lui aveva qualcosa che a molti mancava. Irradiava sicurezza e sapeva mantenersi calmo e lucido nei momenti critici. Non era uno scalatore mediocre, anzi, solo non possedeva l'irragionevole e spesso malsana ossessione necessaria a raggiungere i vertici.

Giuseppe era esattamente ciò che Paolo non sarebbe mai potuto diventare – un buon capo e una premurosa figura paterna. Giuseppe capì che avrebbe dovuto diventare una guida per le vette più difficili e attraenti. Purtroppo gli mancava il capitale per poter iniziare, e in quella situazione Paolo gli venne in aiuto, ovviamente non solo in nome dell'amicizia. Avrebbe preteso in cambio qualcosa, questo Giuseppe lo sapeva. Eppure dovette dargli ragione. Paolo si lasciò coinvolgere nell'attività e gli suggerì di puntare all'Everest, dove poteva chiedere compensi più alti e avere i clienti più ricchi ed esclusivi. Per prima cosa però doveva scalarlo lui stesso. Così, con i soldi di Paolo Villari, Giuseppe andò nella vallata del Khumbu e scalò la vetta attraverso la via del Colle Sud e della cresta sud-est. Imparò a conoscere la zona e prese contatto con gli sherpa, tra cui Ang Nuru. Fu quello il punto di partenza.

La sua vita cambiò, si fece un nome e divenne la guida più famosa dell'Everest. Non molto tempo dopo, Paolo lanciò la sua idea. Lui e un gruppo di persone selezionate legate alla sua azienda sarebbero saliti sulla cima dell'Everest con l'aiuto di Giuseppe. Sarebbe stata una straordinaria pubblicità per tutti, disse, e non si poteva non convenirne. Era una buona idea. Giuseppe ne fu esaltato e per molti mesi la loro relazione migliorò, sembrava quasi che Paolo fosse maturato e avesse deciso di trattarlo con rispetto. Ma poi... Giuseppe pensava a questo mentre sedeva sul pendio e volgeva lo sguardo verso la vetta avvolta nella nebbia. Poi tutto peggiorò.

12

Quando Jacob Engler era adolescente, gli alpinisti cercavano ancora con tutti i mezzi di scalare nuove cime o aprire nuove vie. Spesso sull'Himalaya si impiegavano centinaia di portatori, proprio come nel 1953, quando l'Everest era stato scalato per la prima volta, e proprio come allora le spedizioni erano permeate di uno spirito coloniale. Ma per altri aspetti gli anni Cinquanta erano molto lontani.

L'abbigliamento, le attrezzature, il cibo e la tecnica erano migliorati, e tutte le vette più importanti erano già state scalate. Eppure lassù la gente continuava a morire. I pericoli rimanevano, ma non era più necessario lo stesso sforzo per arrampicarsi sulle montagne più alte. Furono inventate nuove sfide e battuti nuovi record, e anche se eroi e imprese grandiose non mancavano, la vita sulle montagne era diventata un po' meno difficile.

Certe spedizioni percorrevano il primo tratto della salita a bordo di elicotteri o aeroplani per risparmiare le forze. Alcuni, come Reinhold Messner, si chiedevano se le scalate del futuro andassero veramente affrontate con tutta quella nuova tecnologia. Anziché aggiungere si sarebbe dovuto togliere, ragionava, e la cosa più naturale era eliminare l'ossigeno – un pensiero che aveva radici storiche. Nei primi anni Venti era considerato antietico respirare aria diversa da quella naturale della montagna, ma poiché le bombole divennero più leggere e l'Everest continuava a rimanere inviolato, quell'ideale scemò.

Nel 1924 George Mallory si infilò controvoglia una maschera per l'ossigeno, e anche se nei suoi ultimi appunti prima di scomparire con Andrew Irvine sulla parete nord dell'Everest giurò che le bombole erano solo un «dannato fardello», l'armamentario divenne in seguito assai diffuso sulle montagne più alte, considerato un presupposto per il successo dell'impresa. Solo negli anni Settanta con Messner fu sollevata la questione se non si potesse proprio farne a meno. L'aria nella stratosfera, al confine con la troposfera, è rarefatta. A quelle altezze il cervello senza apporto di ossigeno si danneggia. Il rischio di coaguli e di danni da congelamento aumenta. Ma per i puristi l'ossigeno costituiva un muro fra l'uomo e la montagna, e nel maggio del 1978 Messner e il suo compagno Peter Habeler scalarono veramente l'Everest senza bombole, anche se ci fu qualcuno che manifestò qualche dubbio. Girava la voce che avessero respirato ossigeno in segreto, e quando finalmente la verità fu accettata, ebbe inizio una piccola rivoluzione, soprattutto quando Messner, due anni più tardi, nell'agosto del 1980, si spinse ancora oltre e scalò l'Everest da solo e senza ossigeno dal lato nord, nella prima ascensione in solitaria della montagna.

All'epoca, Jacob Engler aveva appena vent'anni ed era un giovane da sempre ossessionato dall'idea di scalare da solo e senza attrezzature inutili, ma dopo questi avvenimenti sensazionali fu invaso da un'impazienza che lo teneva sveglio la notte. Era come se gli fosse stata indicata una nuova via, una direzione che rendeva impercorribili tutte le altre, e cominciò a provare un vero e proprio disagio fisico per le spedizioni imponenti.

Nell'impresa solitaria di Messner intuiva la purezza, l'eco di un mondo diverso, ancestrale. Così cominciò a sognare di scalare con meno attrezzatura possibile, quasi la meta finale fosse salire con la sola forza delle mani.

Per lui, ossigeno, portatori, assistenti, un equipaggiamento eccessivo, non diventarono solo un imbroglio che intaccava la sfida. C'era anche altro. Le grandi spedizioni sporcano le montagne. Sono così imponenti da risultare arroganti, ma secondo la sua visione quelle vastità naturali non dovevano essere profanate in alcun modo. Erano creature vive. Solo a un tocco lieve era consentito scalfirne la superficie: in lui c'era una fermezza di spirito simile a quella di chi si vieta l'uso di analgesici contro il dolore. Non bisognava rendersi la vita troppo facile, ma avvicinarsi alla natura.

Soprattutto, Jacob Engler era ambizioso. Si rifiutava di ripetere imprese altrui. Voleva essere sempre il primo e poiché viveva nell'epoca in cui la maggior parte delle vette erano già state scalate, non rimaneva che aprire nuove vie per raggiungerle, senza accontentarsi mai d'altro che delle più difficili. Così creò nuove vie su K2, Annapurna, Broad Peak, Mount Hunter, Aconcagua, Trango Tower in Pakistan e Cerro Torre in Argentina. Si curava sempre meno della loro altitudine. Guardava piuttosto al grado di difficoltà, alle possibilità di scalarle in libertà, e spesso saliva in solitaria e in arrampicata libera – senza assicurazioni e corde, senza altro equipaggiamento che gli scarponi. Era vittima di una passione che poteva condurre solo al successo o alla morte.

Come Paolo e Giuseppe, andò alla Cima Grande di Lavaredo nelle Dolomiti, ma a differenza dei due italiani non si lasciò intimidire dalla parete rocciosa verticale. Fu il primo al mondo a percorrere in solitaria e in arrampicata libera la Via Comici-Dimai sulla parete nord della Cima Grande, e a lungo fu ritenuto uno dei rocciatori più forti del mondo, un maestro di montagne che non erano tra le più alte ma tra le più difficili.

Eppure continuava a volersi spingere oltre, e forse stupiva che per il momento evitasse l'Everest, la vetta della fama, ma c'era più di un motivo. Di pari passo con la diffusione del movimento per il ritorno all'alpinismo libero avviato da Messner, andava affermandosi un altro trend, di segno opposto. Forse tutto era cominciato nel 1985. Quell'anno, il magnate del petrolio Dick Bass aveva scalato l'Everest con l'aiuto di guide professioniste completando così la sua "Seven Summits" – l'ascensione delle montagne più alte dei sette continenti. Negli anni successivi, dilettanti più o meno facoltosi si erano riversati sulla montagna, provocando tutta quella smania alpinistica che Jacob Engler detestava. Per lui l'Everest era diventato la nuova Maiorca, pieno di turisti dell'alpinismo che dovevano percorrere tutti la stessa via attraverso Cwm occidentale, Colle Sud e cresta sud-est, la via di Hillary e Tenzing, la rotta che, considerata meno difficile, era diventata il tour standard.

Agli occhi di Jacob la montagna era stata profanata, e per molti anni questo gli impedì di affrontarla. Ma a lungo andare non poté evitarlo. L'Everest lo attirava, anche se non aveva intenzione di salirvi come tutti gli altri. Doveva fare qualcosa di nuovo e audace e non ebbe bisogno di pensare troppo al come. Fin da quando era ragazzino aveva sognato di scalare la montagna lungo la difficile parete sud-ovest, ma non poteva più essere il primo nemmeno lì.

Una spedizione britannica guidata da Chris Bonington aveva conquistato la vetta risalendo da quella via nell'autunno del 1975, con un'ascensione incredibilmente drammatica che nessuno pensava avrebbe avuto successo. A differenza del percorso standard, quello che passa dalla parete sud-ovest richiede prestazioni molto impegnative, soprattutto nella parte alta.

Nel suo libro *Everest: parete sud-ovest*, Bonington sostiene che la realizzazione dell'impresa sarebbe stata impossibile se la spedizione britannica non fosse stata così consistente. Ampie risorse erano indispensabili per allestire i campi e trasportare gli approvvigionamenti, scrive, e furono queste parole a pungolare Engler, spingendolo a voler diventare il primo essere umano a scalare la parete sud-ovest da solo e senza ossigeno, né corde fisse o walkie-talkie.

Sarebbero stati soltanto lui e la montagna. In questo Jacob vedeva una grande bellezza. Non sarebbe stata la sua avventura più importante o impegnativa, ma quello che la distingueva dalle imprese precedenti era il profondo disagio che provava all'idea di affrontarla. Prima della partenza si era svegliato diverse notti in preda al terrore, si era immaginato slavine e bufere di neve con un'immedesimazione tale che il sangue aveva abbandonato le estremità del suo corpo e lui si era ritrovato a tremare di freddo con venti gradi di temperatura esterna. Nei giorni di Natale del 1999 gli era tornata la vecchia ulcera gastrica, e a volte aveva il presentimento che quella sarebbe stata la sua ultima spedizione. Si convinse che sulla montagna avrebbe fatto qualcosa di folle e irrimediabile, e spesso lo tormentavano angoscia e forti mal di testa. Ma la causa della sua inquietudine non erano l'Everest o il compito che si era prefisso.

La causa era il Mount Logan in Canada, una gigantesca formazione che raggiungeva i 5960 metri d'altezza nella catena delle Saint Elias, non lontano dal golfo dell'Alaska. La vicinanza con il mare rendeva la formazione particolarmente esposta a forti nevicate e a slavine, e la maggior parte degli alpinisti saliva lungo la cresta orientale oppure tramite la cosiddetta King Trench Route. Pochissimi sceglievano la mitica via dell'Hummingbird Ridge.

Quella cresta era considerata estremamente pericolosa, e anche se la via era stata aperta già nel lontano 1965, da allora gli alpinisti avevano ripetutamente provato invano a ripercorrerla e non pochi erano morti – fra i tanti l'americana Leni Clark, che Jacob aveva incontrato sul

Broad Peak, rimanendone affascinato. Nella primavera del 1998 il corpo di Leni non era stato ancora trovato e questo era uno dei motivi per cui Jacob aveva deciso di scalare la cresta. Cominciò l'ascensione senza alcun presentimento. Aveva imparato ad ascoltare l'istinto. Quante volte era stato messo in guardia da riflessi oscuri? Ma quel genere di allerta esigeva prossimità al pericolo. L'avvertimento che percepiva nell'aria nella fase iniziale di una spedizione, o la prima volta che si trovava davanti a una nuova montagna, lo interpretava come un'interferenza irrazionale, ma sull'Hummingbird Ridge si sentì a lungo tranquillo.

Ben presto notò quanto il terreno fosse traditore. Dappertutto c'erano rocce sbriciolate e cornici e plateau inaffidabili. Presto l'ascensione si fece pesante. Sprofondava nella neve e avanzava a fatica. Eppure, in quel periodo precedente la sua prima grande fase di declino, si sentiva forte. Se c'era qualcosa di cui soffriva era la presunzione, cosa che di solito combatteva con tutte le energie.

La presunzione tuttavia non è sempre facile da identificare. Cresce silenziosa nel corpo e diffonde un veleno voluttuoso che distrae, e forse sull'Hummingbird Ridge Jacob molto semplicemente dimenticò le distanze e i rischi sottesi a ogni passo. Con la stessa accuratezza di sempre aveva letto tutto il materiale sul percorso che era riuscito a trovare e intervistato gli scalatori che c'erano stati: sapeva perfettamente cosa significava una cresta lunga dieci chilometri. Ci sarebbero voluti fino a cinque giorni per raggiungere la vetta, attraversando un insidioso paesaggio coperto di neve con il pericolo costante di slavine e caduta di massi. Poteva risultare difficile accamparsi e inoltre non poteva contare su previsioni meteorologiche affidabili. Eppure passò del tempo prima che cominciasse a preoccuparsi. Dovette avanzare faticosamente attraverso la coltre nevosa e finire dentro un crepaccio prima di ritrovare la lucidità.

Camminare diventò sempre più pesante. Nevicava. Piccole slavine gli scivolavano a lato, la visuale era a tratti molto ridotta, finché una cornice di neve sporgente gli crollò addosso. Per un paio di secondi perse conoscenza e non si riprese mai completamente. Di notte nella tenda dormiva male, gli tornava in mente suo padre e nei sogni udiva i suoni che uscivano dalla radio della polizia. A volte la mattina tornava a sentirsi una nullità, come da bambino. Continuava a pensare di dover trovare un burrone per saltarci dentro, e anche se non si trattava tanto di istinto suicida quanto piuttosto di un'ossessione, fu sufficiente a fargli perdere l'equilibrio.

Vomitava e non si idratava abbastanza. Aveva difficoltà a trattenere ciò che ingeriva e soffriva i traumi da congelamento. Mani e piedi erano rigidi e lentamente persero la sensibilità assumendo un colorito esangue. La testa gli doleva, e ogni respiro produceva dei sibili. Un autentico inferno. Ma non tornava indietro. Era troppo testardo, e si era spinto ormai troppo avanti. A quel punto avrebbe dovuto coprire più strada per scendere che per arrivare in vetta, quindi decise di scalarla e poi tornare da una via meno faticosa.

Nel pomeriggio del quarto giorno vide un oggetto rosso brillare in quella distesa di bianco. Fino a quel momento non aveva scorto alcuna traccia umana sulla cresta, niente corde, resti di accampamenti, nulla. Era stato completamente solo, ma adesso sembrava esserci qualcosa, anche se non ne era sicuro. La visuale non era buona. Aveva ripreso a nevicare e lui non si fidava più della sua vista. Le allucinazioni parevano sempre in agguato nei meandri della sua mente.

Sì, c'era davvero qualcosa laggiù, del tessuto rosso. Avanzò barcollando in quella direzione, con il corpo pesante ma con una crescente impazienza dentro, finché non ci fu proprio sopra. Scavò nella neve e trovò uno zaino e sotto qualcos'altro e lentamente capì. Era un corpo. Subito pensò a Leni Clark, al suo viso punteggiato di lentiggini e al sorriso che le faceva rimpicciolire gli occhi. In realtà non si erano mai conosciuti veramente. Al campo base del Broad Peak lei gli aveva dato del pazzo con un tono che in realtà lasciava intendere un complimento. Una volta, dietro una tenda blu, l'aveva vista per caso nuda e, oltre ai seni e alle lunghe gambe, aveva notato anche una cicatrice pallida sotto l'ombelico. Il solo sospetto che quel cadavere nella neve potesse essere il suo lo scuoteva fino al midollo. Continuò a scavare.

Adesso vedeva i capelli, neri e corti, con un movimento brusco voltò il corpo e si ritrovò a fissare un viso coperto di neve e di ghiaccio, mentre cercava di ripulirlo come meglio poteva. Era spaventoso, conservato solo in parte dal freddo, una figura quasi al termine della mutazione in scheletro. Gli zigomi avevano forato la pelle come fosse cuoio rovinato, gli occhi erano due cavità vuote, e Jacob cominciò a tremare violentemente, solo in parte per il freddo.

Aveva già visto dei cadaveri sulle montagne. Era parte della sua vita. Ma adesso ne fu colpito nel profondo e cadde in ginocchio. Anche se non aveva mai creduto in Dio, o almeno non in un Dio misericordioso, pregò a lungo, con devozione, probabilmente per Leni Clark, nonostante fosse evidente che quello non era il suo corpo. La bufera di neve lo flagellava, era come se il suo dolore avesse oscurato anche il cielo, riprese a barcollare e cadde. Non doveva essere ormai sulla vetta?

Guardò l'altimetro. Non riusciva a distinguere i numeri. Con addosso una stanchezza disumana, dentro le nebbie della nevicata vide una giovane donna che gli sorrideva con gli occhi circondati di rughe sottili, e anche se si rendeva conto che esisteva solo nei suoi pensieri, si piegò in avanti per vedere meglio. E allora lei scomparve. Forse era stato un avvertimento. Percepì una piccola scossa, un sospiro della natura. Poi arrivò il caratteristico rombo, e capì: era la collera della neve.

Eppure rimase lì fermo, non c'era altro da fare se non sperare. In quell'istante arrivò una nube di fiocchi finissimi e vorticanti. Qualcosa lo colpì in faccia e poi esplose il caos. Gli sembrò di essere inghiottito da una centrifuga, sbatteva contro la montagna e contro il proprio stesso corpo, verso il fiume roboante della slavina. Probabilmente si assopì e si ridestò diverse volte, non sapeva, ma adesso giaceva sotto la neve. Non c'era aria. Boccheggiava. Il terrore di morire gli trapanò il cuore e si mise istericamente a scavare, nuotando in un mare viscoso. Doveva salire in superficie e respirare. Inspirò neve nei polmoni, tossì, vomitò, lottò disperatamente e alla fine riuscì a sbucare con la testa fuori dalla slavina. Si tirò su e dopo aver provato per uno o due secondi l'euforia di essere ancora vivo, perse conoscenza.

Quando si svegliò era steso a pancia in giù in un buio compatto. A fatica si mise in ginocchio e capì di dover bere. Senza riuscire a vedere granché – gli occhiali erano spaccati e c'era neve dappertutto – fece sciogliere della neve sul fornelletto a gas e si preparò un po' di zuppa di mirtilli in polvere che mandò giù a fatica. Un po' alla volta, l'inferno più nero si sostituì a una vuota apatia. I piedi pulsavano. Un dolore pungente gli annodava le viscere e urlò: «Al diavolo tutti quanti!»

In risposta udì la voce del padre: «Vedi, non sei buono a nulla.» La sofferenza riportò Jacob piuttosto indietro nel tempo. Rivide il padre al balcone della casa dove era cresciuto, bello e imponente, con un bicchiere di vino in mano e il sorriso storto che gli cresceva dagli occhi, quello stesso sorriso che preludeva ai suoi attacchi di violenza. Quel sorriso era come il rombo prima della slavina, un brutto presagio.

La rabbia verso il padre era diventata una bestia che lo rodeva dentro, un odio rovente che lui a volte sfruttava per sopportare il dolore sulla montagna. Lo usava come puntello, lasciava che si trasformasse in una forza per contrastare prove e tormenti, e adesso sull'Hummingbird Ridge si mescolò a sofferenza e desolazione. Inevitabilmente, la pazzia arrivò strisciando e lui cominciò a urlare.

Provò a muoversi. Non arrivò da nessuna parte. Camminava malamente. Era troppo difficile, e le ore passavano. Fece chiaro e poi buio di nuovo e i dolori scomparvero. Tutto sparì. Non tremava nemmeno più. Davanti a lui danzavano delle luci. Apparve un arcobaleno e poi la donna con le piccole rughe intorno agli occhi, che gli accarezzò i capelli. Affondò nelle tenebre, fu inghiottito nell'abisso e quando si svegliò era di nuovo il tramonto.

Il sole stava calando e lui era congelato. Non sarebbe sopravvissuto ancora una notte. Non c'era nulla da fare. Si arrese. Voleva solo morire. Guardò nuovamente il sole. Era freddo e senza vita, ma in fondo era giusto così: perché il cielo avrebbe dovuto vivere quando tutto il resto moriva?

Poi capì. Quello non era il sole. Era la luna, e non era trascorsa un'altra giornata. Invece della notte sarebbe giunto il mattino. Irrigidito e indolenzito com'era si alzò in piedi. Avrebbe avuto bisogno di calore, di cure premurose e di un'intera squadra di medici. Ma tutto ciò che aveva erano il suo zaino e la piccozza. Quindi li prese e s'incamminò verso l'alto e presto il sole cominciò a splendere. Avanzava come in trance, fermandosi solo per mangiare un po' di cibo liofilizzato. Arrivò in cima e proseguì in discesa lungo un altro percorso, non sapeva quale, mentre i giorni passavano. Lui lottava nel gelo, faticava.

Fu una dimostrazione di caparbietà eccezionale. Un tardo pomeriggio raggiunse barcollante la valle con mani, piedi e viso intaccati dal gelo, sfinito oltre ogni limite.

Il mattino dopo fu trovato privo di conoscenza a fianco di un ruscello ai piedi della montagna, era riuscito a cavarsela senza particolari danni fisici, ma in un certo senso l'inferno era appena cominciato.

13

Alle quattro del pomeriggio la spedizione raggiunse il Campo Quattro, il cosiddetto Colle Sud a 8000 metri di altitudine. Natalie Aubrey fu tra gli ultimi ad arrivare. Si sganciò i ramponi e fece scorrere lo sguardo sul paesaggio, aveva tutti i sensi intorpiditi, solo la sua parte irrazionale capì che la vista era un incanto.

Valli e montagne simili a piramidi si ammassavano giù in basso. Anche se si trovavano a grande distanza, apparivano vicine in quell'aria scintillante. Intorno alle vette si muovevano nubi grigioazzurre. Sopra la giornata era limpida. Solo una timida luna s'indovinava come una filigrana nel cielo, insieme alla scia in dissoluzione di un aeroplano.

Davanti a lei, invece, la scena era spaventosa. Ora capiva perché quel posto fosse definito la discarica più alta del mondo. Ovunque giacevano bombole d'ossigeno, corde e anche un paio di grossi sacchi blu che Natalie non riusciva a identificare. Il Colle Sud era un pezzo di terra battuto dal vento, grande come dieci o venti campi di calcio, e consisteva unicamente di ghiaccio e pietre pressati insieme. Non c'era un solo cumulo di neve. Tutto era stato portato via dal vento e rovesciato sui precipizi del Tibet.

Pareva un posto per i morti e i disperati, e Natalie rabbrividì intuendo cosa ci fosse dentro ai due sacchi. Parte di tutto quel pattume era lì fin dagli anni Cinquanta. Lei lo sapeva. Da lì partivano i tentativi per raggiungere la vetta e lì se ne accumulavano i resti. Su quella maledetta spianata, incuneata fra l'Everest e le regioni più alte del Lhotse, il vento soffiava senza interruzione. Le tempeste imperversavano più violente che sulla cima e per questo il paesaggio era spoglio e terribile, mentre le tende sbattevano simulando i colpi di una mitraglia.

Qualcuno stava venendo verso di lei. All'inizio non capì chi fosse, erano tutti infagottati e non era facile distinguere gli scalatori l'uno dall'altro. Ma poi riconobbe Ang Nuru, l'uomo infaticabile. Sorrideva. Appariva sorprendentemente pieno di energia, come se l'altitudine e la tempesta non lo toccassero.

«Allora?» gli disse.

«Come stai?» chiese lui.

Natalie valutò se lamentarsi o meno. Si sentiva infinitamente stanca. Ma decise di fingersi forte. Si rifiutava di fare ancora la parte della modella smorfiosa e perciò mormorò un «sì, tutto okay», e Ang Nuru annuì. Si chinò e le mostrò la sua tenda, le spiegò un'altra volta come funzionava l'apparecchiatura per l'ossigeno. Da quel momento in poi avrebbero dovuto utilizzarla e Natalie si rese vagamente conto di quanto Ang Nuru e tutti gli sherpa lavorassero duramente per loro in un clima in cui ogni movimento era una tortura. Avevano eretto l'accampamento, allestito un deposito di sessanta, settanta bombole d'ossigeno, sistemato la cucina a gas e tirato fuori il cibo liofilizzato. Natalie andò a sedersi in un angolo della tenda. Sharon era già lì e respirava freneticamente dentro una maschera per l'ossigeno. Sembrava vicina a un attacco isterico.

Natalie collegò la sua apparecchiatura e fece un paio di respiri profondi che le diedero nuove forze. Odiava quella procedura. La odiava pur sapendo che era necessaria. Ma la maschera le limitava il campo visivo e le pareva un dannato parassita pronto a fagocitarla. Se la strappò dal viso.

«Sto così male. Non so proprio come farò a cavarmela» disse.

Sharon annuì.

«Non potresti levare la maschera? Non dobbiamo indossarla tutto il tempo dentro la tenda. Altrimenti rischiamo di esaurire le scorte.»

Sharon sembrava decisamente restia, ma alla fine, quasi protestando, liberò anche lei il viso.

«Quanto è stato perfido Villari» continuò Natalie.

«Paolo?»

«Sì!»

«Non dovresti chiedermi come sto, prima?» borbottò Sharon, ferita come un bambino.

«Non ho bisogno di chiedere. Lo vedo che stai da cani.»

«Va' all'inferno!»

Con un gesto d'ira, Sharon si tolse i guanti e cominciò a massaggiarsi le mani.

«Scusa, non possiamo parlare di qualcosa di positivo? Qualsiasi cosa, purché sia migliore di questa» continuò Natalie. «Per esempio, quale sarà la sensazione domani quando saremo in vetta?»

«Che cosa hai detto di Paolo?»

Natalie sapeva che la domanda sarebbe arrivata. Per quanto Sharon fosse distrutta, non si rifiutava mai di discutere di Paolo, e per un attimo Natalie fu tentata di chiamarlo «il tuo ragazzo, Sharon», non perché fosse vero, ma per adularla e metterla di umore migliore.

«Ha l'aria di essere forte» disse.

«Lui *è* forte, ma non era di quello che parlavi. Hai detto che è stato perfido.»

Natalie ascoltò il crepitare della tenda e il sibilo della tempesta. Le parve che i venti le stessero dando la caccia e di nuovo la paura della morte l'afferrò e il suo respiro si fece rantolante. Tossì ed espulse del muco verdastro. *Fa' che non sia sangue! Fa' che non sia un edema polmonare!*

«Non ce la faccio a parlare.»

«Ma sei stata tu a cominciare.»

Diavolo quanto sapeva essere stizzosa Sharon.

«Mi è capitato per caso di ascoltare Paolo e Giuseppe che parlavano, al Campo Tre» continuò Natalie.

«E?»

«Non so come spiegarlo, ma non mi ha fatto una buona impressione. Paolo lo attaccava di continuo e gli chiedeva se riusciva a sopportare la pressione o se sarebbe di nuovo crollato sul più bello.»

«Di nuovo?»

«Nemmeno io l'ho capita. Giuseppe è stato una guida fantastica, non ti pare? Ma forse parlavano d'altro. Paolo ha detto qualcosa su una conferenza a Firenze.»

«A Firenze?» la interruppe Sharon con voce stanca.

Sembrava non avere più voglia di ascoltare e con fare apatico cominciò a massaggiarsi i piedi. Natalie si concentrò solo sul proprio respiro. Ascoltava i rantoli e tutto quello a cui il medico della spedizione Toni Grassi aveva loro raccomandato di prestare attenzione. Pensò alla zona della morte, quel paesaggio ostile alla vita in cui era seduta lei adesso, lei che era così giovane e voleva tanto vivere.

Non se ne capacitava. Del resto, aveva sempre accettato il rischio e ne era valsa la pena, no? Bisogna sapersi mettere in gioco. Ma perché si infilava in situazioni così insensate? Le mancava qualche rotella? Già quando era piccola, a cinque, sei anni, si era ritrovata davanti a una scala antincendio molto alta in compagnia di un ragazzino di nome Jean. Jean aveva i capelli scuri e uno spazio fra gli incisivi e le aveva intimato di provare ad arrampicarsi in cima alla scala. «Sarebbe *cool*» aveva detto, *cool*, come Villari, e lei l'aveva fatto, ed era arrivata su un tetto molto spiovente e lì si era messa a piangere pensando perché sono venuta quassù? Perché? Da sotto veniva il mormorio del mondo sicuro e lei si era lasciata scivolare giù. Eppure, dopo aveva scordato tutto e combinato altre stupidaggini – come il trovarsi lì adesso, nella zona della morte a rantolare in maniera preoccupante. Era questo che aveva così a lungo sognato? Doveva avere qualche problema.

Erano quasi le cinque del pomeriggio. Di lì a sei ore si sarebbero incamminati verso la cima e lei avrebbe dovuto dormire, ma odiava il sonno a quelle altitudini. Lo temeva come una forza minacciosa. Se riusciva ad addormentarsi, si svegliava subito ansante nell'aria rarefatta, costretta ad ascoltare il respiro irregolare e affannoso di Sharon, che ogni tanto si interrompeva. Natalie aveva letto che a quelle altitudini era un fenomeno normale. Ma questo non era d'aiuto. Si lasciava prendere dal panico. Dannazione, Sharon è morta, le capitava di pensare. Non respira più.

Una volta, proprio quando aveva perso la speranza, arrivò un respiro profondo e rantoloso che parve risucchiare tutta l'aria della tenda. Non la sopportava davvero più. Voleva tapparsi le orecchie e cancellare tutto. Quanto desiderava che fosse già tutto finito!

Non lontano da lei, Giuseppe girovagava per il plateau, curvo contro il vento. Soffiava sempre più forte, ma il cielo era ancora limpido. Il tempo sembrava promettente, benché le previsioni trasmesse da Karin non fossero del tutto positive. C'era rischio di tempeste. C'era sempre rischio di tempeste. Avrebbe scrutato il cielo. Sarebbe stato meticoloso come mai prima. Presto sarebbero partiti verso la vetta, lui e tutto il gruppo. Gettò un'occhiata verso sud. Il Colle Sud in quel punto precipitava per 1300 metri giù fino al Cwm occidentale, e Giuseppe scavalcò un paio di vecchie bombole d'ossigeno. *Maledetta immondizia!*

Non c'erano stati grandi miglioramenti nonostante le spedizioni degli ambientalisti passate a pulire. Era la stessa discarica di sempre, e pregava Dio che nessuno di loro finisse fra quei resti. Si fermò a metà di un passo e in un attimo di vertigine vide Paolo steso dentro uno dei sacchi blu laggiù in fondo, pallido e fiero come un re defunto.

Scacciò il pensiero con orrore, ma non perché fosse spaventoso, anzi. Temeva che fosse piuttosto un suo desiderio. Fin da ragazzino aveva fantasticato di vedere Paolo morto, non per cattiveria, ma più per consolazione, una testimonianza a sfavore della sua invulnerabilità. No, nella realtà nessuno doveva finire nei guai, e non sembrava forse che stesse andando tutto bene? Ripercorse velocemente gli avvenimenti degli ultimi giorni, e tutto pareva a posto; solo le cattiverie di Paolo e il decrepito Rick Waterfield disturbavano quell'impressione generale. La spedizione aveva dunque un anello debole, Rick, e uno troppo forte, Villari, e se il primo dei due era facile da eliminare al minimo problema, con Paolo non sarebbe stato altrettanto semplice. Lui pareva fatto per le alte quote. Appariva sorprendentemente forte, e avrebbe potuto rappresentare una risorsa meravigliosa per il gruppo, se non fosse stato così meschino. Il pomeriggio del giorno prima aveva ricordato a Giuseppe la conferenza di Firenze, e perché diavolo l'aveva fatto? Perché mettere in imbarazzo la guida al cui giudizio erano appese le loro vite? Era controproducente. Non serviva neppure i suoi stessi interessi. Perché in una situazione delicata, in cui tutti avevano bisogno di incoraggiamento, aveva tirato fuori la triste storia della conferenza? Era una cattiveria necessaria? Oppure Paolo aveva percepito che l'autorità di Giuseppe era cresciuta sulla montagna, e perciò aveva colpito? Giuseppe propendeva per quest'ultima interpretazione. Paolo doveva sempre sminuire tutto ciò che riusciva a emergere. Il ricordo bruciava ancora. Quella maledetta conferenza riguardava il design del Villari Group, ma era stata aperta ad altri interventi, fra cui uno di Giuseppe su che cosa significasse fare la guida sull'Everest. Al diavolo Villari che ci era tornato sopra. Anche se era abituato a parlare in pubblico, Giuseppe non era mai a suo agio e Paolo lo sapeva. Di sicuro era per quello che subito prima era comparso in compagnia di una bella donna.

«Avanti, non avere quell'aria pallida e desolata» aveva detto, continuando poi rivolto alla giovane amica: «Sai, Giuseppe è un'anima artistica, una creatura raffinata. A volte perde lo smalto.»

Nient'altro, ma era bastato, soprattutto perché l'aveva detto con un'energia tale che la donna era scoppiata a ridere, una risata che sarebbe stata magica se ne fosse stato lui stesso la causa e non il ridicolo oggetto. E infatti, quando Giuseppe aveva dato il benvenuto ai partecipanti dal palco e avviato il proiettore, quella risata non l'aveva abbandonato un solo momento, e, come ci si poteva aspettare, era stato un disastro. Continuava a perdere la parola e la gente si contorceva sulle sedie, mentre Villari, compiaciuto del suo successo, bisbigliava continuamente qualcosa all'orecchio di quella donna giovane, bella e raggiante. Avrebbe potuto accontentarsi di questo. Ma chiaramente aveva voluto strappare la crosta alla ferita. Aveva ricordato l'episodio lì sulla montagna e non c'era altro da fare che cercare di dimenticarlo di nuovo. Giuseppe si riscosse. Ora doveva comunicare una notizia dolorosa. Con aria sostenuta entrò nella tenda di Rick Waterfield e Sten Jörgensen.

Rick era seduto in un angolo dove, intorpidito, cercava di scaldare le mani sotto le ascelle. Stava pensando a David, o piuttosto cercava di pensare a lui. Ma non ci riusciva. Niente gli riusciva. Aveva respirato l'ossigeno nella maschera e non si era sentito meglio. Aveva cercato di mangiare ed era riuscito a mandare giù solo un paio di noci.

Sten, sempre gentile, aveva cercato invano di somministrargli una zuppa di albicocche, e almeno in due occasioni Ang Dorje e Nima Rita erano stati lì a massaggiargli i piedi. Era in uno stato miserabile, ma non sembrava curarsene. Stava seduto immobile e sentiva la tempesta che strattonava la tenda.

«Ehilà!»

Rick aprì gli occhi. Qualcuno era entrato, ma non vedeva chi. La figura si tolse gli occhiali. Era Giuseppe, aveva l'aria preoccupata. Ma non solo. Di colpo Rick capì. Era delusione, e un senso di colpa lo attraversò come una fiammata.

«Rick, come va?»

Lui spostò le mani da sotto le ascelle.

«Okay» rispose. «Va.»

«Non fare lo spartano adesso, parlami dei tuoi dolori.»

Giuseppe gli si sedette accanto e con gesto un po' a sorpresa gli accarezzò le mani, sfiorando la vescica violetta piena di liquido che gli si era formata sull'anulare sinistro.

«La cosa peggiore sono le cefalee, credo. Non so. E la tosse.»

«Sai una cosa, Rick?»

Il viso di Giuseppe si tese, quasi stesse per pronunciare una condanna a morte. Rick scosse la testa, spaventato.

«Mi dispiace, Rick. Come sai devo anzitutto pensare alla sicurezza, e non credo che tu sia in grado di salire in vetta stanotte. Ho intenzione di rimandarti giù.»

«Ma perché?» rispose Rick, e sentì quanto la sua voce suonasse disperata. In qualche modo, si sforzò perfino di sembrare dispiaciuto, forse perché credeva che la situazione lo richiedesse. Ma in segreto tirò un sospiro di sollievo. Era libero. Non doveva arrancare su per quella maledetta montagna. Di colpo gli parve incomprensibile che per lui fosse stato a lungo così importante. Adesso voleva soltanto scendere giù, lontano dal Colle Sud, dalle cefalee, dalla tosse, via, lontano da tutto. Ma per sicurezza, per apparire coraggioso, ripeté la domanda: «Perché?»

«Sei troppo malridotto. Le tue mani sembrano congelate e, detto sinceramente, temo che il tuo mal di testa sia solo l'inizio di qualcosa di molto più sgradevole.»

«Edema cerebrale?»

«Non ho detto questo. Sono solo preoccupato.»

Tacquero. Il sollievo sgambettava come un uccello nel petto di Rick, ma si ridestarono anche altri pensieri. Non sarebbe finita solo perché gli era stato detto di tornare giù. La strada per il campo base era lunga, sarebbe dovuto rimanere lì al Colle per tutta la notte, e di notte il rischio di edema cerebrale aumenta. Solo appisolarsi sarebbe stato un pericolo, e in più aveva bevuto davvero poco. E aveva la nausea. Era stato sul punto di vomitare quando Nima Rita per sbaglio aveva messo un pezzo di ghiaccio giallastro sul fornello. Qualcuno ci aveva pisciato sopra. C'era piscio dappertutto lì fuori, e il sangue fuoriuscito dalle vesciche dei suoi piedi si incollava gelato al tessuto delle calze, e lui non aveva neanche più la forza di parlare, di dire una sola parola. Voleva essere lasciato in pace e volgere lo sguardo dentro di sé. Ma in quel momento si udì un'altra voce ansante e affaticata. Era Sten: «Sono riuscito a fargli mangiare qualche cucchiaiata di zuppa. Credo che si riprenderà un po'. Anche l'ossigeno gli ha fatto bene. Forse si può far passare la notte prima di prendere la decisione.»

Giuseppe aprì la bocca come per interromperlo, ma non disse nulla. Sembrò considerare il suo punto di vista e Rick si schermì. No, no, urlava tutto il suo essere: qualsiasi cosa ma non esitare, non di nuovo. Tutto era già chiaro, no? *Io non ce la faccio!*

«Tu che cosa ne dici, Rick? Va bene così?»

Il povero australiano non rispose. Si limitò a guardare davanti a sé in preda a una collera disperata, e forse annuì confuso, non protestò. S'irrigidì come avesse un crampo e prima ancora di riuscire a scacciare il peggio del suo caos interiore, Giuseppe scomparve, lasciando lui e Sten soli con quel delirio ululante che imperversava fuori.

14

Dopo la drammatica avventura sul Mount Logan, Jacob Engler era caduto in uno stato di sofferenza acuta e disperata. A lungo si era temuto che avrebbe perso tutte le dita dei piedi e delle mani. Si erano gonfiate in un arcobaleno di colori grotteschi e di pustole, e gli dolevano come milioni di aghi, tanto che nel suo sfinimento rassegnato aveva implorato i medici di amputargliele tutte. Non ne poteva più. Si sentiva irrimediabilmente segnato e riviveva il senso d'impotenza di quand'era bambino. Basta con la carriera di alpinista, basta con la vita intera, con tutto quell'inferno, ripeteva in continuazione. Ma i medici temporeggiavano.

Quali tessuti fossero irrimediabilmente danneggiati non fu chiaro se non dopo che furono trascorsi un paio di mesi. Fino ad allora, Jacob si trascinò in giro con membra bluastre e maleodoranti da cui fuoriusciva un liquido disgustoso e che parevano strane creature – viscidi granchi che strisciavano sul fondo del mare. Ma non era solo quello. Sul viso gli si formavano chiazze nere, come se si stesse carbonizzando dall'interno o portasse con sé i segni di una visita nell'oltretomba.

Spesso vagava per la città, camminava da Mariatorget fino a Gamla Stan e Östermalm, fino ai prati di Djurgården, dove trascorse anche un paio di notti. Forse perché aveva la vaga speranza che l'aria aperta potesse lenire il dolore, ma purtroppo non era così. A volte all'alba, imprigionato fra il mondo del sonno e quello della veglia, gli compariva la figura del padre, più grottesca che mai. Gli sembrava di avere dentro un bambino che urlava terrorizzato. Per Jacob, presto l'Hummingbird Ridge non fu più la scena di un dramma, bensì la cresta che aveva risvegliato il suo disprezzo di sé.

Il ricordo della slavina e delle sofferenze patite sulla montagna si affievolì, mentre le vecchie ferite tornavano a sanguinare come mai prima. Non riuscì ad accogliere con entusiasmo nemmeno la notizia che i danni da congelamento fossero guariti meglio del previsto. Entrambi i mignoli delle mani dovettero essere amputati alla seconda nocca, e così pure l'indice della mano sinistra, tre dita del piede sinistro e due del destro. Parte delle guance e del naso furono ricostruiti con interventi di chirurgia plastica, ma per il resto se la cavò senza conseguenze. Avrebbe potuto riprendere ad arrampicare, e questa avrebbe dovuto essere una notizia meravigliosa. Invece gliene importava poco.

Dopo le operazioni passava il suo tempo seduto alla finestra con gli occhi rossi, a guardare fuori verso la chiesa di Santa Maria che risplendeva gialla e malinconica in Hornsgatan. Mangiava pochissimo e non faceva quasi esercizio fisico, cosa molto preoccupante per uno come lui. Se non aveva voglia di allenarsi, non aveva voglia di vivere. Una sera si scolò sei Heineken, un altro episodio molto allarmante. Di solito era molto ligio e non toccava alcol. Ma quella sera non si trattenne, e poi decise di uscire a gironzolare in città.

Era ancora agosto. La gente vestiva abiti leggeri e in Hornsgatan passavano decapottabili e motociclette. Eppure nel vento c'era già odore d'autunno e Jacob lo inspirò avidamente. Sentiva la mancanza del freddo. Aveva perfino messo le lattine delle bibite in freezer solo per poterle afferrare di notte e avvertire per un attimo la gelida carezza che l'aveva privato delle dita di mani e piedi. Ogni segnale della fine dell'estate lo confortava.

Si diresse verso Medborgarplatsen, e s'infilò nei locali del ristorante Kvarnen. Era ancora abbastanza vuoto; si accomodò in un angolo vicino al bancone del bar e cominciò a bere con metodo. Dopo un po' iniziò a provare un certo sollievo. Sentì un piacevole calore diffondersi nel corpo e attaccò discorso con un paio di persone che l'avevano riconosciuto, o forse erano solo incuriosite dai suoi bendaggi, e sebbene di norma non amasse le chiacchiere futili cercò di sforzarsi. Forse la gente gli era semplicemente mancata, in realtà non è che amasse del tutto stare solo. Aveva una sua cerchia di amici, studiosi che aveva incontrato durante le ricerche per le spedizioni, e di quando in quando frequentava delle donne – anche se non aveva mai avuto relazioni stabili. Non era così eccentrico come credeva la gente, e al Kvarnen raccontò in maniera brillante della slavina e delle operazioni subite, senza provocare.

Si comportava quasi da persona normale, ma i pensieri cupi erano lentamente tornati. Dopo, si sarebbe ricordato solo spezzoni della serata, in particolare un battibecco con un tizio grasso e barbuto. Avevano alzato le mani, forse si erano proprio colpiti, e nel migliore dei casi il litigio riguardava la figlia dell'uomo, una creatura esile che si trovava lì con loro ma che da tempo sarebbe voluta tornare a casa. Sì, forse Jacob aveva difeso la ragazzina. Pregava che ci fosse stato un motivo vagamente valido per farlo. Si era comportato male ed era stato sbattuto fuori. Ricordava volti indignati e poi di nuovo nulla, solo nebbia.

Quando si svegliò, il mattino dopo, le mani da poco ricucite sanguinavano e la cosa lo spaventò. Gli avvenimenti del giorno prima danzavano in un turbinio terrorizzato, credette di ricordare sirene della polizia e una corsa su per Götgatsbacken. L'ho ammazzato, l'ho ferito gravemente, pensava, mentre barcollando raggiungeva il bagno. Spinto dalla nausea tanto quanto dalla vergogna vomitò nel lavandino, e poi andò a stendersi sul pavimento, agognando di nuovo il gelo pungente. Ma presto cominciò a tremare e a ricordare il volto barbuto del pub. Quasi gli parve simpatico, o comunque vulnerabile, e questo non fece che peggiorare le cose. Fu sul punto di vomitare di nuovo. Frugò nell'armadietto del bagno e poi spazzò gli scaffali facendo volare fuori barattoli e scatole che caddero sul pavimento, componendosi nel ritratto della sua vita: Lexinor per la diarrea, Flagyl per le infezioni da ameba, Diamox per il mal di montagna, Furadantin e Adalat per l'edema polmonare, Decadron per l'edema cardiaco, creme ad alta protezione solare e poi, ovviamente, analgesici, e diverse confezioni di Ketogan da cinque milligrammi, un preparato a base di morfina.

Quest'ultimo lo aveva avuto con sé in diverse spedizioni e gli era stato anche prescritto contro i dolori dopo l'avventura sul Mount Logan, ma non l'aveva mai provato. Non assumeva mai pasticche di alcun genere. Adesso invece s'incuriosì. Aveva sentito dire molte cose sulla morfina. Steffo, un collega alpinista, ne aveva paragonato l'effetto alla sensazione di galleggiamento su una zattera, sicuramente una metafora stupida – di rado una zattera concilia il rilassamento – ma l'immagine lo risvegliò. Era un barlume di speranza per le sue mani martoriate. Senza quasi rendersene conto, Jacob ingollò due, poi tre, e alla fine cinque, sei pasticche, e all'inizio non successe niente.

Andò in camera e si stese sul letto. Un odore aspro di sudore e angoscia saliva dalle coperte. Il lenzuolo era arrotolato come un serpente e sul guanciale c'erano macchie di sangue e pus. Si sentiva nell'aria che in quella stanza non entrava da tempo un po' di felicità. Gli tornò in mente Leni Clark con le sue rughe, e ricordò sua madre, o piuttosto l'idea che si era fatto di lei, con quegli occhi caldi nei quali aveva sempre desiderato specchiarsi. Poi accadde qualcosa. Si formò l'immagine di una parete, e lui sorrise. Fu un attimo di lucidità. La notte prima aveva picchiato i pugni contro l'intonaco giallo giù, accanto al portone. Non aveva percosso l'uomo barbuto, solo un povero muro, e si sentì investire da un'ondata di gratitudine. Un sollievo profondo e caldo riempì ogni vena del suo corpo.

Si sentiva libero da ogni vergogna. Fu avvolto da una nuvola di benessere e riportato a prima che il dolore entrasse nella sua vita, prima che la madre lo abbandonasse e il mondo diventasse spaventoso. Fu una sorta di viaggio nel tempo; un cammino verso l'origine, e Jacob sperimentò una gioia intensa, come se avesse trovato ciò che aveva sempre cercato. Tutte le preoccupazioni, tutta la stanchezza scomparvero, e lui pensò che gli sarebbe piaciuto riprendere a scalare, ma nemmeno quello era strettamente necessario.

Si passò le dita sul torace, sulle braccia. I muscoli erano ancora lì e la vita era grande e ricca. Per la prima volta da un'eternità pianse, ma non di dolore. In quelle lacrime c'era una liberazione profonda, era il pianto di una persona salvata e felice, e se ci fosse stata altra sofferenza, sarebbe stata slegata dai tormenti passati.

In quella nuova felicità si nascondeva il monito di quanto potesse essere difficile la sua vita. Capì di aver interpretato il proprio scoramento e la propria fatica come la condizione naturale dell'essere umano, ma che c'era anche dell'altro, una serenità che riposava in se stessa, e finalmente si rese conto che non era necessario attraversare le porte dell'inferno per raggiungerla. Deplorava la sua vita passata nel fango come se la guardasse dal cielo e pensava che non avrebbe mai dimenticato quel momento. Poco dopo si addormentò.

Quando si svegliò, a pomeriggio inoltrato, si fiondò in cucina e bevve fiumi d'acqua. Si sentiva ancora bene e si chiese se non avrebbe dovuto telefonare a qualcuno, magari a una delle sue donne. Nelle settimane precedenti non aveva mai toccato il telefono né ascoltato la segreteria, ma adesso la voglia di vita era tornata e tirò fuori la sua piccozza, una Chouinard Zero, quella che l'aveva accompagnato per tanto tempo e di cui aveva limato il manico di diversi centimetri. Aveva un'impugnatura in bambù che trasmetteva il piacevole contatto del legno sulla mano. Le nuove piccozze d'alluminio non gli piacevano anche se erano più leggere, e a lungo rimase seduto stringendo la piccozza e sognando di essere lontano. Era come se la vita fosse tornata.

Nei giorni che seguirono gli capitò di sprofondare di nuovo nella malinconia, ma ogni volta si riprendeva. Ricominciò ad allenarsi e come sempre esagerò. Vomitava sul ciglio della strada per lo sfinimento e avvertiva in bocca il gusto ben noto del sangue, ma raramente ricordava l'ebbrezza della morfina. Già allora era il ricordo di un nirvana.

Era saggio, capiva che quel senso di beatitudine era stato solo una beffa chimica e nulla su cui costruire un sogno. Ma la ragione non sembrava poter prevalere. Il ricordo s'ingigantiva. Il fascino aumentava diventando il canto di una sirena interiore, e certe notti non riusciva quasi a resistere. Sfiorava le confezioni di Ketogan. Ma lui era forte. Per tutta la sua vita adulta aveva temprato il proprio carattere. Tuttavia una sera cedette, e lo fece alla grande.

Quel giorno si era allenato e aveva letto dell'Everest. Già allora preparava la sua spedizione, alle dieci e un quarto era seduto alla finestra della cucina immerso in pensieri quasi luminosi. Era di buonumore. Si sentiva in forma e forse fu quello a fargli abbassare la guardia. Più tardi se ne convinse anche lui. Andò in bagno e senza pensarci più di tanto prese cinque pasticche di Ketogan. Niente di drammatico, una cosa insignificante, ma per lui fu una tragica sconfitta.

Era come se la morfina fosse sempre stata lì, ad aspettare che lui si facesse vivo. Sembrava fatto apposta per quella droga, e già il martedì di quella settimana le pasticche finirono. Per un certo periodo lui tenne duro, ma alla fine telefonò ai suoi medici. Doveva andare sulla vetta dell'Ultar in Pakistan, disse. La cosa suonava plausibile, era il suo genere di montagna, una delle vette più alte rimaste ancora inviolate – più avanti ci andò veramente – e da quattro medici diversi ottenne la sua medicina, e a lungo fu appagato da quella dipendenza. Si trovava bene nelle sue nebbie da morfina. Lo calmavano senza soffocare i suoi sogni, ma lentamente peggiorò, ingarbugliato in una crescente assuefazione.

In lui non c'era traccia di moderazione. Si drogava così come si allenava, mescolando tutto, Sobril, Stesolid, Rohypnol. L'unica cosa che non faceva mai era iniettarsi sostanze. Ma una sera d'ottobre, lo stesso giorno in cui aveva incontrato Peter Stjerne, fu sul punto di morire.

15

Erano le undici e mezzo di sera e al Colle Sud la spedizione avrebbe già dovuto essere in marcia verso la vetta. Ma tutto era in ritardo e parte della colpa stavolta era di Villari. A lungo era sembrato forte e fiducioso. Adesso era invece irritato e aveva mal di testa.

«Piantala!» urlò a Giuseppe che si era affacciato alla tenda.

«Lo sai bene che dobbiamo metterci in marcia!»

«Ma io devo assumere liquidi, dannazione» lo rimbeccò, facendo schizzare un po' della dolce bevanda Tang dalla tazza che reggeva in mano, al che Pasang Tenji si buttò subito in ginocchio sul pavimento per asciugare una macchia dalla tuta blu scura imbottita di Villari.

Lui quasi nemmeno lo notò. Era scontroso come un bambino e non aveva nessuna voglia di parlare. Sembrava stare davvero male. Le labbra erano screpolate sotto la pomata all'ossido di zinco e sulla sua fronte c'erano nuove rughe profonde, ma tutto ciò non risvegliava in Giuseppe alcuna compassione. La collera gli stava montando dentro e pensò di trascinare Villari fuori dalla tenda, anche se sarebbe stata una follia. Nessuno strattona Paolo Villari. Con lui non si alza nemmeno la voce, se non si vuole ricevere in risposta lo stesso trattamento moltiplicato per mille.

Ma Giuseppe non era intenzionato a lasciare che Paolo ritardasse ulteriormente la spedizione. Lassù si faceva sul serio. Lì nessun divismo poteva minare la sicurezza. Presto avrebbero superato gli 8000 metri e a quelle altitudini la sopravvivenza è legata alla lotta dell'uomo contro l'orologio, non solo perché è di vitale importanza arrivare in vetta e scendere nuovamente al Colle Sud prima che cali l'oscurità, ma perché a quelle quote a ogni minuto che passa aumentano i rischi di morte, lenta o immediata, e tutti gli alpinisti lo sanno, anche se pochi insistevano su questo punto con la convinzione di Giuseppe. Lui era assillante sulla puntualità e ne era orgoglioso.

Aveva avuto successo proprio perché rispettava i tempi – per l'acclimatamento, per le partenze improvvise, per il riposo. Con la consapevolezza del ricercatore, sapeva ciò che accade nel corpo a quelle altitudini, intuiva che il tasso di emoglobina nel sangue di Villari era probabilmente aumentato del cinquanta per cento e che perciò avrebbe corso un rischio maggiore di sviluppare coaguli e di subire danni da congelamento; in più, le cefalee che scavavano rughe sulla sua fronte probabilmente dipendevano da una perdita di liquidi dalle cellule ematiche nei tessuti. Nel peggiore dei casi questo avrebbe condotto a sdoppiamento della vista, apatia, pazzia e morte. Giuseppe doveva rimandare giù Paolo oppure dirgli di prepararsi immediatamente a partire.

«Hai quindici minuti per prepararti» disse, rivolgendo un autorevole cenno del capo tanto a Paolo quanto a Pasang.

«Va' all'inferno!»

«Sai bene che ho ragione.»

«Sei proprio uno stronzo» continuò Paolo.

Anche se ebbe un sussulto, Giuseppe rispose tranquillo: «Cerco solo di prendermi la responsabilità della spedizione.»

«Non ne sono così sicuro.»

«Che cosa diavolo vorresti dire?» ribatté Giuseppe, ora decisamente infastidito.

«Non fai che esasperare tutti quanti. Nessuno ti rispetta più. C'è la sensazione che tu non voglia prendere decisioni scomode. Ti preoccupi solo di trattare con i guanti un maledetto frocio.»

Giuseppe s'infuriò. Eppure strinse i denti e fece un respiro profondo.

«Ne parleremo più avanti. Vedi solo di farti trovare pronto fra quindici minuti» disse asciutto, e uscì di nuovo nel vento sferzante.

Non aveva tempo per litigare. Paolo Villari non era l'unico problema. C'era anche il buon vecchio Rick, e poi Sten. Nessuno dei due era in forma, soprattutto Rick, e ancora non aveva deciso come comportarsi con lui. Dannazione! Forse Paolo non aveva tutti i torti, almeno su quel punto. Era finito in un circolo vizioso. Continuava a rimandare la decisione e ritoccare i tempi programmati. Concedeva altri quindici minuti a tutti. Anche il povero Rick aveva un quarto d'ora in più per valutare un'ultima volta come si sentisse davvero, e forse era stato un errore. Era il momento di darci un taglio.

Avrebbe ripreso il controllo. Con passo deciso si diresse di nuovo alla tenda di Rick e Sten.

«Salve» disse guardandosi intorno, sorpreso come prima per il disordine che erano riusciti a creare.

Dappertutto c'erano indumenti, casseruole, avanzi di cibo. Aveva creduto che avrebbero cercato di dormire nelle poche ore che rimanevano alle undici, ma confusi com'erano dovevano aver ribaltato tutto.

«Che cosa avete fatto?»

«Io avevo freddo e volevo levarmi un po' di indumenti, per vedere se c'era qualcosa di bagnato. E poi sentivo qualcosa di strano nel petto, proprio qui» borbottò Sten, in un tono diverso dal solito.

Giuseppe non aveva la forza di occuparsene adesso. Era la sorte dell'australiano che doveva decidere. Il buon professore avrebbe dovuto aspettare il suo turno.

«Tu come ti senti?»

Rick non rispose. Sedeva con la testa fra le mani, per il resto apparentemente pronto con occhiali, berretto e attrezzatura per l'ossigeno sulla schiena e intorno al collo.

«Non so» disse. «Forse preferisco tornare giù.»

«Giù?»

Giuseppe provò una punta di delusione. Eppure avrebbe dovuto sentirsi sollevato.

Sei ore prima avrebbe voluto rimandare Rick al campo base e controvoglia gli aveva concesso più tempo per pensarci, solo perché era sembrato così deluso. Adesso non c'era nemmeno bisogno di ferirlo. Adesso volevano tutti e due la stessa cosa, quella chiaramente più ragionevole.

Eppure si sentiva ferito e non riusciva a ignorarlo. Per sei anni aveva sognato di portare Rick sulla vetta. Quell'uomo non aveva solo conquistato il suo cuore, era anche una parte del debito di cui si sentiva gravato, sia per via della morte del compagno, sia per via del denaro che Rick gli aveva dato per aiutarlo a portare a termine l'impresa. Girava voce che l'australiano avesse addirittura ipotecato la casa per poterselo permettere, e anche se Rick l'aveva smentito, non suonava poi così improbabile.

«Sei sicuro?» gli chiese Giuseppe.

«Mi sento così stanco. Non sono più sicuro di niente.»

«Davvero?» ripeté la guida, come se la risposta evasiva di Rick cambiasse qualcosa, quando invece non faceva che confermare la sua condizione poco felice.

«No!»

«No?»

Era una conversazione ridicola. Giuseppe lo sapeva. Eppure in qualche angolo del cervello credeva che la questione si sarebbe risolta se solo avesse insistito. Chiuse gli occhi e per la terza o quarta volta decise di mostrarsi più determinato. L'unica cosa che accadde fu che una fantasia illuminò i suoi pensieri; una scenetta in cui lui e Rick, in un bar di qualche città, forse Katmandu, brindavano alla conquista della vetta, e il viso di Rick era radioso. Forse potrebbe andare, pensò. Forse! Una guida non deve dare ascolto solo ai propri clienti. Deve anche sapere interpretare la loro volontà più profonda.

«Mi sembri in forma» disse Giuseppe, e con ogni probabilità era una menzogna bella e buona.

Non vedeva quasi niente di lui. Rick indossava gli occhiali e il suo linguaggio del corpo non era molto incoraggiante. Ma adesso che aveva iniziato l'opera, avrebbe dovuto anche portarla a termine – per il bene della sua autorevolezza, no? Questo almeno fu ciò di cui si convinse. «Sai un cosa? Facciamo un tentativo!»

«Ma...»

«Ho due ragazzi pronti a fare dietro front in qualsiasi momento con te. All'inizio sarà dura. Ma appena sorgerà il sole, riceverai una vera iniezione di vitamina. Te lo posso assicurare.

«Assolutamente» intervenne Sten. «Anch'io baderò a lui. Ho ripreso un po' di forze adesso, dopo aver fatto un po' d'ordine e sistemato i vestiti.»

I vestiti! A Giuseppe non piacevano né il tono né lo sguardo del professore. Eppure borbottò: «Bene, molto bene! Allora fate in modo di essere fuori di qui fra un quarto d'ora!»

Si volse di nuovo verso il plateau in tempesta, e anche se i pensieri giravano con una strana lentezza, una sensazione sgradevole gli si diffuse nel petto. Curiosamente, non era legata a Rick. Erano piuttosto gli occhi febbricitanti del professore a disturbarlo, e di nuovo si chiese se Sten non fosse troppo vecchio. No, decise, l'età non è determinante. Sten Jörgensen aveva cinquantadue anni e uomini ben più anziani di lui erano già riusciti a raggiungere la vetta. A volte i giovani sono addirittura più a rischio. Affrontano l'impresa con zelo eccessivo e cadono più facilmente vittime del mal di montagna. In realtà l'età non gioca poi questo gran ruolo. Già a quota 5000 la capacità di incamerare ossigeno si dimezza e sulla cima dell'Everest è ridotta a un decimo di quello che risulta sul livello del mare: la differenza fra vecchi e giovani non ha molta importanza. Lassù diventano tutti vecchi. Là ogni singolo essere umano si muove come un ottantenne. No, non era l'età di Sten Jörgensen a preoccuparlo. Era quel maledetto sguardo. Giuseppe non aveva la forza di pensarci, non ora. Di problemi ne aveva già abbastanza. Anche Natalie e Sharon erano in ritardo e solo Peter Stjerne, Birgit Lamont e Federico Ferro erano già fuori dalle rispettive tende, i piedi che battevano contro il gelo. Giuseppe alzò gli occhi verso il limpido cielo notturno e la pallida luna, e si disse che nonostante tutto il tempo era molto buono, o almeno buono quanto può esserlo a quelle altezze dimenticate da Dio. In generale, tutto prometteva bene. Adesso se lo sentiva nel corpo, in tutto il suo essere, e rivolse al gruppo un largo sorriso, promettendo a se stesso una lunga vacanza quando quell'avventura fosse terminata.

Solo all'una e trenta di notte la spedizione fu finalmente pronta a muoversi, con due ore e mezzo di ritardo. Giuseppe chiudeva la fila, in testa c'era Ang Nuru, e tra loro l'accigliata compagnia. Nessuno diceva una parola. Tutte le teste erano chine verso il ghiacciaio e, quando gli sguardi si levavano, i coni di luce delle lampade frontali vagavano nell'oscurità bluastra per l'aria limpida e rarefatta. Nel vento c'era un suono minaccioso, mentre più avanti sulla montagna danzavano i puntini di luce che indicavano le altre spedizioni. Oltre quaranta scalatori erano avviati verso la cima, un numero insolitamente elevato. Ci sarebbe stato affollamento sulle creste sottili più in alto, ma prima di tutto bisognava stringere i denti.

Faceva freddo e la situazione incuteva timore, Natalie teneva lo sguardo fisso nella neve e metteva i piedi nelle orme di Martin. Lui camminava davanti a lei, ogni tanto si voltava, sicuramente animato da buone intenzioni, ma con il risultato che spesso la abbagliava con la lampada frontale facendole perdere la vista adattatasi al buio. Ognuno sentiva il suono dello sfregamento delle tute imbottite contro le gambe e il proprio respiro pesante attraverso la maschera per l'ossigeno. Pur sapendo che si trattava di un equipaggiamento indispensabile, Natalie lo odiava. Negli attacchi di panico avrebbe voluto strapparsi via tutto, e questo l'affaticava più di qualsiasi altra cosa. Sulla schiena sentiva il peso dei tre chili della bombola.

Sarebbe durata sei ore se avesse respirato due litri al minuto, ed era un pensiero fastidioso. Ansimava orribilmente. Ma da quanto aveva capito, non aveva nessuna importanza. L'equipaggiamento era preregolato, Tendi Sherpa aveva con sé una bombola di riserva per lei, e sulla Cima Sud ce n'era un intero deposito a disposizione. Di ossigeno ce n'era in abbondanza. Ang Nuru l'aveva assicurato. Andrà tutto bene, pensava. Bene! Ma erano solo scongiuri. Provò una fitta di terrore e cercò di muovere le mani e le dita dei piedi. *Funzionano? Ho sensibilità?* Non sapeva. *Speriamo che il sole si levi presto! Non ce la faccio, non ne posso più.* Le sembrava di avere un nodo alla gola. Tossì, si strappò via la maschera per l'ossigeno e per alcuni secondi rimase piegata in due sopra il ghiacciaio, vedendo con orrore che la neve sotto di lei diventava scura. Purché non sia sangue, pensò, qualsiasi cosa ma non l'edema polmonare. Sarebbe stato un colpo troppo duro. Ma di sicuro era soltanto muco, doveva essere un po' di semplice muco. Recitò una preghiera. Qualcuno le mise una mano sulla spalla. Era Martin; lei gli fece un cenno con il capo, si rimise la maschera e riprese a muoversi. Gelava. I ramponi scricchiolavano e su in alto tuonava la tempesta. *Che rumore tremendo! Il tempo è veramente buono?* Abbassò gli occhi sulle orme di Martin, 45 o 46 di piede, e cercò di pensare positivo. È così che bisogna fare, l'aveva imparato, ma non le venne in mente nient'altro che la parola "avanti". *Avanti!* Se lo ripeté come un mantra e proseguì nella notte bluastra.

Non lontano da Natalie camminava Peter. Anche se lui non lo sapeva, pochi dei partecipanti alla spedizione avevano una condizione buona come la sua. Purtroppo adesso non aveva grande importanza. Peter non dormiva da trenta ore e non aveva mandato giù che una manciata di noci. Sotto la tuta esterna imbottita e il sottotuta era spaventosamente magro e la cosa lo preoccupava. Sapeva quanto si brucia a quelle altitudini, almeno dodicimila calorie al giorno, e quello che capita di mandare giù non viene assimilato dal corpo. Tutto viene bruciato, anche i muscoli, a ogni respiro si perdono liquidi e forze. Ci si disidrata e si deperisce, sì, lui si sentiva proprio come uno scheletro infagottato. Gli tornarono in mente le parole dell'infermiera della scuola, un'eternità prima: «Peter, tu devi imparare a mangiare», ed era vero allora come adesso.

Ora poteva solo lottare e rabbrividire per il freddo, mentre le dita s'intorpidivano e il cervello e i pensieri si congelavano, il respiro rantolava e la nausea si espandeva nel petto. Eppure da qualche parte aveva delle energie di riserva. Era sorprendentemente forte e spesso pensava che il gruppo fosse lento. Avrebbe voluto avanzare più velocemente mentre spaziava con lo sguardo su quel paesaggio così esteso. Come avrebbe mai potuto descriverlo nel suo reportage?

Lontano, a sud-est, sopra il Nepal e il confine con l'India, vagavano enormi cumuli di nubi che illuminavano il cielo e davano un chiarore bluastro alla notte. A sinistra del monte Makalu si alzava la luna che tingeva la neve e l'aria con la sua ombra pallida e spettrale. L'oscurità era viva, a ogni passo cresceva la sensazione di entrare in una terra al confine con la vita. Peter pensò a tutti gli alpinisti che erano morti su quelle pareti. Dovevano essere sparsi lì intorno, o forse un po' più in alto. La maggior parte del mondo adesso era sotto di loro, cime di montagne, così come nubi, solo la vetta tripartita del Lhotse si protendeva ancora al di sopra, ma presto avrebbero superato anche quella entrando nella stratosfera, verso il punto fisso più elevato della terra.

Cercò di capire se la testa gli dolesse e fece qualche facile calcolo mentale, tipo sei più sette. Voleva vedere se era ancora in grado di ragionare. Gli tornò in mente Jacob Engler. Dopo il famoso incontro in Hornsgatan, Jacob si affacciava di continuo nei suoi pensieri. Peter si era spaventato a morte quella volta, ma aveva anche sviluppato un interesse smisurato, quasi ossessivo per lui, e forse avrebbe voluto che Engler lo vedesse adesso, mentre lottava con tanta determinazione, proprio come se anche lui fosse stato fatto della sua stessa pasta dura. Ma che cosa succedeva là davanti? Senza che se ne fosse accorto, si erano avvicinati a un'altra spedizione e si era radunata una piccola folla con le lampade frontali che vagavano nervose nella notte.

Giuseppe stava faticando troppo. Né lui né Ang Nuru avrebbero dovuto correre su e giù a quel modo, ad altitudini simili. Ma che cosa potevano fare? Benché fossero stati molto scrupolosi con l'acclimatamento, quest'anno i clienti avevano più problemi del solito. Niente di davvero preoccupante, ma sorgevano di continuo problemi minori – come la tosse di Natalie e il nervosismo di Federico Ferro. Per due volte il fotografo aveva creduto che l'equipaggiamento per l'ossigeno fosse rotto quando invece funzionava benissimo. Ma soprattutto, c'era Rick.

Tutti i componenti del gruppo si fermavano di quando in quando per riposare. A quelle quote nessuno riusciva a camminare senza interruzioni. Rick però si fermava troppo spesso e a ogni metro il suo passo era sempre più lento. Ritardava il gruppo, a un certo punto si strappò la maschera dell'ossigeno e abbassò lo sguardo a fissare il ghiacciaio. Giuseppe si affrettò a raggiungerlo.

«Come va?» gli chiese.

«Guarda» rispose Rick ansimando, e Giuseppe non riusciva a capire che cosa ci fosse da guardare nel terreno bianco.

Poi avvertì come una fitta e si aspettò di vedere delle tracce di sangue, segno inequivocabile che il fluido dei tessuti si era radunato nell'alveolo polmonare e che l'apporto di ossigeno al cervello era diminuito, ma per quanto si sforzasse non vedeva nulla, solo il ghiaccio flagellato dal vento e un vago riflesso del cielo.

«Le stelle sono anche laggiù.»

«Si specchiano. Rimettiti la maschera! Dobbiamo proseguire» rispose Giuseppe, e in quell'attimo udì dei passi dietro di sé.

Era Paolo. Sembrava infastidito. Ansimando sbottò in un commento che fu soffocato dalle folate di vento. Di sicuro era una lamentela generica e priva di importanza. Si vedeva dal linguaggio del suo corpo. Giuseppe pensò solo di infischiarsene e affrettarsi a proseguire. Poi però si piegò in avanti con le mani serrate a pugno dentro i guanti.

«Cosa?» chiese.

«Piantala di trattare con troppo riguardo quella dannata checca. O riesce a tenere il nostro ritmo o che torni giù adesso, subito!»

«Ce la fa! E tu non t'immischiare!»

«Io m'immischio in quel cavolo che mi pare, soprattutto se non fai il tuo lavoro. Ci sono diverse zavorre che non avremmo dovuto trascinare fin qui.»

Giuseppe non rispose. L'altitudine, il freddo e la notte non si prestavano alle discussioni. Dovevano risparmiare le forze. Con calma apparente si mise la maschera per l'ossigeno ed esortò il gruppo a proseguire. Dentro di sé però era furioso. Come si permetteva Paolo di comportarsi così?

Aveva incontrato delle difficoltà nella salita al Colle Sud e fatto un gran casino nella tenda. Ma qui, nella maledetta zona della morte dove il corpo inevitabilmente collassa e i margini d'azione sono minimi, avrebbe pur dovuto accettare l'autorità di Giuseppe. E invece no! Doveva fare storie anche lì. *Dannato idiota! Mi chiedo se anche quel bastardo non abbia dei problemi!*

Non c'era forse una punta di disperazione nella sua voce? Giuseppe lo sospettava. Allontanò il pensiero. Pensa al gruppo, mormorò come a esorcizzare un cattivo presagio, e in effetti per un po' di tempo la compagnia avanzò senza problemi. Tutti sembravano chiusi nel proprio mondo. Andavano avanti senza particolare fretta, eppure, sorprendentemente, avevano raggiunto una delle spedizioni che salivano verso la cima. In un primo momento Giuseppe lo considerò come un successo. Abbiamo recuperato il tempo perduto, pensò. Poi cominciò a interrogarsi.

Le persone là davanti erano ferme, piegate sopra la neve. Dopo aver riposato un momento appoggiando le mani sulle ginocchia, Giuseppe pregò Ang Nuru di prendere il comando mentre lui si dirigeva rapido verso quell'assembramento.

Quante volte si era fermata a tossire? Natalie non lo sapeva, non voleva contare, si sentiva solo troppo stanca. Ma che cosa stava succedendo? Giuseppe si stava allontanando a lunghi passi costeggiando il precipizio e si fermava accanto al gruppetto di gente là in fondo. Si chinava. Che cosa faceva? La lampada di Sten l'accecò. Quello stordito si voltava tutto il tempo a destra e a sinistra; lei lo superò. Era diventata curiosa. Diavolo, quant'era faticoso! Tossì, si fermò, continuò, tossì e finalmente arrivò. Impacciata nella sua tuta imbottita si fece largo attraverso l'assembramento e guardò in basso.

Un uomo ansimante giaceva supino sulla neve, lo sguardo fisso e spaventato, dalla bocca gli colava qualcosa. Quando capì, Natalie provò una fitta. Non era sangue. Era peggio: una schiuma bianca, densa. Allora lei si strappò via la maschera. Sono io, pensò. Quello che è successo a quest'uomo succederà anche a me. La tosse è solamente l'inizio, presto ci sarò io, stesa per terra.

Si voltò, ansimando nell'aria rarefatta. Sentì lo stomaco contrarsi. Credette di dover vomitare. Invece da gola e polmoni salì solo un rantolo e ricominciò a tossire, una tosse prima cauta e poi sempre più isterica. Natalie pensava così intensamente alla bava di quell'uomo che le parve di sentirne in bocca il sapore. Presto, pensava. Presto!

Ang Nuru cominciava a essere preoccupato. Non riconosceva più Giuseppe. Era nervoso e irritabile. Mancavano 500 metri di dislivello alla cima, ma la spedizione aveva grossi problemi di cui in parte era responsabile proprio Giuseppe. Rick e Sten avrebbero dovuto essere rimandati giù. Rallentavano il gruppo e diffondevano inquietudine, e anche se Ang Nuru trovava volgari gli scatti di Villari, riconosceva che in parte aveva ragione. Giuseppe stava per perdere la presa. Il solo pensarlo lo ripugnava: Giuseppe era sempre stato per lui un modello e un benefattore. Eppure non si poteva negare. Il modo in cui si preoccupava per Rick era malato. Il suo coinvolgimento era così esagerato che Ang Nuru era arrivato a sospettare un'intimità profonda fra loro, sì, forse aveva sempre sospettato un legame di altro tipo: il suo capo non si era mai trovato una moglie. Non parlava di donne come gli altri *sahib*. Ma no, Ang Nuru si vergognava di quel pensiero. E lo scacciò.

C'erano così tante altre cose di cui preoccuparsi, non ultimi gli altri sherpa. Nelle ore passate all'accampamento li aveva uditi lagnarsi. Erano le solite lamentele: il Chomolungma era in collera e desiderava vendetta per i comportamenti irrispettosi al campo base. Ma c'erano anche altre rimostranze più fondate. Dovevano lavorare troppo, portare carichi troppo pesanti e servire i clienti più che nelle altre spedizioni. Tutti, fatta eccezione per lo stesso Pasang Tenji, erano scandalizzati per come Villari trattava il giovane sherpa.

«Devi pretendere più rispetto» gli dicevano, ma Pasang si limitava a scuotere il capo.

Era fiero di essere il servitore di Paolo Villari. Probabilmente adorava quel ruolo. Lo affascinava. Per quanto male Villari lo trattasse, Pasang rimaneva incorruttibilmente leale, e anche se Ang Nuru ne era stato infastidito al campo base, adesso non ci vedeva niente di male. Di fedeltà c'era bisogno in abbondanza sulla montagna. Era per gli altri sherpa che si preoccupava.

Erano inquieti e scontrosi. Sherpa così non lavorano bene, e certamente ci sarebbe stato bisogno di lavorare duramente. Nessuno ne dubitava. C'erano molti segnali di malaugurio. Natalie aveva una tosse stizzosa, sembrava stare piuttosto male, e sulla neve accanto a lei giaceva moribondo un membro della spedizione coreana, apparentemente colpito da edema polmonare. Ang Nuru trasalì. Non aveva mai visto la schiuma bianca prima, ne aveva solo sentito parlare. La generazione di sherpa più anziana aveva raccontato di *sahib* che erano scesi dalla montagna con "bolle" nella bocca, come se la dea li avesse corrosi da dentro, racconti che lo avevano spaventato. Adesso aveva tutto davanti a sé. Viveva la vicinanza alla morte sempre con grande disagio, forse faceva parte della sua cultura.

Tutti i suoi sherpa si voltarono dall'altra parte irrequieti. Di sicuro consideravano l'avvenimento come un'ulteriore conferma della collera del Chomolungma.

Quel pover'uomo non sarebbe vissuto ancora a lungo. Si vedeva. Ma che cosa stava succedendo? I coreani parlavano con Giuseppe. Chiedevano aiuto per portare giù il loro amico. Loro avrebbero continuato la salita. Avevano investito così tanto, e anche quel poveretto, ne erano certi, voleva che portassero a termine l'impresa.

«Non avrebbe voluto vederci tornare indietro!»

Era la solita storia. Ang Nuru la conosceva fin troppo bene. La vetta era un tale miraggio che la gente proseguiva nonostante i decessi tra le proprie file. Ma quelle erano decisioni loro.

Ciò che preoccupava Ang Nuru era se Giuseppe potesse davvero permettersi di rinunciare a uno sherpa per portare giù quel poveretto. I coreani facevano leva sul suo gran cuore, e questo inquietava Ang Nuru. Non voleva perdere nessuno sherpa, non per un motivo irragionevole. Quell'uomo era ormai condannato. La testa sobbalzava, le mani si contraevano. Chiaramente l'afflusso di ossigeno era bloccato. Stava soffocando. Non c'era nessuna possibilità di salvezza e a quelle quote sprecare forze in imprese senza senso era un delitto.

Inoltre non voleva creare ancora più inquietudine nel suo gruppo. La loro spedizione era numerosa e di sicuro se la sarebbero cavata con un uomo in meno – anche se Ang Nuru, considerata la situazione attuale, non era sicuro neppure di quello. Ma c'era anche un altro problema. Ormai non erano solo gli occidentali a voler salire in vetta a ogni costo, ma anche gli sherpa, e il motivo era semplice: per chi ci riusciva era più facile trovare lavoro. Più volte si raggiungeva la cima, meglio si veniva pagati nelle future spedizioni. Per questo Ang Nuru non voleva mandare giù nessuno dei suoi. Ma che cosa faceva adesso Giuseppe?

Stava chiamando con un gesto Tendi Sherpa, proprio lui fra tutti. In casi normali sarebbe forse stata una buona scelta. Insieme a Pasang, Tendi era fra i più mansueti del gruppo. Ma venerava Natalie e ora lei aveva bisogno. Come poteva Giuseppe, date le circostanze, volere che lo sherpa portasse giù uno sconosciuto, per di più moribondo? Ma sembrava che le cose stessero proprio così. Tendi e uno dei coreani avrebbero fatto dietro front con l'ammalato. La decisione era stata presa frettolosamente e Tendi appariva angustiato. Vederlo così triste faceva male al cuore.

«Ma è davvero saggio?» domandò Ang Nuru.

«È nostro dovere prestare soccorso.»

Dovere! Una bella parola! Anche Ang Nuru la usava spesso, si considerava una persona ligia al dovere. Ma adesso quella parola non gli piaceva.

«Lo vedi bene che per lui è finita» disse.

«Non è mai così.»

«Presto avremo bisogno di gente che torni giù con i nostri» insisté Ang Nuru.

Giuseppe trasalì.

«Che cosa vorresti dire?»

Come se Ang Nuru avesse bisogno di spiegarlo.

«Guardati intorno, Giuseppe» rispose. «Rick e Sten non stanno bene. E Natalie...» Ang Nuru la cercò con lo sguardo. La modella aveva smesso di tossire, ma a giudicare dal linguaggio del suo corpo era molto provata.

«... non è in buone condizioni neanche lei» concluse.

«Adesso esageri. Se la cavano. Presto sorgerà il sole e allora riacquisteranno un po' di forze.»

Ang Nuru serrò le mascelle. A quelle altitudini odiava ogni retorica. Lassù si dovevano dire le cose come stavano oppure tacere. O almeno, lui la pensava così.

«Scusa, Giuseppe. Mi fido del tuo giudizio. L'ho sempre fatto. Ma posso farti una proposta?»

Giuseppe allargò le braccia.

«Non possiamo far scendere anche Rick e Sten Jörgensen? A Natalie penserò io. Per la sua sicurezza garantisco io.»

«Tu garantisci» ribatté Giuseppe con una punta di sarcasmo, e su questo non si poteva negare che aveva ragione.

Lassù non si può *garantire* nulla. Là la morte è capricciosa. Ma non fu la frecciata, bensì il tono a ferire maggiormente Ang Nuru. A quelle quote di solito il legame fra loro due si rafforzava. Si parlavano sempre con rispetto e comprensione. Ang Nuru non riusciva a ricordare una sola occasione in cui fossero stati in disaccordo prima di adesso. Avevano lo stesso modo di vedere i problemi e per questo adesso gli sembrava tutto così strano. Un nuovo sentimento si era insinuato di soppiatto fra loro: Giuseppe non era lo stesso di sempre, e questo era un brutto segno. Un'alterata capacità di giudizio è uno dei sintomi più inequivocabili del mal di montagna.

«So che Rick ti sta molto a cuore...» cominciò Ang Nuru.

Fu bruscamente interrotto.

«Che cosa vuoi saperne tu!»

«Santo cielo, Giuseppe! Che ti succede?» domandò Ang Nuru, e l'idea disperata di poter ricorrere all'ammutinamento gli passò rapida per la mente, ma come se gli avesse letto nel pensiero, Giuseppe rispose con tutt'altro tono: «Mi dispiace, amico mio! Probabilmente sono solo un po' nervoso, e tu hai perfettamente ragione. Terrò pronti Nima Rita e Ang Dorje per tornare giù con Rick e Sten. Ma per il momento andiamo avanti. Non siamo ancora troppo in ritardo» aggiunse. Ang Nuru annuì e si sentì di nuovo relativamente tranquillo, forse anche perché intravedeva le prime avvisaglie dell'alba all'orizzonte.

Il sole stava per sorgere.

Mentre Tendi Sherpa e uno dei coreani cercavano di portare giù il moribondo, Rick Waterfield avanzava chiuso nel suo mondo. Per molto tempo non aveva pensato ad altro che alla luce della lampada frontale e delle stelle su in alto, apparentemente così vicine che avrebbe potuto mettersi in punta di piedi e raccoglierle.

«Resisti, resisti!» aveva mormorato nelle prime ore, poi non aveva più neanche capito perché andava ancora avanti. Aveva solo continuato a camminare, e che gliene importava del coreano che stava male! Rick era una macchina stanca, nient'altro, e solo adesso si risvegliò in lui qualcosa, il presagio di un sollievo. Non si rendeva conto che stava albeggiando. Credeva che fossero le tenebre che si ritiravano dalla montagna e ovviamente avrebbe dovuto capire. Era un'esperienza che aveva già fatto. Ma adesso aveva vissuto la notte come un peso, un fardello. Qualcosa da cui anche le distese ghiacciate finalmente si liberavano e che veniva rimossa come un lungo mantello o una coperta, dandogli nuova aria e nuove forze.

Anziché cinque o sei passi per volta, adesso riusciva a farne undici, e in lui si accese una speranza. Magari potrei farcela, pensò. Un'ondata di calore e di fiducia lo invase e ripensando a David gli parve di udire una risata lontana. L'attirò a sé. Divenne parte di una nuova felicità e colse altre piccole grida e segni di libertà. Poi ascoltò più attentamente.

Levò lo sguardo. La risata veniva da Sten e non suonava del tutto normale. Aveva un che di sgradevole e non sembrava più nemmeno una risata. Era tosse. Il professore, che si era tolto la maschera per l'ossigeno, adesso muoveva a tastoni le dita intorno agli occhiali. Li afferrava. No, fece in tempo a pensare Rick, ma era troppo tardi. Sten se li strappò, li asciugò con i guanti imbottiti e puntò gli occhi socchiusi verso il sole nascente. Era probabile non fosse così pericoloso, era mattino presto, ma Rick sapeva quanto si facesse in fretta a rimanere accecati dalla neve a quelle altezze, e che il trauma era spietato.

«Sten» disse.

«Sì, sì, lo so» borbottò il professore rimettendosi gli occhiali, sempre con fare maldestro.

Di colpo sembrava essere diventato troppo vecchio per la montagna. Non avrebbe dovuto essere lì, ma a casa con i suoi libri, pensò Rick, colto da un'inspiegabile simpatia, non per Sten, ma per sua moglie e i figli adolescenti, che lui non aveva mai conosciuto e nemmeno mai visto in fotografia.

Per contro, ricordava qualcosa che gli aveva raccontato Sten, e che gli aveva lasciato un'impressione indelebile. Aveva detto che sua moglie odiava l'alpinismo. Minacciava continuamente di chiedere il divorzio se lui non avesse smesso. «Se vai a morire in montagna, ti ammazzo» gli diceva ogni tanto, e nemmeno scherzosamente, piuttosto con profonda amarezza. L'alpinismo aveva inciso ferite profonde nella vita famigliare. Quando non lavorava, Sten si allenava o vagava per le montagne. Era diventato un padre assente, tanto che sua figlia tredicenne gli voltava teatralmente le spalle quando lui si avvicinava, e questo gli faceva male, diceva. Voleva riavere indietro i suoi cari.

Eppure... che cosa faceva? Continuava. Avrebbe fatto le sue Seven Summits, avrebbe scalato le sette montagne più alte dei sette continenti. Dopo l'Everest gli rimaneva solo il Mount McKinley in Alaska – o Denali, come si chiamava adesso la montagna. Un'unica vetta soltanto!

«Perché diamine continuiamo a questo modo?» si era chiesto Sten al campo base, cercando di coinvolgere Rick nella riflessione.

L'australiano ne era rimasto ferito. Io non sono come te, aveva pensato, anche se naturalmente si era reso conto che lui e il professore erano accomunati dall'ambizione famelica di scalare l'Everest. Eppure c'era una differenza fondamentale. Rick non aveva famiglia, nessun congiunto stretto di cui occuparsi, nessun adolescente che avrebbe sentito la sua mancanza.

Lui aveva avuto David. David era stato la sua famiglia. La sua vita girava intorno a lui. Il compagno era stato una passione più grande della montagna. Per lui o per i bambini che avrebbero potuto adottare sarebbe stato pronto a sacrificare tutto, e non avrebbe mai rinunciato a loro come faceva Sten.

Dopo la catastrofe scalava, è vero, con un ardore che gli faceva dimenticare quasi tutto, ma scalava per guarire. Scalava perché gli mancava quello che Sten invece aveva, e anche se non era proprio tutta la verità, ciò che gli sarebbe potuto succedere avrebbe colpito lui soltanto, o quasi. Aveva genitori, fratelli e un paio di amici, ma nessun compagno, nessuna moglie amata per ventun anni e nessun figlio adolescente, come Mikael e Sanna. No, lui non era come il professore, lui era stato una persona che aveva amato ma aveva perso, rimanendo spaventosamente solo e abbandonato, e che nonostante tutto era lì a lottare.

Nel mezzo dell'apatia si destò la rabbia, non solo nei confronti del professore e del mondo, ma contro quella maledetta montagna che faceva impazzire di desiderio la gente. Che ci faceva un uomo come Sten Jörgensen in quella bianca follia? Che cosa doveva dimostrare ancora?

Erano solo ridicoli, tutti questi eterosessuali che dovevano costantemente superare nuove sfide e non capivano che la vita non era dietro la cima, ma qui e ora, nelle cose più piccole, come in un melo, o in qualsiasi cosa. Forse era anche lui come loro. Non aveva importanza. Tutt'a un tratto non si sentiva a suo agio e ricordò i suoi pensieri al Campo Quattro. Per la prima volta aveva visto il suo "progetto Everest" privo di senso, e quella premonizione gli sarebbe dovuta bastare, era come il crollo di una menzogna vitale, ma nella tenda non avevano più avuto importanza tutto il denaro che aveva investito, tutto il tempo, le notti insonni e i preparativi. Avrebbe voluto dimenticare la vetta per sempre e fuggire lontano dal gelo e dai tormenti, un'immagine che gli era sembrata così stranamente confortante.

Poi però si era messo in marcia, ricordava a malapena come, e a lungo era stato troppo sfinito per pensare. Solo adesso che il sorgere del sole gli aveva dato una temporanea iniezione d'energia, i pensieri erano tornati. Che cosa stava facendo? Che razza di cupe riflessioni si erano impadronite della sua mente?

Ricordò David, le belle mani lunghe, il torace esile, sottile, che non era riuscito a sopportare il gelo e l'aria rarefatta. Povera meraviglia di ragazzo! Rick era sempre più stanco. Non ce la faceva più a pensare. Si fermò. Riprese a camminare. Aveva assorbito tutta l'energia che poteva dargli il sole e dopo un po' ebbe solo voglia di stendersi a terra e ricongiungersi a David. Una specie di nebbia lo avvolse. Camminare gli risultava pesantissimo, ma il tempo passava. Ce la faceva ancora. Adesso la spedizione si era fermata e lui riconobbe il luogo. Si trovavano sulla parete che precedeva il Balcone, e lì gli scalatori dovevano agganciarsi alle corde fisse che erano state montate dagli sherpa.

Mai aveva visto così tanta gente in quel punto. Altre due o tre spedizioni si affollavano sul passaggio. Rick si stava chiedendo pigramente perché gli altri non andassero avanti, quando udì un urlo spezzato che a malapena penetrò il frastuono del vento.

16

Jacob Engler aveva lasciato il suo appartamento nei pressi della chiesa di Santa Maria e superato il caffè Java sulla sinistra. Si trovava all'altezza di una libreria antiquaria quando sentì dietro di sé qualcuno che lo chiamava.

«Engler?»

Accelerò il passo. Era drogato e confuso, e il disprezzo di sé da cui la morfina l'aveva curato era ritornato cento volte più potente. Adesso non cercava più solo l'aiuto dei medici. Frequentava anche lo spiazzo sotto Sergels torg, nota zona di spaccio. Stava toccando il fondo, e l'ultima cosa che desiderava era incontrare qualcuno che faceva parte della sua vecchia vita.

«Ehi!»

Di nuovo quella voce. Jacob valutò l'idea di mettersi a correre, ma capì che sarebbe stato ridicolo. Una figura magra e bionda gli stava già di fronte.

«Mi chiamo Peter Stjerne» disse l'uomo ansimando.

Jacob non rispose. Non lo guardò nemmeno negli occhi.

«È da tanto che la cerco» continuò l'uomo. «Il bello è che avevo appena bussato alla sua porta.»

«Non ci trovo niente di particolarmente bello.»

«No, no, io...»

L'uomo sembrava profondamente imbarazzato, forse perfino spaventato, e Jacob gli lanciò un'occhiataccia nella speranza di indurlo a dileguarsi.

«Intendevo dire che è buffo incontrarla proprio adesso. Mi ero quasi arreso. Avrò suonato almeno trenta volte.»

«Allora direi che è anche ora che la pianti.»

Jacob pronunciò la frase sibilando e le sue parole parvero mandare completamente in confusione il poveretto. Pur avendo la possibilità di andarsene, Jacob rimase, forse perché aveva riconosciuto quell'uomo. Peter Stjerne era un reporter, anche bravo. Quando scriveva, scriveva sul serio.

«E che cosa vuole?» gli domandò un po' più gentilmente, ma ancora minaccioso, forse farfugliando in malo modo.

«Dunque...»

Peter Stjerne indietreggiò di un paio di passi.

«Ecco, sì, dunque» ripeté il giornalista. «La rivista *Månadsjournalen* vorrebbe un suo ritratto. Anche le americane *Outside* e *Climbing* sarebbero interessate.»

«Hanno già pubblicato miei ritratti.»

«Ma adesso vorrebbero degli approfondimenti, e poi nessuno ha ancora scritto di ciò che è successo sull'Hummingbird Ridge.»

«Ma certo che l'hanno fatto!»

«In maniera superficiale forse, mai seriamente. So per certo che sono in molti a chiedersi che cosa sia veramente accaduto lassù» disse, e anche se la cosa lo ripugnava, Jacob sapeva che Stjerne aveva ragione.

La sua segreteria telefonica era piena di messaggi di idioti che volevano *sapere*.

«Non c'è molto da dire.»

«Invece sì – per un sacco di motivi» ribatté Stjerne, ora con più audacia.

Il giornalista sembrava aver preso coraggio.

«Personalmente sono molto interessato a una cosa che ha detto in Canada ad alcuni giornalisti locali» continuò.

«Quale cosa?»

Jacob avvertì istintivamente che avrebbe dovuto interrompere la conversazione.

«Che quella montagna era un coltello che aveva riaperto vecchie cicatrici.»

«Sciocchezze!»

«È stato riportato in maniera scorretta?»

«Assolutamente sì!»

Peter Stjerne sobbalzò, di nuovo spaventato da quanto facilmente Jacob si accalorasse. Eppure l'entusiasmo non si spense nei suoi occhi.

«Se è così mi spiace» disse. «Perché io ci avevo visto una logica in quella citazione.»

«In una citazione falsa?»

«Ha sempre parlato in maniera così contraddittoria della sua infanzia» seguitò il giornalista, tutto sommato abbastanza imperturbabile. «Non so. Non riesco ancora a capire bene, ma intuisco che ci sono stati degli eventi, nella sua infanzia, che possono spiegare la sua ossessione per la montagna.»

«Stronzate!»

Un'ondata di gelo attraversò Jacob. Nonostante fosse strafatto sentiva il richiamo nefando dell'astinenza e si allontanò in direzione di Mariatorget senza nemmeno un gesto di congedo.

«Forse sono stato inopportuno. Ma mi sono preso la libertà di telefonare a suo padre» gli gridò dietro Peter Stjerne.

Jacob si fermò. Il tremore che gli squassava il corpo non voleva cessare.

«Che cosa ha fatto?»

«Gli ho telefonato. Forse è stata un'idiozia, ma dal momento che non riuscivo a trovarla ho pensato che potesse essere un inizio.»

Jacob Engler alzò lo sguardo vuoto verso il rilievo di Hornsgatspuckeln. Un sudore freddo gli colò lungo la spina dorsale.

«E che cosa le ha detto?»

«Lui...»

Peter Stjerne esitò, come di fronte a un compito che esigeva una scelta di parole molto accurata.

«Forse non era nella sua forma migliore.»

«E cosa vorrebbe dire?»

A Jacob tornarono in mente un paio di tendine grigie svolazzanti nella casa della sua infanzia e insieme all'immagine arrivò la nausea. L'ondata di gelo fu sostituita da un senso di soffocamento, boccheggiò alla ricerca d'aria.

«Sembrava un po' arrabbiato con lei.»

«Un po'?»

«Forse parecchio! Chiaramente sono anni che non si fa vivo. Di sicuro avrà i suoi motivi. Suo padre non sembrava un tipo del tutto simpatico, o mi sbaglio? Ha detto che lei era diventato troppo raffinato anche per un genitore.»

«Troppo raffinato?»

Inconsciamente, Jacob fece un passo avanti che evidentemente Stjerne ritenne minaccioso. Il giovane giornalista vacillò.

«Dunque» disse, terribilmente incerto. «Era molto acido. Ha parlato tutto il tempo di soldi, sosteneva che lei dovrebbe aiutarlo ora, pensando a tutto quello...»

«... che ha fatto per me.»

«Sì, per come l'ha messa lui.»

«Quella dunque era la sua versione?»

«Come le stavo dicendo, io non conosco i precedenti» continuò Stjerne. «Ma sembrava amareggiato e mi ha raccontato di come l'avesse sostenuta e avesse sacrificato la sua carriera per amor suo. Ma in effetti mi è sembrato...»

«Che cosa le è sembrato?»

Jacob sibilò la domanda, ma quasi non si rendeva conto di cosa stesse dicendo. Nel suo petto stava montando una furia selvaggia che non necessariamente era destinata a esplodere. Poteva anche trasformarsi in vergogna e odio per se stesso.

«Dunque» attaccò Peter Stjerne. «Mi dispiace intromettermi nei suoi affari di famiglia.»

«Ah, le dispiace?»

A Jacob pareva come se tutta la disperazione della sua infanzia stesse bussando alla porta, e lo sapeva: *Presto, presto arriverà il dolore.*

«Non è mia intenzione ferire nessuno. Io l'ammiro, Jacob, e non solo come alpinista. Ho seguito le sue conferenze.»

Il giornalista parlava in modo forzato, quasi isterico adesso.

«Non ho mai visto tanta energia in nessun altro» continuò. «E i suoi pensieri sul dolore mi piacciono molto. Sono diversi. Dovrebbe scriverli. Ho pensato spesso a ciò che ha detto su purgatorio e inferno – che il punto non è la sofferenza stessa ma come noi la viviamo, che genere d'idea abbiamo del dolore, e che quello stesso dolore può essere vissuto in modi diversi. E poi ciò che ha detto delle tragedie altrui. Che il dolore e la morte di estranei è la più grande forma di terapia della nostra cultura. Il nostro brindisi alla tristezza. Di sicuro lo sto riportando male. Ma ho la sensazione che nessun reportage le abbia reso giustizia.»

Jacob cercò con lo sguardo un muro, un'auto, un lampione, qualsiasi cosa contro cui picchiare le mani.

«Che cosa ha detto?» mormorò.

«Perché non ha mai scritto? Ogni singolo, insignificante scalatore di solito...»

«Scritto?»

Jacob non sembrava capace di fare altro che replicare come un pappagallo, eppure si sforzava veramente di parlare, gli pareva importante, ma dalla bocca gli uscivano solo pensieri sconnessi.

«Dunque il mio buon padre si sente trascurato. Fantastico, davvero!»

«Come si diceva...»

«Bene, Peter, l'ho già detto di aver letto i suoi articoli?» continuò Jacob. «Molto bravo, molto bravo, ma adesso devo proprio...» *andare a farmi*, stava per dire, e invece aggiunse: «... indagare l'essenza imperscrutabile del dolore. Molto semplicemente andrò al fondo della questione.»

Peter Stjerne assunse un'aria desolata e cominciò a frugare nervosamente nel portafogli. Quest'idiota non vorrà mica pagarmi?, pensò Jacob.

«Se mai le venisse voglia di raccontare, può senz'altro...»

Peter tirò fuori il suo biglietto da visita.

«... venire a suonare alla sua porta, certamente» finì Jacob. «Trenta volte, proprio come ha fatto lei. Senza interruzione! Ogni dieci minuti. Bene, arrivederci, è stato un vero piacere» disse con voce affettata, riesumata dal disordine della sua infanzia, quando convocato dal preside o dallo psicologo scolastico si riparava dietro toni canzonatori.

Poi se ne andò di fretta, allontanandosi nella direzione opposta, verso Slussen. Svoltò in Bellmansgatan, proseguì verso casa e una volta arrivato prese dell'altra morfina e si rannicchiò sul letto. La vita si richiuse su se stessa, ogni sua cellula fu scombussolata e lui non desiderò altro che fuggire, dimenticare tutto ciò che era stato. Invece fece l'opposto. Pensò di nuovo a quell'incontro, lo esaminò a fondo, forse nella speranza di concludere che non era successo nulla. A ben vedere era stata solo una conversazione. Un piccolo, ridicolo scambio di parole!

Ma ogni cosa che era stata detta sul vecchio gli era penetrata dentro, ridestando un mondo intero di cattivi pensieri. Jacob si era domandato spesso come vivesse suo padre adesso, e si era immaginato un sacco di cose. Ma tutte le volte – forse come chimera, o sogno di vendetta – lo aveva immaginato devastato dal tormento; non giorno e notte, così ingenuo non era, ma aveva creduto che quell'idiota di tanto in tanto, magari nell'ora del lupo, quando l'alcol lo abbandonava, potesse essere colto dalla consapevolezza di essersi comportato in modo imperdonabile nei confronti dell'unico figlio.

A volte, quando riceveva lettere scritte in una calligrafia che faceva pensare a qualche anziano signore, Jacob aveva sperato che fosse il padre a chiedere il suo perdono. Non che lui glielo avrebbe mai concesso, ma comunque, nel suo mondo ideale, sperava che il padre avesse provato rimorso e disperazione, almeno per una volta. Adesso invece gli veniva alla mente l'immagine di un vecchio inacidito che non si pentiva di un bel niente, e questo era insopportabile. Disgustoso. Eppure perfettamente logico, o no? Ricordava una citazione di Remarque: «Sono solo le persone sbagliate ad avere cattiva coscienza», ed era vero: solo quelli capaci di provare vergogna possono migliorarsi. Non chiamano nullità il proprio figlio anno dopo anno.

Solo le brave persone provano rimorsi. I bastardi come suo padre credono di avere sempre la ragione dalla propria parte. Inventano visioni del mondo adeguate al proprio agire. Ricordava forse un'unica volta in cui il padre aveva ammesso un errore? Non gli sembrava. Il vecchio aveva sempre trovato dei capri espiatori – immigrati, autorità, donne. Che cosa c'era di più naturale del fatto che lui diventasse, agli occhi del vecchio, responsabile del grande fallimento della sua vita?

In realtà quel ruolo l'aveva sempre avuto. Era pur sempre lui che aveva incatenato a casa il padre ostacolando la sua carriera. Era lui che aveva controllato distrattamente la radio della polizia facendogli perdere denaro. Di sicuro quel verme trovava deplorevole il fatto che Jacob non lo avesse ripagato per vitto e alloggio, per tutta la porcheria cucinata nella padella scrostata che conferiva a qualsiasi piatto un sapore di veleno e di metallo.

Jacob si trascinò in bagno e con un unico colpo sfondò lo specchio. Mentre il sangue cominciava a zampillare dalle nocche, si domandò seriamente se andare *nel porcile schifoso di quell'essere nauseante e farlo fuori.* La collera gli martellava nel petto e avvertiva un dolore lancinante al braccio sinistro, all'altezza del cuore, proprio come nei suoi attacchi d'ansia, e per un attimo si sentì fischiare le orecchie. Era come se il corpo si stesse preparando all'omicidio. Finì per lanciare una pietra africana a forma di uovo contro il televisore. Rimase quasi deluso dalla scarsa drammaticità con cui lo schermo si scomponeva. Aveva bisogno di una bella esplosione.

Solo dopo un paio di minuti ritrovò un certo autocontrollo. La morfina entrava di nuovo in circolo e gli dava un po' di sollievo, come un impacco di balsamo intorno ai nervi, anche se era tutt'altro che sufficiente. Il corpo urlava per averne di più. Desiderò scomparire nel sonno e nella morte, e con foga ingollò birra, vino, un fondo di gin, vodka, Nitrazepan, Sobril, Citodon, Treo Comp, Distalgesic, ogni schifezza immaginabile, noci, ravioli freddi, e altro Ketogan.

Poi s'infilò una giacca e si avventurò barcollando nel cimitero di Santa Maria, e quasi sicuramente picchiò il pugno contro qualche lapide e forse cadde anche in un'aiuola. Ricordava il sapore di terra nella bocca e una conversazione accesa con un ragazzo che portava un berretto con la visiera. Poi il corso degli avvenimenti si fece confuso. Era come se fosse ritornato sull'Hummingbird Ridge.

Si fece strada lungo Götgatsbacken come se dai punti più ripidi e dall'acciottolato del marciapiede stessero scivolando slavine e la vita tornò a essere una bianca luce tagliente. Fuori dall'hotel Hilton si accasciò come un mendicante malridotto sul ciglio del bel mondo, e di ciò che successe dopo non ricordava più nulla, solo che si svegliò nel reparto di rianimazione.

17

Mentre la spedizione arrancava lungo la cresta sud-est, Karin Torshede beveva tè nella mensa vicino al fax e al walkie-talkie appoggiati sul tavolo di quercia. Fuori, gli sherpa bruciavano rami di ginepro sull'altare. Il profumo dolce le pizzicò le narici mentre ascoltava le sfumature di quella recita monotona. C'era forse un'inquietudine insolita nelle loro preghiere? Si augurava di no. La superstizione del popolo sherpa si era insinuata anche in lei, cambiando il suo modo di vedere. Dettagli che normalmente le sarebbero stati indifferenti assumevano adesso grande significato. La sera prima aveva lanciato un urlo di disappunto quando lo *stupa* di preghiera della spedizione era crollato inaspettatamente. Nessuno aveva avuto bisogno di dirle che significava sventura. Insieme ai suoi sherpa aveva radunato ramoscelli e ceste per un falò mirante a placare la dea della montagna. Si era sentita ridicola, ma il rituale l'aveva tranquillizzata.

Aveva bisogno di essere sempre indaffarata. Dalla montagna non arrivavano le notizie che voleva ricevere. Diversi partecipanti alla spedizione erano sfiniti e soffrivano di cefalee. Le insinuazioni e le lamentele di Giuseppe non le piacevano. Non erano da lui, anche se Karin capiva che Villari era pesante e non accettava che fosse Giuseppe ad avere il comando. Ma forse non era poi così strano. Karin cercò di minimizzare. Lassù in alto era sicuramente più dura di quanto ci si potesse immaginare, era naturale che Giuseppe fosse irritato e che lei avesse assunto la funzione di valvola di sfogo.

Eppure quelle conversazioni le logoravano i nervi. Giuseppe a volte sembrava confuso, e la cosa la disturbava. Anche se di sicuro ora stava esagerando. Aveva dormito malissimo e fin dal primo mattino si era trovata di fronte a un nuovo problema: tutte le telefonate di mogli, mariti e genitori preoccupati. Due di loro, capì subito, rischiavano di diventare particolarmente faticosi da gestire: la moglie di Sten Jörgensen, Rita, e Jean-Paul, il padre di Natalie Aubrey. Entrambi avevano telefonato quel mattino di buon'ora, la signora Jörgensen per prima. Era stata cortese, ma Karin aveva intuito nella sua voce una collera trattenuta.

Da quanto sapeva, Rita aveva a che fare con la letteratura, veniva da Odense e non aveva mai messo piede su una montagna. I suoi interessi erano più tranquilli, scriveva poesie e polemici articoli femministi sulla stampa quotidiana. Chiaramente era una donna di carattere, e anche se il bersaglio della sua collera era Sten, «come forse saprai, ha due figli adolescenti che ha sempre bellamente trascurato», anche Karin aveva ricevuto la sua parte. In fondo era pur sempre parte di quel collettivo di scalatori: «Personalmente non capisco proprio che cosa diavolo stiate facendo.»

Karin non aveva osato dirle che Sten era fra quelli che stavano peggio.

«Sembra forte» aveva detto invece.

«Questo è quello che crede lui.»

«Ma posso confermare...»

«Con tutto il rispetto, non può confermare niente. Occupati solo di lui. Non è così giovane come pensa, e in tutta sincerità è da un pezzo che io e i ragazzi abbiamo cattivi presentimenti riguardo a questa pazzia.»

«Andrà tutto bene. Giuseppe è una guida molto prudente e coscienziosa» aveva replicato lei, ma le era rimasto un gusto insipido sulla lingua.

Si era sentita come un venditore. Avrebbe dovuto essere più schietta. Lei e Rita probabilmente non erano molto diverse. Anche Karin era una femminista convinta e anche lei di sicuro si sarebbe infuriata se il suo uomo, ad averne uno, avesse speso gran parte del suo tempo dedicandosi a passatempi così rischiosi. Ma adesso era finita sulla difensiva senza riuscire a cambiare atteggiamento.

La stessa cosa era successa con Jean-Paul Aubrey. Non era soddisfatta nemmeno di quella conversazione. Cristo santo, capiva i genitori inquieti più di tanti altri, anche i suoi l'avevano sempre protetta, eppure la voce militaresca del signor Aubrey la irritava. Non che l'avesse dato a vedere, ma con estrema cautela aveva cercato di contrastarlo.

«Non dimentichiamo che è solo una bambina» aveva detto lui.

«Così piccola non è. Se l'è cavata magnificamente sulla montagna. Siamo molto orgogliosi di lei.»

«Ah sì?»

L'uomo era parso interessato e lei aveva preso in considerazione l'idea di raccontargli qualcosa di edificante e di bello, ma non le era venuto in mente proprio nulla. Su Natalie le tornavano in mente solo storie fastidiose.

«Certo, certo, come se non lo sapessi! È una creatura meravigliosa. Fate in modo che non le succeda nulla» aveva risposto il padre. Forse non era poi così grave.

Karin poteva anche capirlo. Eppure lo trovò sgradevole. Le sue parole le erano parse minacciose e adesso, mentre stava nella mensa con in mano il suo tè, ebbe la sensazione di non farcela più. Si alzò e uscì sulla morena. L'accampamento non era più lo stesso, era praticamente disabitato. Una lunga fila di spedizioni si stava arrampicando verso la cima. Giuseppe e Ang Nuru avevano dichiarato con largo anticipo che sarebbero saliti proprio quel giorno, e questo era stato determinante. Erano stati molto fortunati in passato, avevano sempre scelto le giornate giuste per scalare la cima, e di conseguenza gli altri cercavano di approfittare della loro esperienza. Indubbiamente c'erano molti motivi per partire adesso. Le previsioni del tempo erano buone e l'unico dato preoccupante era proprio il numero di persone che si trovavano contemporaneamente sulla montagna. Karin aveva ricevuto rapporti su ritardi e rallentamenti causati dalla formazione di code. Era come se il centro della spedizione si fosse spostato in alto, verso le zone ostili alla vita, lasciando lei e il campo base vuoti e desolati.

Volse lo sguardo verso la mensa dei russi. Un uomo solo stava passando a capo chino laggiù in fondo. Le ricordò un vecchio pescatore che vedeva sempre durante le vacanze della sua infanzia sulla costa occidentale. Un senso di solitudine la invase, proprio come succedeva ad agosto, quando la gente faceva i bagagli e chiudeva le case di vacanza abbandonandole fino alla stagione successiva. Benché la stagione delle scalate non fosse affatto vicina al termine, la vita sembrava andarsene altrove, e lei si sentiva dimenticata. Perfino nel vento si indovinava un nuovo, terribile gelo. Karin alzò lo sguardo sulla montagna.

Il campo base non era un posto dove restare. Lo capì con improvviso dolore. Era un luogo così lugubre, pensò a come sarebbe stato di lì a un mese. Allora i monsoni avrebbero imperversato sulle ampie distese e immondizia e resti di tende avrebbero raccontato di una vita diversa, più ricca. Quel pensiero la colpì come se avesse intravisto un barlume di morte e di eternità. Con lo sguardo cercò Jacob Engler.

Non lo trovò subito. La tenda gialla che lui avrebbe portato con sé lungo la parete sud-ovest appariva piccola e misera, e Karin ripensò alle parole di Peter Stjerne, che aveva incontrato Jacob a Stoccolma con l'aria da vagabondo. Era difficile da immaginare. Lei non aveva mai visto un uomo così in forma e atletico. Sembrava finto. Ma dove si era cacciato adesso? Poi s'illuminò.

Trenta metri più in là, eccolo che avanzava con il suo caratteristico passo elastico. Teneva in mano la sua piccozza, quella così vecchio stile, e pur pentendosene subito Karin lo chiamò con un gesto, per poi vergognarsi quando lui rispose solo con un cenno austero del capo. Non aveva nessun motivo concreto per parlargli, e con uno così era necessario averlo, no? Cercò febbrilmente un pretesto.

«Salve» gli disse.

Lui non rispose nemmeno, si fermò in silenzio lì accanto senza neanche il vago accenno di un sorriso, e a lei non venne in mente una sola parola con cui attaccare discorso. Era troppo imbarazzata. Avrebbe voluto sparire come per magia, forse arrossì e si lasciò scappare una vaga smorfia disperata, nient'altro. Poi gli occhi di lui s'illuminarono. Una luce lampeggiò nella profondità dello sguardo e accadde l'inimmaginabile.

Lui le accarezzò la nuca. Karin sarebbe rimasta meno stupita se le avesse dato un ceffone. E invece quello strano tipo sollevò la sua mano robusta e mutilata e la strinse con tenerezza intorno al suo collo. Karin trasalì. In quella carezza percepiva una forza selvaggia, una brutalità che in realtà non esisteva. Lui la toccava con la massima delicatezza, eppure lei fremeva come per un dolore intenso. Tremava sotto le sue dita callose e quando lui allontanò la mano, si lasciò sfuggire un sospiro profondo, come se si fosse liberata di un peso.

«Perché?» disse.

Lui si aprì in un largo sorriso. Non l'aveva mai visto sorridere così prima. Piccole rughe si formarono di colpo sul suo viso e anche se il suo sguardo era velato, non ospitava più nessun dolore. Gli occhi brillavano di una luce stanca e meravigliosa che ridestò in Karin una forza esaltante che l'avrebbe accompagnata per buona parte del pomeriggio.

«Eri così preoccupata» rispose lui.

«Davvero?»

«E bella!»

Era troppo. Karin avrebbe voluto ritirarsi in un angolo con la sua felicità. Ma poteva davvero crederci? Magari lui stava solo scherzando. Cautamente alzò lo sguardo, in effetti il suo sorriso si era spento.

«Sarà certamente dura per te, con tutti quei pagliacci» disse lui, ma non era quello che lei voleva sentire.

Però era comunque meglio di tante altre cose. Nella voce di lui c'era ancora del calore, e per un istante avrebbe voluto raccontargli che lui e l'aria rarefatta la tenevano sveglia la notte. Ma non disse nulla.

«Se la stanno cavando bene.»

«Ne sei proprio sicura? Sembra esserci un gran traffico lassù» replicò Jacob. Karin mormorò una risposta.

Mai e poi mai si sarebbe lanciata in una discussione adesso.

«Posso offrirti un caffè?» chiese invece. «Siamo così discutibilmente moderni da avere perfino la macchina per l'espresso» disse, e con sua grande gioia lo vide prendere sul serio la proposta.

Si mordicchiò le labbra screpolate e carnose. Il suo sguardo vagabondò un attimo. Poi scosse il capo.

«Un'altra volta» rispose, e si allontanò. Pur provando una piccola fitta di dispiacere, lei ne fu sollevata.

Aveva vissuto un attimo speciale, e per il momento poteva bastare. Aveva bisogno di stare sola con ciò che era successo, almeno per un piccolo istante tutto suo, prima che nella tenda adibita a mensa ogni cosa si rimettesse in moto. Gli piaceva davvero? Oppure l'aveva solo accarezzata come si fa con un cane? L'incertezza le era insopportabile. Nonostante tutti i pettegolezzi che si facevano su Jacob, in quelle storie non c'erano mai donne, e si domandò che cosa significasse. Ma in fondo non aveva importanza. Lui era speciale, ed esaltata e felice entrò nella grande tenda. In quello stesso istante, il telefono satellitare cominciò a suonare.

Era Gabriella Stjerne, la giovane moglie di Peter, e la cosa la rallegrò, la sentiva vicina. Si riconosceva nella sua vulnerabilità e nel suo modo di conversare un po' impacciato. Pensò alla loro figlia, Siri. Aveva dieci anni. Karin l'aveva incontrata diverse volte, l'ultima proprio prima del volo per Katmandu, e in quell'occasione era rimasta colpita dal suo sguardo intenso e preoccupato, oltre che dalla sua figura allampanata. Sembrava più grande dei suoi anni, e non occorreva aver studiato psicologia per capire che soffriva. Non voleva che il papà se ne andasse di nuovo lontano. Non aveva pianto o mostrato apertamente il suo dispiacere, ma c'era dolore nel suo corpo gracile. Chiaramente capiva che l'Everest non era un posto privo di pericoli.

Gabriella era infermiera oculistica all'ospedale Sophiahemmet, una donna sottile e piuttosto bella, ma tormentata dalla stessa insicurezza sociale di Karin. Una volta, al telefono, le aveva raccontato quanto si sentisse intimidita di fronte agli amici scrittori e giornalisti di Peter.

«Come stai, tesoro?» domandò Karin.

«Sono preoccupata! Di tutto. Siri è a casa da scuola oggi. Ha mal di gola e la febbre alta. E poi penso sempre...»

«... a Peter. Lo capisco» completò la frase Karin. «Posso tranquillizzarti dicendoti che è uno dei più forti lassù. Si è perfino innervosito perché gli altri sono troppo lenti.»

«Cosa?»

Karin si pentì del suo ultimo commento. Poteva creare equivoci.

«Peter è in forma. Stanno salendo verso la Cima Sud adesso.»

Gabriella ignorò il commento. Nel ricevitore si udiva un rumore picchiettante, come di una penna su un tavolo.

«Non riesco a togliermi dalla mente tutti quelli che sono morti lassù. Centinaia di persone. È un pensiero fisso.»

«Non sono così tanti.»

Karin conosceva la cifra esatta, 165 persone. Preferì non parlarne.

«No? Comunque sia, mi sembra di impazzire» continuò Gabriella.

«Non ci credo.»

«Sono preoccupata e non riesco a nasconderlo a Siri. Ho reso inquieta anche lei. Poco fa si è messa a parlare della morte. Voleva sapere che cosa succede dopo la vita.»

«Sono domande che i bambini fanno in continuazione» ribatté Karin, e ricordò i discorsi che facevano lei e suo fratello Jörgen a casa, nei loro letti a castello.

«Ma...»

«Niente ma, Gabriella. A quanto sembra, sta andando tutto bene. Ti chiamo quando arriveranno in cima» continuò in tono forzato.

Il walkie-talkie cominciò a crepitare. Qualcuno voleva parlare con lei e Karin concluse imbarazzata la conversazione.

«Mi dispiace, cara, ma non ho più tempo, ci sentiamo più tardi.»

Si gettò sul walkie-talkie. Era Ang Nuru, che ansimava pesantemente. Intorno a lui si sentiva l'urlo del vento.

«Karin, passo, Karin, passo» sibilò con una voce che subito la inquietò. Rispose gridando.

«Ci sono» disse. «Passo!»

«Abbiamo un piccolo problema.»

Non dire così, non dire così!

«Sten Jörgensen ha colpito per sbaglio Martin con i ramponi. Pensiamo che stia perdendo sangue. Ci sono stati parecchi ritardi. Procede tutto molto lentamente. C'è anche più neve fresca di quanto avessimo previsto.»

Era chiaro che parlare gli costava un grosso sforzo.

«Non sprecare il fiato. Continua a lottare piuttosto» disse, senza capire quale fosse il motivo della chiamata.

Non pensava mica che lei, inesperta com'era, potesse dar loro dei consigli?

«Karin, dobbiamo prendere una decisione subito. Il tempo sta volando.»

«Non è poi così tardi» azzardò lei.

«Manca ancora molto alla vetta, e il cielo non sembra più così promettente. Tu non hai ricevuto nuove previsioni?»

No, non ne aveva ricevute, oltre alla previsione a cinque giorni del servizio meteorologico nazionale di Malmö, che aveva già comunicato a Giuseppe. Più volte era anche andata sul sito mounteverest.net e aveva studiato le tabelle della forza del vento e dell'umidità. Da quello che poteva capire, le condizioni erano ideali, almeno per quanto possono esserlo a 8000-9000 metri d'altezza: le nubi monsoniche si trovavano sopra il Mare delle Andamane, a sud-ovest del golfo del Bengala, e spingevano le correnti a getto a nord, verso la Cina. In vetta la velocità del vento non doveva superare i 5-10 metri al secondo e un promontorio di alta pressione dall'India nord-occidentale e dal Pakistan avrebbe dovuto garantire tempo secco e stabile. Il quadro era buono. Solo più avanti nella settimana c'era il rischio che dal Bangladesh arrivasse un'area di bassa pressione, almeno così sembrava, e con ciò Karin si era sentita tranquilla. Adesso invece si innervosì. Ang Nuru non fa domande sul tempo senza motivo, pensò, avrebbe dovuto preoccuparsi di più.

Le previsioni possono sbagliare, e lei poteva averle interpretate male. Quelle maledette tabelle la spaventavano sempre, avrebbe dovuto parlare con un meteorologo locale. *Dannazione, dannazione, dannazione!* Sentiva aumentare il disagio.

«Non ho visto niente di nuovo, ma ovviamente controllerò» disse.

«Bene!»

«Per il resto?»

«Ora non ho tempo.»

Non hai tempo?

Karin si sentì annodare lo stomaco e sotto pressione cominciò a dare la caccia alle previsioni del tempo, mentre le ore del mattino volavano via inesorabili sulla montagna.

18

Giuseppe avanzava a fatica nella neve alta. Non molto lontano svettava la Cima Sud, a 8700 metri, e per la prima volta il Lhotse si trovava alla sua altezza o forse addirittura sotto di lui. La spedizione arrancava. Il gruppo si era allungato. C'era parecchia distanza fra la testa e la coda, e lui non riusciva più a vedere tutti. Del resto, Ang Nuru e Martin avevano di sicuro tutto sotto controllo, e gli sembrava giusto così. *È il loro turno. Io ho già sgobbato tanto.*

In realtà stava andando tutto bene, pensava, siamo solo un po' in ritardo. Il cielo era limpido, e le nuvole e le creste rocciose parevano singolarmente vicine, come se lui fosse tutt'uno con loro e il mondo. Sentì un fremito piacevole nel petto. Si fermò, poggiandosi contro la piccozza. Gli girava la testa. I reni dolevano, probabilmente per carenza di liquidi. Ma per il resto andava tutto bene. Così pensava. Perché mai fino a poco prima era stato così inquieto?

Un senso di calma lo invase, e con l'affetto di un padre osservò lo scalatore subito sotto di lui. Chi era? Erano tutti uguali, parevano le figure di un vecchio film di fantascienza con le loro maschere per l'ossigeno e le bombole. L'uomo arrancava coraggiosamente. Faceva parte del gruppo, del suo gregge. Giuseppe lo guardò e comprese che stava andando tutto bene. Ce l'avrebbero fatta. Sapeva leggere i segnali nascosti. Se ne rese conto con un senso di trionfo e non pensò nemmeno un istante che superbia ed euforia sono i primi sintomi della strisciante follia che s'insinua nella mente quando l'apporto di ossigeno al cervello comincia a diminuire.

La soddisfazione che provava altro non era che il primo assaggio della morte. Lassù in alto prima diventi pazzo, poi muori. Giuseppe l'aveva detto e ripetuto un sacco di volte, rimarcando che gli alpinisti devono assumere moltissimi liquidi e controllare sempre che l'ossigeno fluisca dalla bombola. Ma non stava seguendo i suoi stessi consigli. Avanzava senza maschera per lunghi tratti, e normalmente ce l'avrebbe fatta. Era in grado di scalare l'Everest anche senza ossigeno. Ma quel giorno ci fu una concomitanza di diversi fattori. Il suo cervello era intontito e non gli faceva presagire nulla, il che ovviamente era già parte del danno. Una fatale spensieratezza si era impadronita della sua mente, tanto che Giuseppe sprofondò in meditazioni di tipo mistico.

Doveva sapere che pensieri del genere si formano facilmente a quelle altitudini, dove si è così vicini a dimensioni ultraterrene. In casi normali avrebbe sollevato un dito ammonitore. Credere di essere vicini al soprannaturale in montagna era per lui un peccato mortale. «Avvicinatevi a Dio in chiesa» amava ripetere prima di salire. «Nella zona della morte, dimenticatelo. Lì Dio è solo carenza di ossigeno, un demone minaccioso nella mente che sta andando in avaria.»

Adesso, non lontano dalla Cima Sud, tutto questo genere di consapevolezza era svanito. Un essere invisibile sembrava proteggerlo, uno strano spirito che dimorava nel suo petto e lungo quelle immense distese. Il mondo davanti a lui appariva sempre più simile a un film, una lontana sequenza di immagini. Giuseppe fu trascinato via lontano dai suoi clienti, dentro la sua immaginazione, e forse sarebbe crollato se un pensiero non l'avesse ricondotto al presente.

Nella sua coscienza comparve Paolo Villari, e all'improvviso le figure in basso divennero più reali e il suo sguardo si mise a cercarlo. Non lo vide, e quando un attimo dopo scorse una persona accovacciata che sembrava vicina allo sfinimento, sperò che fosse lui, ma non era così. Paolo indossava una giacca blu scuro. Doveva essere Rick, oppure Sten. Quello di Giuseppe era stato solo un desiderio. Sono stordito, pensò, e si chiese se in realtà non fosse tutta colpa del vecchio amico. Quell'idiota era stato un'unica, grande seccatura.

Le poche volte che Paolo aveva parlato dopo che avevano superato il Colle Sud, era stato per ferirlo. Ogni volta che si levava la maschera, arrivava un'offesa, e per consolarsi Giuseppe aveva covato la vendetta, anche se non seriamente. Si trattava solo degli stessi pensieri terapeutici che l'avevano accompagnato per tutta la vita. A Paolo qualche avversità avrebbe solo giovato, pensava, e gli pareva che le vaste distese fossero d'accordo con lui.

Non molto più giù, Ang Nuru levò lo sguardo verso il cielo. Nuvole scure cominciavano a intravedersi sopra Pumori e Ama Dablam. Il tempo non era più così stabile. Il vento era aumentato, il tempo passava e sicuramente avrebbe dovuto rimandare indietro Martin. Dopo l'incidente al Balcone zoppicava, ma Ang Nuru aveva bisogno del suo aiuto più che mai adesso che Giuseppe si comportava in modo strano, o forse avrebbe dovuto dire sfuggente e vile. Giuseppe sembrava colpito dall'ansia di dover prendere decisioni, forse aveva investito troppo prestigio in quella spedizione. Non aveva la solita fermezza nel rimandare giù i clienti, e stava sprecando energie con la sua pedanteria e la sua irritazione. Anche questo era strano.

Giuseppe era sempre molto pacato. Ang Nuru aveva ammirato il suo equilibrio a tal punto da cercare continuamente di imitarlo. Ma quest'anno aveva indovinato un tratto nuovo negli occhi della guida, una luce ferita, una scintilla cui non era stato concesso sfogo, tranne forse adesso sulla montagna, e la cosa lo inquietava. Proprio come le nuvole laggiù in fondo. Che Giuseppe avesse ritrovato la calma non gli era di alcun conforto, la sua non era affatto una serenità tranquillizzante. A quelle altitudini, raramente lo è.

Ang Nuru pensò alle parole di suo padre: «Che cosa ci andate a fare sulla montagna? Avete qualche commissione da fare lassù?» Queste domande di solito lo irritavano. «L'essere umano non vive solo per andare a prendere la legna» rispondeva allora, «deve anche dimostrare la sua grandezza; ci sono consapevolezza di sé e forza da portare giù dalle vette.» Ma ora si domandava: Perché tutta questa gente è qui? Sten, Rick, Natalie! Loro erano fatti di una pasta troppo delicata. Avrebbero dovuto cercarsi passatempi più adatti.

E poi Villari. Non molto tempo prima si era dovuto appoggiare non solo a Pasang Tenji, ma allo stesso Ang Nuru. Per il giovane sherpa era doloroso vedere un uomo così umiliato. Era come entrare in un terreno proibito. Aveva visto il lato che Villari cercava così ostinatamente di nascondere, una sorta di nudità che nessuno aveva richiesto. Ma bisognava accettarlo. Il Chomolungma aveva letto nel suo viso e portato alla luce la sua vulnerabilità!

Era il prezzo della presunzione, ma una voce di protesta risuonò in lui: Villari poteva ancora vincere. Il solo fatto che lui, il grande industriale, avesse rischiato così tanto per conquistare ancora un pizzico di grandezza era ammirevole, e in fondo erano già molto in alto.

Ang Nuru vide che Peter Stjerne era seduto nella neve, all'apparenza sfinito. Non anche lui! Poco prima gli era sembrato il più forte della spedizione, ma ora... Ang Nuru scoprì il suo orologio e avvertì il morso del gelo sul polso.

Erano le undici e un quarto e mancava ancora un pezzo alla Cima Sud. Dovremmo ritornare indietro!, pensò.

Peter Stjerne non capiva che cosa fosse successo. Senza preavviso coni di luce avevano cominciato a danzargli davanti agli occhi e i polmoni non ricevevano più aria. Si sedette nella neve mentre il mondo rimpiccioliva come un'immagine televisiva che andava scomparendo.

«Hai finito l'ossigeno. Ti passo la mia bombola. Ne abbiamo di riserva sulla Cima Sud.»

Era stata una voce a parlare, una voce nota dall'accento particolare. Ma Peter non connetteva, non riusciva a pensare, percepiva solo movimenti, qualcuno che armeggiava, un pizzicore intorno alla bocca, e finalmente successe qualcosa. Respirare divenne più facile. Inalò nuovo ossigeno e presto fluirono nuove forze. Eppure non riuscì a riprendersi.

Solo con l'aiuto di Ang Nuru si alzò in piedi. Con il braccio intorno alle spalle dello sherpa pensò alla sua famiglia – a Gabriella e ai suoi occhi così spaventati e tristi. Forse la ricordava nel momento in cui le aveva raccontato che sarebbe venuto qui, e poi Siri, con il vestito rosso e la maglia blu, con un piccolo sorriso affettato sulle labbra che gli sembrava di riconoscere e che adesso capiva. Era il sorriso della foto di classe; ne fu turbato. Ricordava quella fotografia e questo non gli piacque. Lo considerò un cattivo presagio.

«Ce la fai?»

Peter annuì e pensò che per lui salire o scendere non avrebbe fatto differenza. Le alternative gli parevano entrambe insopportabili, e allora cominciò ad arrancare verso l'alto, sorpreso di tutta la gente che aveva davanti. C'era affollamento, lassù all'inferno.

Il tempo passava e sempre più membri della spedizione soffrivano per l'aria rarefatta, perfino Ang Nuru, che adesso saliva senza ossigeno e non si sentiva più così forte. Aveva una brutta tosse e quando il suo walkie-talkie cominciò a ronzare, pensò di non rispondere. Alla fine lo prese comunque dal taschino e la sua mano destra gli parve eccessivamente goffa. Stava forse congelando?

«Ang Nuru, passo!» rispose.

Era Karin dal campo base. In un primo momento non capì che cosa stesse dicendo. Aveva una voce così forzata. Blaterava di suolo che si riscalda, di correnti d'aria che salgono e di strani venti lungo i fianchi delle montagne, sembrava vaneggiare. Santo cielo, pensò, stanno impazzendo anche giù?

«Karin, di cosa stai parlando?»

«C'è rischio di maltempo. Avevi perfettamente ragione. Ma io non capisco. Ho ricevuto dati contrastanti. Mi hanno anche trattato male. Ma voi dovete fare attenzione!»

Come se non lo sapessi, pensò lui cinico.

«Promesso. Ci proveremo!» rispose, e si affrettò verso Giuseppe che stava piegato sulla sua piccozza.

Giuseppe doveva fermarsi ogni due passi a riposare, e Ang Nuru sperò che la stanchezza lo avrebbe reso più arrendevole. Ma fu presto deluso. La guida puntò lo sguardo oltre lo sherpa, verso il cielo e le cime delle montagne, e disse con voce assente, come parlando fra sé: «Non ci sono nuvole scure.»

Ang Nuru indicò verso Pumori e Ama Dablam, ma purtroppo era vero: nemmeno laggiù riusciva a intravedere tempeste in arrivo, e questo avrebbe dovuto rallegrarlo. Eppure imprecò dentro di sé. Avrebbe avuto bisogno di quelle nuvole.

«Poco fa c'erano» rispose, e si sentì come un bambino che battibeccava nel cortile della scuola.

«Poco fa era anche buio» replicò enigmaticamente Giuseppe.

«Di che cosa stai parlando?»

«Cercavo solo di dire che non possiamo tornare indietro adesso. Il ghiaccio ha cominciato ad allentarsi.»

Ang Nuru sentì crescere il disagio e ancora una volta fece scorrere lo sguardo sulle cime dei monti in cerca delle sue nubi.

«Potremmo almeno mandare giù gli scalatori più deboli. Siamo già in ritardo. Non ci possiamo permettere di avere con noi gente che resta indietro.»

Giuseppe abbassò gli occhi sulle scarpe e rispose con voce gracchiante, quasi solenne.

«Guardati intorno, vecchio mio. Comincia davvero ad andare bene per il nostro gruppo. Perfino Natalie sembra di nuovo in forze. Ho tutta la spedizione con me e non ci manca ormai molto. Questo può diventare un grande successo!»

Può diventare un grande successo!

Non era un'uscita tranquillizzante, per niente, e Ang Nuru ne riconobbe il retrogusto. Sapeva di febbre da altitudine. Aveva già sentito frasi del genere, ma mai da Giuseppe, nemmeno una volta. Giuseppe era la saggezza in persona. Ma era tutto così cambiato! Eppure Ang Nuru sapeva – ed era quello il paradosso – che poteva esserci qualcosa di costruttivo in quelle parole, quella sfida alla natura che rende possibile scalare montagne come l'Everest. Tutti i grandi scalatori devono possedere un pizzico di follia. Ecco qual era la cosa bizzarra. Solo persone dotate di un'ostinatezza sufficiente a infischiarsene del pericolo raggiungono la vetta, ma quelle stesse persone sono spesso anche le più inclini a condurre se stesse alla rovina. Questo forse poteva andare bene per scalatori solitari come Engler, ma per una guida come Giuseppe...

«Mando giù qualcuno dei ragazzi con Sten e Rick» disse.

«Con Rick!»

Giuseppe sussultò, quasi offeso, e Ang Nuru pensò di nuovo al legame speciale fra la guida e l'australiano, preparandosi a discutere. Tuttavia la risposta di Giuseppe lo sorprese per una sua certa obiettività.

«Anch'io ci avevo pensato. Ma guardali. Hanno recuperato» disse. Ang Nuru diresse lo sguardo verso Sten e Rick, e fu costretto a convenire.

In effetti marciavano a un ritmo discreto. Ang Nuru ricordò le nubi scure che erano sparite così velocemente, le riserve di ossigeno sulla Cima Sud sempre più vicine, e poi l'Hillary Step che si stendeva là sopra con le nuove corde fisse. Forse era stato eccessivamente inquieto.

«Okay, andiamo avanti» disse.

19

Karin andava a caccia di previsioni del tempo con nervosismo crescente, e presto non riuscì quasi più ad ascoltare i meteorologi. Voleva solo andare oltre, come se potesse trovare almeno uno che le dicesse «non hai nulla di cui preoccuparti», anche se questa sarebbe stata una menzogna pura e semplice.

Nessun rapporto meteo, men che meno se riguarda l'Everest, è del tutto affidabile. Lei lo capiva, e adesso se lo sentì ripetere fino alla noia, per primo da un certo Per Hansson del servizio meteorologico svedese, che spiegò che le condizioni sembravano buone, addirittura ideali, ma che in zone così montuose come l'Himalaya di rischi ce ne sono sempre.

Il sole, per esempio, può riscaldare il paesaggio e allora da terra sale aria calda verso l'alto, dove si raffredda causando la formazione di nubi, a volte grandi e scure, soprattutto quando i venti che soffiano lungo i fianchi delle montagne le spingono verso l'alto. Può capitare che il cielo sia limpido un momento e nero quello dopo, e nel peggiore dei casi le raffiche compresse fra le montagne possono assumere velocità spaventose. No, Per Hansson non poteva garantire nulla.

«Mi dispiace» disse, come se fosse stato personalmente responsabile dei capricci del tempo, e di nuovo Karin gli domandò se stesse osservando qualcosa di ambiguo al momento. Ma lui non aveva aggiornamenti, solo previsioni. Le consigliò di prendere contatto con meteorologi locali, e così lei fece.

Cominciò a telefonare come una matta, ma li capiva male. Parlavano un inglese curioso e lei era sempre più frustrata, soprattutto quando si rese conto che c'era rischio di nevicate in loco, che sulla cima dell'Everest potevano significare un maltempo fatale. Quando chiese a uno dei meteorologi di essere più preciso, lui la rimbeccò: «Se voleva avere informazioni sicure, non sarebbe dovuta andare sull'Everest, punto e basta.»

Aveva certamente ragione.

Eppure lei ne rimase ferita, e intuì che non avrebbe potuto fare molto di più. Non riuscì nemmeno a mettere in guardia quelli che erano su in alto. Aveva perso la loro attenzione, proprio come se avessero superato un confine invisibile rifugiandosi in se stessi, in una sfera chiusa di aria rarefatta. Quando perfino la voce calda di Ang Nuru le suonò distratta al walkie-talkie, si afferrò al bordo del tavolo. Aveva l'impressione di essere sul punto di cadere e cercò di convincersi che non fosse successo niente. Ma la sensazione di aver perso il controllo non voleva abbandonarla, e senza potersi difendere s'immaginò il posto dove la spedizione era diretta. In quel momento non era spaventata solo dai rischi che c'erano lassù.

Correnti più oscure e profonde si risvegliarono in lei e trasformarono la cima dell'Everest in un punto al di là del mondo, pericoloso perfino da pensare – quasi che anche da lontano si potesse subire il contagio della sua desolazione. Si diceva che in vetta ci fossero molti oggetti – bandiere di preghiera, crocifissi, ciocche di capelli, fotografie, ogni sorta di cose lasciate dagli scalatori come segno del loro punto di arrivo. Quegli oggetti erano il lampadario di cristallo della sala da pranzo del Titanic negli abissi dell'oceano. L'aveva visto alla televisione, si sarebbe potuto credere che concedesse al relitto un'aria meno spaventosa. Era, nonostante tutto, un simbolo di umanità. Invece era l'opposto. Il lampadario di cristallo era più lugubre di qualsiasi altra cosa. Karin pensò ai morti sulla montagna. Erano lontanissimi dal mondo dei vivi, più degli altri morti. Ricordò ciò che aveva letto: lassù si scala su due piani, sia verso l'alto, sulla montagna, sia verso il basso, nelle profondità tenebrose della coscienza.

La realtà si distorce a ogni metro che si sale. Non solo perché la ragione e la capacità di comprensione vengono minate. Lo scalatore si trasforma in un bambino psicotico e lento di comprendonio, adesso capiva che la cosa più spaventosa era aver seguito le varie fasi nelle voci dei compagni. Quanto era grave la situazione? Non ne aveva idea. Forse li chiamava troppo di frequente. Erano nervosi, semplicemente. Ma che cosa doveva fare?

Forse c'era un cambiamento in corso nelle condizioni meteo e non capiva perché Giuseppe l'avesse preso così alla leggera. Aveva risposto «certo, assolutamente, saremo vigili», ma la sua era una replica vuota di sostanza, non una vera reazione. Anche Ang Nuru, che aveva attirato la sua attenzione sul tempo, adesso diceva che doveva soltanto concentrarsi sulla spedizione e lei pensò: Sì, fallo, ma non dimenticarti del cielo, quel cielo maledetto che non vuole tacere. Lassù in alto il frastuono era sempre più forte e non quadrava con le previsioni, o almeno non con quelle che aveva fornito il servizio meteorologico svedese. Ci sarebbe dovuta essere una relativa calma di vento. Le correnti a getto dovevano essere ormai lontane, spinte via dalle nubi monsoniche. Ma com'era la situazione reale?

Karin non sapeva niente di più del fatto che il tempo a loro disposizione era sempre più ridotto. La salita era troppo lenta. Evidentemente c'era un numero eccessivo di alpinisti sulla Cima Sud a ridosso dell'Hillary Step, l'ultimo passaggio scosceso della montagna, e così si erano formate delle code. *Code.* L'Hillary Step era la fine del mondo. Non era un posto adatto alla vita umana, ancor meno a folle umane. Karin aveva solo una vaga idea delle distanze lassù, ma ormai era già l'una passata e secondo le vecchie direttive di Giuseppe dovevano essere in cima al più tardi alle due. Ce l'avrebbero fatta? Controvoglia si rivolse a Chris Riverton, che era appena entrato nella tenda.

Indossava una giacca di jeans screziata e un berretto nero girato alla rovescia. Somigliava a un hippy con la sua coda di cavallo e l'atteggiamento forzatamente *cool.* Sarebbe anche potuto apparire carino se la bocca non si fosse deformata con tanta facilità in una smorfia. Anche Chris avrebbe dovuto essere sulla montagna. Ma al campo base aveva sofferto di cefalee fortissime e aveva deciso di non muoversi. Karin ne era stata contenta. Quando Toni Grassi era salito al Campo Due per tenersi pronto, era rimasta da sola con i suoi sherpa, e anche se erano tutti gentili la rendevano nervosa con le loro preghiere e i loro pensieri superstiziosi. Era sollevata di avere un occidentale con cui condividere la sua preoccupazione.

Chris però l'aveva infastidita, se ne stava per conto suo e non l'aiutava. Chiaramente non era esperto come fingeva di essere. I suoi racconti erano troppo evasivi e poveri di dettagli, forse era addirittura ignorante come lei. Chissà se poi sul Monte Bianco c'era stato veramente! Così come tanti altri, si nascondeva dietro una facciata da uomo di mondo e di sicuro traeva in inganno la gente con il suo volto segnato dalle intemperie, che prometteva più avventura di quanta ne contenesse. Più la spedizione saliva in alto sulla montagna, più dissonanza trovava Karin nelle sue parole, e istintivamente teneva il suo nervosismo per sé. Adesso però non riuscì più a resistere.

Aveva bisogno di parlare.

«Chris!»

Lui si voltò verso di lei masticando, e anche questo la irritò.

«È già l'una passata e loro si trovano sulla Cima Sud. Che cosa ne pensi?»

«Comincia a essere un po' tardi. Ma non c'è nessun pericolo.»

«Come fai a esserne così sicuro?»

Lo stava rimbeccando, e non era da lei, ma non riusciva a trattenersi. Guardò Chris e quei lineamenti che fino a non molto tempo prima l'avevano colpita. Adesso le parevano solo ripugnanti, e pensò di nuovo a Jacob. Strambo, meraviglioso, Jacob!

«Forse non arriveranno in cima proprio per le due. Probabilmente ci arriveranno poco più tardi. Sono già all'Hillary Step.»

«E va bene, secondo te?»

«Qualche minuto in più o in meno non fa differenza.»

«E se nel frattempo dovessero farsi le tre?»

«Allora non credo che Giuseppe li porterebbe su. Tranquilla Karin, andrà tutto bene» disse Chris con fare paterno, e lei era così disperata che non ribatté, pur avendo appena constatato che Chris non conosceva i dettagli della situazione.

Le piaceva perfino il fatto che lui fosse calmo, e desiderò con tutte le sue forze che quei cattivi presentimenti la stessero ingannando. Quasi fra sé disse: «Sai che cosa mi ha detto Giuseppe?»

Chris scosse il capo.

«Ha detto che aveva la montagna dalla sua.»

«E?»

«Non ti sembra un'uscita strana? Se fosse stato Temba Norbu oppure Pasang Tenji a dire una cosa del genere, l'avrei potuto capire. Ma Giuseppe...»

«Che cosa vorresti dire?»

«Ripete sempre che in montagna niente è più pericoloso che lasciarsi cullare dal senso di tranquillità» continuò lei.

«Ma Karin! Chi dice di avere la montagna dalla sua sta solo descrivendo una certa sensazione. Non è niente di strano. Mi ci riconosco anch'io.»

«Davvero?» sbottò, di nuovo seccata. «Quante volte sei stato sopra gli 8000?»

«In linea di massima non ho mai...»

«In linea di massima» lo scimmiottò lei, stupita dal suo stesso tono.

Essere così tagliente non era davvero nel suo stile, e se ne pentì. Non c'era nessun motivo di torturarlo. Il ragazzo era solo un semplice *buyer* del Villari Group che aveva un po' esagerato le sue capacità alpinistiche. Inoltre aveva bisogno del suo sostegno.

«Forse hai ragione» disse gentile. «Sai, una volta ho sentito Giuseppe tenere una conferenza a Firenze. Non fu esattamente un gran successo, direi che fu proprio un disastro, sulla scena. Ma in parte fu colpa di Villari. Continuò tutto il tempo a ridere e parlottare con una modella. Ma un paio di cose Giuseppe riuscì a metterle bene in chiaro.»

Karin guardò un attimo fuori attraverso l'apertura della tenda.

«Disse che raggiunta la cima si è solo a metà strada» continuò. «Che la discesa è la parte più difficile e più importante, e che lo scalatore che se ne dimentica finisce male. Non bisogna lasciarsi ingannare dalle buone sensazioni, o dal fatto di avere la natura dalla propria parte. Bisogna sempre pensare razionalmente.»

«Disse proprio così?»

«Forse non alla lettera, ma il senso era che occorre sempre attenersi a certe regole fondamentali. E non lasciarsi inebriare dal canto delle sirene.»

«Da cosa?»

«Dalle attrattive – la bellezza, la sensazione di invincibilità, la vicinanza alla vetta, la voglia di essere eroi, tutto questo genere di cose. Bisogna sempre ricordarsi della discesa.»

«Che cosa vuoi dire?»

Karin era segretamente contenta di averlo rimesso al suo posto. Il ragazzo aveva perso un po' della sua sicurezza.

«Non lo so» rispose. «Ho solo la sensazione che si sia scordato le sue stesse parole.»

Sprofondò nei suoi pensieri, e prese a sfregarsi preoccupata la fronte.

«Di sicuro non c'è nessun pericolo» disse lui senza il suo solito autocontrollo.

«Be', qui non possiamo fare nient'altro che aspettare» replicò lei, guardando l'ora.

Erano le due meno un quarto, e non era una buona notizia. L'orario stabilito per fare dietro front si stava avvicinando e Karin si domandò se non fosse il caso di uscire di nuovo sulla morena a smaltire un po' della sua frustrazione con una camminata. Ma rimase dov'era, borbottando. Dopo un momento sentì una mano sulla spalla e desiderò irrazionalmente che fosse Jacob. Ma com'era ovvio si trattava solo di Chris. Gli rivolse un sorriso gentile nonostante la delusione, e disse che avrebbe cercato di contattare di nuovo Giuseppe o Ang Nuru. Ultimamente non avevano risposto, gli spiegò. Afferrò il walkie-talkie.

«Campo base a Giuseppe!» chiamò ripetutamente. «Campo base a Giuseppe!»

Nessuna risposta, né da Giuseppe né da Martin o Ang Nuru. Fu presa dall'ansia. Ebbe un calo di zuccheri; nervosamente tirò fuori una tavoletta di cioccolato e la mangiò con avidità, senza nemmeno offrirla a Chris. Guardò di nuovo l'orologio. Le due meno sette minuti, solo sette minuti allo scoccare dell'ora fatale. Pregò in silenzio: «Fa' che arrivino presto in vetta!», e pensò che era una buona preghiera. Non riguardava lei. Doveva essere ascoltata, non perché lei fosse pia e devota, almeno non più di tanto. Magari la spedizione si trovava già in cima. Solo non si erano ricordati di avvisarla. Erano stati presi dalle loro cose. Lo sperava proprio, e guardò verso lo stravagante frigorifero di Paolo, un oggetto totalmente inutile lì, dove raffreddare cose non era affatto un problema, ma lui, da vero snob, aveva voluto la temperatura perfetta per il suo vino bianco.

Lei aveva promesso di bere un bicchiere di champagne se fossero arrivati in vetta, e l'avrebbe fatto, anche se trovava disgustosa l'idea di bere alcol. Ma perché non si facevano vivi? Le lancette dei secondi ticchettavano inesorabili e dalla ricetrasmittente non veniva neanche un crepitio. L'orologio segnò le 13.58, le 13.59 e poi davvero le 14.00 e ancora niente. Era sconfortante. Odiava quella situazione. C'erano diversi walkie-talkie in quel dannato cassetto. Regolò la frequenza e ne diede uno a Chris.

«Proviamo tutti e due a chiamare» disse. Lui obbedì senza fiatare e Karin ne fu quasi stupita, ma perché non avrebbe dovuto obbedirle?

Aveva una considerazione di sé troppo debole. Se ne rese conto mentre inviavano il loro appello disperato. Non successe nulla, non all'inizio, non fino alle 14.06 – Karin seppe l'ora esatta perché non smetteva di fissare l'orologio. Una voce sofferente ansimò in quell'attimo un «pronto?», e lei sentì una fitta al cuore.

Non le era mai minimamente importato di tutte le loro frasi d'ordinanza. Le aveva trovate stupide, ma adesso quel banale "pronto" le parve profondamente inquietante. Non era un saluto dalla vetta, solo una voce confusa che raccontava di gelo e dolore.

«Qui campo base» continuò lei.

«Qui Martin. Passo!»

«Grazie a Dio, Martin. Come sono felice di sentire la tua voce. Dove vi trovate? Passo!»

«Vicino all'Hillary Step» disse lui. «Passo!»

Hillary Step! Karin si sentì sprofondare. Non erano andati oltre?

«Che succede? Passo!»

«Abbiamo dovuto aspettare a lungo, qui. Ma ora sembra che la situazione si stia sbloccando.»

«Perciò andate verso la vetta adesso? Passo!»

Karin chiuse gli occhi.

«Sì, ecco, io e Ang Nuru abbiamo protestato, ma Giuseppe si è intestardito e forse ha ragione lui. Rick è già quasi in cima alla parete!»

Rick! Istintivamente se ne rallegrò. Immaginò gli occhi gentili dell'australiano, la piega sul naso e le braccia esili, quasi femminili. Dunque sarebbe finalmente arrivato in cima, riconciliandosi con la vita! Poi ricordò l'ora avanzata, e tutta la gioia svanì.

«Ma è saggio?» chiese. «Passo!»

«Non lo so» rispose Martin. «Karin, adesso non ce la faccio più a parlare. Abbiamo un po' di problemi da risolvere. Io ho un piede infortunato e Paolo non sta molto bene. Giuseppe sta parlando con lui proprio adesso. Dobbiamo affrettarci! Passo e chiudo!»

«Pronto, pronto, non chiudere» gridò lei.

Non ottenne risposta. Martin aveva interrotto la comunicazione. Le sembrò di essere scossa dai brividi. *Che cosa stanno facendo? E che cosa ha Paolo?* Martin aveva detto che non stava bene. A quota 8750 non poteva significare altro che grossi problemi. Cosa doveva fare?

Per un istante vertiginoso desiderò di essere un'alpinista anche lei, se non altro per poter fare qualcosa di concreto. Erano sciocchezze. Pensò a Jacob Engler, alla sua carezza e al viso malinconico che si apriva di colpo in un sorriso, e provò nostalgia di lui, anche se quasi non se la sentiva di incontrarlo di nuovo. Poi, inspiegabilmente, si arrabbiò. Perché Jacob scompariva di continuo? Avrebbe tanto avuto bisogno dei suoi consigli.

Avrebbe potuto dare una mano e parlare con chi era lassù e magari convincerli a tornare indietro. Maledizione! Di sicuro non era interessato nemmeno lontanamente alla loro spedizione.

Udì qualcosa. Era il walkie-talkie che crepitava. Qualcuno stava chiamando. Afferrò l'apparecchio.

«Qui campo base! Passo!»

«Sono di nuovo Martin. Pare che Paolo si prepari a scendere. Mandiamo giù Pasang Tenji con lui. Passo!»

«Capisco. Qual è il problema? Passo!»

«È troppo tardi e non si sente bene, più di questo non so dirti. Ma è importante che tu avverta Toni. Dovrebbe salire al Campo Quattro! Passo!»

«È così grave? Passo!»

«Non lo so! Ora dobbiamo sbrigarci! Capito tutto? Passo!»

«Certo, assolutamente! Ma, Martin... perché non scendete tutti quanti? È molto pericoloso andare sulla cima adesso!»

«Ormai manca poco. Ce la faremo. Passo e chiudo!»

Passo e chiudo!

Era veramente troppo. Non sta succedendo davvero, pensò lei, mentre udiva Chris dire qualcosa, ma non prestò ascolto. Stava assimilando le parole di Martin e più ci pensava, più era terrorizzata. L'intera spedizione stava salendo, tutti tranne il re in persona, Paolo Villari. A prescindere da ciò che sarebbe accaduto – per quanto bene potessero andare le cose lassù in alto – era un dramma psicologico. Per un attimo dimenticò tutti gli altri rischi, quelli che veramente potevano costare delle vite, e si chiese come sarebbero sopravvissuti a una situazione in cui tutti erano riusciti nell'impresa tranne Villari. Come l'avrebbe gestita lui? E chi ne avrebbe pagato il prezzo? Karin non voleva neppure pensarci, ma in ogni caso... era meglio che la sua vita fosse salva. O no? Paolo viveva per la gloria. Idiozie! Adesso sarebbe stato salvato. Questa era la cosa positiva. Ma gli altri... Erano già quasi le tre, e da quanto capiva non era Paolo il solo a stare male, e com'era la situazione meteorologica?

Doveva convincerli a fare dietro front. Ma le avrebbero mai dato retta? Lei era Karin. Avrebbero solo sbuffato. E se invece fosse stato Jacob a parlare con loro? Sarebbe stata un'altra cosa, soprattutto se lui avesse alzato la voce, se avesse mostrato la sua severa autorità.

«Chris» disse. «Tieni la posizione. Io devo andare a cercare Engler.»

«È proprio necessario?»

«Sì, lo è» rispose lei tagliando corto, e uscì a passo di marcia sulla morena dove incontrò subito due uomini di una spedizione norvegese. Li conosceva abbastanza bene e ovviamente le domandarono come stava andando.

«Bene» rispose lei, ma probabilmente i due indovinarono il suo scoramento. Le gridarono dietro: «Che cos'hai, Karin?» Lei affrettò il passo e incontrò altri in cerca di aggiornamenti e odiò quella situazione. Voleva solo trovare Jacob. Lo cercò dappertutto, mormorando risposte evasive a tutte le domande che riceveva, ma Jacob sembrava sparito nel nulla e lei non capiva. Lì sulla morena non c'erano posti dove nascondersi, solo una spianata e quella maledetta cascata di ghiaccio. Poi udì un urlo. Era Chris. Constatò soddisfatta che c'era gioia nella sua voce, o almeno nessun tono catastrofico.

«Che succede?» gridò.

«Hanno cambiato idea. Villari va anche lui verso la vetta.»

Facevano sul serio?

Karin si fermò impietrita. Che cosa provava? Che cosa avrebbe dovuto provare? Chris la considerava una buona notizia, un segno di forza. D'altra parte lui era un idiota. Desiderò più che mai trovare Jacob.

Magari avrebbe potuto spiegarle qualcosa dell'oscura pazzia che governava lassù. All'improvviso fece una cosa totalmente imprevedibile. Urlò come se stesse per annegare.

«Jacob! Jacob Engler! Abbiamo bisogno d'aiuto!»

Non rispose nessuno. In compenso un sacco di gente affluì verso la loro mensa, come iene che fiutano la tragedia imminente.

20

Con mani impacciate Rick si agganciò al suo *jumar* e lentamente cominciò a muoversi, con la piccozza nella sinistra e la corda fissa nella destra, lungo la famosa parete quasi verticale che aveva preso il nome dal noto alpinista neozelandese Edmund Hillary, il primo a conquistare la vetta dell'Everest.

Il gradino era più ripido di quanto si fosse immaginato. Sui lati il mondo precipitava di migliaia di metri e ogni passo era faticoso. Rick tremava. Il vento era forte e lui scalava puntando i ramponi. Brividi di febbre gli attraversavano il corpo come crampi e i suoi denti battevano, fuori controllo. Tutto era sul punto di cadere in frantumi, ma lui continuava a lottare. La cima non era lontana, e sarebbe stato intenso e grandioso se solo avesse avuto la forza di curarsene. In quel luogo la sua anima era diventata terra di nessuno.

Si era sentito così stanco che aveva desiderato solo accasciarsi inerme nella neve, mentre la sua passione per la montagna cominciava a sembrargli senza senso. Aveva provato un desiderio intenso e profondo di essere a casa o comunque lontano da lì, solo per ricadere, l'attimo dopo, nei sentimenti del passato. Allora la febbre della vetta aveva nuovamente preso possesso di lui. Aveva voluto a tutti i costi salire in cima, e anche adesso, come una fiammella che resiste vacillante nell'intimità più profonda, capiva che avrebbe dovuto provare qualcosa. Il suo sogno era là in fondo, avvolto nella nebbia, e forse avrebbe comunque potuto offrirgli una sorta di riconciliazione.

Un ricordo di David gli passò rapido davanti agli occhi. Era seduto sul bordo di una piscina e lo salutava con la mano, in calzoncini da bagno blu e cappellino con la visiera girato al contrario. Poi l'immagine si affievolì e Rick fece un passo falso. Forse si era appisolato un istante. Non sapeva. Riprese ad arrampicare. Con la mano destra spinse il bloccante davanti a sé e guardò verso l'alto, lungo la parete, dove si snodava una lunga fila di persone. C'era un traffico inverosimile. Era assurdo a quelle altezze, e sotto di lui c'erano ancora più scalatori. Ricordò vagamente una scena giù sulla Cima Sud, anche se non aveva ben capito cosa fosse successo. Ne aveva già abbastanza dei suoi, di problemi. Di qualunque cosa si trattasse. I brividi di febbre stavano per stroncarlo, e nella foschia sempre più densa gli era apparso David, con un'espressione preoccupata e le sue mani affusolate, calde.

Stava davvero succedendo qualcosa, sulla Cima Sud. Niente di particolarmente drammatico, non in apparenza. Nessuno riusciva più a caricare di forza gesti e parole. La Cima Sud non era posto per scenate e Ang Nuru, l'unico che aveva abbastanza autorità per protestare contro la decisione di Giuseppe di affrontare così tardi la salita in vetta, si stava già arrampicando lungo l'Hillary Step. Non c'era nessuno a fare resistenza. L'idea fissa di Giuseppe guadagnava terreno e non era per niente strano. Erano tutti programmati per obbedire. Le sue parole erano legge lassù, e di certo non ci si poteva immaginare che proprio lui fra tutti avesse perso la capacità di giudizio. L'ordine era davvero così folle?

Non suonava male, nonostante tutto. Esprimeva forza e veniva da Giuseppe, la rinomata guida che aveva sempre parole sagge e giuste. Erano rimasti tutti in silenzio, solo Martin si opponeva con il suo piede infortunato, oltre a Villari, che più che protestare brontolava.

«Dobbiamo fare dietro front» disse Martin. «È troppo tardi.»

«Possiamo farcela!»

Giuseppe guardò verso Paolo. Il vecchio rivale barcollò nella neve e disse qualcosa a sua volta. Che cosa, non fu possibile udirlo. Giuseppe si piegò vicinissimo a lui, senza maschera per l'ossigeno, a tratti quasi in preda al panico, ma colmo al tempo stesso di una sensazione di potere. Era lì davanti al suo aguzzino, ma adesso i ruoli erano invertiti. E lui era, se non proprio forte, comunque in posizione di vantaggio. Adesso Paolo era un rottame che voleva scendere a ogni costo e Giuseppe avrebbe dovuto accettarlo, questo lo capiva. Però prima voleva approfittare di quell'attimo. Tutte le parti mortificate del suo corpo glielo urlavano.

«Dunque tu scendi, quando tutti vanno su?»

Paolo annuì, anche se non era possibile cogliere la sua espressione. Occhiali, maschera e cappuccio nascondevano il suo viso. Ma il corpo parlava il linguaggio di un bambino stanco e accigliato, e non c'erano dubbi: voleva scendere, più di qualsiasi altra cosa al mondo, e questo non era solo un pensiero straziante ma anche un segno di quanto fosse in pericolo di vita, soprattutto adesso che era così tardi. In una certa misura Giuseppe se ne rendeva conto. Ma in lui si muovevano anche altri impulsi nascosti, e in quel duro paesaggio presero forma immagini, sia passate che presenti. Vide Martin che si teneva caldo sbattendosi le braccia sul corpo e che si toccava la gamba infortunata. Guardò gli altri, che ancora non erano saliti: Peter Stjerne, Federico Ferro, Birgit Lamont e poi Pasang Tenji, leale al fianco del capo, Mister Villari.

Ma vedeva anche altre cose, con una chiarezza tale che non si poteva dire se fossero ricordi oppure allucinazioni:

una battuta pronunciata molto tempo prima, uno di quei sarcasmi alla Villari che per anni non l'avevano fatto dormire. Era successo a una festa a Milano, Giuseppe se ne stava solo e a disagio in un mare di gente e Paolo gli era passato accanto, più raggiante e ricco che mai, e aveva detto con un sorriso appena accennato: «Sei il solito sfigato, amico!» Niente di più, ma aveva fatto breccia. E poi era vero. Giuseppe era sfigato. Lo sapeva. Ma che bisogno c'era di dirlo?

Perché prendere a coltellate uno che già sanguina? Non l'aveva mai capito, non prima di adesso. Lì, nel gelo pungente, crebbe dentro di lui il senso di trionfo, come se la condizione di Paolo fosse una risposta ai suoi sogni segreti, e presto non ci fu più possibilità di ritorno. Giuseppe era troppo confuso e desideroso di vendicarsi, e forse anche consapevole che ormai era tardi, non solo lì sulla montagna ma anche nella vita. Perciò si chinò in avanti e sibilò all'orecchio di Paolo: «Sei solo un playboy del cazzo, Paolo! Quando serve, sei sempre una delusione! Sei un falso, un maledetto bluff!»

Parole imperdonabili, irresponsabili. L'istinto primitivo governava il suo cervello e lui aveva difficoltà a pensare. Un grande vuoto gli stava crescendo dentro. Di sfuggita si accorse che Paolo, Martin e Pasang Tenji discutevano, stavano prendendo una decisione. Giuseppe non se ne curò. Quando vide che Paolo e il suo sherpa iniziavano a scendere indovinò un suo trionfo personale. Si agganciò alla corda fissa senza più curarsi dei clienti. Adesso voleva salire: solo distrattamente notò che Martin stava parlando al walkie-talkie, di sicuro con Karin, mentre rimaneva lì fermo con la corda nel suo *jumar*. Che vada come deve andare. Come deve andare.

Paolo Villari allargò le braccia davanti a Martin e Pasang Tenji. Era troppo stanco per pensare, eppure da qualche parte della sua mente si stava svolgendo una lotta interna. Lui, uno che mollava? Non riusciva a digerirlo. Era impossibile. Chiuse gli occhi e decise di tirare fuori le sue ultime forze: come avrebbe potuto accettare uno come lui che la vigliaccheria era l'unico atteggiamento sensato in quel momento?

Confusamente si rendeva conto che non poteva tollerare l'offesa di Giuseppe. Per questo disse due parole a Pasang Tenji. Poi si voltò e prese di nuovo a muoversi verso l'alto, a passi incerti e vacillanti. Ma se solo in quel momento lui o qualcun altro avesse alzato gli occhi verso il cielo, avrebbe visto le nuvole nere che poco prima sembravano sparite.

Rick si avvicinava al termine del percorso. Se mai era in grado di pensare qualcosa, era un'unica parola esorcizzante: *su, su, su.* A lungo gli sembrò di non arrivare da nessuna parte. La vetta appariva come un punto illusorio che si spostava continuamente in avanti. Era come camminare su un tapis roulant, una maledetta fatica di Sisifo. Era stanchissimo. Sarebbe crollato? Ce l'avrebbe fatta ad arrivare? Riprese a lottare e lentamente si avvicinò, mancavano solo sette, otto passi. E finalmente arrivò.

La vetta non era più grande di un ammasso di neve, com'era strano: un colosso così gigantesco che terminava in un punto così piccolo. Era davvero arrivato? Non riusciva quasi a crederci. Nei suoi occhiali si rispecchiavano le nuvole e le montagne giù in basso. Sotto di lui era sparpagliato un mucchio di ciarpame, bandiere di preghiera, uno strumento di misurazione rosso, ogni genere di oggetti che gli scalatori avevano lasciato lì. Il panorama era grandioso, ovviamente. Il mondo – Cina, Nepal, Tibet, India – si stendeva ai suoi piedi. La terra si curvava. Ovunque c'erano vette e vallate, bianche pareti di roccia scanalate. Ma lui non se ne curava. Era troppo stanco perfino per avere paura.

Però era felice, come chi sta per cadere in un sonno profondo e ristoratore dopo una giornata tremenda. Dimenticò di dover anche scendere, e mentre pensava *David, adesso sono qui*, la vetta si riempì di persone che si congratulavano a vicenda e lasciavano lì altri oggetti. Sharon seppellì un uovo d'oro nella neve, come una sorta di bizzarro monumento commemorativo. Ma Rick non capì niente. La pace, un'insidiosa pace mortale, s'impadronì di lui, e si fermò lassù troppo a lungo.

Restò lì finché qualcuno, probabilmente Ang Nuru, non gli picchiettò la spalla, gli fece segno verso il basso e levatasi la maschera per l'ossigeno disse ansimando: «Fretta, fretta! Devi scendere!»

E allora lui si avviò barcollando e in quel momento capì. Non gli restavano più forze. Le aveva consumate tutte per trascinarsi sulla cima e adesso non ce la faceva proprio più.

Anche Peter Stjerne era sfinito, erano già le quattro del pomeriggio e le nuvole si facevano sempre più nere. Stava arrivando un inferno, peggiore di quanto potessero immaginare. Mentre arrancava verso la vetta, Peter sentì che la tempesta si faceva più forte. Lo scuoteva rabbiosamente e lui tremava e cercava di trovare un segnale positivo, nel cielo o nel corpo, o da qualsiasi altra parte. Non trovò nulla, solo un'idea assurda: sua figlia non era lì con loro, e perché poi avrebbe dovuto? Ma si rallegrò della sua assenza e la immaginò dormire nel lettone, oppure guardare la tv avvolta in un plaid sul divano rosso. Tutta la sua disperazione si disperse. Sentì un calore nel petto e ricordò quando lui e Siri erano tornati in volo dalla Spagna uno o due anni prima. L'aereo era scosso dalle turbolenze, negli occhi di sua figlia c'era inquietudine e lui pensava al viso di lei se l'aereo fosse precipitato, ed era la cosa più spaventosa che potesse immaginare. Ma adesso c'era solamente lui.

Siri sarebbe sopravvissuta, qualsiasi cosa fosse accaduta: era una consolazione. Peter si afferrò alla corda e continuò ad arrampicarsi verso l'alto. Perché si era messo in quella situazione?

La sua sete di vita si era indebolita, non ce la faceva più, avrebbe solo voluto accasciarsi e invece doveva pensare ad andare avanti, ma nuovi ricordi di Gabriella e di Siri disturbavano la sua concentrazione. Si preparava a un addio? No, rifiutava quel pensiero. Riprese ad arrampicare e udì una voce nella tempesta: «Continua, ancora, avanti!»

La scambiò per immaginazione.

Non lo era. Dietro di lui in fila indiana stavano salendo Paolo e Giuseppe. Ogni tanto la guida si toglieva la maschera per l'ossigeno, ma non per dire cose essenziali, piuttosto per schernire o spronare, e già quello era un segnale che l'aria rarefatta e una vita di amarezze l'avevano privato del suo buonsenso. Anziché risparmiare le forze per salvare la spedizione, Giuseppe umiliava Paolo. Per fortuna Martin Christal e Pasang Tenji non capivano una parola. Pasang Tenji si sarebbe di sicuro impuntato se avesse inteso le parole di Giuseppe. Invece avanzava leale e tranquillo dieci metri dietro Paolo, guardando su verso il cielo e annuendo con aria cupa. Ciò che stava vedendo non lo stupiva. Se l'era aspettato. Nubi nere erano in arrivo. La dea della montagna era piena d'ira, e non c'era da stupirsi pensando a tutti i peccati che erano stati consumati al campo base. Perciò non disse nulla. *Accada ciò che deve accadere. Io mi occuperò solo di salvare Mister Villari.*

Nella mensa Karin e Chris non erano più soli. Alpinisti di altre spedizioni si accalcavano all'interno, tutti nella spasmodica attesa di notizie dalla vetta, molti di loro segretamente ravvivati nello spirito come spesso succede alla gente di fronte a una disgrazia altrui. Si sentivano dei prescelti, coinvolti in un dramma che riguardava un personaggio famoso, Paolo Villari, e provavano una sorta di piacevole solleticamento. Alcuni speravano in segreto in un numero elevato di vittime, per sentirsi più vivi o per provare un po' di eccitazione. Altri invece erano sconvolti come Karin. Erano quelli i cui amici erano parte di altre spedizioni lassù in quota. In loro c'era grande preoccupazione. Eppure le notizie non erano realmente brutte, non ancora, per il momento c'erano solo cattivi presagi. Karin guardò l'orologio.

Erano già quasi le quattro, con l'angoscia negli occhi fece scorrere lo sguardo su quel gruppo di persone lì riunito. Intrusi, pensò, lanciando un'occhiata inquieta verso tutti i walkie-talkie sparsi sul tavolo di quercia. Gli apparecchi erano sempre silenziosi. Alle sue spalle la gente bisbigliava e lei, chissà perché, pensò a suo fratello Jörgen, malato di sclerosi multipla, e desiderò essersi presa più cura di lui. Il ricetrasmettitore crepitò. Karin trasalì, mentre nella tenda si faceva immediatamente silenzio.

«Campo base, Karin! Passo!»

«Qui Ang Nuru. Siamo in vetta. Passo!»

«Splendido! Congratulazioni! Passo!»

Un'ondata di sollievo l'attraversò, alzò il pollice verso la piccola folla, ma l'inquietudine non era sparita. Provò un senso di colpa per la sua gioia improvvisa. Il vero pericolo doveva ancora venire.

«Abbiamo problemi e non tutti sono ancora arrivati. Giuseppe, Paolo e Martin stanno salendo. Sono molto lenti! Passo!»

Karin sentì un nodo allo stomaco e la preoccupazione nel mormorio dei presenti aumentò.

«Come stanno gli altri? Passo!»

Non ricevette risposta, non subito. Poi Ang Nuru fece udire nuovamente la sua voce, ora più gracchiante e piena di una disperazione che lo sherpa non cercava nemmeno di nascondere.

«Non benissimo, per niente...»

Interruppe la frase come a volerle risparmiare il peggio.

«Noi scendiamo» continuò. «Il cielo si è incupito! Incrociate le dita. Passo e chiudo!»

Karin si sentiva male e volse lo sguardo verso l'ingombrante telefono satellitare sul tavolo. Sperò con tutte le sue forze che nessuno telefonasse, e al tempo stesso che qualcuno lo facesse. Era diventato tutto così difficile! Non era in grado di sostenere quel peso. Delle mani si appoggiarono sulle sue spalle. La gente le rivolgeva sorrisi forzati o compassionevoli. Veikko Ristanen, un finlandese barbuto con il mento storto e piccoli occhi ammiccanti, disse nel suo svedese approssimativo: «Se fosse stato qualcuno diverso da Giuseppe a essere in ritardo, sarei preoccupato. Ma lui è forte.»

«Ha Paolo con sé» rispose lei.

«Allora si prenderà cura di lui. Quei due si conoscono fin da bambini» continuò il finlandese, e lei annuì guardando speranzosa verso l'apertura della tenda.

Jacob ancora non si vedeva, un comportamento davvero sfacciato da parte sua. Si teneva lontano proprio adesso che i pericoli si accumulavano. Karin non lo capiva. Guardò nuovamente l'ora. Vagò affannosamente nella tenda e intanto il tempo passava. Presto furono le cinque del pomeriggio, spaventosamente tardi, solo un paio d'ore al tramonto e ancora nessun segnale da Giuseppe. Era orribile. Perché nessuno si faceva sentire? Sempre silenzio, un silenzio inquietante. Il walkie-talkie crepitò solo alle cinque e un quarto: «Giuseppe a campo base.»

Anche se la voce suonava vuota e spettrale, era innegabilmente lui, e Karin urlò dal più profondo del cuore: «Qui Karin! Passo!»

«Ti stiamo chiamando dalla cima del mondo. A quanto pare siamo riusciti a portare su tutto il nostro gruppo. Perfino Paolo è qui. È un trionfo. Stappa lo champagne! Passo!»

«Meraviglioso!» rispose lei con un nodo allo stomaco. «Adesso sbrigatevi a scendere! Passo!»

«Ci sbrighiamo, ci sbrighiamo!»

«Ang Nuru parlava di nuvole scure. Com'è il tempo?»

«Il tempo? Ce l'abbiamo fatta! Controllerò!»

«Siete tutti lì?»

«Martin, io, Peter, Pasang Tenji e Paolo. Gli altri stanno scendendo!»

«Come sta Paolo? Passo!»

«È un po'...»

Non si riusciva a sentire bene. Sembrava soffiasse un vento furioso lassù. Karin non capì il resto della frase e non insistette perché Giuseppe si spiegasse meglio. Voleva solo che tornassero giù. Gridò nuovamente nel walkie-talkie: «Sbrigatevi adesso!» Giuseppe rispose che prima Peter doveva fare una foto a lui e Paolo.

Un borbottio eccitato seguì nella ricetrasmittente. Poi la conversazione s'interruppe e lei non ebbe quasi il tempo di riflettere. Con una determinazione di cui si stupì lei stessa andò verso il frigorifero e tirò fuori due bottiglie di champagne Krug, annata 1988. Senza curarsi delle occhiate sorprese o scosse intorno a lei, ne stappò una e si versò un bicchiere, dicendo che ce n'era per tutti. Nessuno si mosse, e lei valutò se chiedere scusa per la sua mancanza di tatto, ma non cedette. Un attimo dopo si fece avanti Veikko.

«Io lo prendo volentieri» disse. A lei sembrò un gesto generoso, soprattutto dopo aver visto la smorfia di una giovane americana che si era avvicinata.

«È veramente il caso?» domandò la donna. Parole che graffiarono Karin come un artiglio. Era chiaro che non lo era, ma una promessa è una promessa e lei cercò di mantenere il controllo.

«Ho promesso di bere champagne se fossero arrivati in cima. Tutto qui» fu l'unica cosa che riuscì a dire.

Nessun altro si fece avanti per bere e nessuno si mosse, mentre Karin ripeteva il suo «l'avevo promesso» come una bambina offesa. Si sentiva a disagio con quel dannato bicchiere in mano. Che cosa poteva fare? Scomparire come per magia? Nervosamente assaggiò lo champagne. Poi accadde qualcosa. Un mormorio attraversò la mensa. Karin non capiva. Stava guardando da un'altra parte e lo vide con un attimo di ritardo. Era in piedi sulla soglia della tenda, circondato dalla sua nube scura, e non avrebbe potuto scegliere momento peggiore per farsi vivo. Jacob Engler, il purista. Colui che detestava i dilettanti e la vita lussuosa del campo base. Istintivamente Karin si aspettò un rimprovero. Tutto ciò che c'era stato fra loro adesso sarebbe svanito. Jacob sembrava terribilmente arrabbiato, avanzava dentro la tenda, mentre la gente si faceva da parte impaurita. Arrivato davanti al tavolo, prese goffamente un bicchiere e si servì.

«Brindiamo alla follia umana! E brindiamo alla nostra meravigliosa Karin e ai suoi sforzi» disse.

Quelle parole erano così inverosimili. Ma Karin le assimilò e si sentì scaldare di una gioia pura, una sensazione inebriante di conforto e di amore. Ne fu così turbata che non vide che gli occhi di Jacob, e il suo sorriso enigmatico.

21

Peter Stjerne era in piedi sulla vetta e con mani maldestre toglieva il ghiaccio dalla maschera per l'ossigeno mentre lasciava spaziare lo sguardo sul mondo. Intuiva di trovarsi davanti a una vista fantastica. Là in basso c'erano Lhotse, Makalu, Cho Oyo, Kanchenjunga e tutte le altre montagne di cui non sapeva il nome. Guardò lontano lungo la curvatura terrestre e vide che tutto il mondo era immerso in una fantastica luce arancione. Le nuvole sotto di lui avevano una tonalità grigiorossastra e ricordavano dei batuffoli di ovatta. Sopra, il cielo ardeva. Ma lui era troppo stanco per la bellezza – e troppo spaventato per il trionfo o l'orgoglio.

Aveva sognato a lungo questo momento, non solo come alpinista ma come reporter. In tanti erano stati lì, si notava se non altro da tutto ciò che c'era nella neve, tutto il ciarpame, tutte le tovagliette e le bandiere che sventolavano nella tempesta. Ma in pochi ne avevano scritto. Gli alpinisti erano persone d'azione, non di parole, lui invece avrebbe saputo riportare tutto. L'aveva sentito mentre saliva. Il vuoto nel pensiero e la lentezza nel corpo lui li avrebbe saputi catturare come nessun altro, ne era stato convinto. Adesso se ne infischiava. Poteva essere grandioso finché voleva.

Il suo essere era del tutto svuotato. Solo la paura era palpabile. Qualcuno gli bussò sulla spalla. Era Giuseppe,

Peter capì che voleva che lui lo fotografasse insieme a Paolo. Per un attimo pensò di accontentarlo: Federico Ferro chiaramente aveva già iniziato la discesa.

Poi rinunciò. Tremava troppo. Non voleva maneggiare in modo maldestro la macchina e rischiare di congelarsi le mani. Se ne fregava della prova fotografica e scosse ostentatamente il capo, ma Giuseppe non fu soddisfatto della sua risposta. Teneva un walkie-talkie contro l'orecchio e disse qualcosa di impercettibile e seccato.

Okay, okay! Avrebbe fatto la foto. Giuseppe gli passò la sua macchina fotografica e mise il braccio intorno alle spalle di Paolo con un movimento che a Peter parve osceno, senza saper dire perché. Non gli piaceva come la guida stava trattando Paolo, e percepì che quell'abbraccio era tutt'altro che reciproco. Piuttosto – anche se il pensiero gli sembrò assurdo – ricordava l'abbraccio di un boia. Adesso Giuseppe stava facendo una smorfia. Che cosa significava? Forse voleva essere un sorriso? Peter era troppo stanco perfino per avere un'idea di come intepretarlo, e in realtà non gliene importava nulla. Si limitò a scattare qualche foto e poi alzò gli occhi.

Il cielo stava diventando scuro, uno scuro temporalesco. Indicò verso l'alto. Giuseppe lo ignorò e cominciò a occuparsi lui delle fotografie. A Peter questa cosa non piacque, e non solo perché c'era fretta di scendere. La visse come una comunicazione a senso unico, come uno spettacolo bizzarro. Poco dopo la seduta fotografica fu interrotta. Pasang Tenji, il fedelissimo di Villari, si mise in mezzo e Giuseppe si calmò. Peter non vide altro. Senza aver ricevuto alcuna direttiva, cominciò a scendere verso l'Hillary Step, del tutto ignaro di come avrebbe fatto a cavarsela.

Il cielo si stava scurendo. Una mano nera si posò sull'orizzonte. La luce rossastra scomparve e presto arrivarono i primi fiocchi di neve. Lui continuò ad avanzare barcollando mentre la tempesta aumentava. Arrivato all'Hillary Step si agganciò a una delle corde fisse. Sotto di lui c'erano molte persone: si muovevano con estrema lentezza e non era un buon segno, non adesso, non con questo tempo. Peter se ne rendeva conto. Eppure si dimenticò degli altri. Si chinò e raccolse alcune pietruzze. Le accarezzò delicatamente con il guanto imbottito e le ripose sorridendo nella tasca. *Piccola Siri adorata.* Così le avrebbe detto: «Queste pietre vengono dalla cima dell'Everest, dal punto più alto del mondo, dal cielo» e di sicuro lei le avrebbe portate a scuola e avrebbe detto ai suoi amici: «Sassi dal cielo!»

Cominciò a scendere lungo l'Hillary Step. Ogni tanto aveva dei capogiri. La vita precipitava, ripida e in profondità sotto di lui, e per un po' il terrore lo mantenne all'erta. Ma un'opaca indifferenza filtrò ineluttabilmente nelle sue vene. Cercò di combatterla e di ritornare all'inquietudine, quella salvifica, al pensiero che doveva assolutamente scendere per portare le pietruzze a sua figlia, i sassi del cielo, e pensò a Gabriella, a come si stringeva a lei la mattina, a come lei sapeva esaltare ciò che lui scriveva, a come lo consolava quando lui si sentiva frainteso e dimenticato. Pensava a quello e all'estate nell'arcipelago e alla sauna con la legna e a tutto quanto, e non pensava a niente, un nulla vuoto, quando all'improvviso, nello stesso momento, accaddero due cose spaventose, e anche se ragionevolmente una doveva essere accaduta prima dell'altra, lui le percepì contemporaneamente. Era come se il suo terrore interiore si confondesse con la realtà esteriore della montagna.

Giuseppe scorse Peter sparire giù dalla vetta e pensò che non era una buona cosa. Non gli aveva dato alcun ordine in tal senso. D'altra parte, quasi tutto sembrava succedere al di fuori del suo controllo. Nelle ultime ore non si era praticamente curato d'altro che di Paolo Villari, e non si era trattato di premure benevole. Si era lasciato offuscare dall'amarezza e da sentimenti di vendetta, almeno a tratti se ne rendeva conto.

Si sentiva come una persona malvagia che nel bel mezzo del proprio agire capisce di avere torto, eppure è spinta a proseguire dalla forza ostinata del suo sentimento. Aveva fotografato Paolo troppo a lungo e non senza un certo sadismo. Paolo aveva bisogno di essere aiutato, non fotografato, e lui era stato contento quando Pasang Tenji gli aveva messo un freno. Fra l'altro, il cielo non si era incupito? Sulle braccia gli stavano cadendo dei fiocchi di neve.

Con la testa sempre più vuota cominciò la discesa insieme agli altri, domandandosi se non avrebbe dovuto legarsi a Paolo, per proteggerlo da una caduta. No, prima dovevano scendere l'Hillary Step e lui era davvero molto stanco. Un po' più giù una figura si stava piegando. Doveva essere Peter. Che cosa stava facendo? Raccoglieva qualcosa e poi proseguiva. Giuseppe avanzava pesantemente con Martin, Pasang Tenji e Paolo e presto si trovarono davanti alla parete. Quanta corda, pensò. Dappertutto c'erano corde che erano state fissate nella roccia fin dagli anni Cinquanta. In quel momento le vide – stranamente, considerato ciò che stava per accadere – come trappole per i loro ramponi, e si chiese se fosse il caso di dire qualcosa in proposito. Un attimo dopo era già troppo tardi: Martin s'impigliò in una corda con la sua gamba infortunata. Inciampò e tutti si aspettavano di vederlo rialzarsi da un momento all'altro. Invece continuò a scivolare e poi sgambettò, forse perché il bordo del precipizio si avvicinava, ma probabilmente quel riflesso lo fece scivolare ancora più veloce. Poi cadde.

Volò giù verso la cresta sud-est e non si udì neanche un grido, niente, solo il lieve scricchiolio della neve e poi il solito vuoto. Non si vedeva niente. Sembrava tutto uno scherzo. Un momento Martin era lì e poi puff! Non c'era più. Era troppo strano. Giuseppe non capiva. Voleva andare da Paolo e Pasang Tenji e spiegare che non aveva importanza. «Sono cose che capitano» voleva dire. «Sono stato incauto. Ma adesso mi occuperò di voi.» Si rese conto dell'assurdità di quel pensiero. La catastrofe sedimentò. Eppure il panico non scoppiò, era troppo stordito. Quasi con calma constatò: *dunque è andata così.* Sentiva addirittura che ci sarebbero state altre vittime. Nessuno della sua spedizione poteva essere arrivato chissà quanto giù, e il cielo stava covando un inferno. Tanto valeva arrendersi, no? Valutò seriamente di farlo, ma decise di lottare.

Lui e Pasang Tenji agganciarono Paolo a una della corde fisse. Per tutto il tempo Giuseppe avvertì su di sé lo sguardo perentorio dello sherpa. Doveva dire qualcosa? Non c'era niente da aggiungere. Martin non c'era più e adesso dovevano sbrigarsi. Paolo non avanzava di un centimetro. Era completamente sfinito, non riusciva quasi a muoversi e la cosa irritò Giuseppe, che si strappò la maschera e urlò: «Datti una mossa, porca miseria! Fatti forza! Muoviti!»

In qualche modo, gli capitò di toccare il walkie-talkie.

Nella mensa la gente aveva ancora i bicchieri di champagne in mano: Karin constatò stupita che erano già finite tre bottiglie, segno di nervosismo, sicuramente, ma... si sentì disgustata. L'idea era stata sua. L'aveva considerato un gesto simbolico, l'adempimento di una promessa, niente di più. Adesso invece la gente beveva avidamente, qualcuno addirittura ridacchiava. Chi? Una donna, Karin non riuscì a identificarla. Tutti capivano che stava per succedere una catastrofe, o comunque che le prospettive non erano buone. Però era anche vero che tutto era ancora molto vago.

Per quanto ne sapeva, Ang Nuru, Nima Rita, Lobsang e And Dorje si trovavano sulla Cima Sud con tre clienti sfiniti: Rick, Natalie e Sten. Un po' più in basso Ang Kami, Dawa Sange e Jangbu Chiri Sherpa stavano scendendo con Birgit, Sharon e Federico, e più in alto di tutti, non lontano dalla vetta ma chissà dove, c'erano Paolo, Peter, Giuseppe, Martin, Pasang Tenji. La situazione era pessima.

Il cielo si era considerevolmente incupito, la tempesta era aumentata. Non sarebbe trascorso ancora molto tempo prima che il sole tramontasse oscurando del tutto la visibilità. C'era poco tempo. Karin aveva chiamato altre spedizioni che si trovavano sulla montagna, ma ognuno era preso dai propri problemi, o magari erano tutti troppo stanchi, e Jacob, sul quale molti segretamente contavano, era sfuggente e di umore variabile. Lei non lo capiva proprio e nessuno aveva ancora avuto il coraggio di chiedergli aiuto. La situazione cominciava ad apparire disperata.

Il walkie-talkie crepitò. Era da molto che Giuseppe non si faceva vivo, perciò Karin sussultò piena di speranza. Rimase presto delusa e poi profondamente inquieta. Qualcuno ansimava forte dalla parte opposta. Quindi seguì un fiume rabbioso di parole incomprensibili. Karin non capiva nemmeno di quale lingua si trattasse. Le frasi uscivano in un sibilo confuso, ma poi riconobbe un paio di imprecazioni in italiano e il nome di Paolo.

«Che cosa sta dicendo?»

Guardò Jacob, supplichevole.

«È Giuseppe. Sta spronando Paolo. Sembrano avere dei problemi» disse lui, e "problemi" era chiaramente un eufemismo, almeno a giudicare dal tono.

Le parole di Giuseppe suonavano terribili, Karin vi indovinò una rabbia maligna che la fece rabbrividire, e probabilmente Jacob se ne accorse. Diventò nuovamente gentile. Che uomo strano.

Le posò la mano sulla spalla.

«Giuseppe cerca solo di farlo muovere. Quando una persona manifesta danni da congelamento occorre essere molto espliciti.»

Karin sorrise. La gentilezza di Jacob le dava calore. Cercò di mettersi in contatto con Giuseppe, ma lui sembrava sordo e lontano, bloccato nel suo rabbioso blaterare.

Due cose accaddero dunque a Peter Stjerne: era arrivato a un passaggio ripido e si era voltato. Sarebbe stato più facile, pensava, camminare all'indietro con la mano e il moschettone sulla corda. Perciò guardava in su verso Martin, Giuseppe, Pasang e Paolo e pensava a sua figlia e a sua moglie o forse a niente, quando vide Martin cadere. Non sembrava niente di straordinario. Poi gli parve di soffocare. Cominciò a iperventilare proprio nell'attimo in cui Martin scivolava velocissimo lungo la parete, e visse quell'istante come se fosse la sua stessa vita a precipitare. Per il resto non capiva niente, se non che l'angoscia gli vorticava nel petto. Tutto diventò incomprensibile e orribile. Poi capì. *L'ossigeno.* Doveva essere finito, ma non sarebbe dovuto succedere così presto. Anche se forse si era fatto più tardi di quanto pensasse. Si strappò la maschera e cominciò a respirare selvaggiamente e avidamente, cercando di pensare a gente come Engler che sale senza bombole, così lentamente il panico più acuto passò. Sulla Cima Sud c'erano le riserve, lo sapeva. S'impegnò nella discesa, senza pensare a Martin né a nessun altro al mondo. Doveva solo andare giù, ma presto i contorni sfumarono. Perse la presa sul presente e l'arrivo della tempesta non aiutò. Vedeva a malapena la mano davanti a sé e stava per crollare quando un essere umano apparve nella tormenta di neve. Allora mormorò uno sproloquio nella propria lingua, dimentico che lo svedese era lì totalmente inutile.

Ang Nuru effettivamente non capì nulla. Non ascoltò nemmeno con molta attenzione. Era troppo sconvolto. La situazione si stava facendo catastrofica e si maledisse per aver condotto così tante persone in vetta così tardi, e per non essersi concentrato sulle nuvole scure che aveva scorto con tanto anticipo. Adesso la tempesta era lì. Granelli di neve ghiacciata li fustigavano e la temperatura stava drasticamente crollando. Sarebbe scesa a quaranta gradi sottozero? Come avrebbero fatto a cavarsela allora? Si trovavano sulla Cima Sud, a 8700 metri sopra il livello del mare, accanto a lui c'erano tre scalatori: Rick, Sten e Natalie. Nessuno di loro aveva la forza di fare più che pochi passi per volta.

Era diventato sempre più difficile distinguere gli alpinisti l'uno dall'altro. Non solo tutti sembravano uguali nelle loro tute imbottite e con le maschere per l'ossigeno. La prospettiva stessa era distorta dal caos e dalla tormenta. Tutto si confondeva con tutto. La gente si mescolava, e chi era adesso questo qui? Un uomo senza maschera, con evidenti segni di congelamento. Il viso magro, scavato. Una sensazione famigliare si diffuse attraverso i pensieri sconvolti di Ang Nuru. Si rivolse ai suoi sherpa, Nima Rita e Lobsang Dorje. Ang Dorje, anche lui nel gruppo, l'aveva perso di vista, probabilmente si trovava già più in basso.

«Chi è?» chiese.

Non ebbe risposta. Eppure capì. Fu la magrezza a dirglielo. L'uomo era Peter Stjerne, e non era una buona cosa. Peter era salito con Giuseppe, Martin, Paolo e Pasang.

Perché adesso era solo?

Ang Nuru si piegò in avanti, scosse Peter e gli chiese ripetutamente: «Che cosa è successo?»

«L'ossigeno» disse Peter, e Ang Nuru si rese conto che le altre domande avrebbero dovuto aspettare.

Peter aveva bisogno di aria, aria inglese, come la vecchia generazione della valle del Khumbu usava chiamarla. Ang Nuru cercò nella neve la riserva di bombole che doveva essere lì vicino. Ma dove? Non vedeva niente. La tempesta peggiorava a ogni minuto. Lo sherpa aveva difficoltà a stare in piedi e ordinò a Nima Rita e Lobsang Dorje di aiutarlo a cercare. Erano così dannatamente passivi, ma avevano faticato molto per questa spedizione senza speranza, e adesso le loro stesse vite erano in pericolo. Li capiva, ma questo non era di nessun aiuto. Lo preoccupava che così tanti dei suoi sherpa fossero già spariti verso il basso. Finalmente Nima Rita trovò il deposito. Era segnalato con una bandierina. Ang Nuru prese una bombola e la collegò alla maschera di Peter, mentre continuava a pensare a Sten, Natalie, Rick. Non sarebbe riuscito a occuparsi di tutti. Avrebbe dovuto recitare la parte di un qualunque dio e scegliere fra le loro vite. Era disumano: chi avrebbe dovuto salvare per primo?

Quello nelle condizioni peggiori, era la risposta più istintiva. Ma non era una scelta ovvia. Lui e i suoi sherpa non avrebbero dovuto in nessun caso sprecare forze per qualcuno che non valesse la pena salvare. Guardò i suoi clienti, o quel poco che vedeva di loro in quel momento, cercò di valutare le loro condizioni. Rick probabilmente era quello che stava peggio, Natalie quella che stava meglio, ma Sten, lui era malridotto già prima della tempesta. Presto sarebbero comparsi anche Paolo e gli altri. La situazione era grave, e di nuovo chiamò il campo base , ma subito trasalì. Peter Stjerne si stava dibattendo come in preda a un attacco epilettico.

22

Gabriella Stjerne stirava accanto al pianoforte in soggiorno, cosa che in parte riusciva a calmarla. Aveva bisogno di tenersi occupata, di cercare per quanto possibile di dimenticare la propria inquietudine. Aveva chiamato Karin al campo base con frequenza davvero eccessiva e ricevuto notizie positive che lasciavano ben sperare, ma non le bastava. Voleva sentirsi dire che Peter era sceso da quella maledetta montagna. A ogni ora che passava, odiava l'Everest sempre di più, e non poteva né voleva cercare di capire che cosa ci andasse a fare la gente lassù. Era una pazzia, nient'altro.

Si sedette sul tappeto persiano rosso e si mise a smistare le calze. Le disponeva in fila e poi le esaminava alla luce dei faretti sul soffitto. Detestava smistare le calze, ne mancava sempre qualcuna. Accoppiarle era sempre un'impresa. Erano tutte grigie o nere in gradazioni diverse e parevano tutte dannatamente uguali. Non ce la faceva. Guardò l'orologio e calcolò tre ore e quarantacinque minuti in più. Adesso in Nepal erano le due passate. Ormai avrebbe già dovuto ricevere la notizia che erano arrivati in vetta o nel migliore dei casi che stavano tornando indietro. Sfiorò di nuovo il telefono, ma riuscì a non cedere alla tentazione. Va tutto bene, pensò.

Lanciò in aria una manciata di calze e le guardò ricadere come una pioggia tranquilla, andò in camera e si gettò sul letto. Si stese sulla pancia, sulla schiena, sul fianco, poi volse lo sguardo alla fotografia sul comodino. Nel ritratto, Peter e Siri si guardavano amorevolmente. Divenne ancora più nervosa. Cercò di leggere: un poliziesco, un vecchio numero di *Amelia*, uno dei libri di Tintin della figlia. Le lettere si accavallavano, il tempo passava senza che arrivassero telefonate, e questo la faceva star male.

Il telefono smise di essere una tentazione. Divenne una minaccia, e Gabriella non ebbe più il coraggio di chiamare. Il fervore del mattino si trasformò in un vero e proprio terrore, guardava il ricevitore come se fosse una bomba a orologeria. S'innervosì fino a diventare isterica, quando a un certo punto sentì qualcuno tirare la maniglia della porta, che era chiusa a chiave. Il campanello suonò. Non poteva essere già Siri. Invece era lei, quel giorno doveva tornare a casa prima da scuola. In Nepal cominciava a essere tardo pomeriggio. Gabriella si tirò su faticosamente e andò ad aprire. Fuori c'era Siri nel suo vestitino rosso con sopra una maglia di cotone nera, ma lei non se la sentiva di abbracciarla e baciarla come al solito. La piccola restò ferma sulla soglia con un'espressione implorante sul viso.

«Papà è arrivato in cima?»

«Non ancora, tesoro. Non ancora.»

«Ma ci sta andando?»

«Credo di sì, amore» disse Gabriella, cercando di sembrare tranquilla. Ma non era facile, non con il labbro inferiore che tremava.

Siri era bene informata sui rischi della montagna. Gabriella aveva cercato di proteggerla, ma Siri non era stupida. Aveva dieci anni e si era messa a cercare autonomamente in rete, e poi conosceva sua madre. Era capace di leggerle il viso, l'inquietudine era troppo evidente. Siri la intuì.

«Ma va tutto bene?»

«Assolutamente!» rispose Gabriella, ma non era una buona risposta.

L'aveva pronunciata con troppa fretta e troppa sicurezza, e si accordava male con il suo labbro ancora tremante. Avrebbe dovuto dirle una mezza verità, non una pura menzogna. È chiaro che non poteva confessarle il suo panico, ma avrebbe dovuto ammettere un po' della propria preoccupazione. Adesso era troppo tardi, abbracciò la figlia senza la disperazione che in segreto avrebbe voluto trasmettere. Poi diede a Siri del gelato e le propose di guardare un film, *Z la formica*, per esempio, che entrambe trovavano divertente. Così fecero. Ogni tanto Gabriella commentava le scene più buffe e riuscì perfino a ridere, anche se i pensieri erano molto lontani e il telefono rimase a lungo in silenzio. Poi però squillò.

«Pronto!»

Avvertì l'ardore nella propria voce.

«Sono Karin» le risposero dall'altra parte.

Conoscevano bene l'una la voce dell'altra, e se Karin avesse avuto buone notizie non avrebbe forse cominciato con quelle, senza bisogno di presentazioni? Solo chi deve comunicare cattive notizie esordisce con frasi superflue, pensò, e si tese aspettandosi il peggio.

«Dimmi.»

«Sono arrivati in vetta e adesso stanno scendendo.»

«Magnifico!» rispose lei, non perché lo intendesse realmente, ma perché Siri la ascoltava, seguendo ogni singola parola con estrema attenzione.

«Sì, certo, è fantastico» continuò Karin, con voce forzata.

Con un sorriso disperato sulle labbra, Gabriella si alzò e andò in cucina con il telefono.

«Quando sono arrivati in cima?»

«Alle cinque.»

Il sangue le si ghiacciò nelle vene.

«Così tardi!»

«C'è Giuseppe con loro.»
«Ma questo era scontato, no?»
«Certo, ma...»
«Ma cosa?» ribatté Gabriella.
Aveva sentito parlare così tanto dell'importanza di rispettare gli orari lassù a quelle quote. Quelle regole non erano forse più valide?
«Vedrai che andrà tutto bene, Gabriella. Ti chiamo non appena saprò che sono al sicuro.»
«Dunque presto saranno fuori pericolo?»
Karin tacque e in sottofondo una voce maschile molto agitata gridò: «Ang Nuru, passo!», cosa che non contribuì certo a tranquillizzarla.
«Non posso dire niente di sicuro, non ancora. Ma mi farò viva presto, promesso.»
«Quindi è tutto qui?»
«Per il momento sì. Mi dispiace.»
Gabriella chiuse la comunicazione. Non ce la faceva più. «Al diavolo!» imprecò a voce alta, nell'istante in cui avvertì accanto a sé una presenza. Siri era ferma sulla soglia della cucina, probabilmente aveva sentito tutto. Un bagliore incerto, spaventato indugiava nei suoi occhi celesti.
«Che cosa succede, mamma?»
Come doveva risponderle?
«Papà è arrivato in vetta! Sulla montagna più alta del mondo!»
L'ultima precisazione era ovviamente superflua. Siri sapeva di quale vetta si trattasse, ma era evidente che non era certo trionfo quello che si leggeva sul viso della madre.
«Tu però hai mandato qualcuno al diavolo.»
«Papà è arrivato in cima un po' tardi. Adesso deve scendere velocemente prima che faccia buio. E questo mi preoccupa un po', effettivamente. Ma sia tu che io sappiamo che papà è molto, molto forte.»
«Lo è davvero?»

Siri muoveva nervosamente le labbra. Gabriella intuì il suo scetticismo.

«Be', è chiaro che non ha chissà quali muscoli» rispose. «A volte fa fatica ad aprire la porta del garage e cose del genere. Ma è forte in un'altra maniera. E molto resistente.»

«E adesso deve resistere?»

«Sì, adesso deve resistere» rispose Gabriella, chiedendosi subito se non avesse detto troppo.

«Ma ce la farà, ne sono assolutamente convinta» aggiunse, e con suo stupore Siri non volle più parlare.

Si voltò e uscì dalla cucina. Per qualche minuto Gabriella la lasciò fare, pensava che avesse bisogno di stare da sola. Ma era una tortura. Doveva parlare con lei.

«Siri! Siri!» la chiamò. Non ebbe risposta e per un po' nemmeno riuscì a trovarla. Alla fine vide che stava in ginocchio sotto la scrivania nello studio di Peter, con lo sguardo puntato sui cavi e le prese. Teneva le mani giunte. Stava pregando, ed era una visione straziante. Doveva essere veramente preoccupata, ma dove aveva imparato a farlo?

Pregava così concentrata che non si era neppure accorta che la madre era entrata nella stanza.

23

Ang Nuru capiva che la situazione stava peggiorando. Peter giaceva nella neve scosso da un attacco epilettico, e lui lo guardò con occhi pieni di compassione.

Aveva simpatia per quell'uomo, non aveva mai incontrato una persona così curiosa e appassionata. Quando al campo base aveva raccontato della propria infanzia, Peter Stjerne aveva preso appunti con grande sollecitudine, e fatto una quantità di domande entusiaste. Sembrava davvero molto affascinato dalla vita di Ang Nuru. Era speciale, quello svedese. Gli dèi abitavano in lui: Ang Nuru gli posò la mano destra sul petto e sentì gli spasmi propagarsi lungo il proprio braccio.

La crisi però lo costringeva ad abbandonare qualsiasi sentimentalismo: Peter Stjerne non ce l'avrebbe fatta. Ormai era da un po' che si scuoteva in maniera incontrollata e stava per perdere conoscenza. Non sarebbero riusciti a portarlo giù. Non valeva nemmeno la pena tentare. Per quanto fosse doloroso, dovevano distogliere lo sguardo da lui e concentrarsi su Rick, Sten, Natalie, Giuseppe e Paolo. Sarebbero stati costretti a scegliere anche fra loro? Forse, pensò, e si rese conto con angoscia che effettivamente avrebbe dovuto giocare a essere Dio, proprio come aveva temuto, ma sapeva che di fronte al cielo tutti erano uguali, come diceva sempre suo padre.

Eppure, uno dei clienti era più importante degli altri, almeno sulla terra e sui giornali, anche se lui ne preferiva in segreto un altro. Ma se fosse stato costretto a scegliere? No. Quelli erano pensieri proibiti. Solo la condizione di salute doveva essere discriminante, e Ang Nuru era felice che Natalie, con la quale avrebbe voluto fuggire, fosse probabilmente la più forte, certamente sfinita ma comunque sempre attiva. Aveva tempra: avrebbe resistito ancora. E Giuseppe, anche se non era se stesso, era pur sempre Giuseppe, e sarebbe stato in grado di prendersi cura di sé, mentre Villari, il re caduto, il fardello prezioso, si trovava certamente in una condizione di isolamento difficile da interpretare. Eppure si manteneva in piedi, in qualche modo resisteva. Le preoccupazioni più forti erano per Rick e Sten.

E come stavano le cose con Nima Rita e Lobsang Dorje? I due sherpa non erano attivi come al solito. Di sicuro erano arrabbiati, e più storditi di quanto volesse credere. Dovevano scendere nonostante la pessima visuale. Puntò gli occhi nella tormenta, dove i suoi compagni comparivano e scomparivano alla vista. S'intravedevano lì in mezzo come fantasmi nella nebbia. Barcollando, raggiunse Giuseppe che stava aiutando Paolo ad assumere un po' di liquidi. Se non altro un gesto responsabile.

«Come va?» gridò Ang Nuru.

«Martin è caduto» rispose la guida, con una voce che, nonostante il timbro gracchiante, pareva quella di un bambino.

Ang Nuru non se ne curò. Sapeva già della tragedia e disse solamente: «Dobbiamo decidere come muoverci.»

Giuseppe annuì.

«La mia proposta è che io, Lobsang Dorje e Nima Rita andiamo giù con Sten, Rick e Natalie, mentre tu e Pasang Tenji vi occupate di Paolo. Credi di potercela fare?» domandò Ang Nuru.

Giuseppe rimase seduto in silenzio. Brina e ghiaccio si erano formati intorno alla sua bocca e al colletto della giacca, e si vedeva che aveva male alla mano destra. Se la massaggiava in modo ossessivo.

«Che vada pure come deve andare!» disse alla fine Giuseppe.

Ang Nuru si rivolse a Pasang Tenji, e disse nella propria lingua: «Sarà tua responsabilità. Prenderai tu il comando e farai in modo che arrivino giù. Credi di farcela?»

Pasang Tenji allargò le braccia in un gesto titubante. Per evitare di discutere, Ang Nuru si voltò dall'altra parte e spiegò velocemente la situazione agli altri due sherpa. Poi afferrò Rick. Era come strattonare una bambola.

«Su, in piedi!» gridò, «devi alzarti, dannazione, altrimenti morirai. Devi lottare!»

«Non ce la faccio. Non ce la faccio» mormorava Rick, mentre Nima Rita lo afferrava inutilmente per l'altro braccio.

Rick si mise ritto ma ricadde subito a terra, e un senso d'impotenza cominciò a crescere nel petto di Ang Nuru. Che cosa doveva fare? Presto sarebbe sceso il buio, doveva agire. Decise di dimenticare Rick per un attimo. Con Lobsang Dorje si rivolse a Sten, che con suo stupore si mise in piedi nello stesso istante in cui lo faceva anche un'altra persona, e perfino nel bel mezzo di tutta quella follia Ang Nuru provò un brivido di piacere. Era Natalie, e sembrava forte. Pensò al suo corpo sotto tutti quegli indumenti, e alla notte e all'inferno che stavano arrivando. Decise di cambiare strategia.

«Nima, tu resti qui a dare una mano al resto del gruppo. Io e Lobsang cominciamo a scendere con Sten e Natalie» disse.

Nima accettò senza protestare ed era davvero generoso da parte sua, anche se le sue parole lo trafissero: «E lo svedese?»

«No» rispose lui criptico.

Poi si voltò verso valle con il braccio di Natalie intorno alle spalle, mentre Lobsang Dorje camminava accanto a lui con il professore addosso. *Oh Chomolungma, Sagaramatha, o come tu voglia chiamarti: dacci la forza*, e poi si avviarono barcollando.

Giuseppe era fermo sulla Cima Sud in preda a una spaventosa consapevolezza. *Ho mandato in rovina la mia spedizione*. Spostò lo sguardo su Paolo che borbottava. Si piegò in avanti per sentire: «Io non posso morire, non posso, non voglio» recitava meccanicamente l'amico d'infanzia.

Lo capiva. Ma gliene importava ben poco. Non ne aveva più la forza e pensò che una parte dei suoi peccati ed errori sarebbe scomparsa con Villari. Era nel suo interesse che Paolo morisse. Diresse lo sguardo verso Peter Stjerne.

Sembrava quasi svenuto, e chi perde i sensi a quelle altitudini non si risveglia più. Ripensò alla moglie, Gabriella. Non l'aveva mai conosciuta, aveva solo visto una sua foto, ma gli era rimasta impressa, c'era qualcosa nei suoi occhi, aveva uno sguardo spaventosamente fragile. E poi Rick!

Quanto aveva lottato per l'australiano, per il suo desiderio di arrivare in vetta? Quanto aveva faticato e sperato di farcela anche per lui? E in effetti c'erano riusciti! Giuseppe sorrise, ed ebbe un pensiero conciliante: Sono stato un idiota. Ma l'ho fatto per lui, per Rick. Era stato per bontà che le cose erano andate così male. Aveva voluto essere troppo buono, molto semplicemente. *L'ho fatto per Rick, non che questo possa essere d'aiuto a Martin, ma in ogni caso...*

Pasang Tenji e Nima Rita erano in piedi accanto a lui.

«Dobbiamo scendere» gli stavano dicendo. «Adesso!»

«Adesso?»

Non voleva capire. Aveva bisogno di pensare.

«Lasciate perdere noi» disse alla fine. «Prendete Rick. Date la priorità a lui!»

«Che cosa vorresti dire?»

«Prendete Rick. Lui ha bisogno di due persone che lo sostengano. Noi ce la caviamo da soli!»

Lì nella foschia della neve turbinante, Pasang Tenji si contorse a disagio. Era allarmato. Giuseppe se ne accorse e vide che all'orizzonte stava accadendo qualcosa.

Forze malvagie si erano messe in movimento. Qualcosa di tenebroso, un'ombra stava scivolando verso di loro, e capì. Erano la sera e il buio, e con loro un gelo e una solitudine che avrebbe superato qualsiasi sua precedente esperienza.

Pasang Tenji credeva di aver capito male. Solo Rick, aveva detto la guida. Doveva aver capito male. Era impossibile.

«Io non posso lasciare Mister Villari» disse.

Un'ondata di indignazione attraversò il suo corpo martoriato.

«Devi!»

«Perché?»

«Perché te lo dico io! E io sono il tuo capo!» rispose Giuseppe, e Pasang Tenji constatò con preoccupazione che la guida aveva recuperato la sua vecchia autorità.

Era come se si fosse liberato di colpo della sua confusione e fosse tornato a comandare con l'antica energia, ma l'ordine che aveva dato era impossibile da eseguire. Pasang Tenji amava Mister Villari, accanto a lui si sentiva un prescelto, al punto di infischiarsene se i suoi amici ritenevano che si lasciasse umiliare. Paolo Villari l'aveva notato e gli aveva promesso, o lasciato intendere, che ci sarebbero stati altri incarichi ad aspettarlo in Europa. Paolo Villari era il suo buono per una vita diversa. Di questo Pasang Tenji era convinto. Ma con il suo carisma Paolo Villari aveva indotto molte persone a sacrificarsi per lui, senza mai ringraziarle in misura adeguata, se non quando gli conveniva come investimento per il proprio futuro. Ma avrebbe davvero avuto una qualche importanza se Pasang Tenji lo avesse saputo? Era giovane, e non aveva mai incontrato un personaggio di quel calibro. Avrebbe comunque fatto qualsiasi cosa per Mister Villari, il solo pensiero di salvarlo lo colmava di una calda sensazione capace quasi di sfidare la tempesta. Mai e poi mai avrebbe potuto lasciare Mister Villari lassù.

«Mister, Mister» ansimò. «Io la condurrò al sicuro! Non scenderò con Rick. Io mi occuperò di lei.»

«Non voglio morire» rispose Paolo con una disperazione che lo sconvolse.

«No, no, io la salverò!» disse ancora lo sherpa.

Fu interrotto. Giuseppe lo afferrò per il braccio e Pasang trasalì. La guida scosse la testa e indicò insistentemente verso Rick, non si arrendeva. Lui però era lì per Mister Villari e nessun altro e cercò di pensare a che cosa rispondere. Ma era così stanco. Gli veniva da vomitare. Il suo stomaco si stava rivoltando. Era come se il sangue lo stesse abbandonando, e alla fine si limitò a scrollare il capo.

Allora Giuseppe gridò, ma Pasang Tenji non poté cogliere le sue parole, il vento era troppo forte. Era chiaro che Giuseppe era furioso, e lo sherpa ne fu addolorato. Voleva essergli leale, e ora il suo comportamento verso Mister Villari lo spingeva a disobbedirgli. Pensava a un'unica cosa: portare giù Mister Villari al Campo Quattro e bere con lui una tazza di tè caldo.

Dovevano allontanarsi, via da questa montagna arrabbiata e assetata di vendetta, così prese Villari sotto le ascelle e riuscì sorprendentemente a metterlo in piedi. Non fu necessario fare chissà quale fatica. Mister Villari era più forte di quanto pensasse e questo diede allo sherpa nuova energia e nuova speranza. Ma Giuseppe si piazzò di fronte a lui. Stava di nuovo gridando.

«Dobbiamo dare la precedenza ai casi più urgenti!»

Pasang Tenji si bloccò e gettò un'occhiata dietro di sé. Non vide nulla. Eppure percepì i corpi di Peter e Rick che chiedevano aiuto. Forse avrebbe dovuto almeno accertarsi che non potevano effettivamente essere più salvati. Poi se ne sarebbe andato via con Villari. Avrebbe fatto così.

«Vediamo» ansimò.

Cautamente mollò la presa e con sua grande gioia Villari si mantenne in piedi mentre lui s'inginocchiava accanto ai corpi nella neve. Non vedeva molto bene, ma lì c'era una persona, lo svedese, da quanto gli pareva di capire, e accanto a lui stava seduto Nima Rita. Con le loro lampade frontali illuminarono il viso di Peter. Era una visione sgradevole. Pasang Tenji distolse lo sguardo. Di che cosa aveva più paura? Di vedere una persona morire oppure di contemplare una speranza che gli avrebbe spaccato il cuore a metà? Tornò a guardare, e capì che aveva avuto ragione. Quell'essere umano era ormai perduto. Il volto magro era coperto di uno spesso strato di brina e neve. Quando Nima Rita lo grattò via, mise a nudo una pelle rigida e color porcellana. Lo svedese respirava ancora, ma con estrema lentezza. Era congelato, non c'era più niente da fare. Dietro gli occhiali le pupille erano dilatate e lo sguardo assente. Pasang Tenji sospirò di sollievo. Voleva tornare da Villari.

«Nessuna speranza» disse, e poiché Nima Rita non rispondeva, aggiunse: «Anche se lo portiamo giù, finirà per morire al Campo Quattro, o no?»

Ancora nessuna risposta, eppure era così evidente. Lo svedese stava per essere sepolto in cielo, perché Nima Rita non lo vedeva?

«O no?» ripeté.

«Non lo so» rispose l'altro sherpa. «Anche Ang Nuru ha detto di lasciarlo qui, ma io non ne sono sicuro.»

«Non possiamo farcela!»

Allora Nima Rita annuì cupo e spostarono entrambi l'attenzione su Rick, rannicchiato e apparentemente esanime. Con rispetto, Pasang Tenji posò la mano sulla sua spalla e fu nuovamente colmato da quel senso di dolore, solennità, e di segreto sollievo. Percepiva la rigidità della morte. Poi accadde qualcosa. Una mano toccò la sua, ma non in un gesto di congedo: era una mano che voleva essere salvata. Pasang Tenji scambiò un'occhiata nervosa con Nima Rita.

«Mettilo in piedi!» disse Nima Rita.

Pasang Tenji esitò. I suoi occhi cercarono Villari, che era stato inghiottito dalla buia tormenta di neve, e ne fu preoccupato. Che cosa doveva fare? Non aveva scelta, oppure sì? Lui e Nima Rita si puntellarono sulla neve e tirarono in piedi Rick.

Era in uno stato pietoso, se ne rendevano conto. Alla luce delle lampade gli tolsero gli occhiali, e Pasang Tenji vide uno sguardo che gli gelò il sangue.

«Come va?» chiese Nima Rita.

«Sono stato sulla cima» rispose Rick, con voce chiara, permeata di una nota di adolescenziale candore, e il pensiero di lasciare lì l'australiano nella neve divenne ancora più insostenibile.

«Lo sappiamo. Ne siamo tutti felici» rispose Nima Rita.

«Ma adesso devo andare giù?»

«Certo che devi» continuò Nima Rita, mentre cercava di fare un passo con lui, senza riuscirci.

Almeno così sembrò a Pasang. L'australiano pesava troppo sulle loro spalle, e lui si sentiva davvero sfinito. Non ha senso, pensò. Avrebbe voluto gridare: «Lascia perdere!» ma rimase in silenzio. La situazione appariva senza via d'uscita, quando d'un tratto l'immagine di Giuseppe emerse nella nebbia della tormenta.

«Molto bene, ragazzi, molto bene! Portatelo subito giù. Lui è importante. Dovete farcela!» ansimava, e sembrava eccitato.

«No!»

Il rifiuto scappò letteralmente dalla bocca di Pasang Tenji con un effetto che gli sembrò quasi peccaminoso.

«No?»

Giuseppe sembrava esterrefatto.

«Mister Cagliari» replicò Pasang Tenji. «La mia priorità è Mister Villari. Proprio lei l'ha detto. Io devo portare giù lui.»

«Villari?»

Ma non arrivò nessuna sfuriata. Giuseppe si limitò a mormorare in un lugubre tono sibilante: «Villari è la mia priorità! Noi due siamo amici da molto prima che tu nascessi. *Io* mi occuperò di lui.»

Villari apparve di nuovo nel turbinio della neve, barcollante e spettrale, e un terrore indefinito, che non veniva dalla montagna né dalla tormenta, afferrò Pasang Tenji, che annuì. I due sherpa cominciarono a scendere con Rick, e nel generale tumulto unito al frastuono della tempesta, nessuno udì la voce che li chiamava attraverso la nebbia.

Da Ang Nuru, Karin aveva ricevuto comunicazioni abbastanza frequenti: lui e Lobsang Tenji stavano scendendo con Natalie e Sten, e da quanto aveva capito Sharon, Birgit e Federico si trovavano ancora più in basso. Con un po' di fortuna sarebbero stati presto al sicuro al Campo Quattro. Di più non sapeva. Da Giuseppe e dagli altri non aveva più sentito nulla, cosa che la stava facendo impazzire.

Di nuovo fece scorrere lo sguardo sulle persone che affollavano la tenda. Continuavano ad aumentare, ed era insopportabile. Si radunavano per assistere ai suoi momenti peggiori, o almeno così la viveva lei. Quella gente era un pubblico teatrale riunitosi lì a guardare la disperata tragedia della sua spedizione. La sua inquietudine e le sue lacrime erano il loro intrattenimento, e in certi sguardi ipocriti quasi le sembrava di scorgere una gioia maligna. Un walkie-talkie crepitò. Karin scambiò un'occhiata di speranza e di terrore con Chris.

«Campo base, passo!» disse.

Nessuna risposta.

«Campo base, passo!» ripeté.

«Qui Giuseppe. Passo!»

Un brivido le attraversò il corpo, fece un respiro profondo.

«Giuseppe! Eravamo così preoccupati. Come va? Passo!»

«Ora stiamo scendendo, Nima Rima e Pasang Tenji con Rick. Io con Paolo.»

«Siete solo voi? Passo!»

«Ci sono state due perdite.»

Due perdite?

Non capiva, non voleva capire – anche se aveva già indovinato.

«Chi? Passo!»

«Martin e Peter!»

E Peter! Tutti lo udirono, e un mormorio attraversò la folla, mentre a Karin si annebbiava la vista. Rimase impietrita, e l'unica cosa cui riusciva a pensare erano Gabriella e Siri. Da qualche parte c'erano anche loro. E non sanno niente, e sono io che dovrò dare loro la notizia!

«Che cosa è successo?» chiese.

«Lo racconterò poi. Adesso dobbiamo concentrarci per portare giù Rick e Paolo.»

«Sono in cattive condizioni anche loro? Passo!»

«Sì!»

La risposta la colpì come una frustata e provò un fugace senso di colpa, forse per la sua ingenuità oppure per il fatto di trovarsi al sicuro. Poi capì di dover esibire maggiore determinazione. Doveva ottenere qualche informazione in più da dare ai parenti. Anche lei aveva un compito e non era di certo facile. Giuseppe avrebbe dovuto capire.

«Devi assolutamente dirmi qualcosa di più di Martin o Peter. Siete sicuri che siano...» esitò, e sentì fin nel midollo che a quella parola sarebbero seguite ancora più angoscia e disperazione: «... morti?» completò. «Passo!»

«Non ci sono speranze. Martin è precipitato e Peter...»

Karin si rese conto che anche Giuseppe aveva difficoltà a trovare le parole.

«... Peter semplicemente non ce l'ha fatta. Mi dispiace. Ora dobbiamo affrettarci. Passo e chiudo.»

Karin cadde in ginocchio e nascose il viso fra le mani. Faticava a respirare. L'intera esistenza parve contrarsi e lei intuì che a farle più male non sarebbero stati il dolore o l'angoscia, ma la vergogna, la vergogna di far parte di un progetto nato dalla presunzione, che adesso distruggeva famiglie e infliggeva ferite insanabili. Era questa la cosa peggiore. Portavano tutti il peso di una colpa profonda. Si alzò. Si trattava di agire, di ridurre la sofferenza, e distrattamente abbracciò Chris e qualche altra persona. Con voce bassa disse: «Possiamo fidarci di lui?»

«Di chi?»

Chris la guardò stupito, e fra le persone più vicine passò un mormorio trattenuto, mentre la tela della tenda sbatteva sotto l'urto del vento. La bufera sembrava imperversare perfino lì.

«Sto pensando ai parenti» disse. «Possiamo davvero considerare le parole di Giuseppe come una conferma della loro...» Di nuovo quella parola: «... morte?»

«E che cosa dovremmo fare? Non possiamo certo andare su a controllare.»

No, non potevano. Ma Giuseppe era sembrato strano ed era chiaro che stava agendo in modo irrazionale. Anche se in realtà la sua voce era suonata decisa. Karin pensò di nuovo a Gabriella. Era un po' che non la sentiva e questo era insolito. Prima chiamava sempre, ma adesso... adesso di sicuro sapeva.

Si vide davanti il suo viso, ed era un'immagine insopportabile. Non ce l'avrebbe fatta a comunicarle la notizia, sarebbe morta lei stessa, o almeno questo era ciò che sentiva. Senza avere la minima idea di che cosa avrebbe detto, compose il numero.

24

Gabriella vide Siri pregare in ginocchio sotto la scrivania di Peter. Con delicatezza posò la mano sulla schiena della bambina. Una lieve scossa attraversò le spalle magre, e lentamente Siri si voltò. La testa si abbassò contro il petto e gli occhi celesti luccicarono di lacrime. Gabriella l'attirò a sé.

«Su, su» disse. «Vedrai che andrà tutto bene.»

«Sei sicura?»

«Papà non fa sciocchezze, ha noi a cui pensare.»

«Non ne fa?»

Gabriella scosse il capo. C'era una tale disperazione nella voce della figlia, e le faceva così male. Eppure si aprì in un largo sorriso, credendosi una brava attrice. Ma il sorriso non arrivava fino agli occhi e il suo sguardo continuava a correre nervoso, quasi terrorizzato, all'orologio che aveva al polso, causando nella bambina lo stesso dolore che avvertiva lei dentro il petto. È tardi, pensava. Perché non telefonano?

Fuori si sentiva il canto degli uccelli e le automobili sfrecciavano. Lei pensò a Peter, alle sue braccia e al suo sguardo, che luccicava allo stesso tempo di sicurezza e di un profondo complesso di inferiorità. Era strano, suo marito – disinvolto e audace, ma così poco convinto delle proprie capacità. Benché avesse raggiunto molti obiettivi, si lamentava e autocompativa, dimostrando di avere una visione distorta di sé. Ma in tutto questo riusciva a essere terribilmente carino.

Amava il suo brio e il suo amore per la figlia. Ma era vero, era troppo spesso lontano, e che cosa diavolo ci faceva adesso in un posto tanto pericoloso?

Era da irresponsabili, una cattiveria. Maledetto Peter! Dove poteva essere in quel momento? Gabriella avrebbe dato qualsiasi cosa pur di saperlo. Strinse forte a sé la figlia, e di nuovo il corpo della bambina fu percorso da un tremito.

«Piccola mia» mormorò, e benché Siri fosse troppo pesante, la portò in braccio fino al divano del soggiorno, dove rimasero a lungo sedute in silenzio. Fuori, il traffico mormorava come se niente fosse successo. Gabriella cominciò a raccontare tutte le belle cose che avrebbero fatto in estate quando Peter fosse tornato a casa – non ultimo il viaggio a Sorrento.

«Ma papà dovrà certamente scrivere, laggiù.»

«Un po', forse. Ma vedrai che starà soprattutto con noi.»

«Sì, certo» rispose la figlia come uno scongiuro, e Gabriella si chiese quante tracce d'angoscia e di preghiere ci fossero ancora in lei.

Gabriella aveva bisogno di una tregua. Accarezzò la figlia sui capelli ricci e le disse che sarebbe andata a sbrigare qualche lavoretto in cucina. Si allontanò, e fece appena in tempo ad aprire il frigorifero che il telefono cominciò a squillare. Fu colta da un tale nervosismo che non riuscì a trovare il cordless, benché fosse lì vicino sul tavolo. Quando lo vide, pensò di lasciarlo suonare. Di lì a poco sarebbe comunque entrata in funzione la segreteria. L'attimo dopo però rispose: «Pronto.»

«Sono Karin.»

Gabriella udì Karin deglutire.

«Gabriella, ho brutte notizie. Sei seduta?»

«Si è fatto male?»
«Non sappiamo ancora con sicurezza. Ma abbiamo ricevuto la notizia che è... disperso.»
«Aha!»
Aha! Fu tutto ciò che riuscì a emettere, un misero, pigolante "aha!".
«Com'è successo?» continuò, stranamente concreta.
Ne fu stupita, e sicuramente lo fu anche Karin. Per un paio di secondi non rispose.
«Non sappiamo di preciso. C'è un tale caos lassù. Sono così terribilmente addolorata.»
Terribilmente addolorata? Come un'idiota, Gabriella fissò il telefono e poi un piccolo post-it giallo sul frigorifero e un magnete rosso che aveva la forma di una coccinella. Senza una parola chiuse la comunicazione. Adesso è successo, pensò, adesso è successo. Poi urlò, dimentica della figlia e del mondo. Urlò come non aveva mai fatto in vita sua.

Al campo base, Karin era sempre lì con il telefono satellitare in mano e gridava «pronto, pronto!». Ma non serviva a nulla. Aveva sentito il clic e poteva solo immaginare quello che stava succedendo in quel momento. Doveva chiamare di nuovo? Oppure cercare di mandare lì qualcuno che si occupasse di Gabriella? Ma c'erano così tante altre cose da fare, non da ultimo telefonare a Rachel, la moglie di Martin. Che cosa aveva fatto di male per meritarsi tutto questo?

Sulla montagna Nima Rita e Pasang Tenji lottavano per scendere con Rick Waterfield. Molte volte erano stati sul punto di arrendersi. Era un'impresa terribilmente difficile e non vedevano granché nel buio e nella tempesta. Avanzavano un passo per volta. Per l'ennesima volta Pasang Tenji si gettò uno sguardo dietro le spalle. Villari e Giuseppe li stavano seguendo? Non li vedeva. Ma era normale. Si aspettava di scorgerli da un momento all'altro nel turbinio nebuloso della neve, e per il momento non si preoccupò, non ancora. Era stato così tutte le volte. Passava del tempo, prima che comparissero. Ma adesso... Chiamò forte. Attese. Chiamò di nuovo. Mollò Rick lasciando che Nima Rita si accollasse tutto il peso e fece un paio di passi in ogni direzione, ma niente.

«Mister Cagliari!»

«Mister Villari!»

Nessuna risposta. La montagna e la tormenta inghiottivano il suo grido, e quasi sopraffatto dalla pazzia si maledisse per aver abbandonato Villari. *Che cosa penserà mai di me? Che cosa penserà?* Pasang Tenji sprofondò in un buco nero. Controvoglia, tornò da Nima Rita e Rick. Anche loro erano esausti. Si sostenevano l'uno all'altro. Non si riusciva quasi a stabilire chi fosse ad aiutare chi. Era rimasto solo un po' di ossigeno per Rick – lui e Nima scalavano da un pezzo senza.

«Dobbiamo proseguire» disse Nima Rita.

No, pensò Pasang Tenji. Io devo aspettare Mister Villari. Tuttavia annuì, forse costretto da un senso del dovere interiore. Afferrò Rick e ripresero a scendere, e fu l'esperienza peggiore della sua vita. Rick pesava come piombo e camminava storto. Non avrebbero resistito ancora per molto, oltretutto proseguire appariva pericoloso. Ci vedevano troppo poco. Da qualche parte poteva esserci un precipizio, niente poteva essere stabilito con sicurezza. Alla fine decisero di fermarsi e nel peggiore dei casi di attendere fino all'alba. Magari sarebbero riusciti a piantare una tenda sul declivio e forse Mister Villari e Giuseppe avrebbero fatto in tempo a raggiungerli. Sarebbe stato fantastico. Ma qualcuno sarebbe riuscito a sopravvivere? Di sicuro la sosta sarebbe costata loro qualche dito dei piedi e delle mani. Ma del resto, quali alternative c'erano?

«Dobbiamo fermarci.»

Nima Rita annuì, e la cosa strana era che nessuno dei due considerò nemmeno per un attimo di lasciare Rick Waterfield lì nella neve per cercare di mettersi in salvo.

Sten Jörgensen cadeva spesso in ginocchio e ogni volta Ang Nuru lo risollevava, e questo intaccava le sue forze. Lui e Lobsang Dorje avevano lottato per ore e la situazione cominciava ad apparire disperata. Ang Nuru lo percepiva in ogni singolo muscolo e vena, ormai gli era necessario uno sforzo enorme per formulare anche il pensiero più semplice. Dopo la conversazione con il campo base, sapeva che Peter Stjerne era morto o disperso. Aveva ricevuto pochi dettagli. Sapeva però che Paolo e Giuseppe, Rick, Pasang Tenji e Nima Rita stavano scendendo, e questo era positivo. Ma non aiutava. Era tutto così confuso! Qualcosa si era spezzato dentro di lui, lo sentiva. Le forze gli bastavano appena a distinguere i punti migliori dove poter appoggiare i piedi. Era ragionevole cercare di andare avanti in quella nebbia impenetrabile? Ordinò a Lobsang Dorje di fermarsi, e in quel preciso istante Sten e Natalie crollarono in ginocchio.

«Muovetevi! Tenetevi abbracciati! Non fermatevi!»

Quelli fecero dei coraggiosi tentativi, e lui continuò a incitarli mentre trafficava goffamente con il walkie-talkie per chiamare il campo base, più che altro per trovare sostegno morale. Non sapeva di preciso che cosa avesse da dire.

«Come va?» domandò. «State mandando rinforzi? Passo!»

«Ci stiamo lavorando.»

Era di nuovo Karin, e lui ne fu felice. Aveva qualche problema con Chris.

«Non c'è nessuno al Campo Quattro?»

«Forse un paio di danesi sono disposti a salire e cercare di dare una mano, e anche qualcuno degli ucraini» rispose Karin.

«Dici davvero? Passo!»

Avvertì una punta di speranza, anche se nel suo intimo sapeva che era inutile. Nessuno poteva salire nel buio e nella tempesta.

«Ma dicono che devono aspettare. Per il momento sono occupati a tenere le tende al loro posto.»

Ovvio. Era proprio un idiota.

«Mi dispiace, Ang Nuru. Ho davvero insistito. In tutta sincerità, non so cos'altro fare. Passo.»

«Engler invece?»

Perché mai lo tirava fuori? Perfino lassù, nella sua posizione così estrema, captò l'esitazione nella voce di Karin.

«È sparito di nuovo» disse lei.

Sparito di nuovo! Che cosa intendeva? Non importava. Ang Nuru chiuse la chiamata e non vide altra soluzione che proseguire. «In piedi!» ordinò. Si avviarono tutti a passi barcollanti e presto arrivò il peggio. Il terreno era adesso più ripido e sconnesso. Ovunque c'erano rocce e sassi e depressioni inattese. Non potevano farcela. «Stop!» disse. O forse lo pensò solamente. In ogni caso era troppo tardi. Il rampone di Lobsang Dorje si era incastrato in una spaccatura. Quando cercò di liberarsi cadde in avanti e trascinò con sé Natalie. Non fu una scena drammatica. Solo un paio di ombre che scivolavano via frusciando.

«Cos'è stato?»

Udì un gemito e un lamento acuto. Eppure pensò: Non è grave. Sono solo caduti.

«Ahi, la mia gamba!»

Era Natalie. E Lobsang Dorje? Il primo pensiero veramente terrorizzato di Ang Nuru riguardava lo sherpa. Che una gamba infortunata in quelle circostanze fosse una catastrofe non lo assimilò subito. Strisciò fino a Lobsang Dorje che giaceva prono lungo il pendio.

«Come va?»

In risposta ricevette un gemito, un brontolio. Sembrava il verso di un animale. Afferrò Lobsang Dorje per la spalla, lo voltò e con la sua lampada illuminò il suo viso. Vide neve, ghiaccio, sangue. Dalla bocca colava del liquido che si congelava sul mento. Gli occhiali erano rotti. Lobsang tossì, gorgogliò. Era grave.

«Amico mio, amico mio!»

Ang Nuru armeggiò nello zaino alla ricerca della cassetta di pronto soccorso. Poi si fermò. Doveva rimettere in piedi Lobsang. Ci provò. Impossibile! S'impegnò così a fondo che gli venne da vomitare. Sputò qualcosa che poteva essere bile, e nel frattempo continuava a sentire le grida di Natalie.

«La mia gamba, la mia gamba!»

Indeciso, si voltò nella sua direzione. Era come se solo adesso si rendesse conto di ciò che era accaduto, e quando lei indicò verso la caviglia, provò a tastare. Le sue mani nervose non scoprirono nulla.

«Di sicuro niente di grave» disse. «Niente di grave!» Non lo sfiorò nemmeno l'idea che fosse solo ciò che lui desiderava.

«Vedi se riesci ad appoggiarti sul piede» continuò, e poi l'aiutò ad alzarsi, e di nuovo fu scosso dai conati.

Lei urlò. Cadde di nuovo, stesa accanto a Lobsang Dorje, e allora lui capì. Era finita. Finita per tutti loro. Non ce l'avrebbero fatta, sarebbero morti assiderati, e anche in fretta. Avevano bisogno d'aiuto – ma aiuti non ce n'erano. Karin l'aveva confermato. Forse avrebbe potuto lui stesso trovare rinforzi? In ogni caso sarebbe stato sicuramente in grado di ritrovare la strada, se ci avesse provato. Conosceva la montagna come pochi altri.

Era così che doveva andare? Doveva lasciarli? E come avrebbe potuto poi spiegarlo? Loro l'avrebbero vissuto come un tradimento, non l'avrebbero mai perdonato – se fossero sopravvissuti, se qualcuno di loro ce l'avesse fatta.

O forse doveva rimanere? Cercare di scaldarli durante la notte tormentosa e sperare nell'alba? Era forse l'unica scelta possibile? Oppure era più saggio arrendersi? Non aveva neppure idea se stesse ragionando in maniera sensata. Aveva appena vomitato ed era in preda alle allucinazioni. Ma lui non era un vigliacco. Questa era una situazione d'emergenza. Bisognava aggrapparsi a qualsiasi pagliuzza. Cominciò a ripulire il viso di Lobsang Dorje, ed ebbe la sensazione che le croste di ghiaccio tinte di sangue fossero diventate un tutt'uno con le guance e la barba. Strapparle via gli sembrava una violenza, soprattutto quando lo sguardo dello sherpa appariva così spaventato e confuso. Poteva veramente abbandonare quegli occhi?

Gli pareva di ricordare che nello zaino di Lobsang Dorje ci fosse una piccola tenda Bibler a telo singolo. Pensò al suo walkie-talkie, l'unico collegamento con il mondo e il campo base. Avrebbe dovuto montare la tenda per loro e lasciare lì il suo walkie-talkie e il suo fornelletto a gas. Ecco cosa avrebbe dovuto fare. Sarebbe stato già qualcosa. Il pensiero lo rasserenò un po', in fretta e furia tirò fuori la tenda e cercò di montarla. Era un'impresa. C'era troppo vento, e il terreno era veramente accidentato, l'inclinazione troppo ripida. Armeggiò con gli archetti, cercando di infilarli nei canali. Poi infilò i picchetti da neve nel terreno, prese le piccozze di Lobsang Dorje e di Sten e usò anche quelle come ancoraggio, e alla fine la tenda fu eretta. Avrebbe tenuto? Non avrebbe rischiato di volare via in qualsiasi momento?

Non sapeva. Stava per perdere i sensi, e nonostante lo stordimento riuscì a spingere dentro tutti. All'interno il rumore della bufera era assordante – come un attacco di mitragliatrice. La tela della tenda si abbassava contro i loro volti e i loro corpi, nessuno diceva una parola. L'unico suono era quello dei respiri convulsi e rantolosi. Ang Nuru tese il walkie-talkie a Natalie che si sosteneva la gamba dolorante. Lei non parve capire.

«Perché?» ansimò.
«Devo andare a cercare rinforzi.»
«Te ne vai?»
Te ne vai? In seguito avrebbe desiderato non aver mai udito quelle parole. Suonavano così disperate. Eppure aveva deciso – perché era quello che aveva fatto, no? I rinforzi erano la loro unica speranza. Quanto potevano essere lontani dal Campo Quattro? Abbracciò Natalie, diede a Sten una pacca sulla spalla e controllò Lobsang Dorje. Sembrava stare un po' meglio. Annuì con contegno. Era tutto terribilmente difficile.
«No, non lasciarci!» implorò Natalie.
Sembrava in stato di shock ed era più di quanto Ang Nuru potesse sopportare. Distolse lo sguardo. Chiuse gli occhi mentre impartiva le sue istruzioni: «Continuate a muovervi e bevete, qui c'è del liquido, se non è congelato. Ma soprattutto, non smettete mai di muovervi.»
Sparì fuori nel gelo e nella follia, con l'angoscia che gli bruciava dentro, un unico pensiero in testa: Tornerò e li salverò. Dopo un momento si fermò. C'era forse qualcuno che gridava nel buio? Non ne era sicuro. Non riuscì a stabilire se fosse davvero una voce o soltanto la sua coscienza che lo richiamava indietro.

Con il walkie-talkie stretto nella mano, Karin ascoltava il brusio sommesso nella tenda, mentre faceva scorrere timidamente lo sguardo sulla folla che aveva imparato a odiare in quelle ultime ore. Sui volti intorno a lei leggeva la pace e la mestizia di chi piange un lontano parente. Nei loro occhi non c'era nulla della sua disperazione, e provò un'invidia intensa, un anelito che si trasformò in rabbia. Iene e moralisti, pensò. Maledetti avvoltoi!
Poi si calmò un po', forse perché tornò a fissare Chris nelle pupille e inaspettatamente ciò che vide le piacque. Per la prima volta vi scorse uno sguardo vulnerabile. La

catastrofe lo aveva spogliato della sua presunzione e Karin si rese conto di essere stata ingiusta. Molti lì dentro stavano probabilmente soffrendo le pene dell'inferno. La sua mensa era diventata il centro di smistamento di quel dramma generale, poiché altre spedizioni oltre la loro si trovavano sulla montagna in balia della bufera. Eppure questo non cambiava nulla. Non voleva avere gente lì dentro. Stava vivendo la crisi peggiore della sua vita e tutto avveniva davanti agli occhi vigili di estranei.

Dappertutto, in ogni angolo, c'era gente, in piedi o seduta. Non mancava proprio nessuno, le pareva, c'erano tutti tranne l'unico che avrebbe desiderato avere al suo fianco, e questa era l'ennesima spina nel cuore. Jacob Engler era sparito di nuovo e la cosa era di cattivo augurio come tutto il resto, e la rendeva furiosa. Dove diavolo era andato a finire quell'idiota?

Jacob le era sembrato un po' strano. Lo sguardo opaco, torbido, e perfino il suo gesto, quello che l'aveva rallegrata per tutto il giorno, non era forse anche quello un segnale del fatto che era scombussolato? Non l'avrebbe certamente accarezzata sul collo, se fosse stato in sé. Chris le batté sulla spalla.

«Ho parlato con Natalie» disse sostenuto.

Sembravano molte cattive notizie tutte in una volta, e perché Chris aveva parlato direttamente con Natalie? Non era Ang Nuru a occuparsi di tutte le comunicazioni?

«Che cosa è successo?»

Nella sua voce c'era una nota gelida, come se si aspettasse già il peggio.

«È completamente isterica.»

«Per cosa?»

«Si è fatta male a un piede, e poi sembra che...»

Chris si morse il labbro.

«Parla!»

«... che Ang Nuru li abbia abbandonati.»

«Che cosa?»

Karin sobbalzò, e di colpo nella tenda scese il silenzio.

«Era sconvolta» continuò Chris, «e poi si sentiva poco e male. Sullo sfondo c'era un baccano continuo. Ma ha detto che Ang Nuru l'ha solo abbracciata e poi se n'è andato.»

«Senza spiegare perché?»

«Doveva andare a cercare rinforzi. Ma suona un po' strano, no? Dove pensava di trovarli, al buio?»

Già, dove?, pensò lei. Loro stessi avevano lottato così tenacemente per trovare anche una sola persona che potesse dare una mano, ed erano dovuti arrivare all'amara conclusione che non c'era nessuna possibilità di aiuto, non in quel momento.

«È impazzito anche lui?» disse ad alta voce, più che altro a se stessa. Strinse i denti. «E Sten come sta?»

«Non molto bene. Anche Lobsang Dorje pare si sia fatto male – la bocca, da quanto ho capito. La situazione non è incoraggiante.»

Come se ci fosse bisogno di dirlo!

«Possiamo cercare di tenerli un po' su di morale. Nessuna nuova da Giuseppe?» domandò, benché conoscesse la risposta.

Aveva cercato di raggiungerlo più e più volte, l'ultima proprio poco prima, e se Chris per caso avesse parlato con lui, lei sarebbe venuta a saperlo. La decisione irrazionale di Giuseppe e poi la scomparsa sua e di Paolo erano le grandi nubi scure sul loro orizzonte. E il motivo delle telefonate dei giornalisti: ogni singola notizia che li riguardava veniva immediatamente diffusa.

Che cos'era successo davvero? Non era facile saperlo. Giuseppe aveva più volte cambiato umore nel corso di quella giornata infinita, e ovviamente l'aria rarefatta e lo sforzo inaudito che richiedeva la montagna avevano giocato un ruolo decisivo nel suo crollo. La guida non era l'unico ad aver sofferto di mancanza di lucidità. Ma d'altra parte, il seme della pazzia germogliava in lui da lungo tempo. Periodicamente nella sua vita aveva mostrato inclinazioni al suicidio, anche se mai in montagna, e il desiderio di vendetta nei confronti di Paolo era stato una presenza costante. Giorno e notte, a volte senza esserne consapevole, aveva odiato l'amico, e quell'odio gli aveva scavato un buco nel cuore, andando a condividere quello spazio con il distruttivo e intossicante disprezzo per se stesso. Eppure era sempre riuscito a trattenere la collera e a conservare la sua dignità. Solo nella salita dopo la Cima Sud, stordito dalla carenza di ossigeno, qualcosa dentro di lui si era definitivamente spezzato.

Nella sostanza, Giuseppe rimaneva una persona premurosa e protettiva, e dopo ore di confusione e di amari trionfi in quel paesaggio ostile, cercava adesso di riportare Paolo giù al sicuro. Probabilmente provava perfino qualche rimorso, ma il suo cervello sfinito non era in grado di completare del tutto i pensieri.

Giuseppe si accorse solo vagamente che la forza della tempesta era diminuita. La tormenta andava attenuandosi e la visuale era un po' migliorata, forse il walkie-talkie stava crepitando. Ma se ne fregò. Voleva solamente scendere attraverso quell'impenetrabile oscurità. Per lunghi tratti Paolo si sosteneva a lui e Giuseppe si piegava sotto il suo peso; a volte semplicemente lo scansava, e allora l'amico si accasciava nella neve con un acquisito automatismo, rimanendo seduto con le gambe raccolte e la testa sulle ginocchia.

«Non vedo niente» si lamentava, senza che Giuseppe capisse se dipendesse dalla cattiva visuale oppure dal fatto che la vista di Paolo era veramente compromessa. In realtà, non aveva nessuna importanza.

La situazione era comunque disperata. La mano destra di Giuseppe doleva come trafitta da mille aghi. Era strano.

Tutto il resto del corpo sembrava al contrario intorpidito. Si sentiva come un fantasma esangue, un'ombra congelata. Guardò verso Paolo, verso la sua sagoma rassegnata, e si domandò che cosa stesse pensando – se poi di pensare era ancora capace.

Sarebbe rimasto sconvolto se avesse saputo. Già dal primo pomeriggio Paolo era sprofondato nell'apatia, e le sue poche forze mentali erano state totalmente indirizzate a mantenere il corpo eretto e in vita. Ma nelle ultime ore, ricordi in forma d'immagini erano saliti in superficie, in parte allucinazioni che gli davano un certo potere.

Le immagini collegavano l'inferno sulla montagna con la bella vita del mondo più in basso. In una bruciante intuizione, Villari capì che Giuseppe l'aveva forzato troppo. Intuiva perfino perché. Gli occhi dolenti di Giuseppe gli comparvero piano nella mente. Lo fissavano da paesaggi lontani, da vicoli e stanze del passato. Avevano tutte le età possibili e irradiavano, adesso se ne rendeva conto, un odio ardente. Quel pensiero gli infuse nuove forze. *Brutta scimmia, maledetto topo di fogna. Vuoi la mia morte?*

Fu travolto dalla paura, da un terrore incontrollato che eruppe attraverso la sua corazza congelata e scosse il suo corpo come un ulteriore brivido di febbre. *No, mi rifiuto!* Un'ombra minacciosa si avvicinava. Doveva essere Giuseppe. Con un rabbioso riflesso, Paolo sollevò il capo.

«Guarda qui!» esclamò la guida con una sorta di disperazione solenne.

Paolo ormai ci vedeva troppo male per poter distinguere anche la cosa più vicina.

«Qui!» insisté Giuseppe mettendogli qualcosa davanti al viso, la sua mano. Paolo strizzò gli occhi dietro le lenti. Non mancava forse il guanto?

«Vedi!» continuò Giuseppe istericamente. «È volato via, così! Volevo massaggiarmi la mano, mi faceva un gran male, ma poi... il vento se l'è preso!»

«Finirai per morire» rispose Paolo, stupito non solo per le sue parole ma anche per il tono tranquillo e superiore con cui le aveva pronunciate.

Non una traccia del suo terrore mortale trapelava nella sua voce, non per quanto gli sembrasse.

«No, ce la farò, ce la farò!» ripeté Giuseppe.

«Balle!»

«Che cosa stai dicendo?»

«Io morirò come un grand'uomo. Ma tu?» replicò Paolo con lo stesso tono sprezzante che così poco corrispondeva ai suoi pensieri.

Ma doveva a tutti i costi recitare un'ultima sarcastica commedia.

«Io...» continuò Giuseppe, poi tacque.

Sprofondò nei suoi pensieri e forse contemplò l'idea di prendere una decisione definitiva. Istintivamente, l'inquietudine aumentò nel petto di Paolo. Percepì un pericolo e ansimò nel buio con una nuova impotenza.

«Cosa?»

Non ricevette risposta, non subito. Percepì un movimento e lo visse come una cosa profondamente sgradevole. Già l'attimo dopo risultò che aveva avuto ragione.

«Ora io me ne vado» disse Giuseppe con voce piatta. «Ti abbandono. Devo salvarmi.»

Paolo riuscì a emettere a malapena un sussurro. Il corpo gli si era chiuso in un nodo paralizzante.

«No» ripeté, più forte stavolta, ma comunque troppo piano.

Giuseppe aveva mosso un primo passo barcollante e Paolo cercò disperatamente di alzarsi. Non ci riuscì. Era bloccato. In lontananza vide una schiena che scompariva come un dipinto scuro confondendosi con la notte, e pensò: Adesso, dunque, adesso, e non voleva, si rifiutava. Era troppo crudele, e ingiusto, lui che aveva fatto così tanto e aveva ancora così tanto da fare. Alla fine raccolse le forze ed emise un grido straziante che per un istante trafisse l'oscurità.

Giuseppe lo udì, ma senza capire. Il grido era parte di quel mondo che si stava staccando da lui. Da quando il guanto era volato via, tutto aveva cominciato a dissolversi. Adesso anche lui si accasciò nella neve, fuori dalla vista di Paolo, ma non troppo lontano. Senza saperlo, si trovavano entrambi sul Balcone, sulla cresta sud-est, a 8400 metri, e se la stanchezza e la sofferenza non gliel'avessero impedito, sarebbero precipitati nel nulla, giù lungo il burrone.

25

Gli unici rapporti dalla montagna arrivavano adesso da Natalie e non raccontavano altro che sofferenza e disperazione. Ogni parola faceva male a Karin. Eppure era colpita. Nella crisi, Natalie guadagnava fermezza. Più la situazione si faceva disperata, meno si lamentava. L'ultima volta aveva solo descritto lucidamente il peggioramento delle loro condizioni, come se avesse preso le distanze da se stessa e dal proprio destino. Era così doloroso parlare con lei.

«Ti ammiro, Natalie» aveva detto Karin, aggiungendo perfino «mia cara, carissima amica» – il che fino a poco prima sarebbe stato terribilmente falso, ma adesso le pareva del tutto vero. Fu allora che Jacob Engler fece ritorno.

Accadde proprio quando la slavina aveva attraversato rombando la cascata di ghiaccio e coperto il campo di una fine polvere di neve. Erano quasi le undici di sera e la gente era seduta sui materassini e ascoltava le parole affettuose di Karin. Jacob comparve sulla soglia della tenda, con addosso pantaloni sportivi neri e una felpa nera di pile, che esaltava il suo pallore. Era serio, non disse nulla. La gente lo guardò con aria implorante e accusatoria insieme, e lui fece un breve cenno d'assenso, quasi a confermare che il messaggio era arrivato a destinazione. Andò a sedersi non lontano dall'uscita, mentre il disagio nella tenda cresceva. Chris si schiarì la voce. Nonostante il gelo che saliva dal terreno, aveva il labbro superiore imperlato di sudore. I capelli lunghi pendevano in disordine.

«Dove sei stato?» domandò Karin.

«Via. Ma adesso sono qui» rispose Jacob, e la gente si scambiò rapide occhiate chiedendosi se dovevano accontentarsi della risposta.

C'era irritazione nell'aria. Karin concluse la sua conversazione con Natalie e si avvicinò incerta a Jacob, sbirciando furtivamente i suoi occhi. Brillavano scuri e cupi come sempre. Ma quel velo torbido che li aveva privati del loro lustro era scomparso. Sì, nel complesso il viso appariva meno sciupato, come se Jacob dopo molti anni d'insonnia fosse finalmente riuscito a dormire bene.

Se non fosse stato per un piccolo dettaglio, si sarebbe potuto credere che fosse calmo, ma per puro caso Karin vide la sua mano destra. Era chiusa a pugno, le vene in rilievo, tesa come se si preparasse a sferrare un attacco.

«Tu che cosa ne pensi?» chiese Karin, dopo avergli riferito il più dettagliatamente possibile la situazione.

«Non c'è molto da fare» disse lui.

Karin non aveva più voglia di insistere. Si sentiva troppo debole. Controvoglia fece ritorno al tavolo di quercia e ancora una volta provò a chiamare Giuseppe, senza credere neppure per un istante che avrebbe risposto. Nel profondo del suo cuore considerava sia lui sia Paolo perduti. «Qui campo base, passo, qui campo base, passo» e nessuno rispose, non subito.

Ma poi successe. Il walkie-talkie crepitò. Un mormorio d'attesa passò nella tenda, e Karin scambiò un'occhiata speranzosa con Chris.

«Qui campo base, passo» ripeté.

Le rispose una voce roca, spettrale, che aveva perso le sue caratteristiche distintive. Poteva appartenere a chiunque.

«Giuseppe, sei tu?» azzardò lei.
«Sono io.»
«Grazie al cielo, non immagini quanto siamo contenti di sentirti!» disse Karin, provando una gioia inebriante.

Quel contatto era la prima buona notizia da un pezzo, e avrebbe solo voluto urlare la propria felicità. Eppure si trattenne. Per quanto fosse sottosopra, intuiva che quel segnale di vita non doveva necessariamente significare molto. La situazione poteva ancora essere senza speranza, e nella sua testa le domande si accavallavano. Erano tante le cose che voleva sapere.

«Con chi parlo?» disse Giuseppe, e il suo umore sprofondò.

Chi era lei, Giuseppe avrebbe dovuto saperlo. Poi andò anche peggio. La guida comunicò che Paolo era probabilmente morto, senza precisare, e poi cominciò a vaneggiare di perdono e di peccati sulla montagna. Disse che si era vendicato, o che aveva desiderato farlo, ma era chiaro che non ragionava più.

Nel mezzo di tutto quel dolore crebbe la vergogna, e più che mai Karin odiò la gente che affollava la tenda. Perché doveva condividere quella conversazione con loro? Era indecente, e di sicuro molti la criticavano in silenzio. Ma che cosa poteva fare lei, se non portare conforto? Nulla! Così tanti sentimenti si mescolavano dentro di lei, che quando la comunicazione fu terminata non riconobbe neppure la voce di Jacob.

«Di che cosa parlava?» disse, e poi aggiunse: «Che assurdità» in un tono che le parve aggressivo e che la riempì di disagio.

Eppure il commento dimostrava che Jacob era partecipe e questo era positivo, non solo per la spedizione. Voleva condividere con lui il suo peso e chiedergli consiglio, appoggiare il capo contro il suo petto e nascondersi da tutti quegli occhi vigili. Quasi non lo conosceva, e in fondo le incuteva ancora paura. Ma la verità era che ne era innamorata. L'aveva immaginato per settimane, anche se la consapevolezza era venuta solo quando lui le aveva accarezzato la nuca e subito dopo era sparito.

Aveva sentito così intensamente la sua mancanza che le era parso più concreto di tutti quelli che erano fisicamente presenti nella tenda, e di sicuro la tragedia aveva rafforzato le sue sensazioni. Jacob era diventato un punto luminoso nel buio della disperazione. Incarnava una vita al di là della catastrofe, una speranza, anche in quel momento. Forse potrebbe salvare qualcuno, pensò Karin, pregandolo di chiamare Giuseppe e di prepararsi a salire per una spedizione di salvataggio. Jacob si agitò.

Tutti capirono quanto fosse profondamente restio, e lei ne fu ferita a tal punto che le sembrò d'impazzire. Jacob parlò con Giuseppe al walkie-talkie, fra l'altro di monaci che cantavano, poi se ne andò di nuovo avvolto dalla sua nuvola scura, promettendo di malavoglia che sarebbe salito sulla montagna.

Karin andava avanti e indietro per la tenda, e solo con un immenso sforzo di volontà mantenne la calma quando parlò nuovamente con Natalie. Ma quando pronunciò l'ennesimo «cercate di resistere», sentì l'ipocrisia incollarle le labbra.

Eppure sapeva che a contare non era *ciò* che diceva. Era *il fatto* di dirlo. Solo il suono della sua voce doveva significare molto per loro. In una serie di pallide immagini cercò di figurarsi cosa potesse essere la vita in quella piccola tenda crepitante lassù. A un tratto crollò. Un'onda oscura le attraversò il corpo. Le gambe le si piegarono e solo a fatica riuscì a mantenersi in piedi. Doveva uscire, altrimenti sarebbe soffocata.

«Faccio una pausa» sibilò.

Chris la guardò confuso, poi si aprì in un sorriso opaco.

«Naturalmente, Karin. Sei così pallida. Restiamo qui noi a tenere la posizione.» Karin fu infastidita dal suo atteggiamento, quasi volesse prendere il comando.

«Cerca di contattare Natalie! Devono tenersi svegli» rispose in maniera piuttosto rude, in parte perché la cosa la preoccupava davvero e in parte per riacquistare autorità.

Per un istante si sentì un po' più forte, e cercò di riesaminare la situazione. Si fidava di Chris? Anche se nelle ultime ore aveva percepito una certa solidarietà, sospettava che lui utilizzasse la catastrofe come arena per il suo ego e, al contrario di lei, sembrava apprezzare la folla della tenda, come se fosse il suo pubblico. Era un ipocrita, ma di sicuro era anche animato da buone intenzioni. Ne era convinta, e decise di fare quattro passi. Si avviò attraverso la morena, passando davanti allo *stupa* della spedizione senza notare che le bandierine di preghiera erano state abbattute.

Sopra, le montagne pallide risplendevano nel loro semicerchio. I generatori ronzavano e in lontananza udì qualcuno tossire. Karin ritornò sui suoi passi. La piccola tenda gialla brillava malinconicamente davanti a lei. Dietro le sue pareti c'era una sagoma seduta, una figura imponente. Il suo battito accelerò, e lei si fermò esitante. Poi si diresse verso la tenda, solo per fermarsi di nuovo poco dopo. Nervosamente guardò in tutte le direzioni, quasi a voler controllare se qualcuno la stesse spiando. Arrivata davanti all'apertura della tenda disse: «Salve! Disturbo?»

«Che c'è?» rispose Jacob, così irritato che lei maledisse subito il proprio gesto impulsivo.

«Scusa, volevo solo sapere qualcosa di più su quello che pensi di fare» disse.

«Aspetta un momento.»

Sentì il rumore di qualcosa che veniva spostato, un fruscio di carte o cartoni, poi l'ordine: «Entra!»

Entra!

Karin chiuse gli occhi, scostò la tela della tenda ed entrò. Jacob era lì seduto sul suo sacco a pelo, vicino ad alcuni attrezzi, una lima e un paio di ramponi.

«Ciao» lo salutò.

Jacob fece un cenno con il capo e lei si guardò intorno. Non c'era neanche una sedia, solo ciarpame, attrezzature per scalata, un certo numero di libri e un fornello a gas, un tale contrasto con la sovrabbondanza che circondava la loro spedizione. Karin si sedette accanto a lui su un materassino e avvertì una nervosa intimità. Gli occhi di Jacob luccicavano neri e inquieti, il volto talmente pallido che sembrava davvero malato. A lungo lei non seppe che cosa dire.

Gli fece un rapido riepilogo della situazione su in alto e gli promise uno dei walkie-talkie della spedizione, ma la formalità di quella conversazione la faceva soffrire. In ogni frase c'era così tanto di sottinteso che alla fine non riuscì più a trattenersi: «Posso chiederti una cosa?»

Lui allargò le braccia in un gesto di difficile interpretazione.

«Sei sparito per così tanto tempo. Dov'eri?»

La domanda non gli piacque. Karin lo percepì e non credeva che le avrebbe risposto. Jacob si guardava la mano tumefatta, perso nei propri pensieri.

«Avevo bisogno di stare lontano» disse.

«Capisco» disse lei, anche se non era per niente vero. Si mise a cincischiare con una corda sul pavimento.

In lontananza si sentiva una radio accesa. Cautamente lei lo guardò negli occhi e trasalì. Sembrava sconvolto, prossimo al crollo. Lo vedeva nelle sue mani tremanti, nelle labbra secche che si muovevano impercettibilmente.

«Come stai?» chiese.

«Come?»

«Come stai?» ripeté lei.

«Bene, bene. Sono solo un po' scosso.»

«Sei nervoso per l'ascensione?»

Lui la fissò intensamente e lei credette di averlo offeso. Non era certo la prima volta che lui scalava una montagna.

«Forse» le rispose. «Ma farò del mio meglio. Sono in buona forma, nonostante tutto.»

Nonostante tutto?

«È successo qualcosa?»

«No. O forse sì» rispose lui criptico.

Karin stava per arrabbiarsi. Ma poi il viso di Jacob si aprì in un sorriso malinconico, che nel contrasto con il suo nervosismo le parve disarmante. Gli sorrise a sua volta.

«Mi dispiace, Karin.»

Esitò, cercando le parole.

«Vorrei che tu e io potessimo parlare in tutt'altra circostanza» continuò. «Mi piacerebbe, forse ne avrei perfino bisogno, ma adesso...»

Lei abbassò inquieta lo sguardo.

«Sì?»

«Niente, niente in realtà» disse lui, muovendo la mano tumefatta in un gesto incerto. «Sono solo stato uno stupido» continuò.

«Ma ce la farai a salire?»

«Karin!»

Sentì l'imminenza di qualcosa di grande. Ebbe l'impressione che stesse per confessarle qualcosa. Trattenne il respiro. Ma era stato un falso allarme. O forse lui si era pentito.

«Cerca di dormire un po', ci terremo in contatto via radio domani mattina» disse Jacob. Nient'altro.

Le sembrò che volesse mandarla via.

«Forse hai bisogno anche tu di riposare un po'» rispose lei senza riuscire a nascondere la delusione, e per alcuni lunghissimi secondi restò seduta nella speranza che quel tono solenne ritornasse.

Poi si alzò controvoglia e uscì nell'oscurità.

26

Quando Karin Torshede se ne fu andata, un'onda violenta di calore attraversò Jacob. Per un attimo credette che il suo cuore avesse cessato di battere. Premette i pugni contro il petto, di nuovo rabbrividì. Sensazioni di freddo e di caldo si alternavano nel suo corpo. Lo stomaco si rivoltò. Gli pareva che un trapano o una spazzola dura gli passasse fra i nervi, e non c'era nessun dubbio. Erano i primi sintomi dell'astinenza.

Eppure la sua tossicodipendenza era durata solo per un breve periodo. Evidentemente bastava. Non poteva stare peggio di così, e oltretutto si sentì crescere dentro la collera. Perché si era portato appresso quelle pasticche? Forse perché gli erano utili contro il dolore? Sciocchezze! Se ne fregava del dolore. Le aveva portate per provare a se stesso di essersi lasciato tutto alle spalle. Con le pasticche nel bagaglio avrebbe dimostrato che non era la mancanza di disponibilità, ma la sua forza interiore a indurlo all'astensione. Ma erano tutte scuse.

La morfina l'aveva trascinato nel fango, e in realtà non era la droga in sé e nemmeno il sogno che ne derivava. Era il ricordo della prima botta. Era quello che l'aveva tormentato notte e giorno, al confronto perfino la disintossicazione appariva come un gioco da ragazzi, anche se era stata un autentico inferno. Ma all'inferno ci era abituato.

Poteva gestirlo con odio e ribellione. I regni dei cieli erano ben peggio. Erano loro ad annichilirlo.

La prima estasi, la prima volta fatale, aveva sciolto la sua angoscia come un bagno caldo, riportandolo a un'autenticità dimenticata, e quell'esperienza aveva messo radici in lui. Ogni giorno, ogni notte gli aveva sussurrato nel sangue: *Anche solo per vivere una piccola parte di me vale la pena cadere di nuovo.* Eppure aveva a lungo resistito. Quando la vita gli pareva insostenibile, si concentrava sulla lotta. Allora era come sulle montagne. Non si arrendeva lasciandosi imbrogliare, ma appena l'orizzonte si rischiarava cedevano tutte le sue difese e con loro la sua resistenza. Allora il ricordo diventava pericoloso. Nell'arco di un breve periodo era ricaduto due volte, e in tutt'e due le occasioni si era sentito al sicuro. Aveva creduto di aver vinto, e invece aveva irrimediabilmente perso.

Poco prima, quando Karin era stata lì, aveva provato il desiderio invincibile di raccontarle tutto. La luce calda dei suoi occhi, i suoi fianchi, il collo sottile, la sensazione indefinita di intesa, gli avevano fatto desiderare di parlare e di stringersi a lei. Eppure non aveva detto una sola parola. Non era incline alle confessioni. Ma aveva avuto voglia di farlo, questo sì. Dirle che già da ragazzo era infelice e che solo scalare montagne gli dava da sempre sollievo e lo liberava dalla sua difficoltà di concentrazione.

Sui monti sperimentava sensazioni intense di felicità, un contrasto inconcepibile con ciò che aveva vissuto prima, il senso d'inferiorità, i pensieri suicidi, l'angoscia. Non era un amante della natura. Era capace di vedere una bella montagna in lontananza e pensare: Bene, fantastico, ma che c'entra con me? Però non mancava di scalarla, la viveva fin nel midollo, e forse era quello il motivo per cui lo faceva. L'alpinismo lo avvicinava al mondo.

In montagna avvertiva meno quella sensazione di estraneità. Arrivava addirittura a essere una persona vera e completa, e tuttavia, tornato in pianura, quel conforto scompariva. Allora ritornavano i dolori nel cuore e ogni volta che saliva pretendeva di più. Aveva bisogno di pericoli sempre più grandi e probabilmente poteva solo finire in un modo – con la morte. Quanti prima di lui si erano perduti in montagna?

Per un breve, disorientato periodo della sua vita si era illuso di aver trovato un rimedio migliore. Per quanto potesse suonare strano, la morfina gli dava speranza, la speranza di una calma che non esigeva rischi su pareti di roccia. Non riusciva a liberarsene, per quanto ne soffrisse. La speranza e il ricordo della prima volta erano sempre presenti come un'interferenza irritante nella corteccia cerebrale. La portava con sé dappertutto, perfino lì al campo base dove avrebbe dovuto avere altro a cui pensare.

Nemmeno lì aveva trovato l'equilibrio, e forse in parte dipendeva dall'atmosfera di quella tendopoli. L'Everest, o piuttosto la sua risonanza e il suo lustro, attirava a sé gente con molto carattere e molto denaro ma poca professionalità, e queste persone calpestavano il suo spirito. Macchiavano la sua avventura e contribuivano a ridestare ogni sorta di demoni interiori.

Suo padre si imponeva nei suoi pensieri, e anche a causa sua aveva ripetutamente rimandato la scalata. Sul calendario segnava una data con la croce, per poi tirarci sopra una riga il giorno dopo. Era diventato un esperto nello scovare condizioni negative e motivi di preoccupazione nelle previsioni del tempo, e questo non era da lui. Di solito era sempre molto desideroso di salire sulle montagne, credeva nelle proprie capacità, ma adesso i pensieri ossessivi e i presentimenti non facevano che aumentare. Sarebbe stata questa la sua ultima avventura?

Ci aveva pensato già a Stoccolma, ma lì nella tendopoli il pensiero l'aveva completamente intrappolato. Permeava tutto il suo essere, e ora cominciava a preoccuparsi per la propria salute mentale. Avrebbe compiuto un gesto fatale sulla montagna, qualcosa di deliberato e definitivo? C'erano momenti nella tenda in cui lo credeva.

I suoi blocchi da disegno si riempivano di ombre sempre più pallide e deformate, e una sera un terrore puro e semplice si era impadronito di lui. Era come morire soffocato, eppure essere sempre vivo. Era il colpo di spada magistrale dell'angoscia. A lungo era rimasto seduto nella sua tenda, paralizzato e in preda ai tormenti, ma alla fine era uscito barcollando e aveva raggiunto un masso appuntito nei pressi della cascata di ghiaccio. Che cosa aveva in mente? Non ne aveva la minima idea. Senza un secondo di esitazione aveva sbattuto la mano destra contro la roccia – una, due volte. Poi era rimasto ad aspettare.

Aveva atteso che il dolore si propagasse all'avambraccio e alla spalla, e proprio come gli accadeva da bambino, quel dolore gli aveva dato sollievo. Disperdeva i pensieri e da qualche parte ridestava una certa voluttà, un senso di liberazione. La sofferenza purificava, almeno all'inizio. L'angoscia assumeva un'altra forma e sulla via del ritorno aveva provato una cauta, stremata tranquillità. Solo vicino alle tende si era preoccupato delle sue dita. Sanguinavano ed erano stranamente rigide, forse le aveva spezzate. Aveva imprecato ad alta voce e pensato che adesso l'intero progetto sarebbe andato al diavolo.

Era stato in quel momento che aveva incontrato Ang Nuru e imbastito con lui una specie di conversazione. Dopo, nella sua tenda, in preda al tormento e all'inquietudine, aveva deciso che sarebbe salito in cima quando le altre spedizioni se ne fossero tornate a casa. Così avrebbe avuto più tranquillità e la mano avrebbe fatto in tempo a guarire, anche se era un azzardo pure quello. Il monsone si avvicinava, e con esso le tempeste. Eppure la decisione lo aveva calmato, soprattutto quando il mattino dopo era riuscito a piegare le dita e a stringere la sua piccozza. Nei giorni che erano seguiti il terrore si era a mano a mano attenuato, fino a che un mattino aveva osato tirare fuori le sue scatole di morfina e sfiorarne i bordi. Quasi subito si era perso nei suoi pensieri.

Era strano. Il solo contatto dava vita a nuovi sogni a occhi aperti. Si era immaginato una stanza d'albergo lontano, in una città appartata, con tende abbassate e telefoni staccati, e aveva pensato a giorni distanti in cui non provava tensione nel petto e il cervello sfrecciava. Aveva fantasticato di sonno e pace e di quella zattera di cui aveva parlato il suo amico, così aveva preso una pasticca, solo una, una soltanto, non avrebbe fatto nessuna differenza.

Ma dopo averla inghiottita aveva pensato che poteva prenderne ancora un'altra, o magari due. E aveva continuato a ingollarne, una alla volta. Aveva perso il controllo, e certo non aveva aiutato il fatto che sulla montagna si stesse consumando una catastrofe, un mostro che esigeva altro veleno e che aveva preso possesso del suo stato confuso di tossico. Quando i rapporti allarmanti avevano incominciato ad arrivare, nonostante la morfina un'apprensione pungente si era diffusa nel suo corpo. Non per quelli che erano sull'Everest, ma per la sua stessa spedizione. Temeva che tutto si sarebbe concluso nel nulla, ed era rimasto a lungo nella sua tenda, spaventato a morte che qualcuno potesse entrare a chiedergli di risalire la montagna.

Alla fine si era infilato un pile ed era fuggito dalla tendopoli. Quando era stato sicuro che nessuno potesse vederlo, si era nascosto dietro lo stesso masso contro cui aveva fracassato la mano, e probabilmente si era addormentato. Un boato e una nube di neve polverizzata l'avevano risvegliato. Quando aveva capito che il tempo lassù in alto era peggiorato, aveva fatto ritorno alla mensa. Poi tutto era cambiato.

Aveva promesso di salire per una spedizione di soccorso e che cos'altro avrebbe potuto fare? Non poteva certo dire di avere assunto morfina. Eppure avrebbe dovuto dire la verità. Adesso avevano tutti speranze distorte, e anche se altri sarebbero saliti, era su di lui che pesava la responsabilità più grande.

«Nessuno è in grado di tenere i tuoi ritmi» avevano detto, e forse sarebbe stato vero in altre circostanze, ma adesso... adesso sarebbe stato costretto a fermarsi ripetutamente.

E come avrebbe fatto a trovarli? La visuale era pessima. Non avrebbe funzionato. Era un'impresa nata morta. Lanciò uno scarpone contro la parete della tenda e cercò di ridestare un po' del suo spirito da combattente. Ma ogni pensiero positivo si dissolveva nel suo opposto e immagini di catastrofi e disgrazie gli danzavano davanti agli occhi – il cadavere sul Mount Logan, la valanga, le amputazioni, la sua stessa putrefazione. Gli pareva di decomporsi e di nuovo lo colpì il pensiero che non si fidava più di se stesso.

Il mattino che si avvicinava non sembrava portare con sé altro che una luce spietata che avrebbe reso evidenti le sue mancanze. Poco dopo si fissò l'imbracatura intorno alla vita, mise nello zaino gli ultimi attrezzi e si avviò verso la cascata di ghiaccio nella notte nera.

27

Karin aveva trascorso un'ora di sonno inquieto e adesso era di ritorno alla mensa, oppressa da un profondo senso di disagio. Da quanto capiva, non c'erano stati cambiamenti. Il tempo era migliorato, ma erano ancora tutti bloccati sulla montagna. Dei loro clienti, sembrava che solo Birgit Lamont, Federico Ferro e Sharon Wilson si potessero dire al sicuro. Ang Nuru era sparito, Giuseppe non rispondeva, Peter Stjerne e Paolo Villari erano stati dati per morti, e per Natalie Aubrey, Lobsang Dorje e Sten Jörgensen la situazione era estremamente critica.

«Io non voglio morire, non voglio morire» continuava a ripetere Natalie con la voce più flebile che Karin avesse mai udito. Era insostenibile. Poco dopo squillò il telefono satellitare.

Il segnale la trapassò come un pugnale. Temette che a chiamare fosse un parente, sperò si trattasse invece dei media. I giornalisti rovistavano nella loro tragedia, ma almeno erano degli sconosciuti e come tali era più facile liberarsene. Era Jean-Paul Aubrey, il padre di Natalie.

Lo capì fin dalla prima sillaba, o forse già da come l'uomo prese fiato. Percepì la sua collera trattenuta e si preparò, mentre con la punta dell'indice tracciava una linea invisibile sul tavolo.

«Monsieur Aubrey» disse. «Ho appena parlato con Natalie. Sembra aver superato discretamente la notte, e adesso gli aiuti sono in marcia.»

«In marcia?»

Lo pronunciò sbuffando.

«Uno dei migliori alpinisti del mondo sta salendo da lei. Io sono convinta...» cominciò, ma si ricordò quello che aveva detto Jacob a proposito di non dare false speranze.

Meglio allora descrivere i pronostici negativi, e preparare i parenti al peggio.

«Al momento possiamo solo aspettare e sperare» completò.

«A noi non basta» sibilò il padre. «Io e mia moglie siamo devastati, e ci stanno arrivando le voci più spaventose...»

«Mi dispiace» lo interruppe.

«Non m'interrompa! Si dice che qualche selvaggio l'abbia abbandonata da sola sulla montagna. Si dice che Monsieur Villari sia morto. Io pretendo di sapere esattamente che cosa intendete fare. Ho parlato con l'ambasciata francese in Nepal ed espresso le mie osservazioni...»

Karin allontanò il ricevitore dall'orecchio e lasciò farneticare l'uomo nel vuoto, mentre si domandava come poter chiudere la conversazione in modo dignitoso. Considerò se fosse il caso di fargli notare che Ang Nuru non era un «qualche selvaggio». Lasciò perdere. Non voleva irritare ulteriormente il padre di Natalie. Era già abbastanza furibondo così.

«Sua figlia non è sola» provò a spiegare. «Con lei ci sono uno sherpa e un altro cliente» aggiunse.

«E chi è l'alpinista che dite la salverà?» tagliò corto l'uomo.

«Si chiama Jacob Engler» disse lei, felice di quella semplice domanda.

«Mai sentito nominare» la rimbeccò lui. Karin prese lo slancio per presentare in maniera succinta chi fosse Engler, ma il padre di Natalie si limitò a urlare, come se non volesse sapere, e lei non trovò altro rimedio che terminare la conversazione: «Ha tutta la mia comprensione se è sconvolto, e posso solo assicurarle che stiamo facendo tutto il possibile. Ora devo continuare il mio lavoro» disse, e con suo stesso stupore gli chiuse il telefono in faccia.

Proprio lì accanto aveva captato un discorso molto singolare che la fece tremare di eccitazione.

Jacob aveva superato la cascata di ghiaccio soltanto in un'ora e mezzo. Nonostante tutti i suoi acciacchi era stato sorprendentemente facile, per di più aveva provato un nuovo modo di arrampicare. Di solito detestava le vie attrezzate. Chiodi da ghiaccio, scalette, corde fisse, erano cose che normalmente erano proibite. Il suo ideale di condotta in montagna prevedeva di muoversi su terreni intatti, ma adesso aveva accantonato tutti i vecchi principi. Stavolta doveva solo salire il più velocemente possibile e perciò si servì di tutte le attrezzature che erano state collocate lungo la cascata di ghiaccio. Spesso ebbe l'impressione di sporcare e insultare la montagna, ma allontanò questi pensieri ossessivi come sintomi di una malattia nervosa. La naturalità dello scalare non ha valore in sé, cercava di convincersi, non ora che doveva salire per salvare altre persone, e anche se non riuscì mai a superare del tutto il disagio, visse presto le corde e le scalette come un sollievo. Era come se fosse finito su uno di quei tapis roulant che si vedono negli aeroporti. Avanzava volando, neppure il buio lo disturbava. Il ghiaccio e la neve illuminavano la via e in cielo brillavano le stelle.

La coltre nuvolosa si era un po' aperta e lui fu inebriato dal pensiero che il suo corpo funzionava. Questa cosa la sapeva fare. Se n'era quasi dimenticato e la sua autostima ne fu un po' rinfrancata. Non era solo un organismo goffo ed esiliato che aveva bisogno di veleno per poter sopravvivere.

Qui si sentiva a casa. Andò avanti con energia senza una pausa, ma lentamente l'ascensione divenne più pesante.

L'astinenza tornò con tutta la sua potenza, forse in realtà non se n'era mai andata. Gli sforzi fisici l'avevano solo tenuta a distanza e adesso appena sopra la cascata di ghiaccio le sue viscere esplosero. Vomitò. Una convulsione selvaggia gli sconquassava il corpo, ansimò disperato. Poco dopo fu invaso dal sollievo. Si sentiva purificato e bevve avidamente. Poi continuò la sua salita. Ce la farò, pensava. Ce la farò! Tremava, la sua temperatura corporea era in subbuglio. Passava continuamente dal caldo al freddo, ma scalava con energia, mettendocela tutta, e si chiedeva se ne avrebbe pagato le conseguenze. Ma non poteva rallentare. Fermarsi era pericoloso, com'era pericoloso riflettere.

Trasformò tutto in un gioco folle e s'immaginò una tribuna in mezzo a un mare di persone urlanti, e là in mezzo era seduto suo padre, quell'orrendo vecchio, gliel'avrebbe fatta vedere. Sì, finalmente, si accanì più che mai, più che durante la sua leggendaria scalata record del K2. Lentamente percepì un cambiamento nell'aria. Stava arrivando l'alba. Il sole ardeva in una striscia sottile lontano, a oriente. Un nuovo giorno avrebbe illuminato la montagna.

Era come se l'acqua si ritirasse su un mare in tempesta svelando le navi naufragate sul fondo. Era una visione di grandissima forza, se qualcuno ne avesse casualmente colto l'insieme. Da lontano solo un'antichissima intatta formazione montuosa; più da vicino, un deposito d'immondizia frutto di decenni di desideri umani e pazzia. Resti di tende, bombole d'ossigeno, *nut*, corde, giacevano sparsi sulle distese di neve; e poi corpi, la maggior parte nascosti sotto altri ammassi di neve, alcuni visibili e discretamente ben conservati dal freddo – cosa che rendeva difficile la loro datazione. Solo la foggia del loro abbigliamento e delle attrezzature raccontava da quale decennio venissero, se fossero morti da poco oppure negli anni Venti, come George Mallory, il primo a morire sulla montagna, il cui cadavere era stato trovato solo l'anno precedente, il primo maggio del 1999, sulla parete nord sopra il ghiacciaio Rongbuk, semidivorato dai corvi.

Anche la tempesta del giorno prima aveva dato un notevole contributo. Giù in basso nella Valle del Silenzio, dopo una caduta di 2500 metri lungo le rocce zigzaganti della parete sud-ovest, giaceva Martin Christal, con il collo spezzato e il cranio fracassato. Più in alto, subito sopra il Colle Sud, rannicchiato in posizione fetale c'era uno scalatore coreano, morto di edema polmonare, e ancora poco sopra due russi, vestiti di identiche tute rosse e stretti l'uno all'altro come se cercassero ancora di riscaldarsi a vicenda.

Sul Balcone si trovava Giuseppe Cagliari, e a una prima occhiata si sarebbe potuto prendere per morto. Era seduto per metà accovacciato, chino e rigido, con la gamba sinistra protesa in una postura innaturale. A volte la sua testa e le sue mani si muovevano, una delle due bianca senza il guanto, e a volte Giuseppe mormorava, che cosa forse neppure lui lo sapeva, anche se i suoi sensi si erano leggermente acuiti ora che il sole stava sorgendo.

Dappertutto, in ogni direzione, cominciavano a comparire cime di montagne, e lui le guardò stupito, meravigliato della loro presenza come del fatto di essere vivo. Cercò di dare loro un nome. Non riuscì a ricordarsene molti, se non Lhotse a est e Nuptse a ovest, e poi Khumbutse, la montagna allungata che fiancheggiava il ghiacciaio Rongbuk o Kangshung, non ricordava più quale dei due, ma che scintillava di una tonalità argentata così sorprendente, proprio come tutto il paesaggio. Accanto, piccoli rivoli scorrevano giù nelle distese più scure e fertili del Tibet.

Era bello, e Giuseppe sorrise con tutto il suo viso congelato. In lontananza rumoreggiò ancora un'altra slavina.

Le aveva udite per tutta la notte. Quando il frastuono delle correnti a getto era diminuito, quel nuovo sottofondo sonoro aveva colmato il vuoto. Una slavina dopo l'altra aveva seguito la tempesta implacabile. Si voltò per assicurarsi che le masse nevose non stessero scivolando verso di lui – non che gliene importasse poi granché. Ma ciò che vide lo terrorizzò più di qualsiasi catastrofe naturale.

Dietro di lui avanzava strisciando una figura, un personaggio ben noto in tuta rossa, e Giuseppe cercò di urlare ma nei suoi polmoni non c'era più forza, e il suo grido restò strozzato.

Qualche centinaia di metri più sotto, tre figure erano sedute nella neve. Una giovane donna, con la schiena discretamente diritta, e due uomini, accasciati esanimi contro un baluardo di neve, una sorta di semi grotta che avevano scavato in un paio d'ore di disperazione dopo che la tenda era crollata sotto le frustate della tempesta. Le tre persone erano Natalie Aubrey, Sten Jörgensen e Lobsang Dorje. Lobsang Dorje era morto, benché gli altri due non lo sapessero ancora, anche se non ne sarebbero di certo rimasti stupiti.

Natalie si era quasi sentita offesa per il fatto che, fra tutti, sarebbe morta proprio con Sten. Le sembrava che la vita le dovesse qualcosa di meglio, di più melodrammatico. Eppure in altre circostanze – e lì stava il paradosso – sarebbe stata lusingata di averlo vicino. Lui rappresentava l'erudizione, il mondo della cultura verso cui lei soffriva un profondo senso d'inferiorità compensato soltanto dall'esasperata attenzione di cui era oggetto. Spesso si sentiva giudicata solo in base a criteri estetici, e sapeva di attirare ancor più ammirazione quando mostrava il lato ingenuo della sua personalità. Gli uomini volevano vederla come una bambola e di conseguenza lei dava loro quello, ma le costava, e forse quell'intera avventura sull'Everest era stata solamente il modo per dimostrare che era brava anche a fare altro. E quanta fatica aveva fatto, prima sotto il cielo limpido e poi nella pazzia più totale fino all'alba, quando con le sue ultime forze aveva scavato quella specie di grotta di neve, e con le dita irrigidite e intaccate dal gelo aveva scaldato il tè sul fornelletto a gas.

Non aveva mai smesso di tenersi in movimento, aveva massaggiato mani e piedi, tenuto i piedi congelati di Sten sotto le ascelle e incoraggiato e stretto fra le braccia lui e Lobsang Dorje, somministrato loro tè e Gatorade, incitandoli a sbattere le braccia contro il corpo e a darsi pacche a vicenda. Ma i suoi sforzi erano condannati a fallire. L'aveva capito con chiarezza sempre maggiore.

Erano stati in condizioni troppo compromesse fin dall'inizio, e troppo spesso Natalie aveva chiamato Karin e Chris per avere un po' di conforto, o nel migliore dei casi qualche buona notizia. Ogni volta era rimasta delusa. Aveva solo dovuto ascoltare esortazioni sull'essere forte e resistere, maledetto il mondo e le persone, non ultimo Ang Nuru. Come aveva potuto abbandonarli?

Avrebbe dovuto proteggerli, per tanto tempo le era parso premuroso come un padre... *Come un padre...* Le tornò in mente il suo, di padre. Era in contatto con Karin, da quanto aveva capito, ma non voleva pensarci. Ne aveva già d'avanzo della propria, di disperazione. Eppure il padre le comparve in un angolo della mente insieme alla madre, che di sicuro era a pezzi, spaventata, in lacrime, e lui arrabbiato o furibondo. La preoccupazione diventava sempre collera, in quell'uomo. Riusciva a trasformare perfino l'amore in ira. Negli anni dell'adolescenza le sue amiche l'avevano considerato un caso disperato, non solo perché era iperprotettivo, ma anche perché appariva presuntuoso e reazionario, con la sua piccola azienda di posa di pavimenti. Ma Natalie sapeva che dietro il suo atteggiamento si celava un complesso d'inferiorità, forse lo stesso che aveva ereditato lei. Papà non era andato a scuola per molto, e lottava per dimostrare che era comunque diventato qualcuno. Non appena perdeva il controllo, reagiva con rabbia, e questo la addolorava. Povero papà, pensava. Con tutta la sua durezza era il più timoroso di tutti, terrorizzato di perdere ciò che aveva ottenuto – non solo il denaro e l'azienda, come avrebbero detto le malelingue, ma la famiglia, lei e la mamma. «Lui ci ama» mormorò fra sé, «lui ci ama», e si compatì a tal punto che una lacrima cominciò a scorrere dietro gli occhiali coperti di ghiaccio, congelandosi sulla sua guancia. In quell'istante sentì qualcosa nella tasca della giacca. Infilò la mano dentro e trovò due sacchettini di riso, e fu come se una trappola per topi le fosse scattata sulle dita. Fece una smorfia di dolore. Avrebbe dovuto lasciare quei sacchettini sulla vetta. L'aveva promesso a Mingma. Ma se ne era dimenticata. *È per questo che è andata così male? Può veramente essere così?*

«Lobsang!» disse, «Sten!»

Nessuna reazione.

«Professore, Lobsang... non dovete addormentarvi. Non dovete, perché allora è finita!» gridò, e allora Sten borbottò in risposta qualcosa che poteva essere interpretato come un "sì". Ma da Lobsang non veniva ancora niente, a parte il linguaggio del suo corpo immobile, con le gambe raccolte, la testa e le mani che poggiavano inanimate sulle ginocchia.

Disperatamente, Natalie diede una piccola spinta a entrambi e il professore reagì muovendo un braccio, come a scacciare una mosca, mentre Lobsang si rovesciò come un blocco compatto, una statua. Non un arto, non un solo dito si mosse. Cadde nella posa in cui era stato seduto, e lei gli si gettò sopra incollerita. Colpì il suo corpo congelato e gli strappò gli occhiali e il berretto.

«Lobsang, Lobsang! Non puoi, non puoi!»

Una stanchezza spaventosa l'assalì. Non aveva nemmeno la forza di piangere. L'apatia s'infiltrò nel profondo del suo animo. Rimase seduta immobile diversi minuti, se c'era qualcosa che le impediva di lasciarsi abbattere completamente, era solo un'insopportabile amarezza. *Non può essere finita anche per me. Non può!* Sprofondò in un mare ghiacciato. Il gelo cominciò a diffondersi in lei come una creatura viva, dalle mani in su, verso il cuore, e forse si sarebbe rannicchiata e arresa se il walkie-talkie non avesse crepitato.

Era Karin, ma invece di raccontarle che cos'era successo, Natalie piagnucolò con la sua voce da bambina: «Io non voglio morire, non voglio!»

Non riuscì a trattenersi. Era fuori di sé, e in un primo momento non si curò della buona notizia. Si mostrò indifferente, o forse in realtà non capì. Tutte le sue forze servivano per piangere, ma dopo, quando ebbe chiuso la comunicazione, la notizia penetrò nella sua mente e allora l'assorbì. Finalmente, pensò, finalmente! Poi disperò ancora. Di sicuro ci sarebbe voluto parecchio tempo, ma nel suo stordimento s'immaginò Engler, l'uomo che stava salendo verso di lei.

Non molto tempo prima l'aveva ferita. Ma non significava nulla. O forse per questo l'avrebbe salvata un po' meno di quanto avrebbe potuto? Si diceva che fosse un alpinista eccezionale e questa era una cosa positiva. Era un bene per lei, anche se si sussurrava che fosse svitato o disturbato, ma doveva trattarsi solo di invidia. O almeno così sperava. Quell'uomo fa parlare di sé. Vicino a lui le persone si sentono sminuite e hanno bisogno di schernirlo. Allora il confronto diventa più facile da gestire, lo sapeva per esperienza personale. Fin dall'inizio lui l'aveva resa inquieta, non solo perché l'attraeva. Le sembrava una persona che avesse incapsulato troppe cose e potesse esplodere da un momento all'altro. Faceva su di lui sogni erotici tanto quanto ne era terrorizzata. Era come le valanghe lì sulla montagna, una sporgenza di neve che contro ogni previsione se ne stava attaccata in attesa, ma adesso... adesso era in cammino. Sfinita dalla stanchezza, Natalie guardò giù lungo il pendio: niente, solo contorni grigiastri. Grattò via il ghiaccio dagli occhiali e guardò di nuovo, puntando lo sguardo sulla vastità del paesaggio e sul saliscendi di vette, ma non scorse nessuna figura, nessun essere vivente. Tutto era così solitario, così ostile, tutto le parve ingiusto e crudele. Rifiutava di accettarlo e continuò testardamente a guardare. Teneva lo sguardo così fisso e concentrato che alla fine giù in basso prese forma una figura, un uomo che poteva essere Engler o chiunque altro, ma che le fece un gesto con la mano; lei rispose, e la felicità le invase il petto. Si preparò a scendere, ma poi la figura si dissolse e lei ripiombò nella più cupa disperazione.

Rick Waterfield era seduto dentro la piccola tenda che Nima Rita e Pasang Tenji erano riusciti a montare nella tempesta e pensava pigramente alle sue mani e ai suoi piedi. Gli sembrava che se ne fossero andati, come se il dolore glieli avesse rubati. Non gli appartenevano più, oppure... Non capiva. Qualcuno lo scosse. Era Nima.

«Mattino adesso. Tempo migliorato. Dobbiamo andare» disse.

«Non ce la faccio» mormorò Rick, ed era vero, non aveva più un briciolo di forza in tutto il corpo.

Le foschie nevose erano scomparse dentro la sua testa e voleva solo restarsene lì seduto, tutto il resto era fastidio. Perché ce l'avevano con lui? Lo tiravano per le braccia, cercavano di farlo alzare.

«Piantatela» sibilò.

«Mister Rick, deve farcela. Altrimenti morirà.»

Altrimenti morirà? Lui non sarebbe morto. Si sarebbe solo riposato. Non desiderava nient'altro al mondo che sognare di essere lontano da lì. Ma quelle maledette mani lo strattonavano e quell'ansimare che lo disturbava aveva un suono così rantoloso e malato. Era forse il suo?

Si accorse di essere in posizione eretta. Dovevano essere riusciti a metterlo in piedi e fu costretto a uscire alla luce, in un chiarore spaventoso che lo accecava. A lungo rimase fermo così, confuso. Ora udiva qualcosa. Un rumore strano. Tese l'orecchio attento e tremante, ascoltando non solo il respiro, il vento e il rombo di lontane slavine, ma un suono che echeggiava in lontananza come una sorta di singhiozzo. Non era umano, sembrava piuttosto il gemito di un animale o di qualche strana creatura, un'anima in pena oppure la montagna stessa che urlava il suo dolore. Rick rabbrividì e mosse un passo barcollante nella neve fresca.

Anche Ang Nuru udì quegli strani suoni e provò un senso di disagio. Benché avesse appena trascorso una notte drammatica e fosse ancora in preda all'angoscia e alla fretta, si fermò a lungo, piegato sopra la sua piccozza, ad ascoltare i gemiti portati dalle sferzate di vento. Neppure lui capì che cosa fosse, anche se la risposta avrebbe dovuto essere ovvia: un essere umano in pericolo. Dappertutto sulla montagna gli alpinisti avevano problemi. Ma in quel grido c'era qualcosa di estraneo che lo fece esitare, una tonalità sofferente che si muoveva lungo un intervallo che gli esseri umani non possono raggiungere, o almeno così credeva.

Faticava a pensare in maniera razionale e aveva altro di cui preoccuparsi. Era solo che quei suoni gli toccavano il cuore, gli ricordavano i corvi, i *gorak*, quei poveri uccelli che le correnti d'aria potevano trasportare fin lassù. Li aveva visti alcune volte a quelle altezze e ne era sempre rimasto profondamente turbato. Erano fuori posto, qui. Erano ospiti giunti da un'epoca lontana e se li immaginava da soli nella neve senza la capacità di sollevarsi, proprio come lui in quel momento, a gridare su quelle distese bianche.

Non gli riuscì di identificare le grida; pensò solo alla sua stessa maledizione. Da non molto era riuscito a liberarsi da una piccola slavina che l'aveva trascinato con sé, tutta la notte era stata una lotta spaventosa contro la bufera, il buio e i demoni nel suo cuore. Non era arrivato molto lontano. Per un certo periodo doveva essere stato fuori combattimento e probabilmente soffriva di una commozione cerebrale. L'unica cosa di cui era certo era il rimorso, ed era la cosa peggiore. Aveva abbandonato Natalie, Sten e Lobsang, e non aveva mantenuto la sua promessa. Non aveva trovato aiuti. Non si era quasi nemmeno allontanato, e la vergogna lo scuoteva più del gelo e delle ventate. Per la centesima volta si maledisse, mentre tendeva l'orecchio agli strani gemiti.

Non c'erano più, forse non erano mai esistiti ed erano stati solo una parte del suo disorientamento. Rimase in ascolto. Sentiva la mancanza di quelle grida, ma erano state inghiottite dal mattino e coperte da altri rumori, pietre che rotolavano e slavine, l'ululare desolato del vento. Soffiava ancora forte, ma con l'alba il cielo si era aperto completamente. Qua e là le nuvole iniziavano a diradarsi e lasciavano intravedere un'esplosione di luce. Cercò di rallegrarsene, ma le forze non volevano tornare. Di nuovo si appoggiò alla piccozza. Non poteva farcela. Era stato un idiota. Non aveva nemmeno portato con sé delle batterie supplementari per la sua lampada frontale. Ben presto si era spenta, la visuale era diventata pessima e solo gli dèi sapevano quanto aveva lottato. In tutta la sua vita non aveva mai faticato così tanto. Ma a che cosa era servito? La dea aveva passato il suo braccio sopra la montagna e l'aveva trascinato con sé, e lui aveva respirato affannosamente per aver salva la vita. Gli era tornato in mente il padre con il suo mite sguardo di rimprovero, e aveva odiato se stesso, pensando che in fondo il vecchio aveva sempre avuto ragione. Non era dignitoso portare questi *sahib* su e giù dalla montagna. Era una vergogna. Davvero. Ma aveva lottato, altro non si poteva dire. Non si era mai arreso e, poiché aveva lasciato tutta la sua scorta di bevande a Natalie, aveva mangiato la neve ed era stato colto da una diarrea acuta.

Si sentiva umiliato e annichilito. E quella vergogna si mescolò a lungo con il gelo e i brividi di febbre. A volte non udiva solo strane grida, ma anche risate, sogghigni dal cielo, e avrebbe voluto abbattere l'ascia da ghiaccio sul suo stesso cranio. Ma continuò a lottare. Avrebbe trovato aiuto. Adesso il sole splendeva su di lui, ma non con raggi concilianti. Il sole era come un riflettore nel cortile di un carcere, e Ang Nuru pensò di nuovo a suo padre e a quelle grida che avevano dato voce al suo cuore.

28

Quella notte Gabriella Stjerne restò a lungo seduta su una poltrona in camera a guardare la figlia che dormiva. A volte i lineamenti della piccola la stupivano. Erano così sereni, come se niente si fosse spezzato, e si chiese se anche i suoi sogni fossero così pacifici. Il respiro era tranquillo. Sotto le palpebre non si vedevano movimenti e solo una volta si era girata nel letto. Forse non aveva ancora capito, in ogni caso non nel sonno.

Gabriella andò in cucina e si domandò se affogare la disperazione nell'alcol, ma sarebbe stato ovviamente inutile, come tutto il resto. Non sarebbe servito a niente. Non voleva nemmeno avere compagnia. Sua sorella Mikaela aveva insistito per venire e ignorato le sue proteste.

«Stai dicendo sciocchezze, tesoro. Tu hai bisogno di me. Arrivo subito» aveva detto, e Gabriella, che davvero non aveva la forza di avere intorno nessuno, neppure sua sorella, si era sentita obbligata a rispondere: «Non c'è bisogno. Sta già venendo qui Maria.»

Maria era un'amica, una giornalista di TV4. Naturalmente non stava andando lì, non sapeva nemmeno che cosa fosse successo. Era una bugia.

Una coltellata a sua sorella di cui ora si pentiva, ma pazienza. Avrebbe sempre potuto spiegarglielo in seguito. Aprì il frigo, controllò la data di scadenza del latte e smistò le verdure. Un cetriolo era un po' troppo molle. Lo buttò e poi chiuse il sacchetto della pattumiera, si versò un bicchiere di vino e si sedette in cucina. Un goccio poteva comunque farselo. Vuotò il bicchiere con un sorso. *Dannato Peter!*

Era stato proprio lì in cucina che le aveva parlato per la prima volta di quel progetto, e lei aveva protestato. Gli aveva detto «no, neanche per sogno, non se ne parla proprio» e come di consueto lui aveva risposto con entusiasmo. Era come un ragazzino euforico e a lei piaceva, era vero, le piaceva il suo fervore e aveva ascoltato di come l'Everest era cambiato, di come la gente adesso vi affluisse numerosa e di come i ricchi pagassero somme esorbitanti per farsi condurre in vetta.

«Presto ci metteranno di sicuro un'insegna della Coca-Cola, lassù» aveva detto. «Hanno commercializzato la montagna. È una storia importante da raccontare.»

«Sciocchezze» aveva risposto lei, ma capiva che ostacolarlo sarebbe stato difficile.

Si era lasciata intenerire.

«Va', allora, ma guai a te se dovesse succederti qualcosa» gli aveva detto, e lui aveva promesso di essere prudente, «estremamente prudente», e da stupida qual era, aveva creduto che quelle parole significassero davvero qualcosa.

Si odiava per questo. E odiava anche Peter. Odiava il suo egoismo e le sue chiacchiere sulle «storie importanti». In realtà era uguale a quei ricchi smaniosi di conquistare la montagna che fingeva tanto di prendere in giro. Aveva sicuramente pensato di scrivere un reportage – anche se si sarebbe lamentato di non riuscire a iniziarlo – ma soprattutto era andato per darsi un tono, per coccolare il suo ego, era così narcisista. Che se ne andasse all'inferno. Per davvero. Si versò un altro bicchiere di vino rosso e ingollò anche quello. Si stava caricando a tal punto che mormorò: «Ben gli sta!» Poi cominciò a pensare a tutti gli aspetti faticosi e sconfortanti di Peter: il suo continuo lamentarsi, per esempio, il suo brontolare.

Non c'era al mondo persona più lamentosa di lui. «Gabriella» era capace di dire, «credi che la gente mi disprezzi? Voglio una risposta sincera», cosa che ovviamente non voleva affatto.

Erano conferme che voleva, piuttosto. Voleva sentirsi dire: «Peter, tesoro, ma che cosa dici, la gente ti ammira, nessun giornalista in questo paese scrive come te. Sii orgoglioso! Io lo sono. Sono così fiera di essere sposata con te che mi pare di scoppiare.» Cose di questo genere. Mille volte l'aveva consolato a quel modo, e se qualcuno al lavoro o nella cerchia dei loro conoscenti faceva il minimo commento positivo su di lui, gli telefonava appena poteva per dirglielo, e poi lui voleva sentirsi ripetere tutti i dettagli.

«Perciò secondo te sono apprezzato.»

«Peter, me ne accorgo tutti i giorni. Tu sei incredibilmente rispettato.»

«Lo dici solo per farmi piacere.»

«Non è vero.»

«Sicura?»

«La gente ti ammira.»

E così andavano avanti, sempre e di continuo. Lui era la persona più lagnosa che lei avesse mai conosciuto.

Non capiva come avesse fatto a resistere anche un solo secondo sull'Everest. Non avrebbe dovuto cavarsela nemmeno un minuto, lassù. Era così magro. Quell'imbecille si esaltava a tal punto da dimenticarsi di mangiare, e quel poco che mandava giù lo consumava in stress e paranoie ridicole tipo perché quello o quell'altro non l'aveva salutato come si conviene, «Forse c'è qualche chiacchiera che gira, Gabriella. Magari sono giunti alla conclusione che non sono affidabile. O qualcosa del genere».

Era proprio senza speranza, un idiota, molto semplicemente. Il labbro inferiore le tremò. «Un idiota» mormorò. Un idiota. *È solo che io lo amo, quell'idiota maledetto. Lo amo da morire, e senza di lui non posso vivere. Mi mancherà per il resto della mia misera vita. Non potrò resistere, non un solo giorno, non un secondo.*

Si alzò in fretta, ma mentre balzava su dalla sedia qualcosa dentro di lei si spezzò. Cominciò a tremare. Urlò: «No, non è possibile, non è possibile!» Faceva così male. Era come un attacco, una colica, goffamente cercò il telefono sul tavolo e con le mani che tremavano fece il numero di sua sorella, che rispose subito.

«Come va? Maria è andata a casa?» chiese.

«Non è mai stata qui. Me l'ero inventato» disse. «Sono così arrabbiata» continuò.

«Posso capire.»

«Così follemente arrabbiata che non mi sono resa conto.»

«Che lui è morto?»

«Ma adesso... adesso mi sembra d'impazzire. Non ce la farò a superare questa cosa, Mikaela. Io non...»

Per la prima volta vennero le lacrime. Ma non le diedero alcun senso di liberazione. Erano angoscia pura e Gabriella si appallottolò scossa dai singhiozzi mentre continuava a pensare: Lui è morto, morto!

Intanto sua sorella si vestiva in fretta.

Gabriella era seduta sul divano del soggiorno stretta a Mikaela. Udiva il brusio delle automobili che passavano e un cane che abbaiava, poi sentì un rumore di passi, piccoli passi minacciosi dal corridoio. Era Siri che si era svegliata. Gabriella aveva atteso con timore quel momento. Velocemente si asciugò le lacrime e si liberò dall'abbraccio della sorella. Si ricompose come in vista di un incontro importante e pensò: Tic tac, presto arriverà, spero solo che non pianga!, e nemmeno lei lo fece.

La bambina aveva un'espressione interrogativa, quasi si chiedesse se non fosse stato tutto quanto un sogno. Gabriella la chiamò a sé. «Andrà tutto bene» disse. Una frase stupida, lo capì subito.

«Dunque papà è vivo?»

Inspiegabilmente Gabriella si arrabbiò. Perché fare domande del genere? Lanciò un'occhiata impotente verso la sorella.

«No, amore mio. Papà è morto» rispose, temendo una reazione che però non ci fu.

La bambina s'irrigidì soltanto, senza emettere alcun suono, e quando lei la sollevò per mettersela sulle ginocchia, le sembrò un'estranea. Era spaventoso. Piangi, su!, pensò. Piangi! Qualsiasi cosa ma non quel silenzio disperato, piuttosto una figlia che pesta i pugni e urla, ma non questo dolore trattenuto. Non lo sopportava. Con gesti nervosi e meccanici accarezzò i capelli della bambina e le afferrò la mano, la bella mano sottile. Percepì un tremito come di un terremoto lontano, ed era comunque meglio di niente; una reazione, nonostante tutto. Si morse il labbro sperando che presto avrebbero pianto insieme.

In quell'attimo squillò il telefono. Era di sicuro sua madre, oppure i genitori di Peter, o i giornali che avevano ricevuto la notizia. Se ne infischiò e lasciò che entrasse in funzione la segreteria. Poco dopo il telefono suonò di nuovo e alla fine non poté più sopportarlo.

Rispose, all'inizio non sentì nulla, solo crepitii. Poi capì. Era Karin dal Nepal e aveva una voce strana. Magari ci sono altri morti, pensò Gabriella. No, non era quello. La voce era così distorta e sconvolta. Non smetteva di parlare e diceva cose strane. Gabriella non capiva.

«Scusa» disse. «Potresti ripetere?»

«Peter si trova al Campo Quattro. Sta molto male. Il nostro medico, Toni Grassi, lo sta visitando proprio in questo momento, non ci sono molte speranze. È probabile che nonostante tutto non ce la farà. Ma è vivo, e stiamo facendo tutto il possibile. Volevo solo dirti questo.»

«È vivo!»

Ripeté le parole ad alta voce, ma senza capirle, non realmente. Eppure qualcosa si accese dentro di lei, una luce, una gioia nascente che, ora lo sentiva, avrebbe superato tutto ciò che aveva vissuto. Si voltò verso la figlia e Mikaela e sorrise radiosa, perciò non udì Karin che ancora una volta sottolineava che "la situazione era estremamente critica", oppure forse lo sentì ma non fu in grado di assimilare nulla.

Lui è vivo, riusciva solo a pensare. Che potesse ancora morire, lasciandola per la seconda volta, era semplicemente troppo assurdo.

29

Diverse ore prima, Karin Torshede aveva ricevuto la notizia che Sharon Wilson, Federico Ferro e Birgit Lamont avevano raggiunto il Campo Quattro insieme a tre sherpa. Un mormorio di sollievo aveva attraversato la tenda. Almeno qualcuno del gruppo si trovava al sicuro. Toni Grassi e Lhakpa Thering stavano salendo con ossigeno e attrezzature mediche. Forse c'era comunque speranza. Il mattino aveva portato con sé più notizie buone che cattive. Si diceva che Jacob Engler si stesse già avvicinando al Campo Quattro e questo era sotto ogni aspetto straordinario. Nella tenda non si parlava d'altro.

Quel tratto che altri impiegavano giorni a percorrere, lui sembrava averlo coperto in sei ore, un record. Si parlava di altre scalate sensazionali e si raccontavano storie su Engler, talvolta con un tono quasi allegro, o comunque sognante. Ma a un certo punto quella pace fu spezzata. La sensazione di tragedia imminente era stata allontanata solo temporaneamente.

Su uno dei materassini vicino a Karin, se ne stava seduta Git, la ragazza americana, con un'espressione critica. I suoi occhi marroni erano ridotti a fessure.

«Quando sento parlare dell'avanzata di Engler, io mi preoccupo» spiegò Git.

«Che cosa vorresti dire?» chiese Karin.

Perché quella strega doveva rovinare tutto? Non potevano sperare almeno per un attimo in un cambio di prospettiva? Non erano stati esattamente coccolati dall'abbondanza di buone notizie.

«Tanto per cominciare questa non è una competizione. Si tratta effettivamente di vite umane.»

Effettivamente.

Karin sentì di odiare quel termine.

«Allora è un bene, che lui faccia in fretta» rispose, stanca anche di ascoltarsi.

Perché si sentiva in dovere di ribattere? Avrebbe fatto meglio a ignorarla del tutto.

«Fare in fretta d'accordo, ma non correre a precipizio come se si trattasse dei cento metri» continuò l'americana.

«Di che cosa stai parlando?»

«Non mi pare una buona cosa che esaurisca le sue energie adesso. È su in cima che ne avrà più bisogno.»

«Engler è famoso per saper disporre delle proprie energie» s'intromise Chris come un angelo salvatore.

«Davvero?» insistette Git. «Io non ne sarei così sicura. Sono in molti a dire che è un esagerato. Si dice che debba sempre trovarsi al limite del dolore, e che questo molte volte l'abbia messo in difficoltà. Del resto non mi stupirebbe se rifiutasse di usare l'ossigeno su in alto. È terribilmente rigido con i suoi principi.»

«Non aveva neanche l'aria di stare troppo bene qui al campo base» s'intromise Veikko Ristanen, e Karin si irritò per il fatto che prendesse le parti di Git, e non le importava che le sue parole fossero vere.

Si diffuse subito la sensazione che sarebbe arrivato dell'altro, come se la carta più pesante dovesse arrivare per ultima.

«In effetti è tutta la mattina che penso di affrontare l'argomento» disse. «Ma non sapevo come dirlo.»

«Di cosa stai parlando?»

Karin provava una collera inspiegabile.

«Di certe cose bisogna parlare con prudenza. Ma non avete visto lo sguardo di Jacob ieri? Sembrava completamente fatto.»

Idiota, pensò Karin. Che ne sai tu dei suoi occhi?

Eppure in segreto doveva concordare: la sera prima Jacob era estremamente provato e quando si trovava nella sua tenda le era sembrato che avesse voluto dire qualcosa in proposito. L'aveva resa inquieta. D'altra parte, la rapida ascensione di Jacob non era forse un segno che i suoi timori erano infondati? Come avrebbe potuto una persona malata salire con un ritmo del genere?

«E in realtà non ci avrei fatto granché caso se non avessi parlato con la mia amica Lis» continuò Git.

Dove vuole arrivare?

«L'altro giorno Lis stava facendo una passeggiata un po' lontano dall'accampamento e per caso ha scorto un uomo che giaceva nascosto dietro un paio di massi. Era Jacob. Sembrava completamente assente, strafatto fino alle orecchie, mi ha detto Lis. In tutta sincerità sono preoccupata per quello che combinerà sulla montagna.»

È un kamikaze quello che abbiamo mandato su?, passò come un lampo nella mente di Karin. Ricacciò il pensiero. Si rifiutava semplicemente di crederci, e decise di rispondere per le rime e intervenire in difesa di Jacob.

«Ho avuto occasione di parlare con lui poco prima che partisse» disse.

«E?»

Solo quell'"*e*". Avrebbe voluto urlare.

«E l'ho trovato incredibilmente motivato.»

«Non è della sua motivazione che dubito, ma della sua salute psichica» disse la maledetta americana, e purtroppo in un certo senso aveva ragione.

Jacob aveva calcato troppo la mano. Sentiva in bocca il sapore del sangue e del vomito, e nel petto e nelle articolazioni gli arrivava a ondate uno sfinimento acuto. A lungo lo sforzo gli aveva dato spinta, facendogli dimenticare l'avversione che provava verso se stesso. Ma nell'ultima ora i pensieri ossessivi erano tornati. Di nuovo pensò che avrebbe fatto qualcosa di fatale e irrimediabile sulla montagna. Erano sciocchezze. Paranoie! Cercò di convincersene.

Ma i pensieri non lo abbandonavano. Era stato un anno spaventoso. La tossicodipendenza, le depressioni, le lunghe giornate solitarie in casa avevano scavato buchi profondi nella sua autostima. Anche se alla fine si era preparato meticolosamente alla sua spedizione sull'Everest, aveva dubitato che ne valesse la pena, e questa era stata una novità.

Su mezzi, modi, vie aveva sempre dubitato, ma mai dell'obiettivo, della motivazione stessa, del suo amore per la montagna. Quella passione era stata materia solida. Ma prima della partenza era stato scosso dal più semplice degli argomenti a sfavore: è solo un su e giù, e quando tutto è finito ci si ritrova al punto di partenza. Non si realizza nulla di concreto. Forse aveva ottenuto così tanto successo perché non aveva mai avuto quel genere di pensieri prima: almeno su un punto era stato un uomo con uno scopo determinato. Ma aveva perduto anche quello.

Era dall'infanzia che quel fangoso odio verso se stesso non s'infiltrava così profondamente in ogni suo recesso. Aveva cominciato a detestare il suo corpo, quel guscio esageratamente muscoloso che non sembrava avere nulla a che fare con lui; lui che era così piccolo e miserabile, e anche se si accorgeva che nella sua direzione si lanciavano ancora occhiate di desiderio, notava solo le altre – quelle che lo fissavano arroganti e sprezzanti. Al campo base aveva spesso avuto voglia di mandare tutto e tutti all'inferno, ma non aveva avuto occasione di sfogo più grande che fracassarsi la mano contro i massi. E poi la sua ricaduta, che forse aveva sostituito il suicidio, e che di sicuro l'avrebbe condotto nel baratro, se non fosse intervenuta la catastrofe a salvarlo. Se non fosse stato guarito dalla tragedia. Perché era questo che era successo, no?

La catastrofe l'aveva riportato alla vita offrendogli una via di fuga dall'astinenza e da se stesso. Forse era per questo che ora calcava la mano. Nella sua volontà di tenere lontani i demoni, non centellinava le proprie risorse com'era solito fare.

Ce la metteva tutta, tornò a essere un ragazzino che saliva di corsa, e pensava a Natalie e Rick e mormorava «avanti, avanti!». Anche se il suo avanzare faticoso nella neve fresca sembrava spesso disperato, in altri momenti era stupito di quanto velocemente progredisse. Le ore passavano come niente fosse, e a lungo riuscì a gestire sorprendentemente bene i vari dolori. Ma la situazione stava cambiando. Pian piano il suo umore s'incupì, i pensieri ossessivi non volevano abbandonarlo.

Già prima delle undici del mattino raggiunse il Campo Quattro, dove fece scorrere lo sguardo verso le distese solitarie e battute dal vento del Colle Sud. Per un po' non vide anima viva, solo tende che sbattevano, bombole d'ossigeno e resti sulla montagna. E poi la tempesta che ululava e gli piegava la schiena. Si accovacciò. Era proprio sfinito! Vomitò. Con il corpo appoggiato contro la piccozza, si costrinse a ingoiare dei liquidi, almeno un litro, mentre gli attacchi di cefalea imperversavano offuscandogli anche la vista. Poi scosse energicamente la testa e tirò fuori il walkie-talkie. Con dita rigide premette il pulsante d'invio: «Campo base, passo!»

Riusciva a malapena a parlare. Era stato un idiota. Si era consumato. Le sue premonizioni erano state corrette.

«Qui Karin. Passo!»

«Sono al Campo Quattro adesso. Passo!»

«È vero?!»

Perché diavolo non dovrebbe esserlo?

«Sì, sono qui! Passo!»

«Sei assolutamente incredibile, Jacob. La gente non parla d'altro che di te.»

«Che cosa devo fare?»

«Abbiamo avuto enormi difficoltà a ricevere aiuto dal Campo Quattro. Tutti sembrano completamente stremati oppure già impegnati in altre operazioni di salvataggio. Puoi verificare quali risorse ci sono? Oppure forse potresti salire di persona e vedere quanto sia critica la situazione. Puoi chiedere aiuto da lassù. Passo!»

«Dove devo andare?» ansimò lui.

«Tieniti a destra sul passaggio di sud-est e sali lungo la via normale! Dovresti trovare Sten, Natalie e Lobsang Dorje, a quanto pare sono sotto una specie di sporgenza. Con un po' di fortuna dovresti incontrare anche Rick, Nima Rita e Pasang Tenji, e nel migliore dei casi Ang Nuru. Dirò a Toni Grassi di uscire con un binocolo. Ma credo che dovresti dare la priorità a Natalie, Lobsang Dorje e Sten. Sembravano essere molto malmessi e...»

Karin s'interruppe nel bel mezzo della frase.

«Passo!» concluse.

«Salgo subito» rispose lui senza sapere come ce l'avrebbe fatta.

Le sue condizioni peggioravano a ogni secondo. Dopo aver riposto la ricetrasmittente si sedette con il viso sprofondato fra le braccia. Dopo un momento, sentì una mano sulla spalla. Sobbalzò e vide una figura in tuta blu che gli tendeva qualcosa, un oggetto nero, un binocolo. Doveva essere il medico della spedizione.

«Come va?» urlò Toni Grassi nella tempesta.

Jacob rispose con un cenno d'assenso.

«Hai l'ossigeno, vero?»

L'ossigeno. Se n'era dimenticato. Era adesso che doveva usarlo, il solo pensiero gli infuse energia e con mani maldestre cercò di collegare l'attrezzatura. Aveva evidentemente dei problemi, non solo a causa delle sue cattive condizioni.

Prima d'ora non aveva mai maneggiato quel genere di apparecchi. Lui era pur sempre Jacob Engler, il purista. Toni Grassi lo aiutò come se fosse un bambino e gli spiegò che l'apparecchiatura era regolata per erogare due litri di ossigeno al minuto, il che significava che una bombola sarebbe durata all'incirca cinque, sei ore. Jacob ne aveva con sé due. Inspirò con avidità, senza per questo sentirsi rianimato.

«Ce la fai?» volle sapere il medico. «A quanto pare sei venuto su correndo come un matto.»

"Come un matto" era la definizione appropriata. Si sentiva un rottame, ma era adesso che doveva affrontare il suo reale incarico.

Karin dava le spalle agli altri radunati nella tenda, quando udì dei passi rapidi che si avvicinavano. Capì subito che si trattava di qualcosa che non voleva sapere. Quei passi significavano cattive notizie. Evitò di girarsi.

«Avete saputo cos'è successo?» disse una voce maschile ansimante, chiaramente uno sherpa. «Grande sventura! Grande disgrazia!» continuò, e solo allora lei volse il capo.

Non lontano da lei c'era Mingma, il grazioso ragazzo sherpa, con il labbro superiore imperlato di sudore e i capelli arruffati. Pareva distrutto.

«Qualcuno abbattuto nostre bandiere di preghiera. Cattiva, cattiva persona! Montagna molto arrabbiata adesso» disse, e anche se Karin ringraziò che non fosse successo niente di più grave, non riuscì a sorridere come molti altri nella tenda.

«Vieni, andiamo subito a rimetterle in piedi» rispose, e chiuse gli occhi.

Era come se avesse ricevuto un avvertimento.

Natalie mise via il walkie-talkie. Aveva chiuso un'altra conversazione con Karin dal campo base senza capire quasi nulla. La realtà le stava sfuggendo. Non molto tempo prima aveva udito dei suoni, come se qualcuno sguazzasse in una vasca da bagno o in riva al mare. Si era vagamente resa conto che stava avendo delle allucinazioni, ma non se n'era curata troppo. Non ce la faceva più a sperare. Non aveva forza anche per quello, o forse non voleva essere nuovamente delusa. Ma che cosa aveva detto Karin? Cercò di pensarci. Di «tenere duro» naturalmente, sempre quell'esortazione, e poi le parole «Jacob sta salendo, il salvataggio è vicino, Natalie. Vicino!».

Ci credeva davvero? Aveva scrutato invano giù, lungo le bianche distese, e ogni tanto intravisto delle figure, ma ogni volta si dissolvevano come miraggi. Non era suo destino essere salvata. Tutto era nebbia. Tutto era privo di senso. Eppure guardò nuovamente giù in basso, e in effetti vide un puntino rosso che si muoveva verso di lei. Si chiese quando sarebbe impallidito e svanito, ma il puntino era testardo. Strofinò gli occhiali per liberarli dai cristalli di ghiaccio. Chiuse le palpebre e picchiò la mano contro il capo come per scacciare tutte le illusioni e il fumo negli occhi. Poi guardò di nuovo. In effetti il puntino era sparito, o forse... No, c'era ancora, la figura era ancora lì.

Si muoveva verso di lei. Natalie recitò una preghiera e pensò a Jacob Engler e alle sue mani. Se le vide davanti, mutilate ma forti. Quelle mani adesso l'avrebbero salvata, voleva crederci. Quasi felice ripensò a Sten, era da un pezzo che non gli dedicava un pensiero. Si era chiusa in se stessa e l'aveva messo in disparte. Lo vide che giaceva nella neve, rannicchiato in posizione fetale, e quasi si commosse a immaginare come ne avrebbero parlato dopo, pensò che sarebbero diventati amici in un modo speciale, profondo e grato. Vide le sue membra rigide, la testa voltata. Non un muscolo si muoveva nel suo corpo. Nemmeno i polmoni si espandevano e contraevano, o forse... Decise che era impossibile stabilirlo, Sten era troppo infagottato. Forse non era così grave, pensò. Ma non volle fare alcun controllo, evitò con tutta se stessa di farlo, e per tutto il tempo indirizzò lo sguardo intorno a sé in modo tale che il cadavere di Lobsang Dorje non entrasse mai nel suo campo visivo. Si rifiutava di cogliere le somiglianze fra lui e Sten e alla fine risolse il problema guardando semplicemente altrove.

«Dimentica, dimentica» mormorava, e cercava di concentrarsi solo su quel puntino rosso giù in basso. Non era facile.

Sentiva gli sguardi dei morti e dei moribondi bruciarle la schiena. Stava giusto per voltarsi quando la colpì il pensiero che quel puntino rosso forse non l'aveva neppure vista, perciò si puntellò nella neve. Doveva alzarsi in piedi e farsi vedere. Avvertì una fitta lancinante. Si era dimenticata del piede, tanto era stordita, ma adesso... Adesso il dolore era tremendo. Decise di non farci caso. Si drizzò su una gamba, e ondeggiando disperatamente gesticolò verso il puntino rosso. Passò del tempo, diverse volte rischiò di cadere, ma alla fine il puntino rispose gesticolando a sua volta e lei mormorò «sì, sì» e si sedette di nuovo. Poi il puntino cadde. Si fece più piccolo, quasi invisibile. Lei aspettò che si rialzasse, per qualche secondo le parve di vederlo sgambettare e lottare.

«Datti una mossa» mormorò. «Su, avanti!»

Ma non accadde nulla. Il puntino non si rialzò e si affievolì, diventando una macchia, una vaga variazione di colore nella distesa bianca. Non poteva essere vero. Come poteva essere più sfinito di lei?

Natalie rifiutava di crederci, puntò lo sguardo ripetutamente in basso, ma la figura rimaneva stesa nello stesso punto. Lei imprecò e pianse, tanto per Sten e Lobsang Dorje quanto per il salvatore caduto, quello che doveva essere Jacob Engler. L'uomo dalle mani mutilate ma forti. Come poteva farle questo? Lui che doveva essere così resistente.

Un'amarezza insostenibile la invase mentre i pensieri scorrevano febbrilmente in un fiume rabbioso: Perché, perché? Maledetti! Andò avanti per diversi minuti, solo lentamente il suo pianto perse energia e si fece più rassegnato. *Morirò, e tutti mi stanno abbandonando, o morendo accanto.* Accolse con sollievo un crescente intorpidimento nel corpo e nella mente. Poco dopo udì degli strani lamenti, sembravano venire dalla montagna, quasi le immense distese dessero voce al suo dolore, ma poi s'interrogò: non aveva già sentito quel grido, prima più distante, portato a lei da venti remoti?

Le pareva di sì, e anche se pensava che si trattasse solo di voci e demoni interiori, ascoltò con maggiore attenzione. Captò anche qualcos'altro: un rumore scricchiolante più famigliare, che l'aveva seguita su e giù per la montagna, e allora i suoi nervi si tesero. Era lo scricchiolio dei ramponi, si stava avvicinando, e con esso i gemiti. Trasalì. I suoni adesso erano vicini, alla sua sinistra. A solo venti o trenta metri da lei, avanzava inciampando una figura, un uomo, le parve, vestito di blu e con la mano destra congelata in un macabro saluto, che gemeva e urlava. Era lui che aveva sentito, e anche lui era reale. Sembrava cieco. Stava andando diritto verso una roccia alta un paio di metri che s'innalzava nella neve, lei allora cercò di gridare, sì, solo ora gridò a pieni polmoni. Era stata così traumatizzata da non riuscire a farlo prima, ma sembrava che l'uomo non udisse né vedesse.

Urtò con la spalla contro la roccia. Doveva fare un gran male, ma lui proseguì comunque, gemendo come prima. Natalie gridò di nuovo, anche se ormai era troppo tardi: l'uomo scivolò giù dal pendio, ruzzolò, si fermò per un attimo in ginocchio, e poi proseguì verso il basso. Natalie pensò che sarebbe finito in un burrone o dentro un crepaccio, chiedendosi chi fosse e da dove venisse.

Quell'uomo era Peter Stjerne, e il fatto che fosse sopravvissuto fino a quel momento era un piccolo miracolo.

Era sceso dalla Cima Sud con danni da congelamento nelle braccia e nelle gambe, in stato di grave disidratazione. Aveva la bava alla bocca e un principio di edema polmonare, quasi completamente accecato dal riverbero della neve, e forse era anche impazzito. Non sapeva di urlare. I suoni si formavano semplicemente dentro di lui ed erano trasportati dalla tempesta giù, lungo i fianchi della montagna, ed erano stati uditi da un certo numero di scalatori che li avevano interpretati ognuno in modo diverso.

Doveva costargli molta energia gridare a quel modo e nemmeno lui sapeva perché continuava a farlo, ma inizialmente era stato un grido di dolore, una reazione alla sofferenza che gli trasmettevano braccia, gambe e viso. Poi le cose erano cambiate. Aveva superato il limite del tormento fisico, ma aveva continuato lo stesso a urlare, e forse quelle grida gli avevano dato energia. Peter Stjerne era stato lasciato a morire ed era condannato a soccombere ma non aveva mai perso conoscenza, come i suoi compagni avevano creduto. Benché il suo viso fosse coperto di cristalli di ghiaccio, si era reso conto di essere stato abbandonato dagli altri. Aveva gridato, ma nessuno l'aveva sentito. A lungo era rimasto lì nella neve, impietrito dal terrore, mentre il gelo e l'oscurità si diffondevano in lui come un veleno, paralizzandogli le membra.

Aveva desiderato di morire subito e in fretta. I suoi pensieri si erano allontanati dal gelido spazio intorno e dall'orribile solitudine sulla montagna. Aveva pensato a Siri, agli occhi a mandorla della sua bambina e ai suoi capelli ricci, e si era chiesto che cosa stesse facendo, se scriveva nel suo diario oppure dormiva. Gli faceva tenerezza immaginarsela mentre sognava, e aveva anche immaginato Gabriella accanto al letto della figlia, sotto le stelline del soffitto.

Allora si era reso conto: Non potrò vederle più, mai più. Eppure appartengo a loro. Sono la mia famiglia, e aveva provato ad alzarsi. Nelle mani non aveva più nessuna forza, ma voleva alzarsi in piedi, non perché credesse di poter sopravvivere, ma perché la solitudine sarebbe diventata troppo grande se fosse rimasto lì immobile. Con la mano destra si era raschiato via la brina dal viso. Poi aveva gettato gli occhiali nella neve. Se ne sarebbe pentito amaramente, ma in quel momento era riuscito a vedere un po' meglio. La lampada frontale funzionava ancora e la tempesta si era un po' attenuata, così aveva iniziato a scendere. Presto era caduto e aveva cominciato a scivolare e aveva preso velocità, anche se cercava di frenare con la piccozza, aspettandosi di finire da un momento all'altro in qualche dirupo.

Ma era riuscito a fermarsi, aveva ripreso a camminare, mentre sembrava che le mani e la pelle del viso volessero staccarsi da lui. Forse era allora che aveva cominciato a urlare. Ricordava di aver urtato contro un mucchio di neve, o una roccia, e di aver gridato, un grido liberatorio. Gridare lo rendeva più forte. Scacciava un po' di solitudine e significava che era vivo. Forse l'avrebbe anche tenuto sveglio.

Aveva bisogno di pensare, di essere vigile. Aveva capito che si stava avvicinando al Balcone e che lì avrebbe dovuto tenere la destra. Altrimenti sarebbe precipitato giù in Tibet. Si era concentrato per cercare dei punti di riferimento e senza saperlo aveva superato Giuseppe e Paolo, che avevano udito i suoi gemiti, ma come tanti altri non li avevano compresi.

Il terreno si era fatto più scosceso, più roccioso, lui cercò di seguire le corde fisse e a volte ci riusciva, ma per lo più cadeva, urtando contro le rocce. Alla fine capì: doveva fermarsi e cercare di superare la notte. Si acquattò dietro una spaccatura e continuò a percuotersi con le braccia per mantenersi caldo.

Ebbe la lucidità di spegnere la lampada per risparmiare le batterie e riuscì perfino a tenere lontano le allucinazioni. Pensava ininterrottamente a Siri e Gabriella, le immaginava che facevano il bagno in una jacuzzi. Mangiavano una zuppa fumante e giocavano con dei palloncini in una giornata estiva, pensieri che lo aiutarono a far passare il tempo. Lentamente l'alba si avvicinò.

Aveva continuato la discesa, inciampando fra le balze di roccia, e aveva sentito il sole bruciargli gli occhi dietro le nuvole scure, ma non ci aveva pensato prima che il paesaggio diventasse completamente bianco. Lentamente le sfumature sparirono. Le rocce si dissolsero e tutto diventò neve, anche il cielo. Fu costretto a fermarsi, per non ridursi a pezzi. Cadde in ginocchio, per poi riprendere il cammino e cadere più volte. Il sangue sul viso si era congelato. Era una creatura allo sbando, ma riusciva sempre a rialzarsi. Raggiunse la parte inferiore della terrazza che finisce nella sella imponente fra Lhotse ed Everest, e senza accorgersene superò anche Natalie e andò a finire giù, nelle parti più pianeggianti.

Lo percepì nei piedi e nei ramponi. C'era più vento e il terreno era sempre in pendenza, ma il fondo era più stabile. Continuò a marciare, ma ora nella direzione sbagliata. Il Campo Quattro era dalla parte opposta. Si avvicinava al Bergschrund, la spaccatura nel ghiacciaio che attraversava il plateau e che quell'anno era particolarmente insidiosa.

Stava marciando dritto verso il crepaccio. Barcollava verso quella catastrofe che così miracolosamente aveva evitato nel percorso fin lì.

Meno di cento metri davanti a lui giaceva Ang Nuru. Era lui il puntino rosso che Natalie aveva scorto, ed era in una condizione pietosa. Durante la notte era stato trascinato via da una slavina e aveva disperatamente lottato per non farsi seppellire. Era stata una notte confusa. Quando la luce e il mattino erano finalmente arrivati, si rese conto di essere ancora molto lontano dal Campo Quattro, e con passo pesante si avviò giù verso la tendopoli sferzata dal vento.

Di tanto in tanto si voltava, cercando di orientarsi e di capire che cosa stesse succedendo sulla montagna. Scorse dei puntini su in alto e cominciò a camminare verso di loro. A lungo si rifiutò di credere che fossero Natalie, Sten e Lobsang Dorje, ma poi uno dei puntini agitò le braccia e allora lui provò una fitta. Si mosse per raggiungerli, ma mise un piede in fallo e finì dentro una crepa fino al ginocchio.

Cadde, e in un lampo divenne evidente quanto la notte gli avesse consumato le forze. Non riusciva a tirarsi fuori e tornò a udire quelle urla singolari, forse lanciate dai corvi. Alzò gli occhi e vide una figura, una persona gridava e si avvicinava ondeggiando alle crepe nel ghiacciaio.

Dopo i forti brividi di febbre, con l'ossigeno Jacob aveva ritrovato un po' delle sue forze e marciava, proprio come Ang Nuru poco prima, verso i punti quasi invisibili che intravedeva più su, accanto alla parete rocciosa dove cominciava la punta piramidale dell'Everest. A tratti aveva quasi l'impressione di soffocare, come se l'apparecchiatura gli sottraesse ossigeno anziché fornirglielo. Più volte avrebbe voluto strapparsela e seppellirla per sempre nella neve. Ma spesso si sentiva anche rincuorato. L'ossigeno lo rendeva più forte, ora avanzava di nuovo veloce. A un certo punto colse delle urla in lontananza e alzò gli occhi verso il cielo. Un uccello? Così gli era parso.

Durante l'ascensione verso il Campo Quattro, superando la parete del Lhotse, Yellow Band e Geneva Spur, aveva indovinato una presenza nell'aria, senza tuttavia riuscire a scorgere nulla.

Riprese a marciare nel momento in cui la figura cadde. Gli sembrò anche di vedere che uno dei puntini in alto si muovesse. Intanto i versi aumentarono d'intensità e adesso sembravano quasi umani. Era come se tutto l'Everest si riempisse di segni premonitori. Jacob accelerò ancora il passo mentre fissava affascinato la montagna maestosa. Si bloccò quando vide un puntino vacillante scendere dal pendio davanti a loro.

Natalie si era rianimata. Aveva visto quel pazzo che urlava scivolare giù dalla scarpata per poi cadere in ginocchio, rialzarsi e riprendere ad avanzare barcollando verso il ghiacciaio pieno di crepe. In qualche modo questo la rinfrancò. *Se ce la fa lui, posso farcela anch'io!* Decise di alzarsi in piedi, per quanto male facesse. Si rifiutava di stare ad aspettare come una principessa nella torre. Sarebbe scesa, a costo di strisciare. Dalla caviglia salivano fitte lancinanti, cominciò a saltellare sulla gamba sinistra. Era obbligata a fare dieci o quindici respiri fra un saltello e l'altro, e ben presto cadde proprio sul piede destro. Udì il suono di nuove ossa che andavano in pezzi. Oppure era stata una pietra a frantumarsi? Il dolore non era né aumentato né diminuito. Continuava solo a essere bruciante. Allora cercò di scendere rotolando ma incontrò resistenza. Il terreno lì era ancora roccioso. *Dannazione!* Avanzò trascinandosi e finalmente il suo corpo prese velocità. Scivolava giù sempre più in fretta e mormorò: «Che vada come deve andare.» Non fece in tempo a pensare ad altro. Bocca e mento urtarono contro l'orlo di una roccia, ma continuò a scivolare, semi svenuta e con lingua e denti insanguinati. Come in un sogno gettò uno sguardo sulle ampie distese di neve. Dov'era il suo cavaliere caduto? Lo vide ancora a terra, la situazione era sempre senza speranza. Ma all'improvviso, dietro di lui, vide qualcuno che avanzava. Qualcuno che marciava a una cadenza ben diversa.

Jacob Engler si avvicinò alla figura che aveva visto cadere e riconobbe Ang Nuru. Il buon sherpa giaceva con una gamba piegata in una posizione innaturale, puntellandosi con un braccio contro il terreno. Jacob si tolse la maschera e dopo qualche passo fu vicino ad Ang Nuru. Benché non si vedesse lo sguardo dietro gli occhiali, indovinò la rabbia e l'impotenza.

«Su» disse, «lascia che ti aiuti.»

Tese una mano e con uno strattone potente lo tirò su.

«Che cosa è successo?» chiese.

«Dobbiamo andare su!» disse. «Natalie sta aspettando. E io ho promesso! E poi... quello che grida! Sta andando verso...»

Sembrava estremamente confuso.

«Io vado avanti» lo interruppe Jacob.

Ang Nuru non rispose. Jacob si ritrovò con stupore ad abbracciare lo sherpa. Poi proseguì verso l'alto a un'andatura che avrebbe dovuto essere impossibile a quelle quote. Davanti a lui nella lieve foschia e sotto il cielo sempre più chiaro avanzava inciampando l'uomo che gridava e a Jacob sembrava di conoscerlo, qualcosa in quell'annaspare del corpo gli era noto. Doveva fare in fretta. Doveva bloccarlo prima che arrivasse al crepaccio.

Jacob si strappò la maschera per l'ossigeno e cominciò a urlare anche lui, e a quel punto, anche se la situazione era disperata, riuscì a vedere l'aspetto comico.

«Fermati, dannazione, fermati!» ma quell'uomo sembrava non sentire, continuava con i suoi versi e Jacob fu sul punto di arrendersi. Poteva solo sperare che inciampasse prima di arrivare al crepaccio.

Sul passaggio ben più difficile della parete sud-ovest, Jacob aveva letto tutto, ogni piccolo appunto che lo riguardava, ma sulla via normale lungo la cresta sud-est non si era curato di documentarsi. Non aveva considerato neppure per un secondo di salire da lì con tutti quei principianti. L'adrenalina gli si riversò nelle vene. Continuava a tenere gli occhi puntati sull'uomo che gridava lì davanti, spingendo più che poteva. Ma proprio in quel momento accadde. La figura scomparve, inghiottita dalla terra.

Peter Stjerne non capiva. Era da tempo che non capiva più niente. Solo la voglia di sopravvivere era chiara, anche se si faceva sempre più debole. Per il resto, il mondo era pallido e indistinto, non udiva nemmeno i suoi stessi lamenti, e le immagini che il cervello richiamava mancavano di contorni e di ordine. Ricordò un film francese su un gatto, un caporedattore del *Nerikes Allehanda* con i baffi, un corridore polacco che era caduto sopra un ostacolo e un paio di folli occhi neri in Hornsgatan. Se era la sua vita che gli stava passando davanti, non era comunque la parte più importante.

Il flusso dei pensieri s'interruppe. Una fitta gli attraversò il corpo. Poi ci fu un colpo secco e un altro ancora, e dopo silenzio, uno scricchiolio, come una crepa nel ghiaccio su un lago in primavera. Di colpo, i dolori sparirono. Sopra, i venti ululavano e la neve scricchiolava, ma lì cresceva un silenzio mortale. Che cosa era successo? Intuì vagamente che non l'avrebbe mai saputo e chiuse gli occhi.

Aveva quasi perso conoscenza, quando percepì un suono che si avvicinava. Dopo qualche secondo risuonò una voce, gridava qualcosa, diceva il suo nome e parlava di nodi e doppini. Era incomprensibile, e lui non se ne curò. Poi la voce disse qualcos'altro.

«Fatti forza, reagisci, e avrai la tua maledetta intervista!»

La mia intervista?

Le parole sembravano importanti. Lo riguardavano. Cominciava a capire, sentì ritornare un po' delle sue forze e gracchiò una qualche risposta.

«Se fai come dico, ti racconterò tutto quello che vuoi sapere» continuò la voce là in alto.

Tutto quello che voglio sapere. *Che cos'è?* Una luce si accese, qualcosa s'illuminò nei suoi pensieri e capì a chi apparteneva la voce. Era Jacob Engler, quel bizzarro personaggio, e anche se confuso, Peter Stjerne cercò di ascoltare quelle parole.

Jacob Engler era arrivato di corsa accanto al crepaccio e aveva constatato che la caduta non era profonda. Meno di due metri dentro una stretta spaccatura. L'uomo giaceva sulla schiena, guardava verso l'alto con quel suo strano viso privo di occhiali e coperto di brina. Sembrava di vedere un morto, un corpo che era lì da anni. Però la mano destra si muoveva. Jacob si chiese come avrebbe fatto a tirarlo fuori di lì.

Erano a 8000 metri, le pareti di ghiaccio sotto di loro scendevano verticali. D'un tratto gli venne in mente un nome: Peter Stjerne, quello che doveva essere morto, quello che si diceva fosse stato abbandonato sulla Cima Sud.

Era lui. Ora Jacob lo vedeva. Dietro la brina e la tuta riconobbe il magro giornalista che una volta a Stoccolma l'aveva quasi ucciso con un paio di parole su suo padre.

«Peter» gridò. «Peter! Ti butto giù una corda. Ascoltami bene! Peter, maledizione! Devi tirarti su! Aggancia la mia corda all'imbragatura, ascoltami!»

Urlava istericamente mentre i pensieri si accavallavano. Gli tornò in mente la dannata intervista, quella di cui aveva blaterato in Hornsgatan e anche al campo base. Jacob urlò qualcosa al riguardo. Credeva di parlare a un sordo e perciò disse un po' quello che gli passava per la testa al momento, condendo ogni frase con un'imprecazione. In realtà non si aspettava più nessuna risposta, ma poi udì un specie di gracchiare, e fu percorso da un brivido. Si sentiva come se avesse ridestato un morto. La voce continuava: «Davvero avrò la mia intervista?»

Una battuta assurda in quel contesto, ma al tempo stesso un magnifico, folle segnale di vita. Con tutta la sua forza Jacob piantò la piccozza nel ghiacciaio accanto al bordo del crepaccio, fece un doppino sulla sua corda e l'ancorò alla piccozza. Poi urlò i suoi ordini tre, quattro volte.

«Un nodo *prusik*, dannazione! Lo saprai pure cos'è, no?» gridò, e Peter annuì disorientato.

Adesso era seduto in ginocchio nel suo crepaccio e armeggiava in modo maldestro. Sopra di lui Jacob era steso con la testa che sporgeva nella fenditura e gli dava istruzioni. «Siediti nell'imbracatura, no, non così, avanti, su, dannazione! Devi... Così è meglio, sì. Perfetto! Concentrati! Bene! E poi metti il piede nella staffa e spingi lo *jumar* davanti a te, no, non così... Ecco, esatto, così devi fare, proprio così! Bene! Magnifico!»

Non ci credeva neanche lui. Stava impartendo istruzioni a un moribondo a un'altezza assurda. Ma davvero Peter riuscì a sollevarsi di qualche centimetro e la speranza tornò. Jacob tese le braccia giù nella fenditura e urlò la sua sfilza di rimproveri e incoraggiamenti. Quando raggiunse la mano del giornalista la strinse felice, ma solo per un istante.

Il contatto o forse la sensazione di euforia e speranza fece perdere a Peter la concentrazione. Cadde all'indietro, dentro alla sua imbragatura. Il corpo si afflosciò e Jacob fu trascinato avanti, ma riuscì a resistere e a bloccare il movimento. Rimasero sospesi, guardandosi forse per l'ultima volta prima che l'abisso li separasse. In quell'attimo la vista di Jacob si oscurò.

Temeva di non farcela, ma tirò, mentre la testa gli si riempiva di lampi, e sembrò funzionare, pezzetto dopo pezzetto, senza arrendersi. D'un tratto Peter era fuori, vicino a lui. Era troppo stanco per provare soddisfazione. Per molto tempo lui e Peter rimasero stesi uno accanto all'altro, ansimanti. Poi tornò lo stupore: qualcuno stava venendo verso di loro. Jacob udiva dei passi. Faticosamente si mise a sedere. A pochi metri, Ang Nuru avanzava nella neve.

Natalie vide tutto. Accadeva non lontano da lei, ma l'unica cosa che si chiedeva era se quanto succedeva avrebbe in qualche modo influenzato il suo destino, mentre cercava di capire se quegli uomini si sarebbero diretti giù verso il Campo Quattro o su verso di lei.

Speriamo che qualcuno venga su da me, pensava, speriamo che vengano a salvarmi!

Le sembrò che uno di loro le stesse andando incontro. Le fece un segno con la mano e di riflesso lei tese le braccia avanti, come un bambino che vuol essere sollevato. Ma si sbagliava. Il gruppetto barcollante si allontanava, e un'ondata di disperazione bruciante le si riversò nel cuore. Le parve di sprofondare in un mare nero e gelido, provò un'ira furibonda, ma non riuscì a scaricarla, se non in un ultimo grido.

Perse i sensi, solo per un momento. Poi un impulso, un desiderio intenso di vivere s'impose sulla perdita di conoscenza e Natalie si mise in piedi sulla sua gamba rotta. Scricchiolava e non la sosteneva, ma non faceva quasi più male. Cadde e cominciò a trascinarsi avanti come nuotando, finché ebbe fiato. Il cielo era strano sopra di lei. Percepì come una sorta di presenza. Più giù, una figura si muoveva verso di lei, mentre neri corvi inquietanti volavano intorno.

Era come se gli uccelli si fondessero con la persona – con le sue scarpe scricchiolanti e la sua maschera. Natalie tese le mani, per proteggersi da un attacco imminente o implorare aiuto, non sapeva neppure lei.

30

Karin non riusciva a pensare ad altro che alla voce di Gabriella, la sua fragile voce che ripeteva «è vivo!» e attraverso l'eco del telefono l'aveva ubriacata di gioia.

Ora arrivavano i rimorsi. Peter poteva ancora morire, era l'esito più probabile, ma il messaggio non era arrivato a destinazione. Gabriella era stata troppo assorbita dalla notizia e Karin temeva di aver acceso una speranza che sarebbe poi stata costretta a spegnere di nuovo.

Pensò a Natalie, a quelli che erano ancora lassù. Le conversazioni via ricetrasmittente erano state poco chiare. Ma aveva capito che la priorità era stata data a Peter. Accolto da due danesi e da Toni Grassi al Campo Quattro, avrebbe dovuto subire delle amputazioni.

Ang Nuru era collassato, ma fortunatamente era ancora vivo. Intanto Karin aveva ripetutamente cercato di raggiungere Natalie, terrorizzata all'idea di dover dare una brutta notizia a suo padre.

Pensò ai quadrifogli che lei e suo fratello Jörgen avevano trovato da bambini, augurandosi che significassero qualcosa.

Jacob Engler non vedeva gli uccelli che lo circondavano alti nel cielo come un'aureola scura. Di sicuro gli sarebbero piaciuti. Quegli enormi corvi neri, quei *gorak* che volano sull'Himalaya fino a 8000 metri d'altezza, li aveva visti solo una volta da giovane al campo base del Cho Oyo. Ma in diverse occasioni li aveva sognati. George Mallory, il suo vecchio eroe di quand'era bambino, uno dei primi a scalare l'Himalaya, era stato ritrovato l'anno prima sul lato nord della montagna dopo essere sparito senza lasciare traccia settantacinque anni prima, l'8 giugno 1924.

Il corpo di Mallory era circondato da resti di indumenti e da vari oggetti: un paio di occhiali da sole con la montatura rotta, un temperino, un altimetro senza lancetta, due scarponi da alpinismo di foggia antiquata. I suoi organi erano stati divorati dai *gorak*, e leggendo, Jacob aveva avuto la sensazione di vedere il suo destino.

Mentre saliva verso il Campo Quattro, aveva indovinato una presenza in cielo e alzato spesso lo sguardo, senza tuttavia scorgere nulla. I corvi gracchiavano rochi e a volte, quando si abbassavano, le loro ali producevano un rumore così potente da ricordare quello di un aereo. Eppure, Jacob Engler non li vedeva né li sentiva, e forse era meglio così. Aveva bisogno di tutta la concentrazione di cui era capace. Avanzava sfinito, e pensava a Peter Stjerne, un punto luminoso, nonostante tutto – anche se Jacob dubitava che se la sarebbe cavata.

Peter mostrava gravi danni da congelamento, il suo respiro era lento e irregolare, ma Jacob sperava lo stesso. Quel giornalista era diventato importante per lui. Il ricordo del loro incontro a Stoccolma assunse una nuova luce. Peter non aveva soltanto riaperto una ferita infiammata, quella volta in Hornsgatan. Aveva anche visto Jacob in un momento di crisi e per questo con lui poteva risparmiarsi la recita che riservava invece al resto del mondo.

Per un istante, sul bordo del crepaccio, le loro mani si erano incontrate, lui aveva fissato quel viso accecato e indifeso e intuito che un ponte era stato gettato. Mentre saliva, quel pensiero gli diede un po' della forza di cui aveva bisogno. Ormai era vicino a Natalie, che tendeva la sua mano verso di lui, così stranamente intimidita. Sprofondò accanto a lei e l'afferrò sotto le braccia, mentre lei sgambettava quasi temesse che lui potesse farle del male.

«Gli uccelli, gli uccelli» mormorava.

Di che cosa stava parlando? Doveva darle l'ossigeno che aveva con sé.

«Qual è la gamba che ti fa male?» chiese.

Lei indicò la destra. Jacob esitò se domandarle di Sten e Lobsang Dorje, ma preferì aspettare. Sarebbe arrivata su gente dopo di lui, ora doveva dedicare tutte le sue forze a quella creatura disorientata.

I corvi se n'erano andati, o forse non erano mai stati lì. Forse erano stati solo frutto della sua fantasia, reminiscenze della sua infanzia, quando perfino i colombi nei giardini di Luxembourg la terrorizzavano, uccelli che a sentire suo padre erano gentili e senza paura: «Guarda, mangiano dalle nostre mani. Non è fantastico?»

Non lo era. Quei colombi si avvicinavano di soppiatto con i loro occhi orribili. Tutti gli uccelli hanno occhi orribili. Suo padre questo non l'aveva mai capito. Di sicuro avrebbe lodato perfino quelle bestiacce nere, esaltando le loro ali eleganti, senza notare gli occhi, quei malvagi occhi di uccello che l'avevano guardata come si guarda un morto. L'uomo degli uccelli le diede dell'ossigeno. Voleva aiutarla?

Natalie aveva l'impressione che la verità le sfuggisse, quasi la montagna fosse piena di segni che si lasciavano interpretare solo parzialmente. L'uomo degli uccelli chi era? Sentiva che avrebbe dovuto riconoscerlo, per quello fu così felice quando lui mostrò di nuovo il suo viso e finalmente lei capì. Era Jacob Engler, lo svedese, e gli uccelli erano la sua nube nera, quella che lo seguiva sempre.

«Devi rimetterti in piedi, dobbiamo scendere» disse lui, e lei annuì.

Capì che quella era la sua possibilità. Era arrivato il suo momento. Sentì le mani di lui intorno alla vita e con uno sforzo si alzò in piedi avviandosi verso il basso.

Giuseppe Cagliari era seduto sulla montagna, ed era ancora vivo. Accanto a lui c'era Paolo Villari, in ginocchio, piegato. Sembrava che stesse pregando Giuseppe, un'ironia che difficilmente avrebbe apprezzato. Il suo ultimo sentimento, prima che l'apatia e la morte lo vincessero, era stato di rabbia, condita da un pizzico di sentimentalismo. Aveva capito che Giuseppe lo aveva condotto alla rovina. Quando tutto il resto l'ebbe abbandonato, forse fu semplicemente l'odio a tenerlo in vita così a lungo.

Era sconfitto. Giuseppe l'aveva abbandonato nella neve e nella bufera, e lui aveva creduto che fosse la fine. A lungo il buio l'aveva invaso, un buco nero capace di annientarlo, ma lui aveva tratto forza dalla propria collera ricordando i propri successi. Era riuscito a tenere a bada la perdita di conoscenza, e quando alla fine era stato sul punto di cedere, i primi raggi di sole l'avevano salvato. Fu come se si fosse levato un sipario.

Le cime sotto di lui e il paesaggio vertiginoso si svelarono in una meravigliosa luce violetta che gli fece trattenere il fiato per la sorpresa e la meraviglia. Ci volle un po' prima che vedesse la figura piegata davanti a lui, una persona in tuta rossa che, con crescente eccitazione, Paolo Villari capì essere Giuseppe.

Cominciò a strisciare in quella direzione. Sotto le dita irrigidite dal gelo sentiva il peso della piccozza e venne animato da un odio cieco, irragionevole. Ma anche da qualcos'altro: una profonda desolazione che sostituì il senso di trionfo e che crebbe alla vista di una possibile comunanza, per quanto fragile e senza senso potesse risultare.

Più si avvicinava, più contradditorie si facevano le sue intenzioni. Percepiva la paura di Giuseppe. Sorrise – almeno dentro di sé. Adorava rispecchiarsi nell'insicurezza dell'amico, probabilmente la verità era che per tutta la sua vita aveva avuto bisogno di Giuseppe per esaltare il proprio trionfo.

Giuseppe era inibito e timido, ma sorprendentemente acuto, e nei momenti di maggior successo, Paolo si era sorpreso a desiderare che Giuseppe potesse vederlo. Era evidente che significasse qualcosa di speciale. In questo suo ultimo dramma, l'ambivalenza dei suoi sentimenti nei confronti di Giuseppe si contrasse in un nodo nel petto. Avrebbe voluto mostrargli il suo potere e la sua ira tanto quanto allungargli una mano supplicante. Lo guardò. Anche Giuseppe stringeva la sua piccozza, chiaramente paralizzato. Il suo corpo era teso in una postura innaturale. All'improvviso Paolo abbatté la sua piccozza nella neve e urlò una serie di insulti.

«Sei un bastardo!» gridò.

Ebbe come risposta soltanto un silenzio immobile, sgradevole, e perciò gridò ancora, fino a quando Giuseppe finalmente reagì. Nella sua voce c'era una calma stranamente fatalista.

«Può darsi» disse.

«Come può darsi?»

«Può darsi che io sia un bastardo» continuò con tono oscuro.

Paolo non aveva più la forza di replicare. Fece scorrere lo sguardo lungo la montagna, gli sembrava di scorgere tre figure umane più in basso, ma non ne era sicuro. Non era più sicuro di niente.

«Sei in grado di portarci giù?» chiese.

Giuseppe scosse il capo. Sembrava più piccolo.

«Il campo base ha mandato su un'azione di salvataggio. Dicono che Jacob Engler stia salendo.»

Engler?

Paolo frugò nella memoria, ricordò uno sguardo che lo fissava con odio o con malinconico disprezzo e capì che quella persona non gli piaceva. Engler si trovava al di fuori del suo cerchio magico. Eppure quel nome gli dava speranza.

«Dunque sta arrivando» disse.

«Ma non significa nulla. Noi siamo finiti, Paolo. È la nostra punizione» disse Giuseppe. Una sensazione di autocompatimento e impotenza lo colpì ed ebbe un capogiro. Stava per perdersi, solo a fatica riuscì a chiedere: «Possiamo provare a scendere da soli, allora?»

Giuseppe non rispose, o forse mormorò «troppo tardi». Paolo percepì il dispiacere nella sua voce, e udì se stesso lamentarsi del freddo e dei dolori ai piedi. Lentamente perse il filo e la logica. Non sapeva quasi più dove si trovasse, avvertiva solo un lieve singhiozzare, un pianto malinconico che trapassava l'ululato del vento, e pensò a strane cose. Nuvole bianche e una donna corpulenta dentro un bagno caldo, un ombrello nero che volava nell'aria. Si sentì invadere il corpo da un'ondata di calore e si chiese se non dovesse togliersi i vestiti, ma i muscoli non gli ubbidivano più. La sua testa era affondata nella neve.

Giuseppe Cagliari piangeva. Era seduto accanto a Paolo, che stava chino in quella posizione così strana, felice che l'amico avesse finalmente smesso di parlare. Ora si rendeva conto che era finita.

Tirò fuori la sua macchina fotografica e il walkie-talkie. Colse un crepitio, ma non ci pensò. Rimase lì ad aspettare, mentre il tempo passava. Tic tac. La morte non arrivava. Il cuore continuava a battere. Lo sentiva, non forte, ma lo sentiva. Batteva. Era scivolato in uno stato di torpore. Lontano, in un altro mondo, udì uno scricchiolio di ramponi e poi vide un'ombra piegarsi su di lui e posargli una mano sulla guancia: era bello, pensò, avrebbe voluto dire qualcosa, ma non ne fu in grado.

L'ombra raccolse la sua macchina fotografica e il suo walkie-talkie. Giuseppe cercò invano di gridare e tese la mano. Afferrò il piede di quell'ombra e tutto divenne immobile e silenzioso, risvegliando in lui una nuova speranza.

L'ombra però si scosse di dosso la sua mano, come liberandosi da un rampicante, e cominciò a scendere. Giuseppe udì il fruscio dei pantaloni della tuta e lo scricchiolio degli scarponi. Li percepì abbastanza a lungo, sempre più debolmente, e alla fine rimase il silenzio.

31

Karin era sollevata. Sapeva che le cattive notizie non erano finite, ma i suoi timori peggiori non si erano avverati, e per il momento poteva bastare. Ora, se non altro, poteva avvisare Jean-Paul Aubrey. Compose il numero di Parigi, il padre di Natalie rispose all'istante.

«Monsieur Aubrey, sua figlia è viva! Se la caverà» disse, ma non ottenne nessuna risposta, non subito.

Udì un respiro profondo e un fruscio di carte, poi Jean-Paul Aubrey parlò.

«L'avete portata giù?»

«Sì, è in salvo!»

«Mi perdoni, devo soltanto... Rimanga in linea per favore, ritorno subito.» Karin rimase lì con il ricevitore in mano e la sensazione di essere stata privata di qualcosa.

Quando fece ritorno, Jean-Paul Aubrey rispose con la stessa sicurezza da funzionario: «Che cosa può dirci delle sue condizioni?»

«Date le circostanze, sua figlia sta sorprendentemente bene. È stata molto, molto forte. Ha una gamba fratturata e anche qualche danno da congelamento, ma il nostro medico è convinto che se la caverà. La porteremo a quota 6000. Abbiamo già pronto un elicottero.»

«Siete sicuri che sopravvivrà?»

Karin esitò.

«Sì, pensiamo che ce la farà.»

«C'è una persona in particolare alla quale dobbiamo essere grati?»

Karin era sempre più a disagio di fronte a quel modo di esprimersi così formale.

«Sì, ritengo di sì» rispose. «Sua figlia è stata salvata da un alpinista svedese, si chiama Jacob Engler. L'ha quasi portata giù a braccia e... A quelle altitudini è molto difficile. È stata una prestazione straordinaria, così mi è sembrato di capire.»

Aveva difficoltà a trovare le parole.

«Come ha detto che era, il nome?»

«Jacob Engler» ripeté Karin.

«Può farmi lo spelling?»

Lo spelling?

Che strana conversazione. Le girava la testa. Assomigliava a una transazione d'affari. Con voce assente pronunciò lettera dopo lettera il nome di Jacob, mentre una penna raschiava dall'altra parte.

«Jacob Engler» ripeté il padre di Natalie con una curiosa inflessione. «Gli riferisca che...»

Tacque di colpo e per la prima volta Karin sentì qualcosa di forzato nella sua voce, un tono rotto quasi impercettibile.

«Che cosa devo riferirgli, Monsieur Aubrey?»

«Gli dica che io e mia moglie faremo qualsiasi cosa.»

«Che cosa intende?»

«Lei è giovane, Mademoiselle Karin. Non può capire. Natalie è tutto ciò che abbiamo. Per tutta la notte ci siamo preparati, ed è qualcosa che non si può descrivere, quell'incertezza, quel tormento. Faremo qualsiasi cosa per dimostrare a Jacob Engler la nostra gratitudine.»

In quel momento, Karin intuì che la sua collera e le minacce erano solo una maschera dietro cui si nascondeva una preoccupazione devastante. In realtà Jean-Paul Aubrey era sempre stato un papà disperato. Nei secondi che seguirono Karin non seppe che cosa dire.

«Siamo tutti molto felici» azzardò.

«E noi molto di più. Siamo...» non riuscì ad aggiungere altro, e con tutta la dignità di cui fu capace, Karin si congedò.

Per ora decise di rimandare la telefonata alla moglie di Sten Jörgensen, doveva organizzare il trasporto di Natalie e Peter e non era cosa facile.

Il telefono squillò. Lasciò che fosse Chris a rispondere. Di sicuro era un qualche giornalista. Nelle ultime ore l'assalto dei media si era intensificato e quasi tutti volevano sapere che cosa fosse successo a Paolo Villari.

Mentre Nima Rita e Pasang Tenji scendevano lentamente con Rick Waterfield, diverse cose erano ancora poco chiare.

Rimaneva poco chiaro cosa stesse facendo Jacob Engler, per esempio. Molti erano convinti che potesse continuare all'infinito, ma il medico era preoccupato.

Non suonava bene, e Karin pensò di nuovo alle parole di quella maledetta Git. La ragione si confondeva con superstizione e pensieri irrequieti, e troppo spesso pensava alle bandiere di preghiera che erano state abbattute. C'era qualcosa di profondamente inquietante in quella faccenda.

Mise il bollitore sul fuoco. Voleva farsi un tè con qualche biscotto. Si guardò intorno nella tenda, e constatò che c'era meno gente. Si sentì più libera e meno osservata. Per un attimo non seppe che cosa fare. Sorrise, ne aveva bisogno. Si era sentita così sola con le sue decisioni e voleva ristabilire un'illusione di comunità.

In quell'attimo, uno dei suoi walkie-talkie crepitò.

Era Giuseppe, e i suoi nervi si gelarono. Erano ore che non arrivavano notizie. Karin gridò: «Qui Karin, qui Karin!», e tutti tornarono a fissarla.

Dalla ricetrasmittente uscì un pianto disperato che sembrava portare con sé tutta la desolazione della montagna. Karin cercò coraggiosamente di stabilire un contatto. Chiamò. Gridò.

La conversazione non fu più di questo e si protrasse per diversi minuti. Poi tacque definitivamente lasciando un vuoto spettrale. Karin guardò Chris e senza pensarci un secondo chiamò Jacob, dimenticando le preoccupazioni di Toni Grassi.

Per la terza volta, Jacob era impegnato a salire. Ora doveva trovare Rick. Forse, in qualche modo, era inebriato da quella situazione – dal suo improvviso ruolo di eroe. Non si concedeva il tempo di pensare e si era tremendamente infastidito quando Toni Grassi aveva cercato di fermarlo. «Occupati di Natalie e Peter, e non pensare a me» aveva urlato, ed era ripartito a passo di marcia.

In realtà non si sentiva bene. Gli pareva di arrancare nell'acqua e gli faceva male la testa. Doveva fermarsi, almeno un momento. Si sedette sul pendio. Il suo walkie-talkie mandò un segnale. Lo ignorò, non voleva pensare a nulla che potesse distrarlo dall'arrampicata. Ma quello insisteva, e alla fine rispose sbuffando un «sì», un unico, piccolo «sì», che però gli costò molto. Ansimava, gli sembrava di avere cent'anni.

«Jacob. Come va? Passo!»

Era Karin.

«Che c'è?»

«Sembrerebbe che Giuseppe e Paolo siano ancora vivi. C'è stato un contatto, dovrebbero trovarsi su al Balcone, ci domandavamo se ce la fai a salire...»

Jacob interruppe la comunicazione e affondò nella neve. Ma che cosa credono che sia?, pensò. Si puntellò contro la piccozza e si rialzò. Poi proseguì verso l'alto e cominciò a pensare a Giuseppe.

Rick Waterfield voleva solo restarsene lì steso sulla neve e lasciare che la montagna lo inghiottisse.

«Su, Mister Rick!» disse una voce. Forse era Pasang Tenji, non ne era sicuro.

Sopra di lui le sagome si muovevano indistinte. Questo era l'Everest, David era morto e lui stava per seguirlo.

Decise di lottare, avrebbe superato questo momento.

Poi avvertì delle mani che lo toccavano e lo sollevavano su una slitta, o forse su una barella.

Jacob Engler si stava avvicinando a un gruppo di persone chine sul pendio. Il cielo si era liberato e intorno alla vetta si distingueva solo la vaga foschia delle correnti a getto. Le ore erano volate. Sembrava ormai quasi pomeriggio. Jacob raggiunse il gruppo più avanti e vide che stavano caricando un uomo su una slitta.

«Mister Engler?»

Era un uomo in tuta grigia, chiaramente uno sherpa. Jacob annuì e si chinò sull'uomo steso sulla slitta, ansimante sotto la maschera dell'ossigeno. Gli posò una mano sul petto.

«Andrà tutto bene» disse, riconoscendo Rick.

«Non scalerò mai più» disse Rick, spostando la maschera. «La faccio finita con la montagna, io voglio vivere, capisci?»

Jacob capì che non serviva a nulla rimanere lì, quindi proseguì la salita verso Giuseppe e Paolo, anche se dubitava di avere le forze per aiutare due persone che probabilmente non erano nemmeno più in vita.

Arrivò troppo tardi. Si sedette accanto a Paolo Villari. Si piegò su quella figura accasciata: Paolo era morto.

Poi si chinò sopra Giuseppe, e vide dei segni di vita. Il petto si sollevava, la bocca si muoveva sotto lo strato di brina.

Gli posò la mano sulla guancia e le sue labbra cominciarono a muoversi. Jacob ritirò la mano, come ustionato.

Quelle parole erano una supplica. Giuseppe chiedeva aiuto, ma era irrimediabilmente perduto. Non avrebbe avuto la forza di spostarlo, e non sarebbe servito a nulla chiamare rinforzi. Jacob si alzò e vide due oggetti nella neve, neri. Un walkie-talkie e una macchina fotografica. Raccolse la macchina e la infilò in tasca.

Agì d'impulso, voleva solo allontanarsi da lì. Ma in quel momento un braccio gli afferrò il piede. Pensò che fosse un artiglio o uno scheletro, e per un istante rimase lì paralizzato, incapace di reagire. Ma che cosa avrebbe dovuto fare? Non poteva rimanere lì fino a trasformarsi in una statua di ghiaccio, e perciò scalciò lievemente con il piede. La mano mollò la presa, ma la ritrovò velocemente. Le dita afferrarono ancora una volta il suo polpaccio, e quando di nuovo lui si divincolò e cominciò a scendere dalla montagna, gli parve di udire una voce che prima gli urlava e poi gli rideva dietro.

Karin si era precipitata dentro la tenda e aveva saputo che Jacob Engler aveva comunicato la morte di Giuseppe e Paolo e che non aveva più risposto alle chiamate. A quell'ora avrebbe dovuto essere visibile dal Campo Quattro. Ma tardava. Sembrava inghiottito dalla montagna. Karin si innervosì. Lei e nessun altro aveva pregato Jacob di salire, ed era stata una follia, semplicemente. Avrebbe dovuto dare ascolto a Grassi. Avrebbe dovuto essere ragionevole.

Su al Campo Quattro si stava preparando un'azione di salvataggio per Jacob Engler, ma nella tenda erano rimasti in pochi ad avere ancora forza a sufficienza, e l'azione non voleva partire. La maggior parte degli scalatori esperti aveva lasciato il campo per mettersi in salvo e portare giù i feriti. Le ore passavano e ormai stava facendo buio. Dietro la vetta piramidale cominciava a intravedersi una luna pallida e funesta. Jacob fu dato per perso.

C'era la sensazione che la buona fortuna del mattino fosse svanita, e mentre gli ultimi ritardatari scrutavano le bianche distese in cerca di Engler, dalla montagna gli elicotteri partivano alla volta di Katmandu.

Rick Waterfield era seduto accanto ad Ang Nuru, raccolto in quelle preghiere che un tempo avevano riempito le sue mattine. Durante la discesa, lui e Rick avevano chiacchierato spesso, Ang Nuru cercava di ricordare di che cosa avessero parlato. Ma gli pareva di avere il cervello vuoto e si ricordò solo uno scambio di battute.

«Ce la fai, Rick?» gli aveva chiesto.

«Dillo a Giuseppe.»

«Che cosa devo dirgli?»

«Che sono arrivato in cima e che è stato bello, ringrazialo. Ma adesso basta.»

«Glielo dirò.»

«Digli che non occorre che le montagne siano così alte. Ci sono delle collinette intorno a Sydney. Possiamo salirci tutti insieme con un cesto da picnic.»

Ang Nuru aveva riso. Subito sotto Yellow Band, Rick aveva camminato per un bel pezzo con le sue forze. Spesso il mal di montagna migliora velocemente appena ci si abbassa di quota. L'apatia era sparita e la temperatura corporea era più normale. Anche se le sue mani sembravano ancora un blocco di pesce surgelato le sue condizioni sembravano migliorare.

Anche Ang Nuru ne aveva avuto abbastanza di drammi. Una volta raggiunto il Campo Due, Rick aveva insistito perché Peter Stjerne prendesse posto sul primo elicottero. «Peter è il più morto di tutti noi» aveva detto, ed era sembrato quasi contento.

Poi erano accadute altre cose. Ang Nuru non ricordava più con esattezza. Ricordava solo di aver udito l'inconfondibile rombo di un altro elicottero ed era andato da Rick per prepararlo. Il sole splendeva nel cielo e per un istante la vita gli era parsa più lieve.

Rick era immerso in uno strano silenzio. Ang Nuru se n'era accorto subito, temeva quasi di disturbarlo. Poi gli aveva sussurrato dolcemente e in tono leggero: «Su, è ora.»

Non aveva ottenuto risposta, e allora aveva detto a voce più alta: «Sono arrivati i soccorsi!»

Rick era rimasto muto. Solo allora Ang Nuru aveva capito.

32

Ang Nuru era seduto accanto a Rick, in collera con il mondo. Sentì il walkie-talkie crepitare. Non voleva rispondere.

«Qui Karin! Come va? Passo!»

«Rick è morto» disse.

Con voce piatta le riferì alcuni dettagli, e poi fu la volta di Karin: «Jacob non è ritornato» disse.

Ang Nuru guardò l'ora e capì che la situazione era seria. Sapeva che Jacob aveva raggiunto il Balcone e constatato che non sarebbe più stato possibile salvare Giuseppe né Paolo.

«C'è ancora qualcuno al Campo Quattro?» volle sapere.

«Non sono in tanti» rispose Karin. «Che cosa pensi tu? Non possiamo perdere anche lui.»

Ang Nuru sapeva di dover scendere con il gruppo prima che facesse buio, chiuse la comunicazione e radunò tutti. Si misero in marcia, e lui si sentì indifferente al mondo e a quegli spazi immensi.

D'un tratto qualcuno gli bussò sulla spalla. Ang Nuru si voltò, e la prima cosa che lo ridestò dalla sua apatia fu il rumore di sassi che gli rotolavano accanto.

«Cosa c'è?» chiese.

Guardò verso il pendio. Una figura scendeva vacillando dalla scarpata, una figura magra e malridotta. Faceva un paio di passi, si fermava, talvolta cadeva. Si avvicinava con grande lentezza, e solo adesso Ang Nuru poteva vedere che la piccozza di quell'uomo era particolare.

Era un vecchio modello, e gli ricordava qualcosa. Due occhi neri e una mano coperta di lividi. Quell'uomo era Jacob Engler. Aveva perso chissà quanto peso, trasformandosi in una figura ossuta, ma era lui, l'uomo che Ang Nuru aveva ammirato per anni. Ang Nuru, emozionato, alzò una mano in un gesto di saluto, mentre Engler li raggiungeva

«Dannata montagna» disse, e Ang Nuru annuì.

Non poteva essere più d'accordo. Con in petto una sensazione che assomigliava alla speranza, continuò a scendere insieme a Jacob Engler verso la cascata di ghiaccio.

Al campo base Karin radunava le cose, senza fretta. Non desiderava nient'altro che chiudere con quella maledetta tenda.

Gli uomini avevano cominciato a bere, e lei non se la sentiva certo di condannarli, ma per quel che la riguardava la cosa era fuori questione. Da quando si era costretta a bere quel famoso bicchiere di champagne, il solo pensiero dell'alcol la disgustava.

Sperava ancora in qualche segnale di vita dal Campo Quattro e sobbalzava quando il walkie-talkie emetteva il suo suono, ma senza sperare troppo.

Il sole era tramontato. Il semicerchio di montagne riluceva pallido e lugubre sotto le stelle e la luna. Karin uscì e si ritrovò circondata di suoni, acqua che gorgogliava, il ronzio di un generatore, gli scricchiolii della cascata di ghiaccio e una radio accesa da cui si diffondeva una canzone di Paul Simon. Riconobbe il motivo, s'ispirava all'Africa e vibrava di seducenti tamburi. Mentre le canzoni alla radio si susseguivano, dalla cascata di ghiaccio arrivarono delle voci, e lentamente Karin si avviò in quella direzione. Presto vide delle persone. Ma lei cercava solo Ang Nuru.

«Sta arrivando. È rimasto un po' indietro» le disse Grassi. Vide la luce di una lampada frontale avvicinarsi, anzi no, erano due, e poi sbucarono due figure vacillanti sulla morena. Karin si affrettò loro incontro e presto si trovò a fissare gli occhi stanchi di Ang Nuru. Gli sorrise affettuosamente e cadde fra le sue braccia, solo dopo si rivolse alla persona che era con lui.

Si sentì chiudere la gola e in quell'attimo fu come se la montagna e le stelle si facessero più vicine. L'uomo si tolse gli occhiali e sollevò il capo.

Sembrava eseguire quei movimenti al rallentatore, lei fece in tempo a immaginare molte cose e tuttavia non era in alcun modo preparata a quanto vide. Trasalì, spaventata da quegli occhi monocromi e spenti, ma allo stesso tempo si sentì colmare da una sensazione così dolce che lasciò sfuggire in un lampo la solita riservatezza. Con mani tremanti lo accarezzò sulla nuca, così come lui una volta aveva accarezzato lei, e poi scoppiò a piangere, ma questa volta le lacrime avevano tutt'altro sapore.

33

Nove persone morirono sulla montagna in quei giorni di maggio dell'anno 2000. Sei di esse facevano parte del Villari Everest Tour: Giuseppe Cagliari, Martin Christal, lo stesso Paolo Villari, Sten Jörgensen, Lobsang Dorje e Rick Waterfield. Tutti ottennero per un certo periodo una fama postuma sui giornali, e su tutti furono spese parole benevole, come si usa fare con i morti, anche se su Giuseppe Cagliari i giudizi si fecero sempre più critici. Inizialmente erano stati per lo più commenti generici sulla presunzione di quelli del suo mestiere: «Nessuno può comprarsi la sicurezza sul Monte Everest. Che guide come Giuseppe Cagliari si vantino di poter offrire una sorta di garanzia è assurdo, per non dire assolutamente irresponsabile» scrisse un quotidiano italiano.

Più avanti i toni s'inasprirono, si criticò che Giuseppe nella sua ultima spedizione avesse tradito principi che aveva sempre considerato sacri. Si sosteneva che avesse esercitato male il suo ruolo. L'anziana madre di Paolo Villari disse che la guida aveva intenzionalmente portato la spedizione alla rovina. «Ha ucciso mio figlio» recitava un titolo di giornale. Nessun altro si era spinto così in là, ma nel complesso il giudizio dei posteri non risultò granché lusinghiero. Giuseppe Cagliari morì com'era vissuto – all'ombra di Villari.

La morte di Paolo ebbe un effetto positivo sulla fortuna del marchio. I suoi abiti si vendevano come mai prima, e per i rotocalchi continuò a essere un luminoso astro fisso, ancor più affascinante da morto che da vivo. Parte della gloria fu trasferita alla fidanzata, Sharon Wilson, che era sopravvissuta al dramma. Sui giornali americani, Sharon raccontò delle sue gesta eroiche sulla montagna e dei grandiosi progetti per le nozze.

Ang Nuru si trasferì a Katmandu mantenendosi con lavori saltuari; fra le altre cose insegnava l'inglese ai bambini, e si diceva che risparmiasse per trasferirsi in Europa.

Natalie Aubrey, che aveva perso tutte le dita dei piedi e due dita della mano sinistra, rifiutò una grossa offerta di lavoro come modella da parte di un'azienda che produceva abbigliamento invernale. In alcune interviste spiegò che avrebbe studiato medicina, e che il suo desiderio era di «vivere una vita seria».

A Stoccolma, Peter Stjerne aveva già cominciato a fare ricerche per il libro che a suo tempo sarebbe diventato un classico del giornalismo. Ma nell'agosto del 2000 mancava ancora molto tempo alla sua realizzazione.

Era ricoverato all'ospedale di Huddinge. Il braccio destro era stato amputato, come pure la gamba sinistra dalla rotula in giù. Naso e guance avevano subito interventi di chirurgia plastica. Porzioni di pelle prelevati dai glutei e dalle cosce avevano sostituito i tessuti morti del viso, e Peter lamentava dolori al petto e soffriva per l'astinenza da morfina e altri potenti analgesici. Eppure spesso aveva la sensazione che tutto questo non avesse importanza. La vista era tornata. Già dopo qualche tempo lavorava dodici ore al giorno al suo libro. Ben presto aveva imparato a prendere appunti con la mano sinistra.

Jacob Engler aveva cominciato a farsi vivo più volte la settimana, già da metà luglio, dapprima piuttosto controvoglia e solo per via di una certa promessa fatta sulla montagna. Siri l'aveva adorato all'istante. Era il suo eroe. Aveva ascoltato almeno dieci volte il racconto di come papà fosse stato salvato e lo avrebbe ascoltato altre cento. Accarezzava di continuo le pietre che aveva ricevuto in regalo, i sassi del cielo, e non si curava mai dei modi goffi di Jacob e delle sue risposte monosillabiche. Lei andava avanti a parlare e piano piano lui si ammorbidì.

Un giorno Jacob la prese sulle ginocchia e l'abbracciò. Gabriella capì istintivamente che era un grande passo, voleva credere che si trattasse di affetto e che Jacob li considerasse come una famiglia alternativa.

La sua vita era stata così disastrata, era contenta che potesse trovarsi bene con loro. Perciò rimase assai stupita quando Jacob un giorno, d'un tratto, sparì e a lungo non fu possibile contattarlo. Trascorsero ben tre settimane prima che tornasse, e stavolta non era più solo.

Ciò che era successo era che aveva deciso di far visita a suo padre a Vällingby. Per tutta l'estate Jacob era stato molto giù, e non capiva perché. I media elogiavano le sue imprese sull'Everest e una donna pronta a essere amata gli aveva teso le braccia. Ma lui intuiva che la sua carriera di alpinista si avviava verso la fine. Il suo corpo si rifiutava di collaborare, soffriva di una serie di disturbi e la settimana dopo il suo ritorno a Stoccolma ebbe una violenta ricaduta. Si abbandonò nuovamente alla morfina.

«Io sono figlio dell'assenza di amore. Non posso avere nessuna relazione» aveva detto a Karin Torshede.

Fu salvato dalla famiglia Stjerne all'ospedale di Huddinge. Il processo richiese del tempo, ma gradualmente assorbì il calore che la famiglia gli dava. Fu quasi spaventato nel constatare quanto poco bastasse. Tenne due o tre conferenze e senza eccessivi tormenti ricevette la famiglia Aubrey che era venuta a Stoccolma per ringraziarlo. Per il resto incontrò poche persone. I giornalisti li teneva lontani, lui «parlava solo con Peter Stjerne», e distrusse le immagini conservate nella macchina fotografica di Giuseppe Cagliari.

Ma era vero, sul finire dell'estate accadde anche altro.

Il tempo passato in compagnia della famiglia Stjerne lo portò a riflettere sulla propria infanzia. Perché suo padre aveva dovuto distruggere tutto? Non molto tempo dopo si recò a Vällingby. Gli parve strano non averlo fatto prima. Che cosa l'aveva trattenuto? La paura?

Ancora esitava a bussare alla porta di suo padre. Per tre giorni si aggirò per il centro di Vällingby, finché un giorno lo vide. Aveva un bastone da passeggio nero con nervature in acciaio, e portava uno stravagante fazzoletto rosso intorno al collo. Jacob provò subito un senso di fastidio ed ebbe l'impulso di fuggire o di nascondersi. Ma dopo, esplose la rabbia.

Si avvicinò e spinse suo padre contro un muro di cemento grigio con forza.

«Mi riconosci?»

«Jacob... sei tu?»

«Sono io, bastardo!»

Per la prima volta, Jacob si prese il tempo di osservarlo con attenzione.

La vita gli aveva lasciato segni pesanti. Strisce rossastre coloravano il viso pallido e sembrava che qualcosa fosse successo al suo occhio sinistro, mentre la bocca era deformata in una smorfia amara. Non era più un bell'uomo. Tutto il suo corpo puzzava di miseria e di alcol, e solo il fazzoletto intorno al collo raccontava l'antica vanità.

«Povero vecchio patetico» continuò, «tu devi sapere che mi hai rovinato la vita.»

«Di che cosa parli, io ho fatto tutto per te. Ho sacrificato la mia carriera, e ora le cose ti stanno andando bene, ragazzo. Leggo di te sui giornali.»

«La tua carriera» sbuffò Jacob.

Tutta la sua forza svanì, spiegargli quanto fosse stato umiliato non sarebbe servito a niente, se ne rendeva conto. Il danno ormai era fatto. Nulla di ciò che poteva fare a quel misero uomo avrebbe potuto cambiare una virgola nella sua vita, quindi mollò la presa dalle spalle del padre e lo guardò con un'espressione che per un istante lasciò trapelare una qualche intimità tra loro.

«Non so cosa dirti, papà. Davvero non lo so» disse.

Poi se ne andò, senza aggiungere altro, e per un pezzo non provò assolutamente nulla. Scese solo di corsa in metropolitana e già durante i primi passi sulla scala mobile il suo cervello cominciò a pianificare come procurarsi della morfina, e probabilmente nulla l'avrebbe fermato, se non gli fosse tornata in mente la radio interna della polizia del padre. Emetteva ancora quel suo suono? Jacob riusciva quasi a sentirlo, quel rumore che aveva riempito le sue giornate. Tutt'a un tratto esitò, cercò a tastoni un'altra via d'uscita e intontito diresse i suoi passi verso casa.

Aveva l'impressione di aver solo rimandato l'inevitabile. Si rassegnò e andò a prendere la sua rubrica del telefono dal mobile dell'ingresso per cercare il numero del medico che lo aveva aiutato già diverse volte. Ma mentre sfogliava le pagine, gli passò sotto gli occhi un altro nome, e una speranza si accese. Sorrise e chiuse gli occhi. Tornò a guardare fuori, verso la chiesa di Santa Maria che risplendeva gialla nella luce del pomeriggio.

Karin Torshede era seduta nel suo bilocale a Kungsholmen, giù vicino al canale. Era in congedo per malattia dal suo lavoro presso la sede londinese del Villari Group, determinata a non farvi più ritorno. Avrebbe trovato qualcosa di nuovo. Aveva già fatto un paio di colloqui. Probabilmente lì non ci sarebbero stati problemi. Peggio andava con la vita privata. Stava quasi sempre chiusa in casa e le rare volte che incontrava persone che conosceva aveva difficoltà a guardarle negli occhi. Provava un forte senso d'inferiorità. Le pareva di avere un aspetto orribile. Per un certo periodo aveva addirittura messo un lenzuolo sopra lo specchio di mogano della stanza da letto.

Frequentava solo i genitori e il fratello, che andava a trovare tutte le mattine. A lui raccontava dei sensi di colpa, delle accuse che leggeva negli sguardi della gente e dell'alpinista che l'aveva umiliata, e questo l'aiutava. Ma una volta tornata nel suo appartamento, il disagio tornava ad affiorare.

Eppure rimaneva inchiodata lì a casa, e spesso stava seduta come adesso sul letto, a guardare immagini dell'Everest nella convinzione di poter guarire, o forse nella speranza di capire qualcosa sul potere di quella montagna. Non ci capì molto neanche stavolta, e rimase ad ascoltare il rumore di un treno fuori, sfiorandosi il ventre e il collo sottile. Fu allora che il telefono squillò.

Lei lo lasciò suonare. Poi tese la mano verso il comodino e rispose, ma in un primo momento non udì nulla.

«Pronto» ripeté.

«Sono Jacob» disse una voce, e come attraversata da una scossa, Karin alzo lo sguardo verso lo specchio.

Postfazione

Quando qualcuno che sogna di diventare scrittore mi chiede qualche consiglio, io rispondo sempre: «Segui il fuoco. Scrivi di ciò che ti appassiona!», e credo sia un consiglio saggio. D'altra parte, raramente io seguo i miei stessi consigli e verso le frasi fatte bisognerebbe mostrare un certo scetticismo, soprattutto quando suonano ovvie. Sono sempre più vaghe di quanto appaiano, ma un fuoco si accese veramente in me quando venni a sapere della pazzia che si consumava sull'Everest. Era il 1996.

Quell'anno sulla montagna avvenne una catastrofe. Nel mese di maggio, dodici persone morirono in una tempesta, e io intervistai Göran Kropp, che nella sua ascesa verso la vetta era passato accanto ai morti. La sua stessa storia era un dramma. Eppure non ne fui subito catturato. Le parole di Göran erano troppo eccessive per fare presa, e anche se avevo il massimo rispetto per l'ansia di follia dell'essere umano, non ero però affascinato dall'alpinismo. A quei tempi erano altri tipi di pazzia a catturarmi. Ma poi accadde qualcosa.

Göran abbandonò il suo tono esuberante e mi raccontò della cima dell'Everest, quel punto al confine della vita, e di tutte le cianfrusaglie che c'erano lassù in quell'inferno povero di ossigeno. Bandiere di preghiera, fotografie, ciocche di capelli, un cordone ombelicale. Era un luogo maledetto, grande come un mucchio di neve, e lo immaginavo come raffigurazione della morte.

Quando vidi un filmato del relitto del Titanic sul fondo del mare, rimasi colpito allo stesso modo. Provavo un profondo disagio, ma anche una sorta di attrazione. Questi punti estremi mi attiravano e la cosa mi spaventava come quando mi trovo davanti a un dirupo e provo l'impulso di saltare giù. Finii per essere stregato dalla mia paura e dal richiamo che sentivo.

Scrissi un articolo su Göran Kropp e più tardi anche un libro. La catastrofe sulla montagna diventò l'oscuro fondale sul quale disegnai la sua impresa. Non sempre gli piaceva. Era un uomo intelligente e tollerante. Ma fra noi c'era una differenza fondamentale, la stessa differenza che portava lui ad appendersi a pareti rocciose e a trascinarsi faticosamente attraverso paesaggi impervi e me a chiudermi in casa a scrivere di individui a pezzi e di tragiche morti improvvise. Lui era attratto dal costruttivo, io da ciò che distrugge, e forse proprio per questo la nostra collaborazione si rivelò così fruttuosa. Vedevamo cose diverse, lui si concentrava sulle imprese eroiche, sue e degli altri, su situazioni che venivano dominate, certamente un approccio ragionevole per uno che fa il suo mestiere. Anche nei momenti peggiori, o forse soprattutto in quelli, cercava i pensieri positivi. Analizzare le tragedie sulla montagna – se non come segnali di avvertimento – avrebbe solo disturbato la sua concentrazione, mentre per me era vitale. Ero affascinato dalle forze malvagie sull'Everest, le allucinazioni, il decadimento del corpo e della mente, le malattie sempre in agguato.

Le catastrofi, si sa, sono sempre attraenti, in parte per il semplice motivo che ciò che è spaventoso nella vita è invece praticabile nel mondo della scrittura. Le cose terribili si traducono spesso in buone storie. Ma gli eventi drammatici portano anche a riflettere. Un uomo che attraversa la strada a Dallas in un giorno di novembre reggendo un pacchetto di forma allungata non richiama necessariamente la nostra attenzione. Ce ne dimentichiamo nel brulichio delle cose. Ma se sappiamo che un presidente presto sarà colpito a morte, tutto in quell'uomo diventerà importante: gli abiti, lo sguardo, il modo di camminare.

Un grande avvenimento carica ciò che è ordinario e rende visibili peculiarità e correnti sotterranee, tutto quello che sembra innocuo ma che possiede una forza esplosiva interiore. Di fronte a fatti sconvolgenti aguzziamo i sensi, cosa che uno scrittore deve sfruttare. Se voglio raccontare della tecnica in un incontro di boxe, non lo faccio in un'astratta introduzione, ma subito prima che inizi il combattimento. Allora anche chi non è interessato ascolta. Informazioni che altrimenti ci annoiano acquistano forza e luce nell'occhio del ciclone. I dettagli di una piccozza, il colore blu di una tazza da caffè, i problemi sociali di un sobborgo di Parigi. Le catastrofi mettono a nudo le ferite di una società e, proprio come l'omicidio di Anna Lindh ha evidenziato la crisi del sistema psichiatrico, la tragedia sull'Everest ha aperto gli occhi al mondo sulla commercializzazione della montagna.

Lo sgomento rafforza anche la gioia che segue quando le tenebre si diradano. I sentimenti diventano più chiari. L'essere umano viene spogliato. La vernice sociale cola via. So di un critico che considera un imbroglio l'utilizzo di eventi troppo drammatici, poiché facilitano troppo chi ne scrive. È più difficile scrivere bene di una giornata piovosa in Hornsgatan o di una quieta serata ad Alingsås, è vero. Mi piego di fronte a tale pensiero, e a volte sogno di scrivere un romanzo sul niente, su un momento nella mia poltrona rossa, su un'ora a bordo della mia barca a remi. Ma sono attratto dalla follia, dagli attimi infuocati che mettono in luce qualcosa di particolare, e ho imparato che i dettagli danno nervo e credibilità. La catastrofe carica i dettagli, ma i dettagli danno anche vita alle persone, e sull'Everest erano le piccole cose a colpire di più, come le ultime parole della guida Rob Hall a sua moglie attraverso il walkie-talkie dalla Cima Sud: «Spero che tu sia a mollo in un bel bagno caldo.» La sua mano nuda, morta, che sembra ancora protendersi verso la ricetrasmittente.

Beck Weathers, un medico quarantanovenne di Dallas, faceva parte della spedizione guidata da Rob Hall. Come tutti quelli del gruppo, aveva pagato una somma ragguardevole per essere condotto in cima. Arrivato a 8000 metri cominciò a vederci male, probabilmente perché era stato operato agli occhi con il laser, e gli fu ordinato di fermarsi e di aspettare il ritorno di Hall dalla vetta. Ma Hall non tornava e le ore passavano e il mondo smise di esistere per Beck Weathers. Si accasciò, e quando altri membri della spedizione lo videro nella neve con il viso coperto di uno spesso strato di ghiaccio, lo lasciarono lì. Non c'era più nessuna speranza per lui. Così dal campo base telefonarono alla moglie di Weathers, a Dallas: «Suo marito è morto!» le dissero.

In realtà una scintilla vitale si era accesa. Un'immagine della sua famiglia e dei figli era baluginata per un attimo nei pensieri di Beck Weathers, e contro ogni previsione l'aveva spinto ad alzarsi in piedi con il braccio congelato in un macabro gesto di saluto. Tre ore più tardi la moglie aveva ricevuto un'altra telefonata: «Suo marito è vivo!»

Nel libro su Göran Kropp raccontai la storia – come molti altri giornalisti e scrittori –, ma di quello che era successo nelle ore in cui quella donna aveva creduto che il marito fosse morto non sapevo niente e non scrissi nulla. Eppure era quel lasso di tempo che mi attirava di più e che metteva in moto la fantasia. Un uomo era morto. Una famiglia era in lutto e poi all'improvviso... Non so quando cominciai a sognare di scrivere un romanzo sulla montagna, ma la storia di Beck Weathers fu una delle scintille.

Ovviamente non fu un caso che più tardi mi ispirassi a lui quando mi misi a scrivere di Gabriella Stjerne.

Un episodio con Göran acquistò in seguito un grande significato. Una telefonata. Ero seduto al mio computer quando Göran mi telefonò per raccontarmi che era morto Boukreev, uno degli scalatori che avevano avuto un ruolo nel dramma del 1996.

«Moriamo uno dopo l'altro» disse con un tono di voce inquietante, che non gli apparteneva.

Qualche anno più tardi morì anche lui durante un'arrampicata d'allenamento su una parete rocciosa fuori Seattle. Mentre preparavo un discorso da pronunciare al suo funerale, pensai alla domanda che io e altri così spesso gli avevamo posto: «Perché dedicarsi a un passatempo tanto pericoloso? Perché continuare quando gli amici muoiono?» Proprio come la maggior parte degli alpinisti, non aveva mai dato una buona risposta. Probabilmente non lo sapeva nemmeno lui, e non era poi così strano. Nemmeno io so spiegare me stesso. La vita rimane un mistero. Ma i misteri attraggono, e volevo capire sempre di più perché le montagne attirassero così tanta gente. Paradossalmente, la forza attrattiva dell'Everest cresceva quanto più aumentava il numero dei morti.

Mi sembrava anche che il metodo documentario avesse i suoi limiti. Come giornalista non ero in grado di descrivere l'ultima angoscia degli scalatori, le allucinazioni e le convinzioni errate che precedono la morte, né la segreta amarezza, l'invidia, i sogni proibiti, niente di ciò che l'essere umano vuole tenere nascosto. Tutto questo spetta alla letteratura, e lentamente crebbe in me la decisione di scrivere un romanzo sull'Everest, un libro dove poter scivolare fra la realtà e la finzione, e guardare dentro tutte le teste che volevo.

Nell'autunno del 2003 diedi inizio al progetto. Ci sono paralleli con la catastrofe del 1996, ma la maggior parte del libro è frutto d'invenzione e viene, almeno in un senso interiore, dalla mia stessa vita. Il giornalista Peter Stjerne possiede la mia fragilità, Karin Torshede il mio sguardo sociale. Ho provato l'invidia di Giuseppe Cagliari, l'arroganza di Paolo Villari. Come Ang Nuru sono diviso fra mondi. Non sono né uno scalatore né un eroe, ma conosco le tenebre di Jacob Engler – anche se lui ha anche qualche tratto di Thorsten Flinck, che comparve nella mia vita a quell'epoca.

Fu Thorsten a raccontarmi delle gioie e dei dolori della morfina, e fu anche lui che in forza della sua disgrazia ispirò il pensiero di un'overdose a Slussen. Come Jacob, lotto con depressioni e problemi di concentrazione e di tanto in tanto provo un intenso desiderio di allontanarmi dal mondo. Quando cominciai il libro ero schiacciato da gravi attacchi d'angoscia che, come tante altre cose, mi spingevano a scrivere. Spesso nei miei pensieri l'Everest diventava qualcosa di diverso da una montagna, un oscuro punto verso cui mi ero diretto, e se avevo cercato di rispondere alla domanda "perché scalare", forse avevo finito per rispondere a qualcos'altro. Nei pensieri salivo lungo l'Everest, ma in realtà mi calavo dentro la coscienza e ricevevo aiuto dalle reazioni fisiche che trasformano il corpo e i pensieri alle alte quote. Mi spingevano avanti, e verso la follia.

«Segui il fuoco» dico sempre. Forse io ho seguito il mio dolore. Milan Kundera una volta ha detto che un bravo scrittore è sempre meno saggio dei suoi romanzi. Lo spero. Ora, abbandono la mia montagna.

Ringraziamenti

Questa storia sarebbe stata impossibile da raccontare senza la sensibilità per i dettagli e la cultura enciclopedica sull'alpinismo di Per Calleberg. Per ha anche controllato dati e informazioni contenuti nel libro e si è sempre dimostrato disponibile a ogni genere di domande. Renata Chlumska, la prima svedese a raggiungere la cima dell'Everest, mi ha fornito nel corso di lunghe conversazioni molte osservazioni interessanti, così come Lars Cronlund, che scalò la montagna dal versante nord nel 1991, trascorrendo una notte a quota 8650 metri.

Håkan Bjerneld, medico di una spedizione sull'Everest nel 1991 e sul K2 nel 1993, mi ha insegnato molte cose su come reagisce il corpo ad alta quota. La mia editor Sofia Brattselius Thunfors ha spulciato il manoscritto e come sempre il suo aiuto è stato prezioso. Helena Modéer ha creato la bella copertina dell'edizione orginale, Martin Gradén le accurate cartine e Astrid Sivander ha riletto il testo con occhi di falco, esprimendo pensieri e punti di vista che l'hanno certamente migliorato.

Ho ricevuto sostegno, consigli, suggerimenti e incoraggiamenti anche da Ann-Marie Skarp, Mats Wilhelmsson, Erica Brown, Lennart Modig, Kristoffer Leandoer. Un grazie di cuore a mia moglie Anne, che è stata profondamente coinvolta nel lavoro, e a Göran Kropp, il mio compianto amico che m'introdusse al mondo dell'alpinismo. Ci tengo a dire che in montagna Göran era come Jacob Engler, un purista e uno scalatore di statura mondiale, ma per il resto non avrebbero potuto essere più diversi. Göran è nel mio ricordo sempre allegro e solare.

Qui di seguito, una scelta dei libri che mi hanno aiutato nel mio lavoro e che potranno piacere a chi vorrà approfondire la conoscenza dell'alpinismo e dell'Everest.

Chris Bonington, *Everest: parete sud-ovest*, Dall'Oglio, Milano 1975.

Anatoli Bukreev e G. Weston DeWalt, *Everest 1996. Cronaca di un salvataggio impossibile*, Cda – Centro Documentazione Alpina, Torino 1998.

Per Calleberg e Fredrik Schlyter, *Klättrarens själ*, Ica bockförlag, Solma 2005.

Greg Child, *Climbing: the Complete Reference to Rock, Ice and Indoor Climbing*, Facts On File, New York 1995.

Matt Dickinson, *Death Zone*, Arrow, London 1998.

Peter Gillman, *Everest: Eighty years of triumph and tragedy*, Little, Brown and Company, New York 2001.

Jochen Hemmleb, Larry A. Johnson e Erich R. Simonson, *Le ombre dell'Everest. La verità sulla leggendaria spedizione di Mallory e Irvine*, Rizzoli, Milano 1999.

John Hunt, *La conquista dell'Everest*, Leonardo da Vinci, Roma 1954.

Jon Krakauer, *Aria sottile*, Corbaccio, Milano 1998.

Id., *Il silenzio del vento*, Corbaccio, Milano 1999.

Johan Lagerström, *Everest: den hårda vägen*, Legenda, Stockholm 1991.

«Life and Death on Everest», in *National Geographic*, n. 5, 2003.

Reinhold Messner, *Mount Everest: Till toppen utan syrgas*, Bonniers, Stockholm 1979.

Id., *Orizzonti di ghiaccio*, DeAgostini, Roma 1982.

Göran Olsson, *Utfärd*, Argasso bockförlag, Örnsköldsvik 2003.

Joe Simpson, *La morte sospesa*, Corbaccio, Milano 2011.

Walt Unsworth, *Everest: Summit of Achievement*, Bloomsbury Publishing, London 2003.

Beck Weathers, *A un soffio dalla fine*, Corbaccio, Milano 2015.

Stampato da
Grafica Veneta S.p.A., Trebaseleghe (PD)
per conto di Marsilio Editori® in Venezia

EDIZIONE	ANNO
10 9 8 7 6 5 4 3 2 1	2018 2019 2020 2021 2022